三晋百部长篇小说文库

科学遴选 权威论证
高峰展示山西长篇小说创作实绩
久经考验 再度锤炼
全面囊括中国当代小说山西经典

哲 夫 ╱ 著

毒 吻

山西出版传媒集团

北岳文艺出版社
BEIYUE LITERATURE AND ART PUBLISHING HOUSE

·太原

图书在版编目(CIP)数据

毒吻 / 哲夫著. —太原：北岳文艺出版社, 2018.1
ISBN 978-7-5378-5465-8

Ⅰ. ①毒… Ⅱ. ①哲… Ⅲ. ①长篇小说—中国—当
代 Ⅳ. ①I247.5

中国版本图书馆CIP数据核字(2017)第296347号

书　　名　毒吻
著　　者　哲　夫
责任编辑　史晋鸿
装帧设计　张永文

———

出版发行　山西出版传媒集团·北岳文艺出版社
地　　址　山西省太原市并州南路57号
邮　　编　030012
电　　话　0351-5628696(发行部)
　　　　　0351-5628688(总编办)
传　　真　0351-5628680
网　　址　http://www.bywy.com
E－mail　bywycbs@163.com
经销商　新华书店
印刷装订　山西万佳印业有限公司

———

开　　本　710mm×1000mm　1/16
字　　数　291千字
印　　张　19
版　　次　2018年1月第1版
印　　次　2021年1月山西第2次印刷
书　　号　ISBN 978-7-5378-5465-8
定　　价　48.00元

《三晋百部长篇小说文库》组织机构

策划

杜学文　张明旺　王宇鸿　梁宝印

专家审读小组

主任:杨占平

副主任:续小强

成员:吕　新　晋原平　张石山　王西兰

毛守仁　王春林　孟绍勇　王保忠

编辑出版办公室

主任:杨占平

副主任:续小强

成员:古卫红　陈学清　闫珊珊　王保忠　潘培江

序：现代化进程中的山西文学

杜学文

从传统社会向现代社会的转化是人类发展进程中的重大课题。每一个国家、每一个民族都将面对，难以回避。个人，作为社会的组成细胞，也同样如此。这并不以我们自己的意志来转移。综观世界各国，在这种转化的进程中，都有了不同的选择，并表现出各异的特色。但总的来说，还是目前我们称之为"发达国家"的率先实现了现代化。其成功的转化有诸多原因，但从文化的角度来看，与其自然环境的特殊性、农耕文明的不发达，以及突出的个人奋斗精神、重利思想、实用主义等有极大的关系。而目前世界上的欠发达国家或发展中国家，则在向现代化转化的历史进程中，又表现出各自不同的特色。就中国而言，在其漫长的历史进程中，农耕文明得到了充分发展，并达到了最为繁荣的境界。现在的发达国家在转型早期的生存压力等表现得并不明显，从而一种自给自足、自得其乐的生活方式逐渐固化。向现代化转型的原生性动力并不强大。从某种意义来看，中国实际上进入了一种人类最美好的发展境界，那就是，依靠劳动来创造财富，与大自然和谐共处，有剩余的时间来体验人生的乐趣等等。中国从传统社会向现代社会的转化主要靠外部的强力推动。就是说，因为先发国家对财富、权力、欲望的强烈追求，在吸纳了东方文化，其中非常重要的是中国文化之后，骤然表现出突飞猛进的发展状态。其商业首先得到了快速的发展。特别是依靠对海外市场的分割，使过去形成的传统的世界市场在大航海时代变得更加活跃。同时，工业技术得到了快速的进步。人类的新发明成几何级数增长。新技术的出现使社会生产力得到了空前的解放，物质生产表现出前所未有的丰富。而与之相应的是社会制度的进一步变革。一种能够服务新的生产力发展的社会管理系统逐渐建立，并在血与火之中不断完善。在这样的变革转型中，东方古老的中国受到了西方先发国家的强烈冲击。传统的农耕文明与新发的工业文明之间出现了严重了错位，并引发了控制、占有与反控制、反占有的残酷斗争。中国从农耕文明的辉煌顶峰跌落，中国人开始睁开眼睛看世界，并反思自身文明存在的问题。在外力的冲击下，中国不自觉地开始了向现代化转化的历史进程。一代又一代的中国人筚路蓝缕、奉献牺牲，前赴后继、求索奋斗，就是要重新找到国家独立、发展、进步的正确道路，实现民族的复兴。在不同的历史时期，他们承担了不同的历史使命。不同的人们从自己所从事的事业中为这样一个艰难而宏伟的目标做出了自己的贡献。而中国的文学，同样没有疏离民族的历史追求，甚至在许多关键的历史时刻，承担了开启民智、传播思想、激发斗志、重塑文明的历史重任。在这样一个艰难的充满了探索的转型进程中，中国人民表现出了自己最大的智慧与韧性。一直到新中国的建立，才基本形成了主权统一、独立自主的现代国家形态，并以超人的勇气与奋斗精神、惊人的创造力与发展速度迈向现代化。在这样一个伟大的转化进程中，中国虽然经历了失败、屈辱、挫折，但终于创造了他人所没有的成就。而我们的文学，正是这一历史的亲历者、推动者、表现者。就山西文学来说，是中国文学的重要方阵，当然也是这一历史的组成部分。其努力与贡献非常突出。

首先是推动了现代汉语的大众化，为现代汉语从知识阶层走向普通民众，并使二者有机结合做出了积极的贡献。在中国追求现代化的进程中，经历了一个从"器"到"道"的转变。所谓"器"，就是中国人在最初以为是西方发达国家的技术、器物先进，因而倡导"洋务运动"，开办现代工厂，引进西方设施，等等。这些努力从历史发展的必然来看，当然是非常重要的。但是，事实很快证明，仅仅引进西方的先进技术并不能解决问题。之后发生了制度层面的改革，包括推翻清王朝，建立立宪政权，仿效欧美三权分立及选举制度等等。但是，这种形式上的制度变革没有使中国强大起来，反而使中国成了一盘散沙，四分五裂。于是，更多的人开始反思中国的文化。一方面，对中国传统文化中的落后部分进行批判；一方面引进国外的思想如无政府主义、新村主义，包括马克思主义等等。新文化运动成为当时风生水起的社会思潮。从今天来看，其对中国传统文化的批判有许多过激之言。但是如果我们回到具体的历史场景，就会感到这些批判背后所表露的急切心情及历史合理性。在新文化运动中，一个最为突出的问题，也是最为重要的成果就是把中国人使用了数千年的文言文转化为白话文。从文化发展传承的角度来说，以文言文为代表的中国书面语言具有其重要的历史价值、文化价值、文明意义。可以说，文言文的简洁、精炼、典雅，以及其表情达意的丰富性，是世界上任何语言都难以企及的。这也正是其生命力之所在。但是，从历史发展的现实来看，文言文也具有非常严重的局限性，难以适应现代社会的发展要求。首先是缺乏精确性。由于中国传统文化中思维追求整体感、人文感、艺术感，中国的语言缺少对事物的准确表述。这种特点虽然具有非常强烈的人文色彩，以及超越了具体现象的整体感，但是与现代工业技术发展中对事物精确性表达的要求有很大的距离。语言的背后体现的是思维方式。如果语言难以体现精确性要求，人们的思维同样将不能适应时代发展的要求。其次是书面语言与口头语言的分离。虽然任何语言都会表现出书面与口头的差别，也就是说，人们不可能把口头语言照搬为书面语言。但这种差别在汉语中表现得尤为突出。这就是作为书面语言的文言文与口头语言的"白话"之间的区别。这种区别使更多的普通民众与书面书写脱离，对开启民智、提升大众的文化素养产生了障碍。而现代化的实现并不仅仅是少数"文化人"的事，而是全民族的事。因此，语言的变革，使之更能够适应现代化的需要就成为一种时代的必然。20世纪的新文化运动，除了其在价值观方面的追求如"科学""民主"等之外，对语言的解放也是一种非常强烈的期待。一些有识之士率先放弃了对古代汉语的使用，积极采用白话文来构建现代汉语。这其中，出现了许多具有代表性的人物，如鲁迅、胡适等。今天我们仍然能够感受到鲁迅的语言中存留有古代汉语的元素。这是中国语文从古代汉语向现代汉语过渡的典型表现。而胡适等人则努力使自己的书面语言更加通俗化、口语化，也显示出某种过分倾向于白话的特点。另外一些具有欧美留学背景的人则企望借鉴外来语言对中国的语言进行改造，因而出现了许多非常欧化的表达方式。就中国现代汉语的成熟完善来说，这些努力都是非常珍贵的。但是，真正使新生的现代汉语从古代汉语中出走，并吸纳了民间语言的丰富、生动的特质，使之成为一种既有古代汉语的节制、典雅，又有民间口头语言的生动、活泼，从而使现代汉语能够成为一种具有完整的语法体系、鲜活的表现力，以及体现民族语言特色的"现代汉语"形态，则是以赵树理为代表的作家们做出了重要的不可忽略的贡献。

就赵树理个人的创作而言，其早期也是走欧美语法特色浓重的路线。但是当他发现这条路难以被普通民众接受后，其语言表达发生了转化，开始更加注重民族语言与现代性的融合。他的语言生根于中国古代汉语与民间语言的丰厚土壤。在保持语言典雅品格的同时，至少从这样两个方面进行了努力。一是更多地吸收了民间语言的表达方式，使普通民众能够走进这样的语言，使用这样的语言。也正因此，他的语言表现出非常鲜活、生动的状态，使语言的活力大大增强，表现力得到了拓展甚至突破。二是他的语言在规范性方面进行了重大的努力。一方面剔除了民间语言、方言中粗俗的、生僻的元素，使之更加典雅、庄重，另一方面，他保持并强化了以北方方言为主的结构形式，使之在语法形态方面更加完善严谨。所以，今天我们读赵树理的作品，其语言的流畅、生动、鲜活仍然非常突出。可以说，在中国现代汉语出现、发展、完善的进程中，赵树理做出了不可跨越的贡献。当然，这种贡献不可能是他一个人完成的，而是在特定历史条件下，由包括他在内的一大批作家共同努力，并在一代又一代作家的接力中实现的。赵树理丰富了现代汉语的表现力，并使这种获得新生的语言成为广大民众自己的语言。这后一方面的贡献更为重要。因为如果一种新生的语言难以得到民众的认可，其生命力是非常值得怀疑的。可以这样说，如果没有这些作家的努力，中国的现代汉语很可能成为一种"精英"的语言。也就是说，很可能成为一种少数有"文化"的知识分子的语言。这不仅将使语言的普及受到阻碍，也将因为得不到大众的认可而导致中国现代化的迟滞。

山西的作家受赵树理的影响甚深。除了创作理念、题材选择等方面外，在语言的运用上也同样如此。这也就是说，从赵树理以来的几代山西作家不仅坚持了赵树理的创作方向，也共同为中国现代汉语的进一步完善、发展做出了努力。尽管今天我们可以说，这些作家个人的成就不同，在语言表达方面风格各异，但是他们有一个共同的特点，即在坚持语言的民族化方面都进行了非常积极的实践。进入新时期，随着改革开放的不断深化，各种创作观念竞相显现。山西作家虽然与全国的创作相比更多地表现出固守的姿态。但是新的创作手法、元素等也在自觉不自觉地借鉴当中。其中就语言表达的追求而言，大体表现出两种特点。一种是仍然坚持语言表达的民族风格，并随着时代的发展变化使之更加丰富生动起来。他们的语言，不仅缘于题材选择的民间性、地域性，以及人物、故事的原生性，更缘于吸纳了民间语言的鲜活元素，在叙述、描写等诸多方面更多地体现了植根于本土的语言活力。另一种虽然也注重题材的地域性选择，但在语言表达中更多地呈现出一种开放的意识，比较侧重吸纳外来语言中的合理成分。如修辞的繁复，语句的长结构，象征意象的频繁使用等等。虽然这两种追求表现出各自不同的倾向，但他们随着时代的发展而推动现代汉语不断进步的努力是一致的。

需要我们重视的是，山西作家在自己的创作中表现了中国文化的原生态及其变化。这种原生态不是指文化最初形成的形态，而是指数千年来一直呈现出来的未经现代化浸染、改变的文化。从某种意义来看，它已经成为生活在这样的历史环境中每一个人不自觉的潜在意识，并支配着人们的思想与行为。文学的表达虽然是语言与形象的表达。但是隐藏在语言与形象背后的却是生成这种语言与形象的文化。如果一种文学性的描写没有隐晦地展示出某种文化及其价值观，我以为就是一种表面性的甚或肤浅的描写。山西作家在自己的创作中表现出一个非常突出的特点，即对自己生活的土地、家园有一种执着的关注。而就山西这一地域来说，其文化又具有某种典型性。这就是生根于黄土高原的农耕文化。在中国现代化的进程中，一个非常艰难的任务就是要改变这种文化，使之蜕变为一种新的文化：现代化。这一过程是非常艰难的，也是非常痛苦的。数千年的农耕劳作，已经形成了一种自足的完善的文明体系。但是，就在这种文明体系达到顶峰的时刻，我们突然发现她已经不能适应现代化的要求。于是，开始不自觉地改变自己。这一过程伴随着战争、灾难、屈辱、失去国土与家园等等。在经受这种外在考验的同时，还有我们内在的情感、思想、精神等诸多方面的考验。一方面，救亡与重生成为一种时代的必然使命。另一方面，精神与文化的重建、新生也面临着更大的挑战。就前者而言，山西作家的创作并不是真正的重点。而后者却是其在描写社会变革进步中隐藏的中心。山西是中国最早开始工业化、现代化建设的地区。但是我们很少能够看到山西作家所描写的这方面的作品。而曾经作为抗日战争敌后根据地中心的山西，实际上也没有太多的文学作品来表现。反倒是有许多作品在这样的社会背景下来描写当时的人们如何生活，并参与了这一影响世界文明进程的历史。可以说，这些作家们表面上看起来对社会变革更关心。但是一到拿起笔的时候，就情不自禁地流露出他们对于特定文化及其价值观的不自觉的关注。这实际上成就了他们，也局限了他们。如果就当代文学而言，最早的表达在于农民群体的觉醒。他们感受到了时代的变化，并参与、推动了这样的变化。比如小二黑，虽然具有了杀敌英雄的身份，但作家所要说的却是旧的文化观念，以及由此形成的生活方式对人性的伤害——当然是从爱情的角度切入的。作家的贡献不仅在于表现了时代变化中人性尊严的重新确立，更重要的是，作家生动地再现了这种旧的文化制约在人们劳动、生产、生活、情感，以及社会关系诸多方面的表现。也就是说，作家不是把一个关于追求自由恋爱、自主婚姻的故事作为一种孤立的现象展示出来，而是生动地表现了这种文化观念在旧的生活方式中的普遍性，以及其荒谬性。也就是表达了必须改变这种文化观念的必然要求。这当然是非常符合时代需要的，也是中国在现代化进程中必须跨越的。在山西作家的创作中，相当多地表现了劳动者——当然主要是农民，以及农民出身的、具有农耕文化背景的其他身份的人们对劳动的热爱，对土地的执着，对家庭的重视等等。从历史的层面来看，这些内容都构成了农耕文明的重要组成部分，也是这一文明能够发展、生长的原动力。但是从时代的要求来看，这种文化又成为那些最终必然要离开土地，不再是农民的人们内心世界与精神领域的时代痛苦。比如在改革开放之后，工业化的浪潮漫卷一切。在最具现代化特点的大型露天煤矿当工人的吴福却难以适应这种快节奏的标准化的生活方式。他无限怀恋地回到了自己的家乡。但是家乡已经不再是曾经的家乡，吴福也不再是过去的吴福。他身跨两界，无所归依，内心充满了痛苦。这是一种时代转换、文明更替的痛苦，是一种具有重大典型意义的内心再现。而在现代化程度日益加深的历史时期，农村也已不再是传统意义的农村。农民也不再是仅仅从事农业生产的农民。更大的市场与财富吸引了更多的农民，城市成为新的生活中心。虽然从某种意义来看，城市化可以作为现代化程度的一种标志。但是城市化也同时带来了传统文化的消失、传统生活方式的改变，以及传统人际关系的新建。老甘，这个仍然坚守在内心世界的"过去的农村"中的农民，痛苦地怀恋着昔日活色生香的农村及农村的生活。但是，过去的一切似乎已经义无反顾地过去了。他的农村已然不再。如果说这样的农村随着市场化程度的提高有新生的希望的话，也与过去的农村大不一样。老甘的痛苦同样是一种时代的痛苦，是我们在走向现代化进程中不可回避的痛苦。当然，山西的作家也描写了这种进程中人们的希望、新生，以及由此而来的快乐、自信。宋老大进城送公粮时那种发自内心的自豪感、主人感，那种终于直起了腰板的幸福感将永远感动我们。而在首都打工并学会说普通话的小雪也动人地透露出新一代农民美好的未来。

山西的作家们也企图从比较宏大的层面来揭示中国文化的品格，以及由此而反映出来的中国精神。这些描写不在意于对现实生活具体人事的再现，而是企图通过某种具象化的人事具有隐喻意味地表达作家对民族性的理解。他们营造的人物生活环境不太具体，而是具有某种概括性，超越了具体的、实指的时间、空间。其中人物的行为，以及由这种行为所表现出来的文化内涵、价值选择体现出一种超越了具象的恒久性。由此可以使我们领略一种民族的生存状态与价值操守。其中的一部分作品甚至具有进行人生意义、价值意义探求的哲学性努力。这时，作家关注的不再是现实生活中具体的人事，以及其中透露出的社会文化内涵，而是超越其上的价值追寻。在临危受命的戴夫人身上，作者赋予她民族人格最为优秀的内涵。她不仅具有一般人所可能具有的大局观，以及人性的智慧，而且作为生命个体，她具有了一种古人所言的"浩然之气"。她在漫长艰难的商旅途中，没有感受到生命的渺小，而是站在太行山顶吟诵前人的诗篇。她感受到的是生命的博大、伟岸，以及大自然的神奇、浩渺，是一种天人合一、物我两忘的至高境界。这不仅是她个体生命的壮美华章，也是民族文化中价值体系的完美内化。张马丁的遭遇则从另一种角度表现了不同文化短兵相接所引发的一系列事件，以一种宏阔的视野描写了文化境遇背后各异的价值体系之间的交锋、错位、融合。还有许多作品通过对具体人物生命境遇的描写，表现了具有历史意味的在潜意识中特定价值观支配下的民族精神世界。

读山西作家的作品，事实上也可以看到中国从农耕文明的顶峰跌落到重新崛起，实现现代化的历史进程。在当代文学中为数不多的抗日战争题材的作品中，我们可以看到以中国北方农民为主的人们如何从屈辱中觉醒、抗争，并取得了历史性意义的胜利。抗日战争的胜利，不仅仅是军事的胜利，而且是中华民族在经历了无数的失败、屈辱之后终于走向独立、自主，重新以一个文明民族的形象自立于世界民族之林的标志；也是中国在经历了种种探索，尝试了不同发展道路之后，终于表现出走向正确发展道路，迈出实质性转型步伐的标志。尽管一直以来我们都有这方面的创作，但是具有宏观性、历史深刻性的作品还不多。新中国的建立是中华民族终于在百余年的努力之后有了自己独立政权的大事，也是中国开始以超人预料的成就向现代化迈进的起点。山西的作家以自己敏锐的笔触描写了这一关键时刻中国普通人内心世界的喜悦、自豪，以及对未来的憧憬。还是在1949年10月1日，诗人高沐鸿就创作了诗歌《这是我们人民自己的胎生》，为新中国的建立而欢歌。之后的一系列文学作品生动地表现了站起来的普通民众内心世界的巨大变化，特别是其人格世界的变化。他们实实在在地感受到了新社会的进步，以及当家做主的自豪。他们不仅在经济上得到了解放，在政治上得到了翻身，而且在精神世界上发生了积极的蜕变。一个新的时代带来了新的发展与进步。也正是这些作品成就了这个新文学史上一个最具典型意义、产生重大影响的文学流派——"山药蛋派"。他们有共同的创作追求，有共同的题材选择，有以赵树理为代表的领军人物。这个流派出现的意义，不仅仅是属于文学的，更是属于中国文化的。他们在尊重并表现中国优秀传统文化价值观的前提下，呈现在这种价值体系影响下中国民众，主要是农民如何生活、生产、思考、发展。读这些作家的作品，不仅使我们能够了解到特定历史时期中国发生的事情，而且将使我们了解中国人是怎样的一种生活方式，中国人在新的历史时期发生了怎样的变化。在20世纪70年代末、80年代初，山西的作家们非常敏锐地感受到时代将要发生的巨变。这种感受不是源于理性的分析研究，而是源于他们对现实生活的关注与热爱，是他们从具体的生活中感受、发现了时代变革的动力。其中有他们对极"左"路线的批判，以及对中国变革发自内心世界的呼唤。这首先是已经成名的一批被称为"老作家"的人们走上了历史的舞台。而另一批将在中国文学园地表现出勃勃生机的作家以自己的敏锐发现了生活的变化。至20世纪80年代中期，以《当代》发表一组山西作家的作品为标志，文学"晋军崛起"成为中国文坛的一个重要事件，引起了广泛关注。这批作家一进入文坛即表现出不俗的活力，显得生龙活虎，风生水起。他们首先成为对极"左"路线的批判者。通过一系列生动的、充满生活意蕴的人物形象来揭示中国曾经走过的弯路，以及即将出现的变革。而后，出现了一系列呼唤改革的优秀作品。一些小说被改编为影视作品，在当时传媒欠发达的条件下产生了极大的轰动效应，甚至有万人空巷之叹。其中的朱克实、李向南、李高成等成为新的历史条件下拨乱反正、推进改革的典型人物。这些作品既是文学的，更是时代的、历史的。它们表达了中国人内心深处希望变革的期待，也呼唤着一个新的历史时期的到来！

中国的改革是中国从传统的农耕文明出走，迈向现代化的重大事件。随着改革开放的不断深化，中国表现出强劲的发展态势。同时，也遇到到了许多需要解决的问题。一方面是现代化程度的不断提高，另一方面是这一进程的艰难演进。一个时期，那种充满浪漫主义色彩的乐观情调被现实生活中的艰难前行所生发的复杂性代替。改革并非一帆风顺，充满了困惑、曲折，有许多困难需要智慧与勇气来克服。这一时期，山西的文学创作沿两条主线展开。一方面是直面现实，表现新的发展时期人民的智慧力量，及时代的进步，如农村改革，国企改革，全球化背景下的商业博弈，以及反腐倡廉、环境保护、民主选举、基层生活、重大事件等等。总的来说，山西文学表现出社会的艰难进步，这种进步首先是积极的、正义的、人民的力量战胜了消极的、不义的、损害人民利益的力量。同时也表现出了中国传统社会在时代的发展进步历程中逐渐变化：如传统农村的式微与新盛；农村人口向城镇的转移；土地的工业化、商业化等等；商品经济的蔓延，城镇化的发展；以及身处其间人们内心世界的彷徨、痛苦、选择；人对土地以及建立其上的生产生活方式的依恋；对改革进程中传统国有企业的情感等等。从这些作品中，我们可以观察、感受到中国正在发生的翻天覆地的变化。另一方面，许多作家企图从超越现实的具有形而上意味的层面来探求中国的民族精神。一些作品甚至具有了某种哲学性品味。他们可能借助于某一历史事件，或者设计一个与现实生活隔离的故事来表现自己理解的民族精神。这一类作品可能表面上与现实生活没有直接的关联，但是对我们认识民族文化、民族品格具有积极的意义。事实上这些作品为我们提供了一种思想文化资源，是对现实生活中剧烈变革引发人的价值观的迷茫进行的某种文化性指引。它不涉及现实问题，不为我们思考感受现实生活提供具体的形象。但是，为我们提供观照现实、解决现实问题的精神力量、价值选择和思想资源。这其中也有一个如何认识人生、如何认识民族、如何面对个人价值的问题。

总之，不论是对现实生活的直接表现，还是以隐晦的笔法对现实生活提供精神资源，都可以看到山西作家对社会生活、人生价值的一种积极的态度。他们试图以自己的描写来表达某种具有积极意义的思想内涵，为今天的人们提供精神力量，以推动中国社会的发展、进步，以及在历史蜕变中人的完善。这些努力也可以视为是在现代化进程中对民族精神的一种回顾与追寻。读山西作家的作品，可以使我们从一个侧面感受到中国走向现代化的历史进程。

山西作家在艺术创造上也进行了积极的努力。就山西文学的当代面貌来看，表现出一种从一元向多样的发展态势。当代山西文学受以赵树理为代表的"山药蛋派"影响甚重。一代一代的作家不仅受到这一流派作家关注现实生活、关注社会民生的创作理念的影响，而且在表现手法上也多承续这一流派。因此，直至改革开放前，山西文学基本呈现出一种"山药蛋派"式的一元状态。但是，进入改革开放的新时期后，这种局面开始发生变化。一些人更注重语言描写、心理表达等等。不同于

"山药蛋派"风格的作品开始大量出现。首先是题材选择表现得更加多样，其次是表现手法更加多样，再次是创作观念也呈现出多样化的格局。山西文学终于形成了从一元走向多样的创作态势。那些坚持以农村为主要创作题材的作家们也积极地吸纳了其他的表现手法，使农村生活的表现领域大大拓展。另一方面，山西也出现了典型的所谓"现代派"小说。心理结构、借鉴侦探小说手法的"悬念"结构、无情节结构、意象结构、寓言式结构等等次第登场，宏大叙事与个人化叙事并存一体。这些作品有的已经产生了比较大的影响。无论如何，他们都是山西作家对文学自身进步的积极探索。

从某种角度来看，山西文学似乎为我们呈现出了中国走向现代化的百年变迁史。这不仅表现在人们广为关注的小说创作之中，同时也更加丰富地表现在文学的其他领域，如诗歌、散文、戏剧，以及逐渐从散文文体中独立出来的报告文学及传记文学之中。当我们追寻这种变迁的历史时，不能割断由山西而表现出来的中国五千年文明史。山西是华夏文明的主要发祥地，从远古以来，这一文明代代相传，承续不绝，其中涌现出众多的仁人贤士。作为个人，他们有自己所处的具体的历史环境、成长条件，对人类文明的进步做出了自己的贡献。但是，作为一种文化现象，他们似乎勾勒出中国文明发展进程的历史脉络。在他们身上体现了中华文明的历史贡献、价值选择，以及思维模式。对他们进行研究，并用传记的方式表现出来，使今天的人们了解并感受他们所具有的闪光的人文价值，不仅对今天的改革发展具有积极的意义，对我们现代化进程中的文明重建同样具有非常重要的意义。这将首先使我们看到历史发展进程中文化的影响力，进而使我们能够进一步确立文化的自信心与自觉性。在这些如星光一般闪烁的先人身上，我们将体会到中华文化的魅力、价值和绵延不绝的生命力。承续山西文学的精神品格，创作出新的能够表现时代精神的优秀作品，是我们这一代人的使命。而对五千年文明发展进程中那些曾经做出突出贡献的英杰才俊进行文学式的描述，也将是我们传承民族精神的一种努力。因此，组织编辑出版山西文学"双百工程"，有着非常积极的现实意义。

这一"工程"包含两个序列三个方面的内容。一是"百部长篇小说"，其中一部分是已经发表出版并产生了较大影响的现当代小说。通过集中编辑出版，可以使我们比较全面地回顾审视山西文学某一方面的成就与贡献。另一部分是新创作的长篇小说。其目的是推动山西长篇小说的不断繁荣。把它们列入这一工程，即是对文学发展的新推动，也可以延续已有的成果，使人们看到山西文学创作的最新成就及更加生动的面貌。二是"百部山西历史文化名人传记"。山西的报告文学近些年来表现出非常活跃的态势。不仅参与创作的作家比较多，出现的作品比较多，而且产生的影响也比较大。其中一些作家应该说是中国报告文学领域的领军人物。同时山西也是华夏文明的重要发祥地，在五千年的文明发展历程中涌现出许许多多的对中华文化发展进步做出重大贡献的英杰先贤。以传记的方式把这些先人在中华文化发展进程中的贡献表现出来，有助于我们重新认识中华文明对人类的重大贡献，有助于我们进一步追寻中华文化的精神、操守、品格，并使我们从先人的风采中找到自己前行的楷模和动力，激励我们推动中国的改革发展进步。所以，这也就成为我们的一种责任。相信通过这一努力，既将促进山西文学的进一步繁荣，也将进一步增强我们的文化责任，重塑我们的文化形象，展示中华民族在漫长发展历程中表现出来的精神力量与智慧，为实现民族复兴的中国梦做出积极的贡献。

第一章 人人，分有人类这个概念

一 冬日的忧郁

近些日子，我越来越讨厌自己。随着时光流逝，这种情绪与日俱增。整整一个冬天，我待在暖和的屋子里像一只鼹鼠那样打瞌睡。噩梦不断袭击我，使我的情绪越来越坏。我唯一能做的就是盼望春天。在醒着的时候我总是待在结满霜花的窗前，忧郁地瞭望灰蒙蒙的天空和冒着黑色烟柱的大烟囱。鳞次栉比的高楼和布满灰色脏雪的空地一样了无生气。马路上传来汽车的马达声。寒流不动声色地侵袭人们裸露的肌肤，迫使人们将自己包裹得更严实。只有麻雀的羽毛呈现淡淡的黯红色，在寥落的风景中像花朵一样艳丽。它们在肮脏的楼顶栖落，梳理羽毛，叽叽喳喳地讨论一些问题，然后子弹一样射落垃圾堆，寻找食物。天空中偶尔闪出贵族也似的鸽子，庄严地在肮脏的天空转一个圈，然后远去。

我总是尽量用目光去搜寻一切，希望能引起一点联想，可每每都让人失望。从楼下走过的都是一些陌生的面孔，偶尔有一两张熟面孔便足以慰我的寂寞，尽管我并不抱这种奢望。更多的时候视觉与大脑是分离的，月光漫无目标地在空中逡巡，其实视而不见，大脑空茫如迷蒙的白色山谷，像被麻醉弹击中了一样。这时候是最惬意的，因为思想被白雪覆盖的如同越冬的小麦,用不着去寻找什么,连盼望也不必有,只需耐心等待。

春天在这座城市总是有着太多的遗憾,堆积在远处山峦的残雪要维持到五月才会消融。当解冻的山溪叮叮咚咚,逶迤曲折地拖着划痕流过谷地,山坡和崖畔便开始生出细草,嫩黄如雏鸡的绒毛。最先醒来的是越冬小麦,思想一样保守了一冬,这时便不失时机甚至很偏激地进入起身期,疯疯狂狂地去追求了。燕子剪剪地飞来,剪碎最后一丝轻寒,剪出一片繁闹的春意。栽在马路两旁的柳、槐、松、柏之类的风景树是唯一报道春消息的使者。人们要想真切地知道春天,只能走进公园,几乎所有北方的大城市都把春天藏在公园里了。

城市像围棋一样,除了黑子白子,便是线的迷宫。触目的是形形色色的建筑和宽的窄的路或巷子。市声喧嚣若海潮,黎明时潮涨,午夜时潮落。汽车色彩斑斓,被线似的路串成一串串项链,套在城市的脖子和各个部位,炫耀现代文明。人们置身其间,推着、挤着、说着、笑着、打着、闹着、谋算着、忙碌着,听不到鸟叫也嗅不到花香,只好借助音乐和香水来弥补自然。自然远离城市,远离文明,尽管人们仿制了自然,但真正的自然已被人类的文明排挤到穷乡僻壤和人迹罕至的地方去了。

每当想到这一点,我就感到自己是有罪的,是可憎的,当一株树或一只美丽的小鸟望着我并表示惊恐和憎恶时,我便不再是我,而是一个人类了。作为人类的我讨厌自己,仅仅是由于人类太热爱自己的缘故。这种对自我的无休无止的热爱使我受不了,而对人类的背叛便意味着成为异类,变成一朵花,一只羊或者其他什么。这种担忧近些时一直困扰着我,使我常做噩梦,每次醒来都首先要抚摸一下身体,看是否长了毛。世间万物被上帝造出来均有优劣,唯有人类是上帝的杰作,几乎完美无缺。所以我尽管讨厌自己,但绝不打算变成一只大猩猩或是甲壳虫。人类形体的美感和行为的灵巧优雅,是人类挚爱自己的原因,而这种疯狂的挚爱自己的情感和思想却是上帝赐给人类的灵魂。任何人类不论在何种情况下,都绝不会愿意由人类变为劣等动物,正如我虽然讨厌自己却绝没有勇气与自己彻底决裂。

如果丹柯在黑暗中举棋不定,既想掏出心照亮道路又害怕毁灭自身,丹柯便不是丹柯了。我当然不是丹柯,在做一些重大的或多少损害自身利益的决定时总是犹豫不决,这大约便是我注定成不了大人物的原因吧!

二　学乖和求饶

然而在你的生活中渴望成为大人物的念头一直巴儿狗似的跟随着你,直系的旁系的亲属几乎异口同声地鼓励你,像鼓励一条有希望在比赛中获奖的猎狗。

"咬啊,咬啊,咬死它……"

你听见人们在喊。你敏捷地一扑,将一只栗色皮毛的瘦削的小动物扑倒,剑齿切入小兽柔软多汁的咽喉,血腥鲜美地充满你的口腔。

你快活地摇动尾巴,用血淋淋的嘴巴接住一块抛物线飞来的肉骨头。

"吃吧,好好吃吧!"母亲慈爱地望着你。

"很好!"父亲满意地仰着一张饱满的大脸,爆雷似的喝彩。

你旁若无人,只管埋头咀嚼,吃相十分不雅。父亲豪迈地给你一杯酒,说:"为你毕业考试得了第一名干杯!"母亲不断为你夹菜,妹妹则坐在一旁,神情落寞而忧伤。你知道她在羡慕你而且有一点不服和嫉妒。妹妹刚刚升入高三,在班里学习一直是尖子,原本是父亲和母亲的骄傲,可在去年夏天,妹妹与一个男孩拉着手散步被你看见。你如实向父母做了汇报,引起一场风波。这后妹妹失宠而你则成了家庭中的贵族。

"才十六岁就交男朋友,简直给我这个中学校长丢脸!"

父亲激动得要命,饱满的大脸上堆满了怒意,大步地在屋里乱走,整整走了一个晚上。母亲则拥着妹妹的肩,与妹妹在小屋子里彻夜长谈。你冷漠地伏在书桌上读书,没有一丝一毫的内疚和不安。你从小就是一个诚实的孩子,在幼儿园里,小学校乃至初中、高中,不论在学校还是在家里,你都受到良好教育,你懂得自己应该怎么做才能讨老师或父母的喜欢。

当班上一群孩子在街上抢小贩的果子时被你发现了,他们围住你,威胁你,引诱你,说如果你不告诉老师他们所干的事,他们会和你成为好朋友,否则,他们就要揍你。可你不能这样做,撒谎是人类最不能原谅的罪过。父亲从小就这么告诫你。班主任老师之所以处处偏袒你,爱护你,就是因为你是一个品学兼优的孩子;你自然不能欺骗老师。老师声色俱厉地责骂了那些孩子,并且将他们的行为告诉了他们的家长。他们肯定被家里的父母重重地进行了惩罚。因此他们恨透了你。

你开始受到报复。首先你的课桌遭了大难,光洁黑亮的桌面被用小刀划得乱七八糟,能认出几行歪歪扭扭的字:×是个克格勃,打小报告的人没有好下场。等等。你的名字被重重地打上了×,就像小时候爸爸的名字被红卫兵所施于的一样。更为严重的是你的凳子上涂满了沥青。正值盛暑天气,沥青融化的像糖稀,黑亮黑亮,像魔鬼的眼睛。(他们不懂得,这些小动作,便是犯罪的开始。)

你只好报告了老师,老师大发雷霆,当场呵斥那几个孩子,并表示要向校方打报告,要求开除他们。老师的模样是很文雅的,戴一副杯底厚的眼镜,皮肤白净,留齐耳短发,每当发火鼻子便会发红,像极了通红通红的辣椒,孩子们背地里唤老师为:红辣椒。

那几个孩子吓坏了,只好向老师认错,并当场向你道歉。你很宽容地原谅了他们,他们跟你握了手,还拍拍你的肩膀,说你够意思。老师也原谅了他们,说:"你们都十六七岁了,是大孩子了,该懂事了。"又说:"你们要有出息,我这个当老师的也光彩!"还说了一些什么社会风气不好,要从你们这一代开始扭转什么的。孩子们唯唯地听着,神情十分恭敬。然后你和他们一同骑车回家,在过小桥时,他们拦住了你,一个个神情阴沉沉的。

"他妈的,你把老子们整惨了!"

"不能便宜了他,揍死他!"

"你也不看看什么年月了?还想当克格勃!"

"我哥哥是个插队知青,现在他当铣工,有个人打他的小报告,我哥哥二话没说,拿一把斧子把那小子劈了个半死……像你这种家伙遇我哥哥手里,你得脱一层皮!"

"可你哥哥一定会坐监狱的!"你冷冷地说,从心里瞧不起他们,尽管你的腿肚子直打抖。

"揍他，让他告饶！"

啪——你脸上挨了一个耳光，又挨了一个耳光，接着是重重的一脚，踢倒了你。你抱住头，摆出一副挨打的样子，让拳头和靴尖雨点似的落在自己身上。他们比赛似的踢你，捶你，揍得你遍体鳞伤，口鼻出血，极度的痛楚使你杀猪似的尖叫起来，不知叫些什么。

"说，以后还打不打小报告？"

你不吭声，慢慢爬起来。一只拳头砸过来，击中你的下巴。你仰天摔倒。

"这家伙骨头挺硬呢！要是他不求饶，明天告了老师，我们可就完了！"

他们围着你，呆呆地想坏主意。

"其实，你学习好，我们都挺佩服你，你只要不打小报告，我们绝不为难你。"他们用软办法。

"我们也想考大学，可我们知道自己不行，没那份辛苦也没那份天才，要不是老爹老妈逼着，我早就去摆小摊了，一天能挣三四十元钱，够花就行了……"

为首那个长得很帅的家伙怜悯地望着你，老气横秋地托着腮对你说："你家里难道不教教你怎么做人？在今天的社会里，你这么老实，这么拿着棒槌当针，走上社会根本活不了。人家卖了你，你还在那儿给人家点票票呢！"

"让他走吧！"

你站起身，头儿扶住你，说："我送你回去，你父母要问你怎么啦，你就说让几个赖小子打的，是我们救了你！"

你点点头。

"星期天我请你去玩电子游戏机！"留长发的猴儿露出一副诡秘的笑。

你知道自己一定去不了，可你仍然点点头。你浑身疼得厉害，头像炸裂似的。你咬着牙骑上摔聋了轮圈的自行车，摇摇晃晃地上了路。头儿与你并肩骑行，一直将你送回家。一路上他喋喋不休地"教育"你该如何做人，好像他不是十七岁而是八十七岁。

父亲的自信像一把风雨不透的油纸大伞庇护着你和妹妹。这把油纸大伞的坚牢连父亲也深信不疑,他常常向同事炫耀自己是一座什么也摧不毁的堡垒,他说:"不论社会上风气多坏,都不会影响我的家庭,那些孩子是一回事,我的孩子又是另一回事!"

所以当父亲得悉妹妹和一个男孩子要好才会那么震惊,那么愤怒,他似乎发现他的油纸大伞破了洞开始漏雨。妹妹的行为伤透了父亲的自尊心,于是父亲不再喜欢妹妹。这当然意味着妹妹一直是你得到父母恩宠的头号敌人。说敌人未免过分,不过你的内心深处隐隐对妹妹的骄纵任性和父母对她百般的宠爱有加一直持有敌意,而妹妹最终的失宠使你对自己更加多了几分自信,起码你认为自己的竞争力比妹妹强。

"听说你爹是一位中学校长?"头儿羡慕地道,又叹一口气说,"可我爹却是个工人,小时候他老打我,现在不打了,老给我钱,只要我伪造一张成绩单,他就给我十元钱。要是我生在你们家,说不定我也是你这种傻样呢!"

你注意头儿在说"傻样"时神情是带着嘲弄也带着羡慕,尽管口气不屑满不在乎但又拼命地掩盖那种羡慕,你看出了这一点。临分手头儿拍拍你的肩膀,说:"明儿见!"脸上讪讪的,似乎有点不好意思,飞快地蹬着车走了。

三 金钱与早恋

他走进家门引起一场惊慌。揽镜自照时他才发现自己伤得有多么厉害,嘴唇肿得像咧嘴的桃儿,脸颊上是青的和红的伤痕,左眼一片乌青,一直肿到眉骨。鼻子也肿着,鼻孔里全是干了的血痂,牙龈烂了,牙齿有两颗松动了。靠近右太阳穴的部位有一道伤口,大约是在摔倒时碰到了石头吧!当他脱下衣服时,发现身上的情况更糟,几乎布满了黑青,有几处还在冒着黄油和血珠子,

"天呀!"母亲惊叫着抱住他,妹妹则吓傻了。父亲像不认识似的盯了他半天,才结结巴巴地问:"怎么啦?和人打架了吗?"

他点点头。

"因为什么?"父亲确信他不会有生命危险时,便开始恢复常态,挺着一张大脸盘问他。母亲手忙脚乱地给他用碘酒消毒,妹妹在一边帮忙,他痛得龇牙咧嘴。

"我骑车不小心撞了人,他们就打我……"

他顺嘴溜出句谎话,居然没有脸红。父亲相信了,生气地道:"你为什么不小心,撞坏人家没有?没有?那他们为什么打你?而且还打成这个样子,这简直太不讲理了!"

他哭了,泪水滴滴答答地流下胸脯。母亲慌乱地抚摸他,父亲则瞪着眼喘气。妹妹也哭了。

"他们打你,你就不会跑吗?"妹妹哭着为他出主意。母亲抱住他又气又恨地道:"你不会还手吗?你是死人啊!"

"可你们,你们老是说:'不许打架'!"

他说,心里有一种报复的快意。父亲脸通红,似乎惭愧了一下,很快道:"那当然,打架是绝不允许的。很好,你没有还手,这很好!"

"好个屁!"母亲忽然火了,"都是你教育的好儿子,人家打他,打成这样你还不让他还手,你想害死他呀!"

父亲黯然。

"你为什么不还手?"母亲问他。

"我打不过他们!"他说,"你们从来没有教过我怎样打架!"

父亲脸白了,喃喃地道:"你怎么这样说话?难道我和你妈妈还能教你打架吗?"

"怎么不可以!"母亲说,"正当防卫总要会一点,等放假,妈妈送你进武术培训班!"

"那怎么可以呢!"父亲说。

"你简直是个后爹!"母亲抢白父亲,父亲一甩手躲进里间去抽烟了。

夜里他待在自己那间四平方米的小房间里,浑身痛得睡不着觉。他开始痛恨自己,痛恨爸爸、妈妈和妹妹,唯独不恨那帮揍他的家伙。他们以一种他不能接受的方式教育了他,他们打伤了他保养得很好的皮肤,也刺破了他包裹得很严实的灵魂。他无数次地设想，假如他不打小报告，这一切一定不会发生。假如他像参孙一样孔武有力，他们将跪在他的脚下讨饶。假如他不肯答应他们的要求，坚持要在第二天把一切告诉老师，也许他们真会把他弄死，丢入臭水沟……他们告诉他：你得服软儿，你得低头，就这些。是的，否则，你就得死！

可他却活着，这值得庆幸，而且他在筹划报复的方式。在这个世界上要想活得好，除了力量，最主要的是要有计谋。他虽然打不过他们，但他有心计，他要用计谋战胜他们。

星期天他们让他一起去玩电子游戏机，父母破天荒地同意了，但要他带上妹妹。妹妹对头儿似乎印象很好，一路上听头儿讲一些新鲜事，叽叽喀喀地乱笑，头儿则向妹妹大献殷勤，一会儿买冰糕，一会儿买汽水，屁颠屁颠的。

"你妹妹真漂亮呀！"猴儿羡慕得直咽口水，"她多大？"

"比我小一岁半多一点儿。"他说，厌恶地瞅了猴儿一眼。他不知道这个丑家伙对女孩子怎么那么感兴趣？他才十七岁啊！可看他那样子似乎已经是情场老手了。

"我已经有女朋友了，她约好了在那儿等我们，她还带了位女朋友，本来是想介绍给你的，可不知你喜欢不喜欢。"

"你和女朋友都干些什么？"他不怀好意地问。

"嘻嘻，你这家伙咋这么蠢，男人和女人在一起能干什么呢！"

猴儿猥琐地做了个手势，那手势一定很下流，可他不懂。

"我们什么都干！"猴儿补充说，"除了不生孩子！她很不赖，最会体贴人，可有一点不好，她太喜欢漂亮的有风度的男孩子了。我只好揍她，也揍那些勾引她的男孩子，可她总也改不了。她家是农村人，她上技校，明年毕业。我爹不同意我们的事，可管不住我，不过我们已转入地下了。"

顿了一下，猴儿忽然警惕地看着他，威胁地道："小心些，你可不许勾引她，她最喜欢你这种小白脸啦！"

"要是她非要追我呢？"他恶作剧地问。

猴儿脸都白了,发急道:"你不用理她呀! 你千万不能理她呀!"

"好吧!"他说,"不过你得看紧她点!"

"也许她根本就瞧不起你呢!"猴儿觉得没面子,补充似的说。

看到那个女孩子时他小小地吃了一惊,那女孩子比他想象的要好得多。她个子不高不矮,梳两条小辫,眉毛细而弯,眼睛大而亮,嘴巴小小的,一笑露两排细白的牙齿,唯一的缺点是脸孔太圆了。他不喜欢脸孔太圆的女孩,他喜欢妹妹那样的容长脸,像一只鸭蛋。跟女孩在一起的是一位浓妆艳抹的小姑娘,俩大眼珠子猫头鹰似的转个不停,纤细的十指上都涂了红色的指甲油。那副打扮肯定会被父亲打一个"品行不端"的道德分。

"这是我女朋友,她叫薇薇。这个是小翠,刚上了高中二年级,在日日红中学。对了,小翠,这就是我和你说过的我们班的高才生,何伟,小名伟伟,这是他妹妹,叫,叫……"

"瑶瑶。"妹妹大方地说,微笑着点头。

小翠上前来,扯住他的袖,娇娇地道:"我知道你,赶明儿高考时咱俩一起坐,你帮我答题好吗?"又一笑,掠掠鬓毛,脸红红地补一句,"你放心,我准不会让你吃亏的!"

他想自己的脸一定吓白了,因为他从来没有与女孩子这样依偎过。妹妹走上来挽住他的臂,将他拖开,冷冷地瞥那女孩子一眼,说:"走,哥,我们去买票!"

头儿迎过来道:"票早买好了,今儿个我请客,不能让你破费!"

妹妹撇撇嘴,露一副不屑的样子,悄悄对头儿抱怨道:"瞧瞧你的那些朋友,真让人脸红,你干吗交这么些朋友?"

"你不喜欢她们吗? 她们人可挺好呢!"

"还可以吧!"他含糊道,心里很腻歪。

"你要不喜欢她们,你就可以不理她们,她们绝不会怪你的。在我们这儿大家都这样。"

妹妹矜持地点点头,道:"我要和我哥哥在一起玩,只要你一个人陪我们!"

"遵命!"头儿一躬到地,状极潇洒,妹妹笑了。他有点担心妹妹,也有点嫉恨头儿。妹妹一向是个高傲的女孩,很少有男孩子被她看在眼里。但现在她居然对头儿有了好感。

头儿对电子游戏机有惊人的兴趣,他玩得那么入迷,一上手就什么都不顾,连他和妹妹都抛到了脑后。他觉得没趣,妹妹却守着头儿大呼小叫,像个没教养的毛丫头。这时有人扯他的衣服,随后是一阵浓浓的香味。他转过身手臂便被挽住。小翠幽幽地笑着,悄悄抱怨他说:"你怎么不理人家。瞧你热的,都出汗了!"然后便摸出一条手绢要给他擦汗。他连忙自己擦,越擦汗水越多,把手绢都湿透了。

"走吧,去吃点冷饮好吗?"

他迷迷瞪瞪地随小翠走出游戏室,走到卖冷饮的亭子间,小翠嫣然一笑,冲穿白衣服的老头要了两罐可乐,两支雪糕,还要了两块巧克力,瞟他一眼,说:"付钱呀!"

他一怔,连忙摸兜,兜里只有母亲给的三元钱,小翠皱起眉头,摇摇头道:"这哪够呀!"又扑哧一笑,打了一下他伸着的手道,"算了,我来付钱,下回你请我好吗?"

他狼狈地点点头。

"你爹妈总也不给你零花钱吗?"小翠递一罐可乐和一支雪糕给他,熟练地打开,用吸管吱吱地吸着,一边问他。

"我很少花钱,该买的东西都是爸爸和妈妈买。这三块钱还是妈妈硬塞给我的,妹妹那儿有钱,等会儿我把钱还你。"

"真小气!"小翠笑起来,"你妹妹有多少钱?"

"爸爸给了她十块钱,是用来玩电子游戏机的……"

小翠嘻嘻地笑道:"那怎么够呢,你知道我有多少钱? 猜猜看?"

"十几块钱吧?"他胡乱猜道。

"再猜!"

"能上百位数吗?"

"那当然!"小翠很得意地道,"我的私房钱有八百块钱呢! 老爹和我妈妈都是第三产业,爹跑运输,妈妈摆衣服摊子,我家的钱是花不完的。猴儿他爹别看是老公安,穷着哩！他家和我家是邻居,他爹老揍他,吊起来往死揍,可猴儿总改不了。他和薇薇是好朋友,薇薇家比他家有钱,猴儿老向薇薇讨零花钱呢！"

"他是不是还偷东西?"他问。

小翠睨他一眼,奇怪地道:"你和他要好,难道还不知道? 他是个赖鬼,打架、偷东西,什么都干。我家里人不让我沾他,可我才不怕他呢！他也不敢惹我,老想巴结我呢！"

"为啥?"他茫然问。

"因为我有钱呗！"小翠道,"一起玩时,我要高兴了会负担他和薇薇的费用,不用他掏一分钱。可我不高兴了就什么也不管了。"

他什么也不明白,慢慢摇头。

"可你为什么要那样呢?"

"因为我喜欢有男孩子巴结我！"小翠乜视着他,很聪明地回答,"你和他们不是一种人,我早看出了,就因为这一点我才来的;猴儿以前给我找了几个男朋友,全是他那样的,我见多了,烦！你比他们强天上了,首先学习好,我一听他说就知道我等的就是你,总算没白等！"

"可你才多大呀！"他红着脸嗫嚅。

"十七啦！"

他不知说什么好,只好吃雪糕。小翠靠过来,浑身散发着化妆品的气味。

"我等了你小半辈子,你难道不喜欢吗?"

他觉得眼前除了红红白白的色彩,便是两潭幽深幽深的泉水,只是那泉水动荡得太厉害,让人瞧着眼晕。

"你妈小气,我可不小气,以后出来玩儿我全包了。可有一个条件:你得和我一个人好！"

他努力镇静自己,想说点什么,可什么也说不出。他不喜欢她可又不忍心让她难过。她的痴情和煞有介事的郑重使他心动。他狂喜地发现,他这样一个在头儿他们眼里无足轻重的人物，竟然会被一个姑娘这么崇拜，这么迷恋。天呀，她爱上我啦！他觉得头疼、胸闷、心脏怦怦地跳。这种被异性爱，被异性崇拜的滋味使他迷恋，使他陶醉。

小翠拉着他走到一个僻静的角落。那儿正在施工，到处是木板和砖头，盖了半截的楼房上撑着安全网。小翠用赤裸的咖啡色的手臂围住他的脖子并闭上了眼睛。他提心吊胆地倾听着外面的动静，他听见阳光流到地面上的声音，听到阳光掀起阴影，探头探脑地往这边看。他看见爸爸饱满而红润的大脸太阳一样滑进来，爆雷似的吼道："早恋，这是绝不允许的！"

他大吃一惊，推开小翠便跑，跑得像一只兔子。小翠在后边喊他，追着，重重地摔倒了。他听见她在哭，哭得很伤心，好像他是个歹徒，刚刚强暴了她。他丧魂落魄地跑回家里，蒙上被单，歇斯底里地大哭一场。他说不准，也许就是从这个时候起，他开始对自己不满意并开始讨厌自己了。

四　未遂的盗窃

放暑假时，何伟被母亲送入了青年宫业余武术培训班。何伟开始学习种种防身和攻击他人的技巧。何伟发现人类的身体绝不比一只豹子逊色，拳头、肘、肩、头、膝盖、脚只要运用得当都是可以杀人的武器。何伟刻苦学习徒手攻击技巧，每一拳，每一脚，都准确地落在头儿和猴儿的身上。何伟想象着头儿和猴儿在自己猛烈的打击下伏地求饶。何伟甚至在考虑：要不要杀死他们？然后把他们丢入臭水沟。

何伟不露声色照旧和头儿他们来往。头儿和猴儿甚至已把何伟当成他们的同伙。唯一让何伟不安的是瑶瑶，瑶瑶似乎真的喜欢上了头儿，总爱和何伟一起讨论头儿这个人，而且每次头儿来找何伟出去玩，瑶瑶都要跟着一起去。何伟也看出头儿迷上了瑶瑶，头儿所以频繁地接触何伟，绝不是单单为了何伟的缘故。何伟开始沉不住气了。

"瑶瑶，往后不要和头儿一起玩，他这个人不怎么好！"何伟劝妹妹。

"可我觉得他人挺好呀？"瑶瑶奇怪地望着何伟，"你不是也挺喜欢他吗？"

"他在班里是个学习最差劲的学生，几乎门门功课都不及格……"

"那是因为他贪玩!"妹妹为他辩护道,"他很聪明,假如他认真学习,绝不会比你功课差劲儿,你说不是吗?"

"可他不会的!"何伟冷冷地道。

"会的! 我会劝劝他,他说不定会听我的话呢!"瑶瑶很有信心,脸微微红了一下,补上一句,"再说,哥,他还是你的好朋友,我们应该帮助他!"

"你喜欢他?"何伟不客气地问瑶瑶。

"根本谈不上喜欢。"瑶瑶急忙分辩,"我只是觉得他好玩,他热情大方,为人诚恳,人又聪明,何况,人挺帅,是不是?"

"你倒挺坦白的。"何伟阴阳怪气地笑了一下。

"你是什么意思?"瑶瑶一下子火了,冲何伟大声嚷嚷。美丽的大眼睛里一下充满了泪水。

何伟很卑鄙地盯着瑶瑶,心里转着念头:要不要冲瑶瑶脸上来一巴掌?瑶瑶眼里哪有何伟这个做哥哥的呢?

"我的意思很明白。"何伟一字一顿,眼神阴沉沉的,"往后头儿来了请你回避,我不许你和他来往! 懂得吗?"

瑶瑶怔了一下,泪水缓缓从眼眶溢出,咬着牙瞪何伟,半晌,忽然发出一声冷笑,傲然道:"哼,你配吗? 你有什么权利这样跟我说话? 我的事用不着你管!"

何伟哑口无言,眼巴巴地看着瑶瑶纤丽的身影消失在里间屋。门嘭地锁上了。

然后便发生了一件让何伟忘不掉的事。那是八月的一天,太阳像烧红了的铁球悬在天空,蝉儿炒豆似的鸣叫。何伟和头儿、猴儿在树荫下喝汽水。头儿和猴儿鬼鬼祟祟地商量什么,似乎怕何伟听见。何伟耸起耳朵,目光游移地落在对面一幢白色建筑上。何伟认出这是一座很不错的商店,白色门面关闭着,卷闸拉起,里边有一个老头儿在守护。

"你们说什么哪?"

头儿和猴儿神秘地对望一眼,头儿怪笑着拍拍何伟的肩头,道:"没啥,猴儿在说他和薇薇乱搞的事呢,你要不要听?"

"我知道你对女孩子不感兴趣。"猴儿被汽水呛了一下，又道，"小翠挺好的，她对你念念不忘，你的心真铁！"

"不说那个了！"头儿止住猴儿，深刻地望着伟伟，道："你想不想有钱花？或者要一块名牌手表，像海霸牌那种表……"

"当然想了。"何伟不露声色。

"今晚咱们到那里边拿。"头儿指一指对面的商店，"容易得很，进去了随便你拿什么。"

"那可是犯法的事呀！"何伟说。

"真蠢！"猴儿笑得打跌，"咱们又不多拿，稍拿一点儿够花就行，这算什么，那么多东西他们能发现吗？"

"你不用进去，把把风就行了。得手咱们三一分，干不干？"

何伟的心狂跳不已，眯起眼睛做沉思状借以掩饰自己的激动。何伟明白必须把细节搞清楚。

"今晚上，几点？怎么进去呢？"

"嘿嘿，我们早侦察好了，那老头每天晚上十点半都要到"味味鲜"喝二两烧酒，估摸要四十分钟才回来，时间足够了。楼顶上有个气窗，用木板盖着，猴儿肯定能钻进去，用一根绳子就行了。你瞧有多容易！"

猴儿说着忽然变了脸，咬牙切齿说："你要敢出卖我们，我们会杀了你！"

"我，我怎么会呢！"何伟吓了一跳，脸都变了，支支吾吾道。

头儿亲热地道："这一回我们一起干，往后真成了一家人了！"

"对，要我们一起干成这事，我们就是换命兄弟。你要是想和薇薇好一回，我也让你！"

猴儿慷慨地拍着胸脯。何伟假装感激似的笑了，却拼命摇头，说："薇薇是你的，我怎么会要！"

猴儿脸一红，说道："我是打个比方，意思是我的东西你都可以拿去。我的就是你的，你的就是我的！"

"一定！"何伟说。

"现在我们分开去准备,晚上十点钟在这儿会合。"头儿站起身,凝视何伟,若有所思。

"你放心,不会出事的!"猴儿安慰何伟。

头儿忽然又改变了主意,说:"你跟我走,不要离开我,让猴儿去准备,这样更好!"

"为什么?"何伟胆怯地问。

"嘿嘿,防备万一,说真心话,我和猴儿对你还不大放心呢!"

何伟觉得心脏弹丸一样射上嗓子眼,连忙咽下去,点点头道:"那,那就依你们吧!"

何伟一脑门子都是汗,走起路来双腿发软。头儿带何伟进了一家冷饮店坐下,叫了酸奶、冰淇淋、水晶果冻。白色的台布上染满污迹,苍蝇爬来爬去。电风扇在头顶螺旋桨似的旋转,声音像直升机。旁边桌子上一个大男人伸着两条多毛的长腿,正冲一个小姑娘说话。何伟认出那个小姑娘是小翠,头儿也认出了。可小翠理也不理何伟,只和那个大男人说话。

何伟想,这挺好,反正又不喜欢小翠。可何伟知道这是自己唯一的机会,何伟不能放弃这个机会,何伟必须和小翠说几句话。

何伟走过去,温文尔雅地望着小翠,说:"小翠,还认识我吗?"

小翠瞟何伟一眼,纳罕地摇摇头,摆摆五根涂了红指甲的手指,说:"咦,你竟会认识我? 这可太奇怪了!"

"你不记得我了吗?"何伟一急,脑门又出汗了,"你看,那不是头儿吗? 还有猴儿⋯⋯"

"是吗? 可我不记得了!"小翠冷笑,对那个大男人说,"爹,你说奇怪不?"

大男人冷漠地打量何伟,皱起浓眉,然后狠狠地盯着小翠,一探手,"啪"打了小翠一个耳光,恶声恶气地骂道:"他妈的! 成天不学好,丢人败性的,跟老子走!"

小翠怨恨地瞟了何伟一眼,被大男人拖走了。何伟呆若木鸡,心里十分难过。头儿过来拉何伟回去,一边道:"你怎么这样蠢? 你明明看见小翠的爹在旁边,还要去认她,真是哪壶不开提哪壶!"

"她爹怎么那么凶?"何伟奇怪地问。

"凶?凶什么!"头儿不屑地一笑,"小翠爹就这么一个女儿,疼还疼不过来呢!"

"那他为什么打她?"

"那是因为太爱她了!"头儿摇摇头,"连这个你都不懂?我爹也打我,是嫌我不争气!"

"那,那你为什么不争气呢?"

"笑话。"头儿大笑,"我凭什么要为他争气?就因为他是我爹?我还不知想当谁的爹呢!"

"你这么聪明,可为什么不学好呢?"他小心翼翼地问。头儿警惕地瞟何伟一眼,冷冷地道:"你看呢?"

何伟摇摇头,表示不解。头儿叹了口气,烦恼地道:"我以前也是个好学生,可是后来觉得当个好学生没意思,就和社会上的坏孩子们混,可他妈的也没意思,不过总比当个好学生有意思些。我觉得活得没意思,挺烦人。只是我喜欢玩电子游戏机,一玩上就什么都忘了。可他妈的一张票五毛钱,一天玩下来连吃带喝没这个数不行。"头儿伸出一个巴掌,"你以为我为什么要到那家商店拿点钱花?是为了玩电子游戏机,这可是没法子的事呀!"

头儿叹了一口气,慢慢喝饮料。

"可你不为以后打算打算?"何伟问头儿。

"什么以后,哼!"头儿漠然地耸耸肩,忽然道:"来点啤酒喝喝怎么样?你有钱吗?"

伟伟把身上的钱全掏给头儿,头儿兴冲冲地跑去买啤酒。何伟望着头儿的背影,心想:头儿长得这么帅,真是白长了!然后何伟看见一团翠绿在窗外晃动并向自己招手。何伟赶忙跑出去,见小翠在那儿站着朝自己抛媚眼儿。

"你爹呢?"何伟问小翠。

小翠噘着嘴,不屑地道:"他哪是我爹,比恶人还凶,动不动就打我耳光。我是跑来的,爹一错眼神我就跑来找你。你瞧你这身汗,全是急的,好容易见你一面,顶害怕来晚了你们走了,那多伤心呀!"

"我想求你一件事。"何伟急慌慌地说,一边往里看,头儿冲何伟点头,露出一个理解的微笑。

"只要你说,我什么都答应你!"小翠往何伟身边靠靠。

"你一定要保密呀!"

"咱俩的事我还能不保密呀!"小翠又向何伟靠靠,何伟觉得脸红了。

何伟凑近小翠的耳朵,用几句话把事情讲明白。小翠听得直皱眉头,埋怨地瞪着何伟,失望道:"闹了半天,是这么个事呀!"

"这事很重要呀!"何伟浑身冒汗。

"那你怎么谢我呢?"小翠眼巴巴地瞅着何伟。

"等这事完了,我请你玩一整天!"

"不骗人?"小翠歪着头,又沉吟道,"你怎么知道有人偷那家商店呢?你自己为什么不去报案呢? 是不是猴儿……"

"不是,不是。"何伟慌忙否认,"你别问这些好吗? 以后我会告诉你。"

"好吧!"小翠点点头,想了想又道,"反正我告诉随便哪个警察就得了!"

"你得现在就去!"

"我不,我要和你多聊聊呢!"

"我明天在这儿等你,聊个够好吗?"

"几点?"

"随便你!"

"上午九点钟,不见不散!"

"好吧!"

小翠恋恋不舍地走了。何伟急忙走回冷饮店。头儿正在一个人喝啤酒,见何伟走过来不怀好意地笑道:"你这小子到底开窍了!"又问,"这半天,说了不少悄悄话吧。"

何伟不好意思地笑笑,瞧瞧墙上石英钟,六点整了。夏日的夜姗姗来迟,七点钟街上才亮起灯。何伟和头儿在冷饮店一直待到九点钟才离开。在小摊上又一人吃了一碗凉粉,晃晃悠悠地蹭到约会的地点,已经过了十点钟了。

"怎么才来?"猴儿坐在树荫下,一双眼睛闪闪发亮,神情显得很紧张。

"老头走了吗?"头儿也紧张起来。

"还没呢。"

正说着,商店的卷闸发出一阵唰拉声,露出一片光亮。光亮里钻出个老头,慢慢放下卷闸,咔嗒上了锁,一摇一晃地走了。

"可以开始了。"头儿站起身,猴儿也站起身。何伟站在那儿发呆。

"你就在这儿看着,一有人来,你就喊一嗓子,就像练声那样。"

头儿和猴儿猫下腰,向商店摸去。何伟紧张地张望着,浑身冒冷汗。何伟对小翠毫无信心,不知将会发生什么。如果小翠没有去报告,那何伟的计谋不但会落空,而且何伟将从此背上个贼的名声。天呀,这真可怕!何伟只有寄希望于侥幸了。何伟盼望着警察们已经埋伏在商店里,手枪和警棍亮晶晶,呼啦围上去,把头儿和猴儿咔地上了手铐,塞入警车带走了。可四周没有一部警车。

"你恨头儿和猴儿吗?"何伟问自己。

"过去恨,现在一点也不!"何伟对自己说。

"可你为什么要这么干?"

"是为了报复,仅仅是为了报复吗?"

何伟叹了口气。因为连何伟自己也不明白为什么要这么干。

突然传出一阵尖叫声,随后是一阵杂沓的脚步声。手电的光柱划破黑暗。两条黑影玩命似的狂奔过来,大叫:"快跑!"一溜烟似的去了。

何伟本能地撒腿就跑,刚跑出两步便摔了个嘴啃地。一只铁钳似的大手将何伟提拎起来,帮助何伟站稳了。何伟眼前是一片雪团似的白光,什么也看不清。手电熄灭后,何伟听到一阵重浊而嘶哑的喘息,看见一个高大的身影伫立在面前,像一座黑塔,充满了凛人的威慑力。

"是你救了那个畜生!"

一个浑浊而厚重的声音颤巍巍地冲入何伟耳鼓。何伟呆呆地望着那个身影,听见啪嗒啪嗒地响起雨滴跌落的声响。天空一片晴朗,一弯弦月掩映在柳絮般的云朵里。星星使劲眨着眼。

"你走吧!"那个身影说,然后离开何伟,拖着沉重的脚步,往前移动。何伟听见脚步声渐渐远去,并在那黑影转身时看见一张阴沉沉的大脸,脸上布满了湿漉漉的泪光。

五 子弹追逐那个孩子

那孩子在冰封的湖面上奔跑。湖面上布满积雪和灰尘。天空灰蒙蒙的像一块肮脏的玻璃。远远传来枪声和狗叫声。一颗子弹警告般地掠过孩子的头顶,没入在远处的山峦里。

子弹撕裂空气,打着尖厉的呼哨,飞行了很远很远,渐渐疲软,弯成弧形自由落体,溅落在山坡上,像一个亮晶晶的铅笔帽。

一群乌鸦盘旋着落下,闹闹地在雪地上啄食。残阳如血。荒村上方炊烟袅袅。牧童吆喝着羊群,抽着响鞭,散漫地走来。

积雪上一行歪歪扭扭的脚印迤逦从山下伸来。脚印忽然断绝,横陈着那个孩子大字形的身体。羊儿用湿润而温暖的嘴巴拱着孩子的脸,并发出不安的叫声。

牧童好奇地望着那孩子。

那孩子伏在那儿,身上棉衣挂破,露出雪白的棉花,布条在风中猎猎招展。

牧童:喂,你是谁?

不远处的出坡上,那粒被冻结在雪地上的子弹在夕阳下闪着黯淡的光泽。

第二章　人体，一座公寓住宅楼

一　他是你的主人

你又度过无聊的一天。冥想中暮色悄然降临。现在已经是午夜。夜色浓稠的像黑色的沥青，街灯昏黄如老人的眼睛。连麻雀也睡了，只有风还在野狗一样游逛，悉悉窣窣地翻动枯叶乱草，废纸垃圾，寻找什么。

你站起身，舒展一下疲软的腰身，从墙上撕下一张日历，把一天漫不经心地揉成一团，丢入烟灰缸里，

你忧郁地望着窗外，神情寂寞而伤感。你的心似乎急于倾诉，可屋子里除了书橱、沙发、茶几、躺椅和几盆花，并无谈者。

妻子与女儿在卧室睡得正香，鼻息起伏，报道着健康的消息。

寂静里，你觉得孤独感狼一样攫住了你的胸口。茫然四顾，宇宙间只剩下了你。

你唯有苦笑。

那天，你一口气看了三位朋友，回来后觉得很累很累。你原本是去寻找同情的，可你发现他们比你更需要同情。他们急切地向你倾诉，以至你根本没机会插话，似乎他们是麦克风而你却是一台质量上乘实行三包带电脑的录音机，唯一的功能便是倾听和记忆。

最终你只好留下几句廉价的抚慰,带着一脑袋录音带离去。

回去的路上你情绪低落,没精打采,沮丧而忧郁。突然有个人在背后喊你,你回头一看大喜过望,原来是许久不见的慧。在你的记忆里慧是一位温柔俏丽富有同情心的女性,堪为最佳的倾诉对象。你和慧走进一间咖啡屋,叫了两杯咖啡,相对啜饮。

"早就想和你聊聊,可一直没机会。"

慧的皮肤微黄,弯眉入鬓,眼睛大而明亮,十分解意。

"这一段我在自学英语,忙死了!"

你没工夫闲扯,单刀直入,开始诉说自己的烦恼。你絮絮叨叨,琐琐碎碎地讲述你生活中一件一件小事,不时加上几句牢骚几句怪话。慧托着腮儿仔细倾听,不放过一个细节,随着你的诉说而感动着,或笑或黯然或难过或神采飞扬,神情生动而紧张。

"真可笑!"慧大笑,笑声清脆而悦耳。

"活该!"慧皱着眉,为你不平。

"是吗? 怎么这样!"慧无端地大笑。

"后来呢?"慧紧张地喝咖啡,润一润干燥的嘴唇,"还有什么?"

"哈哈,真可笑!"慧用尖指甲在雪白的台布上画道道。

"那个人叫什么来着? 哇,真恶心!"慧的表情和感慨剥离,开始慢半拍,甚至一拍。

你注意到慧偷偷打了个呵欠,眼睛盯着你的目光散漫。你知道慧累了。你知道像慧这样紧张地不断劳动脸上的肌肉和神经是很累人的。这是你的经验告诉你的。

"还有吗?"

慧疲倦地望着你,努力振作微笑,微笑僵硬,扭歪了漂亮的嘴角。

你摇摇头,不忍心再说下去。你卑鄙地将慧当成录音机了。也许慧此时的感觉与你一样:你不再是你,而是一只嘴巴张开的麦克风。

"你往下说呀?"慧咬着牙坚持。

你忽然觉得自己可笑,什么时候你变得这么小肚鸡肠,婆婆妈妈,浅薄而俗气。

"该走了,时间不早了!"

你站起身,慧也站起身,笑容变得轻松。

"本来我也有一肚子话和你说呢,可今天太晚了,只好等以后了!"

慧说,神情落寞而孤独。

"等有机会,我一定听你说!"

慧已经付出了时间和耐心,你也必须付出理解和同情。

慧走了。你望着慧的背影,伫立在冬天的大街上,像一尊普希金的铜像。

你什么也没有得到。

你诉说了你的烦恼,得到的仍然是烦恼,你支出了孤独,兑现的仍然是孤独。你对自己抱有绝对的同情和理解,已没有多余的同情和理解给别人了,而别人也同样如此。

这不能说不是一种悲哀。

你只能走回书斋,面对一叠白纸,将自己变小缩微,钻入笔胆又凝於笔尖,落到稿纸上,化入物我两忘的世界。

但当你从那个世界走回到这个世界,你又变成了你。你无法从凡人的茧壳脱出,世俗的烦恼像鸡毛蒜皮一样困扰着你。你寻找温暖和安慰像冬天的小鸟寻找窝一样急切。你在寻找而人们也在寻找,你窃笑他人的伤感纯属无聊,他人亦笑话你的烦恼实在多余。孤独者与孤独者相遇并倾诉,结果只能是更加孤独。

这个问题像一道数学题一样无解。

于是,你便像冬眠的动物那样盘成一团,首尾相衔,自己温暖自己并自己向自己倾诉。这样就造成了你的分裂,有了他,也有了我。他和我像常春藤一样爬上你的肩膀头顶,在你的废墟上建立了他和我的繁荣。你在母体中孕育时,他像空气一样没有形状,虚无缥缈,无处栖息。他时而化作风,绕着你旋转,时而化作云,高高悬在晴丽的天空冲你微笑并招手,时而化作雨,急切地降下来想要与你融为一体。

你根本不认识他。他却自称是你的主人。好像你不是个胎儿而是一座正在施工建造的房屋，而他却是这栋房屋的主人。你在有限的空间勤勉地劳作，从无到有，由小变大，急切地不舍日月地创造自己。他像个监工头：给你贪婪，给你自私，给你情欲和痛苦，给你各类零件和工具，用时间的鞭子抽打你成形长大。

你痛苦地被自然剥离，随着羊水逸出子宫，发出响亮的啼哭。你全身嫩红，胎毛未退，五官俨然，四肢齐全，胯间一根蚕蛹大的备用零件，暂时只会撒尿。

他欣喜地巡视你的身体，像巡视一座住宅。他走遍你的脏腑，检验各种设施并表示满意，然后进入你的大脑中枢，发出第一号指令。

于是，你便觉得饥饿，四处拱动着寻找乳房，吮吸着奶水呜咽着睡去。他教给你如何在母亲的怀里撒尿，如何当有人亲吻你胯下那一根小东西时猝然发难，并屎尿齐射。他教你如何欺骗母亲将你长抱于怀里，骄横不羁，以啼声当作最有效最犀利的武器要挟他人。

你在他的教导下不断成长，咿呀学语，渐渐不安于怀抱。你开始讨好地冲大人微笑，以换取疼爱。你开始狡猾地分辨各种人脸，找出对自己最疼爱最有利用价值的亲人。你贪婪地抱住每一件塞在你手里的玩具或食物，不肯被别人夺去，而别人的食物或玩具一经被你看到，便大哭大闹，不据为己有绝不甘休。

他满意地看着你成长，并不断拓宽他的住宅，更新设施，加固基础，发达部件，舒舒服服地过日子。他并不急于让你认识他，只是潜移默化地影响你。他从不强迫命令，只需输送一个指令给你的身体各部件，你就会乖乖去做。

你的眼睛充满好奇，看到你喜欢的东西，你的嘴就会叫，你的手就会要。你吃药会吐，因为你的舌头不喜欢苦味。你起了痱子和被硬物硌了屁股会哭，因为你的皮肤上有神经，不喜欢疼痛。你目迷五色，耳耽七音，口如莲花，舌知百味，近芳兰而嗅其香，触万物而明其形，饿则啼饥，冷则呼寒，有所欲而思之，有所思而求之，活得十分洒脱自在。

你对父亲的记忆和院子里一只红冠绿羽的大公鸡连在一起。你记得那只大公鸡凶恶异常,像个庞然大物,不断追逐你,用铁嘴啄你的嫩肉。父亲喝醉酒常常打你的屁股,用手掌和鸡毛掸子。有一次父亲满脸通红,闯进奶妈家里,要你回去,你不肯,躲在奶妈背后像只受惊的小狗。父亲一把拖过你,只轻轻一扔,你便摔出房门,哭死过去。

你醒过来时,母亲抱着你,满脸泪痕。

他走出来,摸遍你的全身,逐散疼痛,憎厌而又冷酷地告诉你:你父亲是一只好斗的公鸡,而你母亲是一只粗心的母鸡。

你记得院子里的公鸡十分霸道,追逐母鸡,排挤同类,四处留情。母鸡则十分粗心。常常啄架,总是母鸡败北公鸡得胜。最后闹得太不像话。鸡主人一菜刀杀死了两个冤家。公鸡毛被扎了一个掸子用来打你的屁股,母鸡毛绑了风箱呼呼地叹气。

你快四岁的时候就走上了法庭。法官方头大脸,眼瞪得像铜铃,威严而且可怕。你被从母亲怀里拉出来,放在父亲和母亲中间。然后你听见父亲在焦急而灼热地唤你,声音充满了温情和爱怜。你犹豫着正想奔向父亲,而母亲也开始唤你,爱怜而急切。这样的事情在你的童年中从未有过,你突然觉得自己十分伟大十分重要。你站在中间一动不动,望望母亲又望望父亲,母亲哀怜地向你伸着双手,急不可耐。父亲使劲拍巴掌,咂嘴巴,扮鬼脸,想吸引你的注意力。你不知该奔向谁,一时怔住了。

你那混沌的大脑朦朦胧胧地有了思想,他气急败坏,像地老鼠看见了雪崩似的太阳,慌慌张张躲入地下。你的思想太微弱,太混沌了,只一闪就被乌云吞噬了。

他驾着乌云胜利地飞到你的眼里,你的眼睛马上发出贪婪的目光,紧紧盯住父亲手里摇晃的东西,你认出那是父亲的手表,你一直想玩却不能够得手。你不及细想,腿儿已托举着你的贪婪奔向父亲。父亲脸上流露出压抑不住的喜悦,张开双臂迎接你。

嗷——你突然听到一声哭号,大吃一惊停住脚步,回转身时,你看见母亲满脸泪水,神情绝望而心碎。你不明白为什么,突然鼻子一酸,放声大哭,像小鸟似的张着翅膀扑进母亲的怀抱,与母亲抱头痛哭。

法庭上一片寂静。

你的大脑雪亮一片,你看见我走出来,微笑着告诉你说:你已经选择了,所以我来了!

你睁着泪眼,困惑地望着我,嗫嚅地道:你是谁? 我不认识你!

我叹了口气,消失了。

母亲拉着你的手离开法庭,父亲沮丧地目送你远去。你站住对母亲说:妈妈,爸爸为什么不走? 我要等爸爸一起回家!

母亲脸色阴郁而痛苦,一言不发,拖着你疾走;你不走,恋恋地望着父亲,怅然若失,似乎感到了什么不幸。你听见父亲突然喊了一声并大步地追上来,脚步踉跄,情不自禁。

"爸爸!"你大喊一声。

母亲猛地把你抱起,抽泣着,旋风似的卷去。你看见父亲追了几步站住,脸上阴晴不定,最终坚忍取代了痛苦。多少年后你仍然时常想起父亲那张坚忍的男人的脸。你觉得自己对不起父亲,因为你选择了母亲。

但你那时候还小,还没有正式与我相识。你只迷信他,沉沦在直觉和感官的支配下,思想的火花一闪即逝。你不会思想而只会意识,意识深埋不露而只用五官四肢去思想,初具了人的形象却停留在动物的蒙昧状态。

他统治着你,冲我挤眉弄眼,炫耀他的胜利。但他知道我一定会最终创造全新的你,而让他的心血付之东流。他指着你冷笑,说:你现在是一条小狗,长大了充其量也不过是一条大狗,因为这是个动物的世界!

二 我是他的同谋

白云在机翼下像飞舞的羽毛。

机舱里很凉爽。穿蓝裙子的空中小姐迈着轻盈的脚步,为旅客们送上足量的微笑和廉价的纪念品。一切都让他感到惬意。

他的额头开阔而高耸,眉骨隆起,黑森林一样的浓眉下,闪露着一双明亮的眼睛,鼻梁不高还算秀气,嘴唇肥厚,轮廓线刀刻一样鲜明,大腮帮上胡须密布,嘴角深藏着执拗和坚忍。他的头颅硕大,乱发蓬松,许久没有理发,头发猪鬃般富有光泽。

他一张大脸贴在舷窗上,目光忧郁而温柔,羽毛般堆积的云絮下,巴山蜀水拉洋片般闪过。他嘴角掠过一丝微笑,轻轻在心里喊了一声:再会!

"什么时候,你变得这样酸了!"

我冻结他的微笑并让他牙根发软,从他的嘴角牵出一丝自嘲。温情对他这样的男人是不适用的,我已经无数次地劝告过他。何况,他的身边还坐着妮娜,此时正神情寂寞地啜饮那杯人人有份的廉价饮料。

他显然已经疏忽失礼了。

"外边很好看,你坐过来好吗?"

他对妮娜微笑了一下,讨好地站起身,示意妮娜坐到里边去。

妮娜仰靠在雪白的椅背上,慵懒地望着机舱顶,一头丝般的飘香的云发垂在裸露而皮肤白嫩的手臂上,宽松的丝质无袖衬衫裹着的胸脯微微起伏,有块状物隆起,雪青色的牛仔短裤绷紧浑圆结实的臀部,向下勾勒出两条匀称白皙的腿子,双脚蹬一双精致的麻织新潮凉鞋,脚趾甲涂着亮晶晶的指甲油。

他在心里赞叹一声。妮娜慢慢转动纤细光洁的脖子,将一张明艳照人的脸儿面对了他;睫毛细长的眼帘向上掀起,露出两潭凝碧的秋水,波光荡漾,含着点女性特有的矜持和嘲弄,微微一笑道:"不,谢谢了!"

他鹰一样瞄住妮娜的目光,紧紧抓住不肯放松。妮娜一瞥之下很快收回目光,又去望机舱顶,一边小口小口啜饮那杯饮料。

"你失态了!"我提醒他。

他一惊,醒悟过来,恼怒地道:"你怎么总是扫我的兴!"

我冷笑:"哼,你已经走得太远了!"

"那又怎样呢?"他质问我,"我爱她!"

"你不配! 你已经没有资格! 你已经与另一位姑娘订了婚,一个月前你们已经山盟海誓过了,难道想变卦不成?"

他无言以答,沮丧地垂下头颅。

"这一切原本不该发生!"我又说,"你一定是疯了,你怎么会一见面就爱上她呢？简直不可思议！你一点不听我的劝告,已经铸下大错,现在还不晚,该终结这场游戏!"

"我不能!"他牙疼似的咕哝着,"我管不住自己啊!"

我沉默了。我不忍心责备他,也没有理由不原谅他。因为最初他与妮娜见面时,我并没有制止他去喜欢妮娜,反而为他出主意设法接触妮娜。我知道他着了迷,而他一旦着了迷我只能顺从他。他张开两只巨熊般的手掌,孩子似的跳着脚固执地嚷嚷:我要! 我要!

也许是他的执着？也许是他的热情？也许是他的魅力和名声？也许是妮娜与他一样从最初见面便萌生了爱慕？短短十余天的相处,他和妮娜形影不离,感情像放了酵母菌的面团,迅速膨胀起来。

终于,那天傍晚,他和妮娜在一片幽静而茂密的竹林里,像交嘴雀一样咬在一起。

"我爱你……"他说,浑身岩浆般颤动。

"你是有妻子的!"我警告他,"你回去马上要和那位姑娘结婚,你不能这么做!"

他愤懑而绝望。月光下两人相对无言。妮娜满面娇羞,不胜月色的轻寒,偎在他的胸前,像一头无辜的小兽撞入猎人的陷阱。

"我爱你!"

他说,嘴唇上出现了白垢,脸色沉郁而痛苦,声音在空中曲线运行。

"太晚了,假如……可惜生活中没有假如,既然选择便无法更改……我爱你,但已没有权利娶你了!"

妮娜眸子里水波盈盈,沉静而惊愕,惊愕只是像一环波纹,须臾消失。

"你不骗我,我很感谢你。"她说,猫一样从他怀里脱出来,"不过,你为什么不骗我呢？有时候受骗是件很幸福的事呢!"

他的心一阵隐疼。

"我不忍心伤害你,现在你可以退出了!"

妮娜微微笑了一下,笑容怯生生的像栖落在竹枝梢上的小鸟。

"我,很想退出,假如能够的话!"

妮娜小声说,脸苍白清冷如月色。

"不过,我写东西只要开了头,总不会住手,不论多么难,总要写完的!"

"可这个故事,永远不会有结尾!"

他凝视妮娜,神情委顿而沉重。

"我从不刻意追求主题,也不喜欢完整的结尾,只要耐人回味就够了!"

妮娜轻轻叹气,叹息像一颗散碎的星星溅落天宇。

他心里一阵狂喜又一阵负疚。他已明白自己将要犯一个错误,尽管他渴望犯这个错误,可错到临头又希望有一种力量能解救他。唯一能解救他的人只有我,可我却卑鄙地沉默了。

竹林里,很静,很静。

他拥抱妮娜,许久许久。忽然妮娜推开他,笑笑地说:"够了!"然后,撇下他一阵风似的走了。他倚在清凉的竹子上,久久不舍离去。

似乎已有了默契,在以后几天,他和妮娜都在躲避见面。只是临行前,他与妮娜相约同行。妮娜的表情分明告诉他,这将是一次不平凡的同行。

现在,他望着坐在身边的妮娜,心旌摇曳,不能自禁。

我冷笑着,用白眼看他,他丝毫没有察觉。记得我曾向他的未婚妻保证过,一定要他忠心耿耿,洁身自好,像侍奉帝王的臣子绝不当武臣。谁料只短短十几日,他便原形毕露,将那个很不坏的小姑娘撇到脑后,在妮娜面前扮演风流公子了。

"你想什么呢?"

我听见妮娜在问,连忙让他回过神,冲妮娜微微一笑。妮娜的脸孔雪白雪白,神情似乎有些无聊,黑色的云发丝丝飘香,鼻子牙雕一样小巧挺秀,丰润的唇涂了淡淡的唇膏,愈加诱人。两条细眉,一泓秋水,睫毛茂密而细长。

"你真美!"他悄声而热烈地说。

妮娜脸倏地一红,害羞地还他一瞥,不去理他。心想,这奉承有点肉麻。

他悄悄地伸过手去,捏住妮娜的小手。妮娜的手指纤细而柔软,皮肤细腻而光滑,洁白如玉的手掌上脉路清晰,像一幅美丽的勾线地图。他抚弄妮娜的手掌,妮娜浑然不觉,只侧了脸向不关要紧处望。只是妮娜的耳垂通红如玛瑙,像一滴透明的血。

"你,你就不怕吗?"

妮娜头也不回地悄悄对他说。

"怕?也许是的,我害怕!不过假如我不怕了,那一定有我不怕的理由!"他说。

我看定他的侧脸,知道另一半侧脸一定通红,否则这一半脸何以惨白呢?!

"我很害怕,这样多不好呀!"妮娜垂下头并转向他,雪白而宽的额头上起了几丝皱褶,表情显得忧郁而不安。

"我明白。"他说,"我们都很爱惜自己的羽毛。但一切都不是我们的错,要怪就怪那个丘比特,那个坏小孩总拿一把弓往我们心里射箭。我想我们只能面对现实了。"

"也许这真是命运的安排呢!"

妮娜叹了口气,似乎如释重负,似乎找到了一个干坏事的借口。"小时候我常常偷吃奶奶的饼干,妈妈问我时我就说,那不怪我,要怪我肚子饿了。你说好笑吗?"

"一点不好笑!"他赞同道,"这是最好的回答。人活在世上,不论做什么,都要有一些理由,如果没有也要找一些出来,只有这样心理才能平衡。有位刺客谋杀肯尼迪,是因为他固执地认为:肯尼迪使他胃疼!"

妮娜无声地笑了一下。

"其实,我们都很在乎,所以才这样呢!"

他笑起来。妮娜乘机抽回自己的手。飞机在穿越云层,继续爬高。阳光雪崩一样倾泻到白亮的机翼上,反射开去,炫人眼目。弦窗外的天空静寂无声,天空像一块巨大的蓝水晶,太阳圆圆的像一枚白金的康乐球,寂寞地悬挂在空中。云絮在机翼下像汤锅中蒸腾的白气,冉冉地飘动。

寂静而蓝的奇怪的广漠的天空忽然出现了一个七色的光环,光环中是一架飞机。飞机在光环中徐徐移动,亮晶晶的舷窗中有两张脸在惊异地向外边张望。

"那是我们啊!"他轻轻道。

"真美啊! 我还是第一次见到呢!"妮娜兴奋而感慨,"这是水汽和光的魔术,可惜不长久!"

"也许那不是幻象。"他凝神道,"也许真的还有一个你、我、他存在,我和你在看着他们,他们也在看着我们,其实是我们自己在观察自己啊! 你信吗?"

"我信!"妮娜微笑点头,"你充满了想象力。"

"不,不仅仅是想象!"他坚持道。

"对你我总是附和的。"妮娜温情地望着他,"因为爱情是盲目的。"

他幸福地咧开大嘴,像喝醉酒似的嘀嘀笑起来。我觉得他那副尊容像极了打呵欠的河马。在如镜的河面上,河马把枯树皮颜色的嘴巴和鼻孔露在外边。一旦张开嘴巴,河水便倒灌进去,只剩下一条干涸的河床。

三　秘书和市长

何伟大学毕业时,已经二十二岁了。二十岁是一条康庄大道,铺满了阳光和鲜花,起码对走上社会的何伟是这样的。何伟学的是中文汉语言专业,很荣幸地被分到市政府为市长张文当秘书。何伟很清楚,这一切要归功于父亲的推荐,若非张市长恰恰是父亲的同学,而何伟又十分得张市长赏识,何伟大约无非是个大机关的小职员或一位中学教员而已。

何伟为自己感到庆幸。

每天清早,何伟准时骑单车走进挂着国徽的市府大院,站岗的卫兵举手敬礼或不敬礼都无关紧要,因为偌大的市府工作人员都知道何伟是张市长的秘书,而张市长则是这座偌大城市的领导人,自然连月亮也因为太阳而辉煌了。

何伟像打足气的皮球,对自己充满了自信。

张市长也对何伟的仪表堂堂、彬彬有礼甚为满意。何伟适应了一段之后,对一切也能应对得体,举止之间,十分合度。张市长每天走进办公室,桌上总有一杯热牛奶和一碟点心等待着他。张市长有时吃,有时不吃,吃不吃并不要紧,要紧是部下的这一份关心。

"你这个小何呀,也有点太不像话了嘛!怎么管到我这个市长头上?连我不吃早点的习惯也叫你给革掉了嘛!这怎么得了!"

张市长一边啜饮牛奶,嚼食糕点,一边批评何伟。何伟则一笑置之,给张市长读一则《健康和长寿》的文章,上边说不吃早点对身体危害最大,云云。

"你回去问你爸爸,在大学时,我可是足球队的中锋,身体棒着呢!1960年时一天吃一顿饭,照样熬过来了。今年四十八岁,几乎没闹过什么病。哈哈,别听那帮养生学家们乱说,长寿之道,因人而异,绝不可搬来就用。这和搞改革一样嘛,你那个市有你的高招,拿到我这个市恐怕不灵。比如学大寨那一套,硬性让社社队队去学,就不合适嘛!关键是大政方针定下来,然后由各个单位去具体制定适合本单位实际情况的实施方案和措施,这样才合辩证法。不是有个典故叫鹤径续凫吗?仙鹤的腿修长而美丽,若拿去给野鸭子安上,那鸭子就不会浮水了,对不对?"

张市长是位有才华的领导人,讲起话来才气横溢,具有极其丰富的联想力。张市长的风度、气质,以及处理问题的能力均使何伟心折。何伟从初见张市长的一刹那,便被张市长那种特殊的魅力所慑服。

何伟认为:张市长正是自己心仪已久的那种新型的领导人。

"小何,我不会让你老干这个。当秘书最坏的一点是长此下去会养成唯命是从的坏毛病,搞不好还会狐假虎威,乱弹琴,阿谀奉迎上级领导,可对下边摆架子,要人们怕你,要不得,要不得,实在要不得!我以前也吃过秘书的苦头,想见领导得看秘书的脸色,你可记住,不许来这一套,你不过是个小小的秘书嘛!有什么权力让人家仰你的鼻息呢?!咱们说好,你一不做贾桂,二不做太监,你只做秘书,真正的秘书明白吗?"

何伟唯唯。

"过两年你就下去,改掉我这个长官意志施于你身的影响,发挥你自己的才能,好好干一番事业,那时你才会知道秘书这角色的优劣!不过话说回来,你是我这个长官的秘书,你自然不能违背我的决定而擅自作主张,那会坏事的。从某种意义上讲，秘书只是搞后勤的，一切都得为前线服务，我就是前线，你得为我服务，而且是无条件的，明白吗？"

张市长端端地坐在宽大的朱红色的办公桌后，上身微微前倾，宽宽的肩头不时耸动，手掌按定桌面，食指若有所思地轻叩桌面，叩出一串情绪型的节奏。桌面上一尘不染，没有报纸也没有文件，只有一方大砚台和两个红蓝墨水瓶，外加一个粗矮的仿清瓷笔筒。

何伟则恭恭敬敬地坐在对面的沙发椅上，目不转睛地盯着张市长左手扶定的红色外壳的宜兴紫砂茶杯，聆听张市长的教诲。

"你随便点嘛！"张市长有时不忍。

何伟很听话，马上就做出一副随便的样子，但只一会工夫，便又恭恭敬敬了。

"我们是闲聊天，随便谈嘛！聊什么都可以，我们也是人，总不能一天到晚谈规划，谈财政，谈改革，谈马列，也要聊聊天气啦，鸡毛蒜皮啦，对不对？"

张市长喉结粗突有力，说话时喉结动来动去。巨大的头颅上覆盖着狮鬃般粗硬的黑发，梳理的一丝不乱，脸型饱满而不失棱角，额头不宽但很高，发际如穹窿，浓眉漆黑，呈散射状，两只眼珠隐在隆起的眉骨下，炯炯有神，含笑时使人如沐春风，严肃时则不怒自威。鼻子挺直而丰满，嘴巴很大，嘴巴上的轮廓线刀削一样分明，下巴的线条却十分柔和。

"你之前，他们给我找来个女秘书，那女孩子很不错，瞅着就有灵气，可就是……"

张市长微微皱起眉头，嘴角扯出一丝嘲讽的笑意。

"我见了一次，对那女孩子很满意。可我等那女孩走后，立马给秘书长打电话说：你给我另找一个吧！唉，你知道为什么吗？"

何伟不解。

张市长凝视何伟，忽然轻轻发一声叹息，道："那女孩太漂亮了，瓜田李下，谨防弯腰整冠，为官之道，要防患于未然呀！你看这个理由如何？是不是很滑稽？"

"我不懂,既然您很满意,又何必顾忌那些莫须有的东西呢?"

"你会懂得的!"张市长苦笑了一下,"我知道他们是好心,想给我找个女秘书照顾我,可殊不知那可能授人以柄,断送我的政治生命啊!"

何伟点头,表示明白。

"你知道我为什么提这个? 跟你讲,我是觉得那女孩和你正是一对儿,怎么样? 我找时间让你们见见面如何?"

何伟不好意思地连连道:"那怎么行呢,我刚开始工作就……那不影响工作吗?"

"哈哈,别不好意思嘛! 你不光要好好工作,也要开始学习生活,恋爱是生活开始的第一课,也是最重要的一课呢! 你得处理好! 跟你说,那女孩很有才华,还写过什么散文诗歌,发表在一家大刊物上,你们可以谈得来的!"

"那,那就谢谢张市长啦!"

"谢什么?"张市长打个哈哈,"以前你谈过恋爱吗?"

"谈过的。"何伟老老实实地道,"上大学前谈过一次,在大学又谈了一次,不过都没有成功。"

"谈谈嘛!"张市长来了兴趣。

何伟忸怩了一会,不好拒绝,便道:"第一次我还不懂事,是个小姑娘喜欢我,老跟着我,我后来也有点喜欢她了,可她又不喜欢我了。然后我上了大学,就没联系。前几天在街上遇到她,她挺着个大肚子,很幸福地和丈夫采购毛线和宝宝装,像不认识我似的,没说话就过去了。在大学时,有一位女同学,我很喜欢她,可她……"

丁零零——电话响了。

张市长抄起话筒,说了一会话放下,笑笑道:"怎么样,晚上我们去参加舞会,你的故事,等下回再讲吧!"

何伟如释重负地点点头。

市游乐中心新建"卡拉OK"歌厅一座,属豪华型,外形像只压扁了的鸭蛋。三层建筑,浑身上下镶满了进口的浅咖啡色马赛克。门厅上霓虹灯明明灭灭,闪出"卡拉OK"四个大字。一层设有咖啡座,小酒吧。捷克式豪华沙发布成一个自然角,供人们小憩。二层是歌厅,两侧是散座和包厢,中间是舞池,正面是舞台,一色白衬衣黑领带的乐队拥"兵"自重。三层设有美容、按摩,电子游戏机、台球室。

"卡拉OK"首次开业,特邀各界头面人物,凡持入场券者,发纪念品一提袋,免费供应健力宝、咖啡、香茶各一杯。

乐队奏起第一支舞曲时,来宾均正襟危坐,自重身份,不肯轻易下海。

张市长西装革履,第一个步入舞池,与一华装小姐翩翩起舞。泥装菩萨们解禁似的活跃起来,一个个携伴入场。伴舞者姿容皆不恶,且淡妆浓抹,舞步轻盈,似系职业老手。何伟冷眼旁观如品一杯咖啡,咖啡很苦,何伟素来不喜欢,因此喝得十分扫兴。

一曲终了,舞者回座小憩。女士小姐们都是香汗淋淋,娇喘细细,用洒了香水的小手帕扇凉。张市长与那华装小姐走回来坐下,额际已见汗,何伟连忙将一块毛巾递上,并打开一桶饮料,分斟两只玻璃杯。

"好热!"张市长脱了西服,雪白的衬领,猩红的真丝领带,在紫外线迷蒙的光照下十分醒眼。华装小姐明眸皓齿,光彩照人,优雅高贵。何伟点头微笑,问候一声。华装小姐亦点头回礼,神态娴雅的啜吸饮料。

何伟对华装小姐已识面数次,凡有张市长参加的舞会,华装小姐必到。张市长不知是由于疏忽还是其他原因,一直不曾给何伟与华装小姐做正式介绍。不该问的何伟自然不问,这是何伟的信条。华装小姐似乎对何伟不很信任,只要有何伟在座,便少言寡语。何伟识趣,便借故走开,留张市长与华装小姐在包厢。

舞台上一位穿纱丽的女子正在唱第一支点播的金曲,是一支巴基斯坦的歌曲。舞池间又旋动起一对对舞侣。男者大都已届中年,腆胸凸肚,拥着几个苗条少女,滑来滑去。何伟邀了一位女孩共舞,十分矜持自重。

"你是张市长的秘书吗?"那女孩问何伟。

何伟点点头。

"我是歌舞团的莎娜,你叫我娜娜好了。"

光怪迷离的灯影下,女孩妩媚地冲何伟微笑。香水和肉红色的体味一阵阵往何伟鼻子里钻。何伟怀里的女孩像一团若有若无的云絮,柔柔地蠕动,旋转。

　　"我可以叫你伟伟吗?"

　　"你怎么知道我的小名儿?"

　　"嘻嘻……"女孩埋下脸,发一阵轻笑,"你的祖宗三代,我都查过啦!"

　　"你都知道些什么?"

　　"我知道你爸爸是位中学校长,你妈妈是位优秀教师,你有个妹妹叫瑶瑶……"

　　"还有呢?"

　　"还有嘛,那就是你爸爸是你的继父……你吃惊吗？瞧,连这个我都知道!"

　　"那又怎么样呢?"何伟淡淡地一笑。

　　"你一点都不好奇吗?"女孩神情有点失望。

　　何伟摇头。

　　"你不想知道是谁告诉我的吗?"女孩歪着脑壳,疑惑地望着何伟。何伟心里暗笑,表面上不动声色。

　　"你可以告诉我,也可以不告诉我,这是你的权利呀!"

　　女孩专注地望着何伟的眼睛,有一刹那的犹豫,突然狠狠地甩开何伟,退后两步,像不认识何伟似的瞪着何伟,冷傲、教训式地道:"小小年纪就有了官架子,城府这么深,怎么得了呀! 我不要陪你了!"

　　女孩说完,并不走开,狠狠瞪视何伟,一言不发。

　　何伟脸有些红,像十分容忍地微笑道:"那就请便吧!"

　　女孩勃然大怒道:"什么？ 你想赶我走？ 我才不走呢! 你走开!"

　　何伟不怒反笑,道:"那好,我走开就是了。失礼之处,还请原谅!"

　　女孩不理睬何伟,兀自一人独舞,舞姿翩翩,像一只花间彩蝶。

　　何伟走回包厢,见张市长和华装小姐相对而坐,默然相视无言。华装小姐面容惨淡,张市长神情黯然。何伟退回舞池,又觅一对手作舞,跳快三,心不在焉,踩了那位年华女士的脚,华年女士脸上一阵抽搐,竟簌簌脱落下一层白粉,吁吁呼痛,败下阵去。

何伟由是获得一次胜利。

四　牧童与孩子

那孩子静静地伏在山坡的残雪里,像一个熟睡的婴儿。羊群团团围住了孩子,羊羔儿用湿润温暖的舌头舔着孩子的脸。

牧童弯下腰,将那孩子翻了个身,孩子仰着一张脸儿冲了天空,闭着眼睛,一动不动。

"你不要伪装了,"牧童皱着眉头说,"你不要吓唬我,我知道你好好的。你起来吧!"

那孩子面色红润,嘴唇有淡淡的茸毛,睫毛细长,在寒风中颤动。

"你要不起来,我可要走了!"牧童又说,声音在寒风中抖索的像枯草。

那孩子的嘴巴似乎动了动,干裂的充满白垢的嘴皮儿粘在一起,无力张动。

"你要不起来,我可要往你脸上撒尿了!"

牧童大声地吓唬那躺着的孩子。那孩子无动于衷,似乎又冷笑了一下。

"你以为我不敢吗?"

牧童作状解开白茬子皮裤,从里边掏出一根成形的小东西并瞄准那孩子的脸。

"你起来呀,你再不起来,我可真要尿了!"

牧童大声吼喝,疑惧残雪一样没有颜色。那孩子的脸上忽然抽搐了一下,变成一副怪相,似乎在轻蔑地说,你敢吗?

"我怕什么,你们城里的孩子最坏啦! 不过我不怕你们! 你要再伪装,我可真要尿你一脸啦! 喂,我数三下!"

牧童作势,慢慢道:"一——"腔调拖得很长,"二——"

那孩子面色由红转白,转青,仍然一动不动。

"三——"牧童的声调长的没尽头,终于气竭,胯下那根成形的小东西倏地暴怒,射出一道亮晃晃的黄色抛物线,将那孩子与自己连在了一起。

腥臊的尿液在孩子脸上溅开,冷笑着钻入孩子的嘴巴、鼻孔、耳朵。

那孩子的嘴巴倏地张开,发出可怕的吞咽声。然后忽然坐起来,双目张开,失神地望着吓呆了的牧童。

"是你救了我吗?"

那孩子声音微弱地问。牧童后退了一步,又后退了一步,半晌才醒悟,连忙把胯间那根东西收回去,系好裤子。

"你是谁?"牧童严肃地问孩子。

"渴,渴——"那孩子呻吟着,"还有吗? 你刚才给我喝的东西……"

牧童肮脏的脸通红,窘迫地提一提裤子,喃喃道:"那是糊糊,我家里还有……"

五 丹小姐与龙先生

"喂,请问您找谁?"

"我找何伟,你是谁?"

"我就是何伟。"

"嘻嘻,你猜我是谁?"

"是瑶瑶吗?"

"错了! 你这人太缺乏想象力了!"

"对不起,我实在猜不出您是谁?"

"晚上七点,我在公园门口等你,不见不散,到时候你就知道我是谁了。"

"喂,您到底是谁?"

电话断了。白色的粉壁上一尘不染,洁白的令人茫然。隔壁张市长宽大的办公室里正在开政府班子碰头会。张市长的嗓门鸣磬一样透壁而出,似乎在生气。我放下话筒,皱起眉头,搜索枯肠! 实在想不起有哪位异性与我有相约黄昏后的交情。难道会是小翠? 在这座城市中唯有小翠才与我有过那种约会,可小翠早已身怀六甲,成了他人之妇了。

难道会是张市长所说的那个女孩吗? 可张市长近日并未再次提起呀?

我仔细观察花架上盛开的月季,花瓣羽毛似的怒张成球形,花蕊纤细而柔嫩,托着一粒授粉的机关。叶片碧绿,枝干横逸,香气袭人。这大约便是很名贵的香水月季吧?花似解言,却不肯告我端详,我唯有茫然。

小翠在花朵间冷笑,说:"你真个没用!"

绿茵地上,丹懒懒地躺着,枕着两条光滑纤细的手臂,宽松的短袖衫下高耸着两座富士山,道地的港货紧绷在丰满的中间地带,开垦出扁平的腹部和张扬的三角地带,裸露的双腿呈邀请状叉开,腿上的皮肤细腻洁白的像丝绸。阳光贪婪地洗浴她的全身,蜜一样甜蜜地注入她的毛孔,又温柔地溢出来,化作汗珠,颤巍巍地滴到草尖上。

"丹,到树荫下好吗?"

"不,我想晒黑一点。欧洲人喜欢橄榄色皮肤,你不喜欢吗?"

"我不是欧洲人呀!"

"我渴了,劳驾你买点饮料回来好吗?"

"遵命!"

丹静静地躺着。一个金发碧眼的小伙子散漫地走向丹,用蹩脚的中国话说:"你好,丹!"

丹坐起来,黑发泻落肩头,微笑阳光一样灿烂。胡须一样长满气根的大榕树上,小鸟婉转啼叫,悦耳醒神。丹听不懂鸟叫,鸟也听不懂丹的话语。丹说的是英语。

"啊,是您,我太高兴了!您是什么时候到的?家里还好吗?"

"我父亲很雄壮,一顿饭要吃两块牛排,我妈妈也很雄壮,像牛一样!"

丹大笑,笑声银铃一样清脆。

"你,笑什么?"

丹用英语道:"您的汉语不标准,用词不当呢!您还是说英语吧!"

"不,我来中国,就是要学汉语,我一定必须把中国话当饭一样吃,这样才不对!"

丹忍俊不禁,差点笑软了。

"丹,这位一定是你常说的史密斯先生吧?"

"你好！丹,他是谁？"

"我的朋友。"丹说,"他叫何伟,中文系的,这位是龙先生。"

"不,是龙子先生！"龙先生纠正道：

"还不如叫龙子龙孙好呢？"

丹讥讽地笑道。龙先生为之一笑道："不,我不要做龙的孙子,我要做孙子的爸爸！"

"对不起,只有两罐饮料,一罐我已开喝了,另一罐是丹的。"我说。

龙先生连连摆手："客气不要,客气不要,你们中国人礼多人不怪！今天我要请你到我房子里把酒喝,你可以带着你的朋友,请赏光你们！"

丹喷了一口饮料,又笑,道："您还是说英语吧,不然我肚子要笑疼了。"

龙先生坚持道："不！我教你们英语,你们教我汉语,我们是有约定的！"

丹是外语系英语专业的高才生,与我同一届。我与丹在一次舞会相识,以后有意无意地常常接触,关系发展很快。丹待我一片坦诚,我待丹亦如此。虽然我与丹不曾谈及嫁娶,但已心照不宣。一切都似乎美好得过了头,至少在我与龙先生相见之前是这样的。

"好吧,我与何一定去,不过我讨厌那个看门的老头,那老头眼里只有你们外国留学生,防贼似的防着中国学生,真让人受不了！"

"是的啦,他对我们很周到,可不肯对你们周到。我们喜欢你们到我们那儿玩,可他不喜欢你们中国人,这叫种族歧视！"顿了一下,龙先生大悟,"哈,又说错话了。他是中国人,不能叫种族歧视,是歧视中国人！"

"是中国人歧视中国人,这才叫可笑呢！"丹撇撇嘴,十分不屑。

"也许门房老头是执行校方的规定吧。"我说,丹不快地道："这才更透着可悲呢！"

"在我们那儿是很随便的！"龙先生说,"只要你不妨碍别人,你可以随便做什么,没有人干涉你。中国留学生在我们那儿生活得很辛苦,可他们很欢喜,很雄壮,很学习得好！"

"没劲！"丹皱起细眉,"不谈这个了,你说说看,今晚都有什么好吃的？"

"你们去了之后就知道了!"

龙先生耸耸肩头,瞟了我一眼,眼里的内容很复杂。然后就走了。

"这个美国佬!"我不知为什么有点嫉恨龙先生,"他很自以为是,很固执,也很有优越感。"

"不。"丹说,"他很好,我喜欢他的做派,你不可以说他的坏话。"

"也许我的看法不对,但你要让我有发表意见的权利呀!"

我反驳丹。丹不理我,躺下继续晒太阳。我发火了,狠狠地道:"你这算干什么,好好一个星期天,光是躺在这儿晒太阳,难道我们不能干点别的吗?"

丹不满地瞟我一眼,冷冷道:"你说我们能干什么?干什么都得花钱,可我俩这月的钱都花光了呀!晒太阳是不必付费的,对不对?"

我气馁地垂了头,不语。丹不忍,伸手揽住我的脖子,吹气如兰似的道:"你陪我嘛,我要你陪我晒太阳,晒成橄榄色,不挺好吗?"

我心软了,道:"好吧!好吧!我们一同晒太阳,晒成咸鱼干,让龙先生捡了去办他的招待酒会,这你满意了吧!"

丹"吧"的在我脸上吻一下,轻笑道:"这才是我的乖猫呢!"这一句丹是用英文说的,我没有听懂,见丹笑得诡秘,准知道不是一句好话,便去抓丹的痒。丹笑得在草地上打滚,直到远远有人来了,我才饶了丹。

"跟你在一起,我真是快乐呀!"

丹说,脸红得像月季花。

我仔细审视丹的脸,丹的脸花瓣一样怒张成球状,挑起几根细致的花蕊,去捕捉生殖的信息。月季是丹还是丹是月季,竟让我很迷惑了一阵。丹笑着从绿茵地上跳起来,风一样刮跑了。阳光拥着小草像拥着丹,那块草坪有丹的痕迹和丹的体味,值得永久记忆。

电话铃又响了。

第三章 人品，在自持中淡化

一 不存在侥幸

他在四岁那年，与母亲一道离开了那座四山环抱的小镇，来到了这座喧嚣的城市。他的记忆里只有一些碎片，连缀成他童年的梦。那是一片结冰的湖面，孩子们扬起鞭子，抽打旋转的陀螺。太阳冷漠地悬在中天，风儿打着白毛小旋。冰车在欢呼中飞驰，铮亮的冰锥一起一落，像船儿的双桨，鸟儿的翠翅。远山白雪皑皑，淡蓝色的岚气在寒风中变成灰色。小林区的枯树上，乌鸦们成群结伙地相对吵闹。

他小小的身影寂寞地伫立在湖岸上，眼热地瞅那些大孩子们游戏。

然后是一条漫长漫长的布满沙土砾石的土红色的路，蛇一样盘绕着伸向山顶，又蛇一样扭动着逶迤向山下。一辆充作客车的遮篷大卡车哼哼叽叽地爬坡，不时放一个响屁，散架似的颤抖一阵。嶙峋怪石扑面而来，又闪开去。急遽的山风呼号着，卷起尘沙，劈头盖脑地打向人们的头脸，人们呸呸地吐着嘴里的沙泥，咒骂着老天。他依偎在母亲怀里昏昏地睡，不知醒了几回又睡了几回。他完全清醒时已是下午时光，路仍然漫长的没有尽头。

荒凉的山野旷达得令人心悸，弯弯扭扭的公路自蟒似的张开大口，将撞来的卡车一点一点吞噬,疲软的马达声连续咳嗽着,吐出一声叹息,便长久地沉寂了。

人们眼巴巴地看着浑身油污的司机骂骂咧咧地修车,怀着企盼和侥幸。

"修不好了,下来走吧!"

司机操着土话叫骂着宣告了企盼者的死刑。人们开始叫骂并式始沉默,叫骂者不断叫骂,沉默者持续沉默,只是没有一个人从车上下来。叫骂者与沉默者仍怀着侥幸和企盼。

"走吧,不远啦,顶多十里地就到站了!"司机叹着气劝人们,"这车不济事啦,它太老啦,是第二次世界大战老蒋从美国佬那儿要来的货,早该退休啦!"

母亲忽然慢慢站起身,瞟一眼人们,然后拿起挎包背上,越过栏板跳下车,又伸手把他抱下来。人们疑惑而好奇地望着母亲,似乎母亲是一个怪物。

"喂,你咋这么愣? 真个要走?"

"咱们是买了票的,赖也赖上了,咋的走啦? 真个也愣死啦!"

"狗日的司机哄人咧,他心不顺,拿老子们要咧! 说,狗日的,你要咋?"

母亲背起挎包,领着他,默默地上路了。他不肯好好地走,频频地回头望那辆抛锚的卡车。母亲哄着他,一步一步地远去,把那辆车和不肯弃车的人们远远抛在身后了。

他走累了,母亲便背着他。他伏在母亲不甚宽阔的背上昏昏地睡去了。再一次醒来时,天黑了,有狗的叫声错错落落传来。不远处闪着灯光。母亲放下他,牵着他走。

"到了,就快到了!"母亲轻声对他说,"等会儿我们就能坐上火车了。"

荒凉的小镇,荒凉的小站,对那时的他和母亲是何等的亲切何等的温暖啊!

半夜三点钟,他和母亲乘上了火车。那辆抛锚的卡车仍然不见踪影。

"乖儿,脚板起泡了,妈妈真不好,让你走了这么多路!"母亲抚摸着他的小脚,泪汪汪地说:"不过我们等不起,错过了这趟车要等到明天这时候啊!"

那辆抛锚的车仍在山顶与那些怀抱企盼和侥幸的人们干耗着,而他已在母亲的怀里昏昏地睡去,听着车轮撞击钢轨的咔嗒声。

他长大以后便开始思想,便有了几分悟,便庆幸母亲没有与他一同待在那辆破车上是做对了。否则他绝对不会来这座光怪陆离的城市而一定会和那些有了无限侥幸和企盼的人们永远留在那座山顶上了。他确信那些同路的人们至今一定还在那辆破车上干耗着,充满自信和信念,嚼着泥沙喝着西北风,乐观地待在荒凉的山顶上等着卡车修好,叫骂者从叫骂中获得了乐趣和信心,沉默者在沉默中播种希望。什么时候叫骂者沉默了,沉默者开始叫骂,大约便会有一点希望了。等他们终于绝望,一致弃车而行,回到家里,早已物是人非,娘死妻嫁,又是一代人的天下了。

他想:他们最好的命运,便是永远留在那座企盼和侥幸的荒山上。

他对自己说,对我说,也对你说:伟伟,你永远不能企盼,不能侥幸,你得行动,你不能整天无所事事,耽于空想;再伟大,再美丽的幻想也比不上行动啊!

蜥蜴爬来爬去,是该杀死它的身体?还是杀死它的行为?

他想:懒惰是一种行为,杀死它吧!

忽然他听见身后传来一阵哧哧的笑声,笑声中一个甜美的音色道:

"哥哥,想什么呢?"

他转过身。看见了瑶瑶。

"嫂子呢?"瑶瑶问。

"上班了。"

"甜甜呢?"瑶瑶又问。

"这还用问吗?甜甜在幼儿园呢!"

瑶瑶笑笑,又问:"听说你和嫂子有点紧张,是吗?"

他沉默。

"是不是有了第三者？"

他不语，点起一支香烟，慢慢吸了一口，又吸了一口

"谁是第三者？"瑶瑶追问道。

"你真想知道？"他冷然一笑。

"当然了，我要知道！"瑶瑶坚持。

"我！"他说，吐了一个烟圈。"还有她！"

"她是谁？"

沉默，烟圈旋转着碎成了烟雾，融到空气中去了。

二 初吻的依据

小翠笑吟吟地望着何伟说："哼，我还以为你不来了呢！"

何伟紧张地四处张望一下，说："我们去哪儿？"

小翠扬起两张粉红色的纸道："先去看电影，然后我们一起去下馆子，好不好？"

小翠上来挽住何伟的手臂，何伟挣开，抱怨道："别，让人家笑话……"

小翠生气地丢下何伟，顾自一人在前头走，何伟在后边跟着。

"你走快点嘛！"小翠回转身嗔道。

卖雪糕的老太太沙哑地叫着，街道两侧的小贩高一声低一声地吆喝。电器商店的大音箱吼着迪斯科舞曲，邓丽君似醒非醒，苏小明正在走红，刘晓庆如日中天。

电影院里，放映《小花》。

黑暗中，小翠悄悄靠过来，抓住何伟的手。小翠的手柔软而湿润，何伟手心全是汗，指尖微微颤抖。

"昨天，你，你告诉了哪个派出所？"

"我没有告诉派出所，我告诉猴儿的爹了。"小翠小声说，"昨夜猴儿没回家，他爹气病了。"

何伟明白了。

"你别怕，我让猴儿爹保密。猴儿和头儿不会知道是你告的密，你放心！"

小翠柔情蜜意地靠入何伟怀里,把何伟的手放在自己的胸脯上,小声说:

"你摸摸,我心跳得厉害。"

何伟头昏脑涨,嗓子眼窜上一股火苗,烧焦了口唇。银幕上那个清纯甜美的女孩子正在做戏,她料不到自己几年后会去美国,穿三点式,梳爆炸发型,嫁给一个外国男人做老婆。

何伟也料不到自己的爪子会不争气地,哆哆嗦嗦地伸进小翠的胸衣里,像做贼似的。何伟觉得自己犯罪了,可这种犯罪竟是如此迷人。何伟闭上眼,看见小翠死了,躺在大太阳地下,像一摊蜡烛似的融化了。

"你真胆大!"小翠耳语道,"我还以为你什么也不懂呢?"

何伟忽然觉得羞愧得无地自容,猛地推开小翠,离座而去。踉踉跄跄地走出电影院,乍然置身阳光之中,一阵头晕目眩,差点栽倒,胃里翻江倒海,恶心得直想吐。小翠过来扶何伟,何伟推开小翠,昏头涨脑,像个醉鬼。

"你怎么啦?"小翠惊慌地问。

"我也不知道……"

何伟少气无力的回答,一屁股坐下,双手抱住头,半晌不吱声。小翠赶紧买来冷饮给何伟喝,不时用小于绢给何伟擦汗,扇凉。

"你中暑了!"小翠说。

何伟想:"我一定是吓坏了?是自个儿把自个儿吓坏了?我怎么这样下流呢?"

"你骂我吧!"何伟对小翠道,"我太坏了!"

小翠不安地,怯生生地瞅着何伟,垂着头道:"我也不好,我只是想试试……不好!一点也不好!以后我们再不这样好吗?"

何伟点头。

小翠嫣然一笑道:"等我们长大了,我们结婚,那一定很幸福!"

何伟茫然。小翠扯起何伟,一同下馆子,点了一桌菜,还要了两瓶啤酒。小翠欢喜的像个傻子,何伟也很开心。

"你学习好,往后要帮我啊!"

"我一定帮你!"

"考大学时你最好坐我旁边,我不会时你就告诉我,好不好?"

"我会的!"

"这样真好!"小翠高兴得直拍巴掌。歪了头看何伟,咧着嘴笑,又抿着嘴笑,悄悄问:"我好看吗? 你真心喜欢我吗? 我可是爱死你啦!"

"你要能不抹那多的油呀粉呀的,一定挺好看。"何伟嚅嗫道。

"只要你喜欢。"小翠掏出手绢,在脸上乱擦,擦的黑一块红一块,成了大花脸,"往后我要再抹这些东西,就是小狗!"

"我们还小,不能像猴儿那样,我们做好朋友,行吗?"

"不!"小翠道,"我们要做对象,不管多久,我们都要做比翼鸟,连理枝……"

何伟道:"你倒挺多墨水呢!"

小翠微笑:"你以为我真那么差劲吗? 我在班上语文最好,我还写诗呢!"

"真的吗? 念几句我听听。"何伟来了兴趣。

小翠忸怩一番道:"你可别笑,是我昨儿个写的,写给你的:亲爱的,你多么英俊,我爱你情深意长,月儿啊给我捎句话……后头的我记不得了。"

何伟皱起眉头:"这哪算诗啊!"

"当然是诗了,老师说,诗是悄悄话,悄悄说出来的都是诗,一点不会错呢!"

"我也写过诗,还在班上朗诵过。"何伟郑重道,"老师还推荐给一家刊物,不过,不过没有登出来……"

"嗬,真了不起!"小翠惊喜地叫道,"你不说我还不知道呢,这么说我们是知音了。千两黄金易得,一个知音难求,是不是?"

何伟想:小翠其实挺纯洁,挺可爱,笑起来像个孩子,跟小翠在一起我显得挺了不起,如果瑶瑶能像小翠这么看待我就好了。

"往后,你要听我的话!"何伟说,"学好功课,别一天胡思乱想的。我们一起上大学,那才是我们努力的方向。"

小翠鸡啄米似的点头:"我听你的!"

何伟很得意地笑了。

"往后,我们一星期见一次面,好吗?"

"太长啦,我不嘛!"

"那要不一次面也不见好啦!"何伟板起面孔,小翠差点哭出来,伤心地道,"那好吧! 可人家会想你的……"

何伟对自己十分满意。

"现在,我们暂时分手,各回各家吧!"何伟站起身,见小翠面色惨淡,有点不忍,犹豫道:"你要想和我一起做功课,那我们找个地方好不好? 去我家我害怕爸爸妈妈会不愿意……"

小翠大喜,急巴巴地道:"那就去我家吧,我爹会高兴得跳起来呢!"

"我可不敢。"何伟道,"你爹那么凶,动不动就打你嘴巴子。"

"那是我不好。"小翠委屈地道,"爹嫌我成天乱跑才不高兴的,要是我做功课,高兴还来不及呢!"

"我去一次试试吧!"何伟说。

"不去是小狗!"小翠赌咒道。

"好了,我要回家了,明天见。"

"我送送你好吗?"小翠站起身。

"不必了!"何伟潇洒地摆摆手。

小翠跟上来,嘟嘟哝哝地埋怨。何伟站住,瞪着小翠说:"我爸妈要是看见我和你这样子,会打断我的孤拐,你总不会愿意我成个瘸子吧?"

小翠听得直吐舌头,忙退后一步,眼巴巴地目送何伟扬长而去。

晚饭时,何伟直愣神儿,吃着吃着筷子就停在空中不动了。瑶瑶瞅着奇怪,问:"哥哥你怎么啦?"何伟竟没听见瑶瑶说什么。

"哥,跟你说话呢!"瑶瑶碰一下何伟,何伟大吃一惊,没好气地道:"干吗?"

瑶瑶不理何伟,哼一下丢下碗走了。

父亲一边看报一边吃饭,母亲在厨房里忙碌,谁也没有注意何伟。何伟这才放心。

夏夜的凉爽足以使何伟入眠，可何伟睡不着，脑子里转着些稀奇古怪的念头。

他说：你真傻，真没用，小翠那两个东西多柔软，多刺激呀！

你说：我不明白我为什么出那么多汗！

我说：知道错了，改了就好！

你问：这就是恋爱吗？

他道：你还没有吻小翠的嘴唇呢！

我冷笑：多么下流的想法呀！

"滚开——"何伟抱头大叫，"我谁的话也不要听，我要睡觉！"

月亮在天际弯镰一样悬挂，如霜的月光照入纱窗。何伟大睁着双眼躺在床上。隔壁传来父亲的鼾声，妹妹在咕咕哝哝地说梦话。

他劝说道：怕什么，大家不都这样吗？学校三千学生，至少有三个班那么多的早恋者，何况你和他们不一样，你比他们聪明，成绩好，只要不影响考大学就行了嘛！

我叹了口气：已经开始了，便难以一下刹车，只好寄希望于节制了，好自为之吧！

你苦恼地自言自语：我知道自己这样不好，可我管不住自己了。

何伟浑身燥热，心里异样隐秘的潜在的力已经发动，使何伟惊悸、亢奋、狂喜；虽在忧虑、恐惧、忌讳交替进攻，更有良知、理性、规矩的一再掣肘，但已无济于事。初窥人生奇奥的何伟，已不知不觉堕入情天欲海，不能自拔了。

他说：这是自然，是先天的效应。

你说：这是影响，是后天的工运。

我说：文明使自然早熟，欲求膨胀，道德沦丧，理性萎缩了。

"不对，我们这一代人，确实和父辈不同了。我们敢于正视自己，面对一切了。"何伟在毕业作文中写道，"我们不再是匍匐在自然脚下的奴仆，也不再是理性禁锢下的囚徒，我们不会再像岳飞、宋公明一样尽什么愚忠，也不会像孔孟一样酸儒迂阔,曹孟德一样,逞一世奸雄。我们坦率而不鲁莽,忠诚而不迷信,注重实际而鄙弃花巧,身处险境绝不欺心。我们不是古人也不是来者,我们只是今天的我们——一代平凡而又不平凡的我们!"

老师朱笔批曰:"思有邪,不足取。"又小字批道:"似有理似无理之间,法手中,仅得手下;然思维独特,文采蜚然,实属难得。"大笔圈一"优"字。

三　有毒的证明

黄昏的小山坡上,羊儿咩咩地叫着,冬日的暮霭烟一样流动。牧童望着那个孩子,那个孩子望着牧童。

"我又饿又渴!"那孩子虚弱地说:"我从早上开始奔跑。中间没有喝水也没有休息,一直跑到这儿……"

牧童同情地望着孩子。

"可是,我要知道你是谁。"

"你不知道。"孩子说,沉默了一下,补充道,"我有父母,不过他们都不在了。"

"你叫什么?"牧童问,"你在哪儿住？谁养活你长大的？你为什么要跑到这里?"

孩子沉默着,慢慢举起一只右手,小小的右手五指都缺了半截,像被刀子齐齐剁掉一样。孩子淡漠地瞅着自己残缺的手指,皱起眉头微微笑了一下,又笑了一下,古古怪怪地道:"大家都叫我断指,还叫我……我不说了,我怕你会害怕……"

"是割草时用镰刀割断的吗?"

牧童试探地问,脸上有好奇也有疑惧。孩子若有所思,忽然诡秘地点头道:"是咬掉的,是不小心咬掉的。我们哪儿没有镰刀,也没有草好割。"

"谁这么坏？这么狠？咬掉你的手指的是谁？是人呢？还是狗?"

孩子沉默着,慢慢摇头。一只小羊不住伸舌头舔孩子的手臂,手臂上被荆棘挂破,有点儿凝结的血丝。小羊舔着,孩子警觉地躲闪,不让小羊舔食自己的伤口。

"你为什么不说话?"牧童严厉地问孩子。

孩子一怔,小羊乘机伸舌头在孩子的胳膊上舔了几口。孩子急忙闪开,小羊快活地咩咩叫了几声,忽然一阵抽搐,前肢一跪,扑倒在地,口鼻出血,死了。

四　你玩玩我,我玩玩你

飞机在雾漾漾的山城机场盘旋三匝,徐徐降落。我与妮娜随着旅客鱼贯走下舷梯,重新脚踏实地。妮娜神情活泼,挎起黑色旅行包一跳一跳地往前跑,黑发飘动,背影轻晃,腰肢款摆如杨柳,臀部丰满而不臃肿,修长的双腿线条柔和,充斥着弹性,瞅着让人心跳。

"这儿谁也不认识我们!"

妮娜停下来等我,秀发飘落到胸前,脸上红云闪烁,悄悄冲我耳语。一阵热浪冲击了我,我为之哑然。妮娜挽起我的臂,像个贵妇人那样仰起头,目空一切地与我并排走。我幸福得容光焕发,不可一世。

傍山依势的山城建筑掩映于绿荫丛中,石板梯道,步步登高。登枇杷山远眺,长江如带,渡轮如梭,雾笛呜咽。花红柳绿盈眼,鸟语悦耳。妮娜喜不自胜,于山顶八柱长亭翩翩起舞,妩媚可人,秀色堪多,一如仙女临凡。

"得,你别跳了,再跳我可要从这百丈高崖跌将下去了!"我说。

"我跳得不好吗?"妮娜笑语如花。

"岂止是好,简直超尘脱俗,让人自惭形秽,想一头撞死呢!"

妮娜大笑,似搔痒处。妙极。

"你哪像个女夫子,在寂寞文苑笔耕。从你外形看更演艺界走红的阿妹阿姐之类,你干过那个玩意儿吗?"

"我以前是个蛮不错的舞蹈演员呢!"妮娜得意地道,"只因我不务正业,迷上爬格子的勾当,写个电影本子还有幸拍成胶片,面世后颇有好评,脑子一热便脱离了老本行,过起舞文弄墨的生涯来,否则,怕不会认识你这个家伙呢!"

"这才叫自讨苦吃呢!"我挖苦道,"历朝历代,中国的文人都是些穷困潦倒之辈,哪比得上庙堂歌舞,纸迷金醉,踢踏明星,颠倒众生,你实在是错打了主意了。后悔吗?"

"后悔倒未必。"妮娜微笑，"只是到文联工作后，找市里要房子总也要不到，不如演员受重视，我已老大，还与爸妈住一处呢！"

我大笑，颇有幸灾乐祸之感："上大学时一位老先生便劝诫我们说：作家者何？下九流也，与卖浆者流一类，哼，你们还兴什么呢？娱乐界虽也不入流，但中国从古到今就有捧女伶的习俗，因此当女明星比当男明星容易些，当女作家比当男作家容易些。你还是占了大便宜的，别不满意了！"

"你别调侃了！"妮娜星眸一闪，笑道，"这就叫'为伊憔悴终不悔'，爱好胜过责任感。女作家若写不出好作品，谁又会捧你！你光说女性占便宜，殊不知是阴盛阳衰。没羞！还不快藏起你那幅大男人嘴脸！"

"果真该打！"我自嘲道，"在你面前，我总是该打的。我认罚，待会儿请你吃饭好不好？"

"这还差不多。"妮娜秋水横波，燕翅般弯曲的细眉轻轻一挑，便令我拱手称臣。他走出来撞我一肘，冷笑道："你小子还真有一手，伪君子，曲意奉迎，意为何来？"

我赧然，突然觉得自己很丑陋。孔子曰：食色，性也！三日不知腥味，追风嗅出十里，见大釜煮肥羊一只，香气四溢，长饮鲸吸，忸怩作态，似惜香怜味，殊不知十里追风，意在釜中也！

我之于妮娜，妮娜之于我，意在何来？想我昔日之于小翠，何等自尊自爱，如今竟变得这般下作，到底是什么原因造成的？昨日之我已成昨日，今日之我仍在今日，未来之我则深不可测。昨日之我不可追，今日之我不可违，未来之我或可再铸，不妨得过且过。

妮娜以为我情痴，若知我如此不恭，必会伤心而死。我亦虑及妮娜痴情，万一缠绵起来，不好收拾。所以我不敢太放肆，怕陷得太深，难以自拔。

"跟你在一起，我有一种安全感。"

妮娜低语对我，依偎在侧，浑身散发着电感，令我不能自禁。我伸手揽住妮娜腰肢，心神摇曳，强力镇定自己。

"也许我很坏！"我半真半假。

"可我不怕你坏！"妮娜古怪地微笑。

"为什么不怕我？"

我问妮娜，妮娜含笑不语，漆黑的眸子闪射着异彩。我不再追问，手臂一紧，妮娜已入我怀中。枇杷林中，鸟声唏呖，长条椅上，仨俩情侣，相偎相依。久久。

渐渐梦醒，走出林中，结伴下山。沿途妮娜似弱不胜风，依傍着我一语不发，双颊陀红，经久不散。下山后打的士驶入市区，下车寻一处干净饭店，又捡一副干净桌椅坐下。

妮娜认真看菜谱，像看一部大书。饭间，妮娜心不在焉，吃得很少，只不时与我干杯，一瓶张裕葡萄酒喝个精光。此时店内已华灯溢彩，食客盈门。妮娜脸如桃花，嘘气如兰，已有了五成醉意，一味嘻嘻地傻笑。

我结账后拉着妮娜回旅馆，一路上妮娜絮絮叨叨地讲儿年琐事，不胜唏嘘，讲到伤情处竟嘤嘤地哭了。

我扶妮娜进了房间，小坐片刻，便回自己的房间洗澡。同居一室的旅人吹着风扇在凉席上已然入梦，鼻息如雷，袒腹露胸。妮娜推门进来，见状急退。我走出去，见妮娜穿一袭短裙，袅袅婷婷，清丽的像出水芙蓉。

"还早呢，我们出去走走。"

我遵命，穿短裤背心，趿拉着旅馆的拖鞋，散散漫漫地跟妮娜去街上小走。

"一想到这儿谁也不认识我们，我就想笑，就想干点坏事，好像害怕错过这个机会似的，你说可笑不？"

洗了澡，妮娜的醉意已退，谈兴甚豪。十分放肆地与我依偎，面对摩肩接踵的游人，岸然不惧。

"你不够勇敢！"妮娜忽然说。

"说我吗？那大约因为我比你痴长几岁。"我含糊道，"人年纪越大，越爱惜自己的羽毛，越趋向于理性，虽有人欲，却怕违了天理。"

"我们像不像一对夫妻？"妮娜耳语。

"在像与不像之间像，便没有不像的，像又如何？不像又如何？"

"你好像变了。"妮娜奇怪地看着我，"最初你够勇敢，我还以为……"

我苦笑。

"和我,你不必掉书袋子,还是最初那样好,不妨来点粗俗的。"

"他妈的!"我来了一句。

"嘻嘻,这就对了!"妮娜拊掌。

"我挺虚伪,是吗?"我问妮娜,妮娜点头道:"你虚伪,不过我也挺虚伪!"

"你知道我心里想什么?"我斜乜妮娜。

"我当然知道!"妮娜冷笑,"你们男人见了女孩子还能想什么!"

"……"我无言以答。

"这游戏很危险!"妮娜沉吟道。

"不过,我是有规则的,必须是我爱的,爱我的,而且见好就收!"

"哼,我还以为你会痴心恋我,要娶我当太太呢!"妮娜板起脸孔,轻蔑地看我。看得我直发怵,我以为妮娜会大义凛然,贴我一个耳光,以洗刷受骗的耻辱。不料,妮娜竟莞尔而笑,浑若等闲事。

"我早知道你在做戏,你心里燃烧的不是情焰,而是欲火,所以我才不怕你!"

我低声道:"好家伙,你简直不让人活,什么也说得出口,连一点情面也不留!"

"你这号人,我见多了,连一个小钱也不值!不过,你和他们的不同之处是,人还比较老实,不会骗人。"

"总算还有一点好处!"我苦笑不已。

"这算什么好处?"妮娜冷冷一笑,低眉垂首,幽幽叹一口气,"连骗人都不会,哪里还能算好处!可怜那些喜欢你的女孩子,连一点被骗的幸运也没有,反而打掉牙齿,血淋淋地吞回肚子,你干吗这么残忍?你就不能给人一点希望吗?"

"真新鲜。"我打趣道,"难不成你爱上我了吗?那我可真幸运了!"

"你以为呢?"妮娜冷然道。

"你又怎么知道我不爱你呢?"我说,"虽然我已无权娶你!人生不如意事常二三,我只是逆来顺受罢了。你大约以为男人都很低贱,只要是个女人就追? 跟你说,本男人可不是这样!"

妮娜叹了口气,翻了我一眼,烦乱地道:"得了吧,别自作多情了,本姑娘也不过拿你解解闷,你别恶心了。"

"你要这样,我们不如分开走!"我发火道。

"分开就分开,谁又稀罕你!"妮娜大怒,换了一幅嘴脸待我,简直让我认不得了。

我回身就走,头也不回,心里气得要命,想道:"女人都不是东西,就得穷凶极恶不留情面地骗她们,万万不可待以真心!"

"我早就警告过你!"他得意道,"你那一套吃不开,下回看我的!"你则怜悯我,抚慰我的心灵,长叹曰:你原本就不该喜欢妮娜,更不可以认真,那个真真假假的游戏果真十分危险!

我黯然神伤,回到旅馆倒头便睡。心中烦躁,烦躁之余又觉轻松,心想这倒怪了。仔细推究,恍然大悟,原来我在谷地深入山林之初,举枪击中猎物时,便潜在地萌动了负载猎物不胜负累的想法。爱之又被反嚼,麋鹿兀自纵逃,虽不获但亦不必获而负载之,倒落的轻松了。这痛苦便虚假的可以,简直卑鄙无耻,十分的下作了。于是我忽然想笑,又顾虑同室旅人,终于没有笑,而让自己麻痹,一麻痹便睡入黑甜之乡,见妮娜犄角峥嵘,遍体梅花,在林间静静嚼食苔藓,而我则头戴羽毛,面涂油彩,赤身裸体,举标枪作掷击状,正值欲掷未掷之时,不知中与不中,倒省许多烦恼,一掷之下,标枪委地,只余一座空林,便悻悻叹曰:"惜乎未中!"然后拍屁股走人。

你拊掌赞我道:"此议正合吾意!"

他却不屑:"篱笆怎挡得猛兽一击!"

我倏然惊醒,若有所思又若有所失,得失之间,委决不下,辗转反侧,再难入眠。

五 共产党和水果糖

仲春之际,和风细雨,柳绿花红,燕衔香泥,一片胜景,全在公园之中。傍晚时分,羽毛般的轻云逐了微风,薄染残红,颜色渐渐褪尽,夜便乘了闪着华丽的街灯的马车来点缀并赏玩这座不夜的城市。夜市的喧闹尤胜白昼，小摊小贩充当了夜市的主角，得闲的人们吃饱喝足，或安步当车，悠然散步，或骑了单车去赴约，或进影院，或去舞厅，或街头小摊相坐喝酒，吃一粒花生米抿一口烧酒，抿一口烧酒扯一句闲谈。相约黄昏后，地点且选在公园的，八成全是红男绿女，痴侣情侣。只因大自然孕造人类及万物时，独钟情于自然山水，花鸟虫鱼。人类虽然创造了文明，远离了自然，天天生活在钢筋混凝土之中，任一朝春心萌动，两情相悦，必然要携手游春，寻一个有花有鸟的去处，借以唤醒雄性的伟岸，雌性的柔顺。据有关专家预测，再过偌干世纪，人类驯养于文明世界的小动物，会因为太久的远离自然，鸡将不会生蛋，猫将不会叫春，狗亦会忘却恋爱。那时公园会因为人口爆炸变成住宅区，绿地被蚕食的荡然无存，明净的天空被污染成肮脏的玻璃，清澈的河流五颜六色，没有游鱼也没有水草，连微生物也活不下去。

庆幸的是，那是几百年或者几千年后的事情，现在的人们自然不必过分伤神。公园足以恢复人类远古的记忆，远足郊外，仍有禾田青苗，桃红果绿，鸟雀蜂蝶虽不甚闹，其表现的情状仍是原来那幅模样，足以教会人们一些什么。只是一片片住宅区的出现，一座工厂的矗立，比连成偌大的一片，若想踏青是越来越不易了。公园的增多，重点风景区的保护，是政府所做的补救。但这根本无济于事。

这座城市的目前，吃水已成为困难，地下水即将告竭，市政府首脑已做出决定，要引百公里之外的黄河进来，以解吃水之急。耗资之大，工程之大，是骇人听闻的，因此工程迟迟不能上马，只能想尽办法凑合着过日子。

张市长身为一市之长，自然百事缠身，几百万人的生计系于一身，不免焦头烂额。经济滑坡，市场疲弱，全市百分之四十的企业濒临倒闭，需要补贴亏损，维护企业职工的基本生计，使其渡过难关，不至于倒闭。一个企业的倒闭会造成上千人失业和没饭吃，无法解决就业也无法进行安置，只能咬咬牙从市府不多的财政收入中拿出钱来补贴。

"唉，你们别说共产党不好，除了共产党会这么干，哪个傻子还会这么干呢!"

张市长叹着气在一份文件上签字,一边对来诉苦发牢骚的企业负责人咕哝。

"哪个资本家会拿钱贴你们?不要嫌少了,你们!一年亏损五百万,咱们市的财政收入有几个五百万?嗯!跟你们讲句心里话,这座城市要是我张文自己的,我一分钱也不贴你,你们吃不上饭,关我什么事!可惜呀,我这个市长是归共产党领导的,你们沾的全是共产党的光,不要谢我,去谢社会主义和共产党吧!"

"企业亏损是领导人的无能,国家养他们不是便宜了他们吗?养一帮无能的家伙干什么?"

你曾十分天真地问张市长,张市长微笑,说:"有些事不那么简单,企业亏损也不怪他们,有许多原因,一下说不清你慢慢就知道了。"

"其实,按照竞争机制的确切定义,是不讲任何原因的。你亏损了,是你无能,你倒闭了,是你活该,绝不讲任何客观原因。优胜劣败,没有情面可讲,也谈不上什么人道。"

"你忘了,我们是社会主义呀!"张市长摇头,"往后你要记住:不论思考什么问题,决定什么事情,首先要弄明白,我们是社会主义国家,是共产党领导的。否则,你就会说错话,办错事,要犯错误的!"

你默然。

张市长掠一掠狮鬃般的头发,微微一笑道:"你大概以为我说官话吧?你们年轻人对官话不感兴趣,以为千篇一律,不入耳。其实你们错了,共产党的官话根本不是官话,而是大实话,你仔细想想,从'打土豪,分田地'开始到现在的口号,有一句不是实话?可惜的是有些干部把这些大实话当成官话来说,说官话不办实事,损害了党的威信。如果万众一心,把我党说的全做到了,你看看是什么光景?你能说是大道理,是政治宣传,是不入耳的官话吗?"

你唯有点头,以为张市长言之有理。你想共产党确实是一心一意想要让人们过好日子,虽然到现在日子还不算太好,但总比以前好多了。如果来个什么别的党,也未必能胜过共产党,中国的事并不那么好办,得慢慢来。这辆车太巨大太古老也太破旧,并非只要有几匹好马拖着便可以载千斤行万里,关键得改造这辆车的每一个部件,更换每一块朽烂的木板,甚至需要重造,脱胎换骨,从根本上改变不适合竞争运动的本体素质。若不然,让最尖端的核能动力来拖拽,结果只会四分五裂,碎成片片,岂不更糟。

然后你便下班打道回府,吃过饭,踏上单车去赴你的约会。

你在政治上并不敏感,也并不热衷。你很少思考政治上的问题。在校时你也与同学们侃大山,什么话也说过,什么牛也吹过。言论过激的结果是照样上课下课,吃饭睡觉,绝没有认真当回事。你瞧不起那些党员,可班上的大阿姐发展你入党时,你连一毫犹豫也没有就写了入党申请书,贼一样溜过大阿姐的屋子,脸红红地说:"谢谢你,大阿姐,我一辈子不会忘了你。我一定要求进步!"云云。

你没有想到,班里入党竞争会那么激烈,平素超脱的不食人间烟火的夫子,甚至几个言论激烈的同学,竟都互相隐瞒着,挖苦着,赌咒发誓没那回事,可早已偷偷写了入党申请书,并暗中进行频繁的地下活动,两个指标二十几人竞争,若非大阿姐力主沉浮,你肯定名落孙山,不会摘去翅膀。为此你百思不解,却又顿然了悟。原来大家与你一样,怪话说说,牢骚发发,仅此而已,并不当真,内心深处的共产党仍是一片光明祥和之家。

因此,你不再害羞,不再害怕别人挖苦。只要好端端地做一个共产党员,是不必害羞的。应该害羞的是那些不好的共产党员。共产党是一个好党,好党里也有坏人,坏人多几个并不要紧,要紧的是这个党是个好党。这种观点朴素的近乎幼稚,但你欣赏这种幼稚,因为你在政治上嫩得像个孩子,孩子的特点是不会撒谎。你从生下来便认知了这个党,像认知糖是甜的一样,万一你家糖里有了老鼠屎,大概不会大方地把糖全倒掉吧?如果脏得必须全倒掉,也绝不会认为从此糖不再甜了吧?糖是个抽象的概念,具体的糖是晶体、白色、有光泽,黑色的是巧克力,黄色的是奶油球,形形色色,不一而足,只有一点是共同的,那就是糖是甜的。这一点永远不会变,哪怕天下的糖全变馊了,变臭了,变没了,糖这个概念仍然是甜的。

你为这个概念骄傲。因为你希望自己成为一粒具体的合格的糖来体现这个概念,分有这个概念,完善这个概念。糖的概念是甜的,如何使这种甜更完美,更富有变化,更适合需要,更能满足人们对甜的口感,味道,形状和样式的追求,是需要不断丰富和完善的。

你所以尊敬张市长,喜欢张市长,就是因为张市长的一言一行,一举一动,都让你觉得满意,觉得可口,觉得像极了一块儿质地优良的水果糖。张市长连任两届市长,之所以,大约便是张市长使人们甜出了些味道,自然不肯弄一块盐巴来代替他。

你在政治上的不敏感和低能,只能有以上这番怪论,这番儿童思维式的怪论。不过你已经没有时间再思考你的儿童政治,因为你已来到了公园门前。这座公园在上一次市长会议上已决定改为:儿童公园。

你很潇洒地在公园门前闸住车,双脚定住,举目张望。你已做好打算,若万一没有人等你,必定是一个恶作剧,你将连车也不下便转道回府。你没有兴趣一个人逛儿童公园。

可是,你一眼便捕捉到一个俏丽的女孩子,笑吟吟地举着一串亮晶晶的冰糖葫芦向你迎来,梳着最新潮的发式,*丝丝蓬松*,蜜色的手臂,胸脯从开口很低的半袖连衣裙裸露出来,寸许高跟,托举着一个绝妙的躯干,脸上着了淡妆,啃吃糖葫芦的小嘴猩红,淡描蛾眉下,眼影淡青,一双剪水秋瞳,波光闪闪,笑哄哄地为你潋滟,为你荡漾,为你笑皱一池春水并拽你入水让你变成一只落汤鸡。

第四章　人格,在自欺中分裂

一　"地霞局长"

瑶瑶的身影消失在奶油色的房门外,门砰地关上。咔咔咔的高跟鞋响板似的敲着,渐渐响下楼去,听不见了。

何伟忧郁地从窗户望到楼下,见瑶瑶轻盈地跨上女式坤车,然后一拐弯,天蓝色的背影鲜艳地扭动着消失在鳞次栉比的楼群后。

几个小脸通红的女孩在空地上跳猴皮筋,清脆的童声隐约可闻。麻雀照旧在垃圾堆上觅食,马路上不时传来汽车驰过的噪声。冬天狰狞的冷笑,翻着积雪的白眼。视野被楼群挡住,越过楼群是灰暗的天空,像何伟的心情一样。

书桌上积满灰尘的电话忽然古怪地响了,把陷入冥想的何伟吓了一跳。何伟走过来,抄起话筒,习惯地问了一声:

"喂——"

"我是张文,你好吗?小何?"

何伟忙道:"是张书记吗?您怎么想起我这个小人物来了?"

话筒里传出一串响亮的笑声:"哈哈,我的大作家,怎么这样谦虚呢!"

又沉声道，"在我的心目中，小何同志，你可是个人物呢！许久不见了，最近写什么呢？"

何伟苦笑着道："能写什么呢，还不是天天闲坐着，我是江郎才尽了。"

"想不想和我聊聊，我今天下午没事，你要有时间，我让小马接你。"

"好的，我等着。"

电话挂上，何伟坐下，慢慢喝了一口茶，茶水苦涩得让何伟直皱眉头。

"也许我离开张市长是错了！"何伟想，点起一支香烟，把自己裹在淡蓝色的烟雾里。原本一方质地优良的糖，是可以制作各种高级糖块的，米老鼠或是大白兔，夹心糖或是牛皮糖，巧克力乃至酒心糖什么的。市长成为书记，这是极自然的事。何伟又想，张文一定还会往上走，他虽没有背景，没有靠山，但毕竟是太能干了。有两类人是压不住的，一类是有大靠山的，一类是像张文这么能干的，听说他能调到省里去，可他不肯走。为什么？何伟不知道。

"从政大约要比从文容易些吧！倘若我五年前不离开张市长，这会儿大约也安排了。绝不至于像现在这样苦自己。"

想至此，何伟便有几分遗憾，便有满腹牢骚，便不由发一声长叹。

笛笛——楼下有喇叭声，想是小马来了。

何伟草草在纸上划了几句，算是留言，便锁门下楼。小马是老熟人了，见面不免开几句玩笑。豪华型的大尼桑空调开着，暖洋洋的，轻快地在路上滑动。

"老头子心情不好。"小马说，"这一段他日子不好过！"

"怎么回事！"何伟问。

"老头子得罪了'地震局长'！"小马道。

何伟默然。

"什么人不好得罪，偏偏要去得罪'地震局长'，不是自找麻烦吗？"小马嘟嘟哝哝地抱怨，"我还说过老头子，可他偏偏不听。他不重用人家，还想让人家退居二线。这下好，地震了，最少有里氏六级地震，你说怕不怕！"

"可老头子没有什么小辫子呀！一不贪污，二不受贿，三不在政治上犯错误，没有震因何以地震？"

何伟振振有词，反驳小马。

"哼。"小马冷笑，"他妈的还有生活问题呀？你忘了那个女人吗？"

何伟心里蓦地一震，脱口道："可那女人是'地震局长'的女儿呀！"

"这不结了吗？"小马头也不回地道，"这把柄还小吗？够老头子受的！"

"他竟然不顾自己女儿？"

"他那种人，连身家性命也不要，还管什么女儿。他把老头子告了，告到省里，省里不理。结果人家连着到北京上访三次，把老头子给闹住了。"

何伟不禁心情沉重，嘿然长叹。思绪翻卷开去，便现出一张庄重、威严的脸孔，如果不是脸上有几粒淡淡的白麻子，这张脸该是何伟从电影电视中所接受的最正面的脸谱，浓眉、大眼、鼻直口方、满脸正气、寸头、已见根根白发。看人时喜欢坦然地正视对方的眼睛，目光不怒自威，说起话来声若洪钟、口若悬河，给人以堂堂正正的感觉。工作十分勤勉，无任何不良嗜好，表面上待人宽厚，有长者之风，群众关系素来不错。在财政局由科员做起，然后副科长、科长、办公室主任，直至副局长。自从他做了副局长，财政局的局长便似乎个个出了问题，一连派了三任，都在不到一年期间便相继离任或查办。固然，三位局长各有各的问题，但这些问题被罗织起来告到上级部门的人，却无一例外的是莎副局长。对，他姓莎，虽然在市府提起莎副局长，不会个个晓得，但若提起"地震局长"，绝不会有人不知道。

"地震局长"似乎含有几分贬义，但实质上在一般人心目中，是褒多于贬的。因为莎副局长闹地震绝不是为了私人成见，而是出于维护党和国家的利益，且从不诬告，所反映的情况均查有实据。这使他立于不败之地。

"我并不是有什么野心，我只是觉得看不过去。"何伟记得莎副局长曾与张市长有过一番说话，在座的有何伟，还有莎副局长的大女儿。"刘润同志担任局长以来，多次不顾财政制度，滥批条子，从中收受贿赂，具体情况我已写在材料上，张市长你可以派人调查，有一条若无证据，我甘愿受党纪处分！"

"我爸这些天气得连觉也睡不好，风火牙疼，连脸都肿了，张文，你可不能不管!"

"莎丽,你不要这样和张市长说话!"莎副局长严厉地瞟瞟女儿,"张市长有张市长的考虑,我相信领导一定会有处理意见。我只是履行一位党员的责任和义务,如实反映情况。至于领导怎么处理,那是领导的事了。"

何伟当时就在想:大约莎丽的父亲并不真正知道女儿与张市长的关系吧。那位即将倒霉的局长,正好是第三任,也是最后一任。

"财政局是个很要害的部门,您觉得谁当局长合适? 您有什么想法? 假如让您来做怎么样? 派刘润同志去当局长时,我就认为不合适,刘润同志是个外行,不懂财经,出问题也是难免的。我们一定会慎重处理。"

"那怎么可以呢! 我要当局长,这样做岂不有项庄舞剑的嫌疑,万万不可以!"

当时,莎副局长断然拒绝。拒绝是拒绝了,但最终还是任命他当了局长。从此,"地震"的"震中"便转移到管财政的副市长那里了。让何伟想不通的是,张市长已调任为市委书记,何以招惹了"地震局长"呢?

"他想到财委当主任,老头子不同意。"小马道,"你说这又何苦呢? 以老'震'的水平和关系,老头子何苦不同意呢?!"

"也许不那么简单吧!"何伟道。

小车驶入市委大院,在常委楼前停下。

"不要说是我和你讲的!"小马警告何伟,何伟笑着点头答应。

宽大的办公室里,张书记面带倦容,凝视何伟,一摆手道:"坐吧!"秘书送上两杯茶,退出去,带上了房门。

"我们随便聊聊吧!"张书记从抽屉中找出一盒香烟丢给何伟,"抽烟,我知道你烟瘾很大。"

何伟笑笑,点起一支烟,慢慢吸着。张书记玩弄着手中的红蓝铅笔,半天没有说话。何伟发现张书记狮鬃般的黑发中已有银丝了。张书记坐在皮圈椅里,上躯端立,穿着蓝色毛料制服,浑身上下收拾得很整齐。这是张书记的一贯作风。何伟一时找不到话说,便聊了几句天气如何如何不好,以及自己近来的心境和日常情况。张书记心不在焉地听着,不时问一点什么。何伟觉得这样说话很累，很虚伪也很无聊。桌上的电话铃不时响起，张书记只好不时接电话。

"走吧，我们去喝点酒！"

张书记瞧瞧窗外，又看看手表，站起身。

"我认识一家小饭馆，那儿的菜烧得很好，也雅静。"何伟点头道。

"今天不了，我们去莎丽那里，她的菜烧得不错。"张书记微笑，"她约我去，我忽然想带你一起去。"

"那怎么可以，不合适吧？"何伟忙道。

"有什么不可以，难道你也认为我和莎丽之间有什么不可告人的东西？"

"没有，没有……"何伟狼狈地道。

"那就走吧！"张书记意味深长地一笑，"或许对你的创作会有帮助呢！"

何伟不好再说什么，随张书记下楼，搭了车，直驶而去。

"莎丽离婚了。"张书记告诉何伟。

"为什么？"何伟问。何伟注意到张书记从后视镜中打量自己。后视镜中的张书记苦笑了一下，道："因为我！"

小马握方向盘的手颤了一下，小车差点撞上栏杆。张书记叹了口气，瞅瞅小马，头也不回地对何伟和小马道："你们都跟了我好多年，我的事你们几乎没有不知道的。所以，有什么事我也不想瞒你们。"

许久的沉默，足有半支烟的时间张书记不再说话，似乎犹豫着不知该不该说下去。

"有些事，小马大约都知道，小何成天关在房子里也许不知道吧！"

张书记探究地扭头瞟了一眼何伟，何伟虚伪地摇头。小车嘎地刹住，十字路口，红灯。几辆闯红灯的自行车被路警叫到中心岛前一顿训斥，并罚了款。

"我看来也要被罚款了！"张书记苦笑了一下，若有所思，"闯了红灯，就该罚款！"

"不一定。"小马插嘴道，"你要认识那几个警察，保准不会挨罚。上回我老婆被扣了自行车，我找了交通大队的一个朋友，还不是好好地把自行车还回来了吗。这年头，有什么事不可以变通呢！关键是不能死心眼！"

"哈哈。"张书记大笑，"骂得好！不过，做一个人，心眼不能太活了，人人都在交通大队有好朋友，不必交罚款，那还不乱了套！"

"乱什么套？谁闯红灯都不是故意的，又扣车子又罚款，本来就不应该的！教训几句就算了，对不对？现在可不是这样的，罚了款个人提成，您看那些岗警，连眼都红了，没事还找茬呢！"

"那毕竟只是少数人！"何伟道。

"林子大了，什么鸟都有！"张书记感慨。

绿灯放行，小车又向前滑行，向右拐，驶入一片住宅区，在一幢楼前停下。何伟下车打开门，张书记钻出车门，道："你也来，小马！"

"不用了，张书记，我还得到幼儿园接儿子呢！几点来接您？"

"晚上十点钟吧！"

"好！"小马开车走了。

二楼阳台，莎丽围着蓝布围裙出现，冲张书记招招手，又冲何伟点点头。神情显然对何伟的出现似乎不那么欢迎。更让何伟吃惊的是，迎出门来的不光是莎丽，还有莎娜。

"你好，大作家！"莎娜挖苦地道。

"你，你怎么也在？"

"你难道不知道她是我姐姐？"莎娜冷冷道。

何伟脸上掠过一丝黯然的神情，道："有许久不见你了，你还好吗？"

"我一个跳舞的，还能好到哪里！"

莎娜刻薄地回答。莎丽为何伟解围道："小娜今天心情不好，你别理她！"

莎娜忽然扑哧笑了："你怕什么，你以为我真的会记仇？我是故意逗你玩的！"

何伟也笑道："其实，该记仇的是我！"

张书记在一边打趣道："今儿个你们唱什么戏？是三娘教子还是穆桂

英招亲呀?"

"只要不是霸王别姬,唱什么都可以!"莎丽一言双关,眼里全是伤感。

莎娜瞟了何伟一眼,何伟微微摇头。

"我原本不想来的"张书记慢慢道,"我怕来了,你父亲打上门来,怎么收拾呢!但我又不能不来,所以我擅自做主,带了小何来做个保镖、见证。莎娜也在这里,我就更放心了。"

何伟看到,莎丽美丽的大眼睛里溢满了泪水,并闯出眼眶,扑簌簌滚落清瘦的面颊。莎娜面色由红变白,忽然无端地冷笑一声,道:"我来是为姐姐打抱不平的,张书记,你本该是我的姐夫,可你是个伪君子,你害了我姐姐也害了你自己。我父亲固然不好,可你也好不到哪里去!"

张书记勃然变色,莎丽抖抖地低喝:"小娜,我不许你胡说,出去!"

莎娜头一昂,走出里屋,进了另一个房间,砰地关上了门。

二 没有痛觉神经

牧童扑倒在羊羔身上,抚摸着,勃然变色的怒视着孩子道:"你给它吃了什么?"

孩子怜悯地望着小羊羔渐渐僵硬的身体,恍惚地长叹一声道:"你看见的,我什么也没有喂它……"

"真奇怪!"牧童拧着眉头,"好端端的怎么会死?我爹一定会打我的,他很凶!"

"你爹经常打你吗?"孩子问,好奇地问,"你爹打你,你觉得很疼吗?"

"是的。我爹用巴掌拍我屁股,用脚踢我的大腿,他很厉害,每一下都打得我很疼,我想不哭,可实在太疼,每次我都疼哭了……"

牧童不好意思地回答,牧童以为孩子会笑他,没想到孩子羡慕地望着牧童,由衷地道:"你真幸福!"

牧童以为自己听错了,道:"你在说,我真可怜吗?其实也没什么了不起,爹每次打完我他都后悔,他还抱着我哭,问我疼不疼,我就说:疼死了!妈就骂爹:你好狠心,把孩子打成这样!嘻嘻,其实我一点也不可怜!"

"不!"孩子摇头,"我是说:你真幸福!"

牧童吃了一惊:"你是说,你真幸福?"

孩子点头。

"你是说,我爹揍我是我幸福吗!"牧童皱起眉头,"你一定是笑话我的,你坏!"

"不,我是羡慕你!"孩子平静地、真挚地解释道:"我是真心羡慕你的!"

"为什么!"牧童狐疑道。

孩子摇摇头,苦笑了一下,缓缓道:"我从小就没有了父母,他们自然不会揍我了。"稍顿,又空茫茫瞟了一眼远方,喃喃道:"就是他们揍我,假如我一点也不觉得疼,那一定十分的没趣,一定不好玩。你能告诉我?疼是怎么回事吗?"

牧童像看怪物似的盯着孩子看,半晌,才讷讷地道:"你真的想知道吗?"

孩子真诚地点点头。

牧童忽然猛地抡起右手,恶狠狠地冲孩子的脸上打去,砰的一声震响,孩子被打倒在山坡上,嘴角沁出了鲜血,脸颊上须臾出现了五个指头印子,先红后青。

牧童退后一步,冷笑道:"这回你知道了吧?"

孩子坐起来,神情毫无痛楚之感,微微一笑道:"你再来呀,这样根本没有用,你以为我牙齿出血了,脸上肿了一块,就会疼吗?跟你说,我长这么大,还没有弄明白疼是像咸一样还是甜一样呢!血是咸的,是红的,它从我身上流出来像从泥土、岩石上流出来的水一样,一点也不疼!有一次我的脚上被玻璃割了一个口子,血流了很多,可我一点也不在乎,最后我什么也不知道了。醒来时董大爹告诉我说:我身体是一座水库,血是水库里的水,就像汽车油箱里的油,如果血流光了,我就要死。所以董大爹告诉我,一定要爱惜我的血,一定不能让它流光。因此我以后每天都要检查一下自己,看看那儿漏油,以免油漏光了汽车不能跑。你明白吗?"

"我,我不明白,难道你不疼吗?"

"我要是看不见流血,我就发现不了伤口!"孩子若有所思,"这回你明白了吗？"

三　嘴巴的功能

我的微笑像干涩的青柿子。

"是你呀，原来是你呀，莎娜！"

"真不简单，你还记得我的名儿呢！"莎娜微笑着，一副捉弄人的样子，"怎么样？没想到吗？其实你早该想到，我不会轻易放过你！"

我苦笑了一下，心情意外的好。

"那天，你那么凶，恨不能咬我一口呢！怎么变了。"

"那天的事要怪你自个儿，你太气人了。不过，本姑娘肚量大，原谅你了。"

"你原谅我，我却没有原谅你。"我促狭地道，"你除非向我道歉！"

莎娜不上我的当，盈盈一笑道："约你出来这不等于表示歉意吗？你还想要什么？"

我注意到在暮色中莎娜姣好的面孔蓦地染上了一抹绯红，明丽的大眼睛里柔情脉脉，似十分娇羞，嘴巴却不肯饶人。轻纱的裙掩不住莎娜青春的胴体，一阵阵热力从我心头泛起。我无法让自己的目光从莎娜的胸前移开，于是我的神情便让莎娜快活起来，她歪着头瞧我，像蜜蜂瞧一头戴假面具的熊。

"伪君子！"她忽然大声说，并且爆发出一阵大笑，笑声天真而率直，愈显得风情万种。

我疑疑惑惑地随着莎娜干笑，心里狼狈地想：骂得好！

"走一走吧！"莎娜的笑和不笑都是一刹那决定的，我都没有弄明白她何以不笑了，便被她扯住了手臂，命令似的道："你去存车，我来买票！"

我几乎已无力反抗，像孩子似的听话。

踏入公园，迎面是一座假山石堆成的拱门，姹紫嫣红环绕着，几只不忍就去的蜂蝶在花丛间忙碌。暮色烟一样在花冠、叶隙间流动，似乎能听到暮色从假山石上散漫地流泻下来发出的玲玎的声音。游乐园中，孩子们喧笑着，碰碰车进行未来人生的预演，教给孩子们如何合理冲撞。过山车起伏如山路,甩起一个一个人生高潮,又跌成一个一个人生低谷。高架车旋成一个大循环,由下而上,由地下而天上,由地狱而天堂,运动结束,还原成寂灭与再生的开端,启迪孩子们的悟性。

莎娜闹着要坐碰碰车,我自然遵命。可惜我尚属破题儿第一遭,被莎娜撞了个七荤八素,手忙脚乱。莎娜笑得像个孩子,野性十足,美丽刁蛮的像吉卜赛女郎。

"人生若如此冲撞。"我说,"你撞我,我撞你,撞得头破血流也不生气,一笑置之,岂不天下太平!"

"嗬,还蛮有点哲理性呢!"莎娜挖苦道,"怪不得我姐那么夸奖你。"

我诧异,"你姐?你姐怎么认识我?"

"咦?我还以为你知道呢?"莎娜道,"我姐叫莎丽,你真不知道?"

"莎丽?"我对这个名字陌生的很,不禁茫然。

"不知道最好!"莎娜冷笑,"说不定你这号人也是个假道学,知道了会大惊小怪,说三道四,生出许多莫须有的麻烦来!"

"此话怎讲?"我不快,因我一向以为自己绝不是假道学,"这帽子也太大了吧?"

"天才知道!"莎娜不理睬我的不快,忧愁地蹙起眉头,似在担心什么。又一扬眉,笑道:"不说这个了,反正也不是我的事,操那份心干吗!你发什么呆,我又惹你了吗?"

我不语,点起一支烟,慢慢吸着。

"得了!"莎娜一拍手掌,"刚刚你还羡慕碰碰车式的人生,充大鼻子哲学家,怎么一言不合就挂脸子,挂下这么老长,多丢份子!你这号主儿满世界溜达,这世界能太平吗?"

我哑然失笑,摇头道:"好一张刀子嘴!"

"刀子是凶器,嘴巴子可不是,嘴巴是用来说话吃饭的,和刀子可不沾边儿。"莎娜笑道。忽地一扬眉,捉弄的,"你知道嘴巴还有一个功能吗?"

我笑说:"当然知道!"

"什么?"莎娜脸微微一红。

"咬人!"我说。

莎娜瞟我一眼,嘲弄的:"还有呢!"

"没啦!"我断然道。

"你是不敢说吧?"莎娜娇笑,"你好虚伪,连那个字眼也不敢说。"

"你说说看呀!"这回轮到我想捉弄莎娜。

莎娜站住,面对着我,满脸娇羞,却又一本正经:"要我示范给你看吗?"

四周全是扶疏的花木,竹子的篱笆墙牵着一线小径,牵牛花吹着淡蓝浅粉的喇叭,暮色已告危急,夜色正扇动着黑天鹅绒的翅膀,悄无声息地降临,虫类的家族已在隆重地开每晚一度的器乐演奏会,各类音色不同的响器合奏着多部乐章。没有人惊扰我,惊扰我的是我自己。但我已没有时间也没有勇气退缩,我仿佛陷落在一片桃红色的迷雾里,我听见你在沙声歌唱,音带撕裂成乱布条。他发 声号叫,叫声从远古传来,荒凉野性的像发情的猿啼。大脑和身体,扭曲着分裂,神经蛇一样尖啸着集成一束,缠住了莎娜,那么疯狂。

我战栗了。

我被莎娜推开时,已输得倾家荡产,垂头丧气。莎娜望着我,有点气喘,嘴唇上的唇膏已淡的看不见了。她默默地凝视我,像凝视一个满足。

"这才是你!"莎娜慢慢说。眼里忽然溢满了泪水,"我真高兴!"

我不敢正视莎娜的眼睛。

"你没有伤害我。"莎娜温柔地道,"你如果不示范给我看,我一定示范给你看,我要这样,我就是要这样!"

"对不起!"我说,惭愧到无地自容。

莎娜一怔,猛地勃然大怒,双臂一张抱住我,大声而蛮横地道:"我不要,我不要你再变回去,不要!"然后不让我说话了。

我不再说话,也不再试图说话。我觉得自己很忙,忙得无暇顾及其他了。我不再思想,也不能思想。我把思想送给莎娜,把莎娜留给自己。这样十分令人愉快。月光是那么美妙地摸遍了大地。只留下一些阴影供自己回味。蟋蟀在阴影里弹琴,一边弹琴一边唱歌,一边还不住啃吃嫩草嫩叶,以便保持足够的体力来对付入侵者和竞争者,雌性已发出邀请的暗号。

我被击中了,我被猝然飞来的一粒美丽的闪着火花的子弹击中了。我躺下,躺在绿色的开满鲜花的草丛中,喃喃地道:啊,这么多美妙,你来的这样突然,这样猛烈,可还是不够,因为我已等了许久了。我一直在等,一直在等,尽管我不知自己在等什么。可现在我知道自己等的就是这样的!

小翠流星一样拖曳着光带出现又消失,留下一声冷笑,"那么,我呢?……"

"你已去了!"我说,"你从来就不是我所要的!"

丹出现在一株美人蕉上,若有所思:"何,你若不矫情,一直像这样,就不会……"

"不必说了。"我说,"你说我矫情,不错,我一向矫情惯了,我像爱好荣誉一样热衷于矫情。你呢,你其实跟我一样喜欢矫情,我和你都迷失了自己。而这个姑娘不是这样,她敲碎了我的壳子,她燃烧了我,她把我的矫情撕得粉碎了,她让我认识到我不是那样的……"

我不再羞愧,我真切的开始认识到:我伪装的太久了。我漠然地对待异性,其实是在像蜘蛛似的编造捕捉昆虫的网,我坐在网中央像个和尚那样安详,心里却焦急万分,小翠撞了一下,飞走了,丹粘住在网上,我为了保持自己的骄矜,也任她飞走了。

莎娜不是这样,她撞过来,撞破了我的网,撒出了她的网。她捕捉住我,我也在同时捕捉住了她。这才是人生,这才是爱情。尽管我知道:我和莎娜对彼此了解得并不够。

"你可能以为我不是个好女孩。"莎娜在我怀里轻轻说,"可我知道我自己是个好女孩,你信吗?"

我不去回答莎娜,因为一切回答都属多余,一切解释在这时都是不需要也不合适的。

四 得到的和失去的

小翠的家在一所破旧的四合院里,院子里盖满了小厨房,码满了煤糕。院中心的自来水笼头滴滴答答地整日整夜流眼泪。小翠家的房子在正面,三间老式的大瓦房,屋檐下的青砖被檐水滴成了两半,青石的台阶被鞋底年复一年打磨得光可鉴人。黑色的筒瓦椤里,长着青草和臭蒿。

"我爹说那草拔不得,拔了屋子会漏雨。"小翠对你解释道。

小翠的爹,一条雄壮的大汉,蹲在石阶上抽烟,烟味芳香而辛辣,寸把长的白色滤嘴叼在发黑的嘴皮子上。

"抽烟吧!"小翠爹招呼你,顺手从西服口袋里掏出一盒白色的"健牌"香烟。

"人家不会!"小翠嗔道,"你以为是头儿和猴儿那俩家伙呢,见了面就让烟。"

小翠爹布满胡茬的嘴角撇出一丝笑意,冷冷的目光变温和了。

"我们见过面!"

"是见过,大叔。"你说,心里有点害怕。

"小翠让你帮她补习功课,我很喜欢,这小女子疯惯了,难得有这种正经心思,你好好帮她,我不会亏待你小子!"

小翠爹说,那语气十分气粗腰壮,你不习惯那种语气,但出于礼貌,唯唯点头。

"中午爹有一件大买卖做,不回来了。你妈也回不来。这是一百块钱,你俩随便找个馆子凑合吃一顿,不够小翠先贴上,以后爹还你!"

小翠爹从上衣口袋摸出一叠百元大钞,抽出一张扔给小翠,小翠眼也不眨地捡起来,随便往衣袋里一塞,点点头,嗔道:"反正我习惯了,你和妈哪天回来过?"

小翠爹傻笑道:"嘿嘿,爹和妈是为你挣钱的呀!"

"我才不稀罕呢!"小翠不屑。

小翠爹摇头,对你笑道:"你看看,这小女子,连个好歹也不识。"又正色,诚恳地道,"你好好帮她,帮她考上大学,我送你两根条子。你知道这小女子上高中已花了我一根条子的钱。"眼一瞪,转向小翠怒道:"有钱能买一个文凭,可那文凭没用,爹想拿条子给你买一肚子学问,你他妈的得给老子争气呀!"

"行啦,又唠叨上了!"小翠跺脚,脸红红的,"你揭我的短,我不干啦!"

小翠爹一怔,忙冲你赔笑着:"嘿嘿,听我胡说咧,你们在,你们在,我走啦!"

小翠爹走了,剩下小翠和你,小翠眼圈一红,哭了,说:"你瞅瞅我爹,是这号人!"又怯怯地道:"你可别生他的气,他就这样,他今儿个是特地等你来的,往常早走啦!"

你说:"我没有生气,你爹挺好的。"

小翠这才放心,露着牙齿一笑,领你进屋。屋子的门用铁叶子包着,窗户上全上着拇指粗的铁条,门的外边是新型的铝合金铁栅门,吊着一把足有一斤重的黄铜大锁。

中间是堂屋,摆了几个新潮沙发,一口冰箱立在墙角,足有一人高矮。墙的一边是彩电架子,二十吋的平面直角索尼大彩电,下边是一架录像机,再下边是一些录像带。玻璃钢茶几上放着一只茶盘,上有几只白色瓷杯,还有一盘橘子,一盘切开的西瓜。

小翠让你吃西瓜,又为你剥橘子,还从冰箱拿出几听健力宝,逼着你喝下去。

"你还想吃什么?我去买!"

"我们还是开始学习吧!"

"急什么,才十点钟,喂,想不想看录像?昨天我爹我妈背着我看带子,叽叽咕咕地笑,我猜准是挺好的带子,你想不想看?想看我去找出来,咱们看一看。"

"有没有武打片?"你因正在武术培训班学习,对武术十分着迷,便问。

"全是!"小翠一指那些带子,"可我不喜欢,我喜欢琼瑶的片子,让人哭,让人笑,让人睡不着觉,老梦见有个白马王子哭兮兮地追着我想和我好,可我不理他……嘻嘻,好笑不?"

"我不知道。"你摇头,"我只花了三角钱在录像室看过一回,是李小龙演的,打斗场面真惊心啊!"

"我爹也这么说。"小翠道,"他最迷李小龙,李小龙的带子他全看过了。不过现在他又迷上了套带,什么《绝代双骄》,什么《神雕侠侣》,什么《天涯明月刀》,看得连觉也不睡。我妈说,这习惯好,比打麻将好,一输千儿八百,连老婆也会输给人家。不过,我不喜欢,吵死了,闹得我连作业也做不成,真想把录像机砸了!"

"这么贵的东西,你敢砸?"你不信。

"怎么不敢。"小翠道,"我家以前是一架日立十八吋彩电,有一次爹骂我,还打了我,我一气,把那台给砸了,我说:'我们都别过了!'我妈吓死了,抱住我乱哭,一劲骂我爹,我爹还气我说:'你砸得好,爹正愁要个直角平面没咒念呢,这回你砸了旧的,爹正好买个新的,你妈也没话说了。你不如把录像机也砸了,爹买个L15,最新式的,你砸呀!'我气得要去砸,妈不让,妈说:'挺贵的,砸了多可惜,你不如去砸你爹几拳消消气!'嘻嘻,好玩不?"

你惋惜地摇摇头,一点不觉得好玩。

"我家去年还看黑白电视呢,好容易今年才买了部彩电,家里人都爱惜得不得了。"

"真的?"小翠不信。

"我家生活并不富裕。"你说。

"你来!"小翠神秘地举起一根指头,领着你走进左厢房。

左厢房除了一张大床,堆满各种色彩的丝织袋。墙角蹲着一只保险柜。小翠拍拍它,发出嘭嘭的响声。

"这里边有许多钱,还有存折呢!"小翠骄傲地道,"我爹说这些钱往后都是我的,几辈子也花不完。有几个存折是专为我存的,写着我的名字,不管爹妈多吃紧,也不花我的钱。我妈说吃利息也够我好活了!"

你像听天方夜谭,眼都睁圆了。

"还不只这些呢!"小翠悄悄笑着说,"还有一些条子,爹妈宝贝得厉害,不知在哪个墙角埋着呢!"又一顿,道:"我爹说给你条子,你别不信,为了我他啥也舍的!"

"什么条子?"你不懂,早就想问又怕小翠笑话自己没见识,这会儿忍不住问道。

"你连条子也不知道呀?"小翠吃惊道,"就是金条子呀! 寸金寸斤,一寸就是一斤,知道吗?"

你茫然,你只知道街上标价出售的金戒指和金项链贵得要命。条子之类的东西对你是一个陌生而遥远的世界。你不属于那个世界。

"还是温习功课吧!"你说,你畏惧你不懂的东西,也不想弄懂。你不喜欢在这个陌生的世界当学生,你只想在你熟悉的那个世界给小翠当先生。

小翠扫兴地噘起嘴:"好吧,好吧!"

你和小翠坐下来做习题,耐心地把小翠不懂的地方讲给小翠听,并做给小翠看。这回轮到小翠羡慕你了。

"你懂得真多啊!"小翠惊叹。

你觉得颜面找补回来,又恢复了矜持和自尊。时间在不知不觉中溜过去,你忽然听见什么东西在咕咕叫,仔细一听,原来是肚子。小翠很专心也很入迷,你不忍打扰她。你瞧瞧腕上的电子表,已经是两点多钟了。

"我弄懂了!"小翠忽然叫起来,模样像个得了宝贝的孩子。你还没有回过神来,小翠已跳过来,伸嘴在你脸上啄了一口,"你真好!"小翠欢喜地说,"一下就让我开了窍,要好好谢你!"

"我饿了!"你说。

小翠扬起手腕看看小巧漂亮女式坤表,大惊小怪地道:"呀,都两点了,我们赶紧去吃饭!"

小翠锁门,锁得很细心,一道一道锁好,将一大串钥匙塞入小拎包,叹了口气道:"你瞧多麻烦,这都怪那些钱,富人也不好做呢!"

你淡然一笑,不想谈那个与你无缘的话题。偏偏小翠兴致很高,一路叽叽喳喳,像只麻雀,尽谈她爹的事。

"我爹很有本事呢!"小翠眉飞色舞,"你别看他文化不高,脑子可好使。上边刚承包,我爹就承包了一个工程队,揽下不少活,挣了不少钱。他这样不说还让我妈也留职停薪,当了个体户,老鼻子来钱。上回爹一下子用拎包提了满满一包老头票,全存银行了。我爹可不像有些个体户财迷,把钱埋在地下沤着。我爹还投资呢,死钱变活钱,让钱生小崽……"

说着走着,小翠领你进了一家装潢漂亮的餐馆。小翠大模大样地坐下,勾着指头唤来穿红裙子的小姐,老练地道:"来个鱿鱼卷、炒虾仁、炒鸡丁、鱼香肉丝,再来条松鼠鱼,可别偷工减料。喂,你点几个菜,你喜欢吃什么?"

　　你是破题儿第一遭独自下馆子。往日你随爹妈也下过馆子,不过点一盘麻婆豆腐,一盘过油肉,几两白饭,吃了了事。这样乱点菜你可没见过。你咕哝着说,菜已足够了,不想再点了。小翠不依,非要你点。你只好看菜谱,一看吓了一跳,你发现小翠点的菜都贵得吓人,你说死说活不肯再点了。

　　"这样多浪费,我们吃碗面不就结了!"

　　"死脑筋。"小翠嗔道,"这是我爹请你,你还不乘机多花他点钱,怕他肉疼呀!得,我替你点一个最贵的,这家餐馆挺瞎火,最贵的是八宝全鸡,对,来一只!"

　　穿白衣服的服务员送上一壶茶,两只杯子,并要亲自动手斟满,你连忙夺过壶自斟,服务员笑一笑走了。

　　"你真雏!"小翠笑道,"这家餐馆菜不属高档,可味道好,服务也好,你让人家服务嘛,咱是交了钱的!"

　　送来了健力宝和两瓶啤酒,小翠不满意了,道:"说过要青岛啤酒,这五星啤酒全是假的,一点儿不好喝!"

　　"对不起,仓库保管回家了,拿不出来!"穿红裙子的服务员微笑着,很礼貌地解释。不时好奇地打量你和小翠。你鼻尖冒汗了。小翠注意到了,想发作又忍了,扮出一副笑脸道:"快点好不好? 我哥饿坏了!"

　　"一会儿就好!"红裙子满意地走了。

　　菜一盘盘端上来,琳琅满目,你几乎都没有吃过,色、香、味都不错,只是量不大,浅浅的堆在大盘子里。

　　"这回你该明白我为什么要这么多菜了吧?"小翠得意地道,"菜少了根本吃不饱,来这儿人们只是吃味道,这儿菜味道不错,你尝尝这个炒虾仁,没一点儿腥味,还有这个松鼠鱼,毛茸茸的,刀工很讲究,像不像松鼠?"

你只有听的份,毫无发言权。

"喝酒,干杯,对,男子汉就要像我爹那样,喝白酒拿大杯,喝啤酒瓶子灌,喝醉了拉倒! 咱一人一瓶,对上健力宝,味道就不苦。来,干! 为我们的未来幸福!"

你起先还拘谨,到后来几杯酒下肚,便放开了,你食欲大开,几乎狼吞虎咽,吃相十分不雅。小翠却浅尝辄止,细嚼慢品,吃得很斯文。你忽然不好意思,讪讪地笑着,弹动油光光的嘴巴道:"真好吃,我可真饿了!"

小翠眼圈红红地望着你,充满温情和怜悯。你脸更红了,不知说什么好。小翠怕你难堪,干笑着,你则假笑着,停筷不举。

"往后,每个星期天你来,我请你吃饭。"小翠说。

你不自在起来,觉得好没面子。

"往后我不会来了!"你说。

"为什么?"小翠发急道。

"我怕你老这样给我吃,我会变成个大胖子,那才难看呢!"

"嘻嘻,你放心,我也不想要个大胖子做男朋友呢,让人家说:喂的好猪!"

你和小翠相对大笑,尴尬消除了。

杯盘狼藉中,你和小翠酒足饭饱。红裙子过来结账,报出数目时你吓了一跳。天呀,一百二十元零六角,吃掉你爸一月的工资!

小翠漫不经心地算账给红裙子,抱怨说:"你们这儿的菜太低档,连个整数也凑不齐!"

红裙子惊奇地再三打量小翠,以为遇上了大资本家的小千金。小翠洋洋得意,一扬手,喊了声:"拜拜!"便跟你走了。

回去后你和小翠又接着做习题,不觉天黑了。你收拾起书包回家,小翠依依不舍地送你到巷口,一直看你骑车远去,你回头,还隐隐看到一点翠绿在巷口闪动。

你的心头,忽然为小翠生出无限的惆怅。你觉得小翠很可怜,很让人心疼。她的身影那么孤单,在夕阳西下的淡粉色的背景下,一点冷清的翠绿在阴森的巷口飘动,显得那样娇弱无依。你忽然蠢动起一腔雄性,一股柔情,一种责任感。你想:"小翠,你别害怕,我一定会帮你! 一定会不让你失望。"

至此,你才真正翻开了初恋的一章。

五　选择有风度的吃醋

龙先生的宴会在龙先生所住留学生宿舍开局,两张桌子拼起来,铺了台布,摆满一个一个饭盆,几乎全是各种贴着外文商标的罐头,有鱼子酱、沙丁鱼之类,龙先生亲手做了一盆色拉,最受大家欢迎。请来的中国学生包括丹和他,一共四位,另两位是丹的男同学。陪席的有法国留学生安娜和日本留学生岛田美子。龙先生开了两瓶美国一个洲产的葡萄酒,并说这酒很有名。安娜带了一个菜,当然是罐头,蜗牛罐头。岛田美子带了一瓶清酒。

中国留学生全说英语,龙先生和安娜、岛田美子却每话必说汉语。安娜的汉语和岛田美子一样流利,甚至可以来点中国式的幽默。龙先生差劲的很,一口蹩脚的汉语不时引起哄笑声。龙先生十分高兴,他认为自己很有说相声的天才。龙先生紧挨着丹,频频地向丹敬酒,丹不知厉害,一杯一杯和龙先生干杯,脸红得像杯子里的酒。

他的酒量一向不小,虽然安娜和岛田美子两人交替向他进攻,却应付裕如。另两位中国学生却有辱古老邦国的雄风,已见了醉意。其中一个男士缠着安娜要法国邮票,显然是集邮爱好者。岛田美子是典型的日本小姐,模样与中国女孩几乎分不出来。

"何伟君,请再饮一杯!"岛田美子劝酒。

"何,我还有一瓶酒,可以贡献给你,一瓶真正的法国名酒,拿破仑白兰地!"

"再喝,我要出洋相了!"池是中国学生中唯一讲中国话的,这大受欢迎。

"洋相?"安娜学舌道,"是什么意思?"

龙先生笑道:"这个我知道,就是外国人的脸,洋人的相貌!"

丹为之喷饭。

"也有道理。"他接口道,"这个词和洋人是有关系的,你们洋人初入中国,肯定出了不少笑话,干了不少可笑的事,所以才会有了这个词,约定俗成,便成了'出丑'的意思。"

龙先生拊掌笑曰:"知情人,干杯!"

岛田美子笑道:"龙君,知情人是办案子用的术语,知情不报,罪加一等。你应该说知己,或知心人才对!"

"知情人好!"龙先生坚持,"你们不知情洋相,他知情,怎么不对!"

安娜道:"龙,你要谦虚,美子小姐的汉语狗撵鸭子呱呱叫,与你判若云泥!"

龙先生大惑不解,"呱呱叫、鸭子、云彩和泥土,这是什么意思?"

安娜得意道:"不懂吧? 这是真正的汉语,你要好好学!"

岛田美子嘲弄道:"龙君,你的英语是美国式的,咕噜咕噜往前滚,图省事儿。汉语可不成,得一个字一个字地抠着弄明白才行! 你还是说英语吧!"

龙先生道:"不,我要超你,超你汉语!"

岛田美子微笑:"好一副美国劲头!"

安娜不屑:"山姆大叔好吹牛!"

龙先生辩白道:"我不吹牛,我要吹,吹猪鼻子插大葱……"

众人几乎笑软了。

"是你教我的,也会错?"龙先生不解,认真问岛田美子。

岛田美子笑道:"你用错地方了。你不吹牛倒吹起象来,还不可笑吗? 而且还是猪鼻子插大葱装出来的象,更可笑了。"

边说边笑,笑得岛田美子差点跌入坐在旁边的他怀里。他也赔着笑,是那种大人看小孩说孩子话的笑。他一点不觉得好笑,只觉得可笑。他很欣赏岛田美子的狡黠,也喜欢安娜的坦率,但不喜欢龙先生的固执。

丹在桌前十分活跃,说起话来十分尖刻,笑起来也十分放肆。龙先生不断为丹夹菜,献殷勤,让他又十分的不舒服。

"丹,你来美国留学,美国厚道,不像法国那里蜗牛多,躲在房子里瞭望你……日本国也比不上美国,日本人不放大! 就是不大方,他们满地快炸弹了……"

"不许说我们日本的坏话!"岛田美子半真半假地笑着抗议,"我们虽然'不放大',可也没有'炸弹',不像你们美国人动不动就用原子弹吓唬人,毛泽东说:美帝国主义都是纸老虎,你是纸老虎!"

"对不起!"龙先生终于开始说英语,"我不是有意的,我只是在赞美我的祖国,对您的爱国我深表敬意。"

"还有我呢!"安娜道,"你侵犯了我们法国,作为法国公民,我有权利也有义务捍卫我的祖国,你得道歉!"

"我道歉!"龙先生笑道,"我一向不喜欢法国人,不过我仍然要道歉,不然引起国际纠纷,联邦调查局会找我麻烦!"

他想:他们可真爱国啊!

"日本邮票您能送我几张吗?"那个集邮爱好者又缠上了岛田美子。

"可惜没有了!"岛田美子婉转道,"每次有家信来,中国同学都争着要邮票,我全送人了。"

"我用中国邮票换你的,随你挑!"

"对不起,真的没有了!"

"你别丢人了,一张邮票有什么稀罕!"丹发难道,"你讨邮票也不挑个时候!"

"我可以送你一张!"龙先生拍拍那位男士的肩头,"我们美国邮票比他们的好!"

"龙君,你又忘了!"岛田美子嗔怪道。

"你不可以因为我们而说我们国家的不好!"安娜附和道,"罚你三杯!"

龙先生认罚,一饮而尽。

丹提议道:"我们跳舞好不好?"

龙先生马上响应:"好!"

"谁要饭,意大利通心粉,很好吃!"安娜招呼大家。没有人响应,便动手收拾,腾出空地来。龙先生从隔壁拎来个收录机,放起了舞曲,舞曲是中国曲调《步步高》。

"这是我最喜欢的舞曲,像月光,涂满橄榄油的月光!"

安娜对他说,一边与他滑起了舞步。丹在龙先生怀里咯咯地笑。岛田美子驯鹿一样温柔地由另一位男士搂着。

他觉得安娜的胸脯不时贴上来,丰厚柔软的像富士山。他想丹的胸脯够可以,可与安娜相比是小巫见大巫。这些外国女人也不知怎么长的,简直不叫人活!蓦然警醒,又暗自惭愧自责:好下流的想法!

"你很好!"安娜说,"你很有自尊,我喜欢你这样有自尊的中国人!"稍顿又道,"你一晚上都说中国话,这很好!"

"我是学汉语言的,说英语比不上他们本专业的。"他坦白道,"您的汉语真好,我真心钦佩您!"

"我比不上岛田美子,她才是中国通!"安娜高兴地道,"谢谢你的夸奖!"

"以后欢迎您去我那儿做客,我用茶来招待您,我有一听很好的茶!"

"谢谢!"安娜道,"我一定去,也请你来做客,随时欢迎!"

他注意到龙先生和丹贴得太近了,又忽然觉得自己和安娜也贴得太近了。他离开一些,不时瞟着丹,忽然看见龙先生在丹的脸上亲了一下,丹一闪,头飞扬而起,咯咯地大笑,说:"龙,你醉了,成了一条醉龙了!"

"我没有醉,我想说:我爱你,丹!"

他听见龙先生在和丹耳语,丹向他瞟来一眼,他假装没看见,心里气得要命。

安娜微笑,碧眼闪闪发光,一头金发软缎般光滑,抱着一张雪白的、线条优雅、棱角分明的脸,红润丰满的嘴唇张开,微笑地望着他。

"何,你气色不好,你不高兴了吗?"

他镇静自己,努力使自己行为语言优雅,若无其事地摇头道:"我,很好!"

"丹,是你的未婚妻吗?"安娜问。

"不是!"他道,"我们仅仅是朋友!"

"那你一定不可以生气,那会很没有风度!"安娜善意地提醒他,"龙是个很好的美国人,只是喜欢胡闹,美国人都喜欢胡闹,他们最可憎的是放肆,十分放肆,十分随便!"

他无言,从安娜的语气中感受到了同情,为之很感动。

"我们会成为好朋友的!"他说。

安娜轻轻在他脸上吻了一下,悄悄说:"假如可以的话,我想会的!"

他吃了一惊,觉得很窘。

"我让你难堪了吗?"安娜歉意地道,"我忘了你是中国人了,请原谅!"

他连连道:"不,没有! 不,没有!"

安娜笑了,"你不必解释,我十分理解你们中国人,我在中国已经待了六年,先在北京,去年又转到这所学校,几乎是半个中国人了!"

"你不可以这样!"

他突然听见丹用中国话叫起来,然后丹推开龙先生走向他,命令地道:"何,我们走!"

他冷冷瞟了一眼丹,见丹脸色很难看。不知为什么,他不想服从丹的命令。他若无其事地道:"你累了吗? 你累了先回去休息吧,我还想玩一会!"

丹不认识似的瞪了他一眼,蹭蹭地走了。龙先生嘟嘟哝哝说着什么。尾随着丹去了。安娜和岛田美子恍若不知,继续浸在舞曲中。

他在一刹那便后悔了,心想:我这是怎么啦? 怎么会这样呢!

"别为他们操心!"安娜耳语般地道,"丹是个很厉害的中国女孩,龙根本不是丹的对手,龙不可能征服丹,除非丹自己征服自己!"

他魂不守舍,跳快三时踩了安娜的脚板。他说:"对不起!"声音干巴巴没一点水分。

"你不可以这样!"安娜安慰他,像个大姐姐,"如果上帝把丹送给你,丹就是你的,如果不是这样,你这样是没有用的!"

他默然。

"我们法国人认为,上帝在人心里。一切得听从上帝的安排,丹的上帝会做出决定,丹的上帝是丹自己。你应该等待,不应该垂头丧气,没精打采,雄性尤其应该这样!"

"谢谢您,安娜!"他感伤地道。

"应该说你。"安娜微笑,"我们是朋友了。"

龙先生仍然没有回来。他的创痛在酒意和安娜善解人意的抚慰下,以轻曼舒缓的舞曲,在机械的运动里,得到了缓解,不再那么疼痛了。

第五章 人道，在自诩中沦丧

一 有毒的孩子

冬日的北风掠过沟沿，谷畔，吹着山坡上孩子那蓬乱的头发，吹着已然僵死的小羊羔那一身打着波旋的茸毛。

牧童叉开双腿，瞠视着孩子，像瞠视一个怪物。孩子静静地坐在那儿，伸手抚弄着小羊羔的尸体。羊群惊恐地散开，远远地围着，发出不安的叫声。

"这只羊羔的肉不能吃了。"孩子说，平静安详的像一位老人，"吃了它的肉人会死的，只有我可以吃。"

"不，你不能吃它！"牧童大声道，"你不要骗我了，你毒死它就是为了吃它的肉，你是个坏人，我要告诉我爹来捉你，要你赔！"

孩子苦笑着摇摇头，内疚地道："我没骗你，也不可能骗你，你如果不相信我，你可以把小羊挖一个坑埋了，千方不要吃它：等春天来了，你就会相信我的话了！"

"为什么偏偏要春天？"牧童道。

"在埋小羊羔的地方，方圆几丈的树木草虫都会死掉。那儿将在很长一段时间寸草不生，连蚂蚁也不会去。"

孩子悲哀地望着牧童。

"你现在也许不信我的话，但你终究会相信。我也许不该从关我的那个地方逃出来，不过我很讨厌那个地方，那个地方连一棵草也没有。我养了几盆花，浇水时不小心触到它，它就枯萎了。我几乎看到了它枯萎时的情形，那情形很像美丽的肥皂沫，劈劈啪啪的爆炸着破灭了，我听见它在哭泣，它在诅咒我。我伤心极了，有史以来痛哭了一场，泪水滴落的地方，被那几位照顾我的叔叔小心地擦去了。他们告诉我，我的一滴眼泪足以毒死一头大象。"

"你胡说！"牧童冷笑，"你胡说！眼泪怎么会有毒？要有毒，先会毒死你！"

"是真的！"孩子说。

"那毒是哪里来的？"牧童道，"难道你吃了毒药吗？"

"我不知道。他们告诉我，我父母都在一家工厂工作，那家工厂制造各种剧毒的化工产品，比如氢青酸什么的。我母亲怀着我在那儿干活，然后生下我死了，是中毒死的。我父亲在我的嘴上亲吻，吃了我的口水，也死了，是七窍流血而死。后来人们把我当一个怪物养起，那些科学家每天都在研究我。他们又惧怕我又心疼我，为了我他们费尽了心机。他们告诉我，我是一个特殊的孩子，我不能像正常人一样生活，我必须单独在那儿待着。他们教我文化，为我聘请了专业老师，我已经开始学大学课程。可我无法使自己对那个监牢似的地方感兴趣，那个地方拉着铁丝网，还有站岗的哨兵，我每一分钟都在他们监控下。这种生活谁也受不了，所以我逃了出来。"

孩子沉默了。

牧童睁着吃惊的眼睛，呆呆望着孩子疲倦的面容，将信将疑。

"你也许有一点相信了吧？"孩子微笑了一下，继续道，"他们告诉我，由于我父母长期在充满剧毒污染的环境工作和生活，体内已有了抗毒性，也就是说他们体内积聚了许多毒质。这种毒质在母亲怀我时，也就是说，我父亲的精子和母亲的卵子都是有毒的，变异的，畸形的，它们奇异的结合，整个改变了父母的遗传因子,生成了另一种特殊的,可怕的,尚未被人类认识的一种基因。他们至今也不明白,何以我外形与智力与人无异,可我的造血机能不但可以造血,也可以制造剧毒质。没有什么毒药可以毒死我,而我的一滴血可以毒死一大群小白鼠。他们不敢让新闻界知道,也不敢向世界公布。他们把我藏起来研究,害怕我这种人再出现一个两个,甚至一大批。他们认为,工业污染的不断加剧,不光可能再出现一个我,而且还可能出现更奇怪更不能解释的现象或怪物……"

孩子再度沉默了。

牧童浑身都在颤抖,他觉得这是他听过的一个最离奇,最可怕的故事。他希望这个故事是假的,是孩子编出来吓唬他的。

"现在,你该知道,我弄死你的小羊羔,并不是我的错。我是无辜的,我所以会这样,也不是我的错。我根本不想像现在这个样子,但我现在是了,这能怪谁呢?"

孩子沉思,微微皱起眉头。

"天黑了,到我家去吧!"

牧童忽然说,口气出奇的温和。

"我不能!"孩子说,"我不可以与人们待在一起,那会不小心毒死他们的。你给我一点食物和一件衣服,我会找个地方过夜的……"

夜色已浓,牧童却久久不舍离去。孩子沉思着,忧郁严肃的像一位饱经沧桑的老人。黑暗中孩子听见一声低哑的哽咽,伴着一声长长的叹息:

"唉,你,你真可怜——"

随后是匆匆而去的脚步声和响亮的鞭鸣声,羊叫声。

孩子木然而坐,干涩的眼窝里湿润并凝聚出两滴晶莹而透明的眼泪,扑答落在胸前绽裂的棉衣上。这是两滴足以使一对大象毙命的眼泪啊!孩子想着急忙把脸上的泪水擦净,并小心翼翼地把双手插入残雪里搓了搓。"我不能让那个牧童受一点点伤害!"孩子默默想,盼着牧童送来食物和衣服,孩子不觉得冷,但觉得饿。孩子暂时还不想让自己那一身汽油一样的鲜血在不知不觉中结了冰,对这个世界,孩子还是很新鲜,很陌生,很有一些留恋。

黑暗中，孩子看见一点亮光闪闪烁烁地飘过来，近了，近了。孩子听见牧童和一个姑娘说话的声音。

"姐姐，就在前边，在坡坡上。"

"狗儿，我可不信，你一定是丢了羊羔，怕爹骂你，才编出一套谎话哄爹和姐姐，是不？"

孩子静静地听着，心里泛起一阵异样的感觉。他觉得那个姐姐的声音清脆的像银铃，柔和的像鸟叫，十分好听。

"喂，你还好吗？"牧童将手电的光柱射向孩子，并大声喝问。

"我在这儿！"孩子说。

"咦，真的有个人？"姐姐的声音透着惊奇。

"我根本没有撒谎呀！"牧童咕哝着。

光柱在孩子身上停住，又移向孩子的脸，孩子闭上眼睛，他怕光。

"你说的都是真的吗？"那个姐姐问孩子。

"这是我姐姐，她叫青儿，你不要怕。"牧童在一旁插嘴道。显然牧童已把一切都告诉姐姐了。孩子舔舔干裂的嘴唇，苦笑了一下。

"我没有撒谎！"孩子说，"你弟弟说的都是真的，请你相信。"

黑暗中看不清牧童姐姐的装束，只是一个黑影模模糊糊站在孩子对面，比牧童高出足足一头。

"狗儿回去学说，我爹和我都不信！"姐姐说，"爹让我跟狗儿来看，说要是真的，就让我们领你回去。你别怕，我家在村外的坡坡上，有好几间房子，你可以住一间闲房里……我爹说，不管对谁，都要热情招待，这是山里头的规矩。你跟我们走吧！"

孩子犹豫了一下，慢慢站起身，牧童过来扶孩子，孩子拒绝了。

"我能走！"孩子说，他个子很高，足足比姐姐高出一个头，牧童才齐了他的腋下。

"狗儿，照着亮！"姐姐说，"你要小心，别摔了跤。"

孩子感激地笑笑，跟着亮光往前走。姐姐不时提醒孩子注意脚下的石头和沟坎。

"那边是乱树沟。"牧童说,"我夏天总到沟里放羊。那里的草很多,长了不少树,还有酸刺,沟里还有土豹子呢! 你怕不怕土豹子?"

孩子摇头道:"不怕,不过我没有见过土豹子,我只在电视上看过……"

"它咬了你,也会死吗?"牧童小心翼翼地问。

"我想会的!"孩子回答。

"那你太伟大了!"牧童惊叹道,"什么猛兽都怕你,这真有意思!"

"别胡说!"姐姐制止弟弟,"要真那样,人家心里不知有多难受呢!"

孩子知道姐姐并未全部相信自己,只是出于天性的仁厚和礼貌,不肯表示出怀疑。

"你看,坡坡上亮灯的地方,就是我家的房子,下边有许多灯的地方是村子,一个小村子,有十几户人家呢!"

牧童信手乱指,孩子慢慢地应着。

石块垒起的围墙。两户木门吱地开了,门里探一个头来,一个粗豪的声音道:"去了这半天,来了吗?"

"爹,来了!"姐姐说。

"就是你?"粗豪的声音问。

孩子在黑暗中点点头。

"进来吧! 花儿,滚开!"

一条黑影不声不响扑向孩子,喉间发出咆哮声,被汉子一脚踢开了。

"花儿,你会死的!"牧童捉住那条狗,"他身上有毒,能毒死土豹子呢!"

花儿在牧童的怀里挣扎,发出愤怒的低啸。孩子漠然地望着那条狗,眼里全是怜悯。

"花儿从来不爱叫。它很鬼、很凶,不吭不哈扑上前就咬人。不过它除非对生人才这样,对村里的人可乖呢!"牧童解释道。

"有话进来再说,先给人家吃饭!"汉子吩咐着,率先走入门去。

二 熊族的家法

"我妹妹就是这样的,炮仗脾气,你不可以生她的气呀!"

莎丽对张书记说。张书记干咳一声,叹了口气,苦笑道:"她说得对,我怎么会怪她!"又对我道:"小何,你去劝劝她好吗?"

我点点头,去找莎娜。门关着,我敲门,莎娜不肯开。我耐心地又敲了一回,莎娜开了门,眼睛微红,说:"干什么?"

我说:"随便聊聊。"

莎娜眼圈一红,又滴下泪来,强忍着道:"你知道,我是为姐姐,在这个世界上,姐姐最疼我。我不想让姐姐受委屈。"又说:"姐姐太软弱,她不会保护自己!"

"张文没有怪你。"我道,"他认为你说得对!"

莎娜冷笑:"哼,说得对有什么用!"面色稍霁,叹了口气道:"他和我姐姐都是伪君子! 我真不想管他们的事!"

"你姐姐为什么离婚了?"我问。

莎娜犹豫了一下:"你去问张文,他会告诉你。说起来也怨不得张文,都是我爸爸。我们姐妹和他都闹翻了。我妈也搬去和弟弟住了,我爸成了孤家寡人。"

"你爸怎么那样呀!"我叹息。

"说起来,他也是个悲剧人物。"莎娜若有所思,"我爸这号人最大的毛病是不能做官儿,他自打当了副局长,就变了。他从小要强,最恨人家瞧不起他,不尊重他,谁要瞧不起他,不尊重他,他就要搬倒谁,没有任何人可以劝得转他,九头牛也拉不回来!"

莎娜沉默了。我黯然无语,不知如何来安慰她。莎娜直瞪瞪地望着我,半晌,才悠悠地吐出一口闷气,苦笑着道:

"我越活越不理解自己,也不理解别人,我不知人们为什么要和自己过不去? 活得那么艰难,那么阴险,那么虚假,那么无聊,为了一点点这个那个,争得不可开交。我们团里有几个演员为了上一号角色,都闹到要动刀子呢! 你说可笑不可笑! 还有张文,他明明爱我姐姐,我姐姐也爱他,偏偏他怕得要死,不敢和老婆分手,咬着牙在那儿苦恋。结果恋出一大堆麻烦! 我真奇怪,他怕什么呀?"

"他大约是怕他自个儿吧?"我说,"其实这个世界上并没什么可怕的,唯一可怕的是自己,他是害怕自己把自己打倒了。假如他不怕自己,他还会怕什么呢?"

"不错,他是怕丢面子!"莎娜赞同道,"他还怕丢了纱帽子,为这些,他坑了自己也坑了姐姐。如果他不怕这些,十年前就和姐姐结合,绝不会有这么多麻烦事儿,他是太爱他自己了!"

"十年前他们就认识了吗?"

"是的,十几年前,姐姐是张文的学生,张文那时在大学当讲师,刚刚结了婚。他喜欢姐姐,姐姐也喜欢他。你信不信? 他和姐姐这十年来苦恋,可很清白,清白得让人觉得可悲。他一方面维持他那个模范家庭,一方面偷偷地执拗地爱着姐姐。姐姐为了等他去年才结婚,不到一年,你瞧,又离了。爱情是可以杀人的!"

莎娜顿了一下,气愤地道:"你知道,最不能饶恕的是他,是他劝姐姐结婚的。姐姐结婚后,他仍然不时来找姐姐,这叫干吗? 姐姐总是哭,又懦弱又没有主意,她迷他迷得要死要活。如果换了我,早一脚踢开他了!"

"就像当年踢开我一样?"我说。

"不错!"莎娜冷冷道,"我最容不得怀疑,容不得犹豫,容不得假道学、大男人嘴脸,更容不得要手段、狡诈和欺骗,这些你身上全有。"稍顿,不屑地也视我,又道,"你大约以为你现在混得挺好,我会后悔,是不是? 哼,做你的清秋大梦去吧! 本姑娘从不知后悔为何物!"

我神情一窘。莎娜嫣然一笑,她的笑意像她的愤怒一样来得快。

"不过,你比张文好,你起码不会纠缠不休,还挺干脆的! 男人要拿得起放得下。你瞧那个张文,他拿不起又放不下,还算男人!"

我摇头,冷笑:"你根本不明白,张文所以那样,是因为他真的爱你姐姐,也许他下过一千个决心要割舍,可割舍不掉。我就不同了,连我也恨自己,认为我自己生性凉薄,或许是太自爱太自私的缘故,我根本不会像张文那样爱一个女人。你要真嫁给我,你一定会后悔,我太理性,理性的近乎淡漠。我想你是唯一使我燃烧过的女人,可你离开我,我竟也很淡漠,淡漠的让我自己都害怕。"

"那是因为你并不爱我!"莎娜说,似乎受了委屈,声音很低沉。

"你可以想象一头狗熊。"我安慰她,"它在一大片玉米地里,大模大样地掰棒子,掰一个往胳肢窝里夹一个,夹了这个掉了那个,但它不在乎,它想玉米地这么大,棒子有的是,还在乎那个干吗!它就这样一直掰下去,把一片玉米地都掰尽了,最后它只不过掰了一穗玉米,那是一穗很小很不饱满的玉米,它想:就是它了,有一穗玉米就行了!"

莎娜领悟地微笑,嘲弄道,"那么说,狗熊挺可怜了?"

"它大概是后悔了吧?"我说,又道:"你再可以假设,有一头狗熊掰玉米,它很粗心,掰了一穗玉米就塞进嘴里吃了。然后它发现了一穗又美丽又饱满的玉米,喜欢的不得了,而那穗玉米偏偏又主动滚入它怀里了。它想:这才是我要的。可是熊家族又规定每头熊只能吃一穗玉米,你说它该怎么办?把吃下去的再吐出来吗?显然不可能了,它又不忍舍弃,又怕犯了熊族的家法……"

我住了口,瞧莎娜的反应。莎娜若有所思,刚想说什么,便听见门口一个声音道:

"错了,那不是我!"

张书记推门走进来,莎丽跟在后边。张书记冲我感激地笑笑,道:"我听见你在为我辩护,那没有用。错的就是错的,如果我是那头熊,我会开膛破肚,把那穗玉米取出来。我所以迟迟不肯这么做,是因为怕疼,怕麻烦。但有一点,我不是一头熊,而是一个人,我会对自己所做的一切负责到底!"

张书记话的注解,写在莎丽娇俏的脸上,她在红着脸微笑,幸运使莎丽容光焕发,好似变了一个人似的。

"虽然已经太迟了,但我终于决定了!"张书记叹了口气,"唉,我原本想为了党的事业捐弃儿女之情,以公废私,权且柏拉图一生,殊不知反害了丽丽,也害了我自己,我想通了,家国家国,连家事都处理不好,还能干好事业吗?! 市委书记 也是人啊!"

莎娜在边上冷笑,满脸的狐疑。

"我知道你不信我,所以我带了小何来,他可以做证,我张文向来一诺千金,说话算话!"

"恐怕你夫人不会像你这么痛快吧?"莎娜冷冷道,"她可能会缠住你,还可能会哭,会闹,会用刀子刎脖子,女人都会这么干!"

张书记目光深邃,微微叹息:"我会尽量劝说,和平解决,以我对她的理解,她不会的,她是一个懂道理的人……"

"那么,孩子呢?"莎娜追问。

"这个,我们会磋商解决!"

我觉得这种说话方式太残酷了,便和解道:"那以后的事,我相信会有一个圆满的结局,我可是饿了。"

莎丽忙道:"我马上去准备,都是现成的,一会就好!"

"姐,我帮你!"莎娜跟着出去了。

张书记坐下,神情凝重,目光炯炯地望着我,慢慢道:

"小何,你以为我这样做有无道理?这件事困扰了我很久了,我一直放在心里。如果不是老莎把这件事捅出去,我是没有狠心这么做的。我对妻子虽然一直淡淡,但十多年来相敬如宾,我实在下不了这个狠心啊!"

我不知该如何回答,只有沉默。

"人生在世,真是难啊!"张书记慨叹,"我真不该陷入这么个尴尬的地步,都是我不好啊!我都不知该如何向她开口,她已经知道这件事,但她根本不信,她以为是老莎在造谣。"苦笑了一下,又道,"你看我有何颜面对她?我只有一五一十地坦白给她,但我又怕她会受不了,出什么差错。可不这样我又更对不起莎丽啊!唉,真难啊!人生真是不容易啊!"

"你已经没有退路了。"我说,"你得做决定,你也必须做决定,直面人生虽然痛苦,但总比逃避要来得光明正大些。一刀下去,虽然痛苦,却除去了一块心病,反而要好!"

"我是下了决心!"张书记点头道,"我只是有点下不了手。"

"关键是不要有太多的顾虑,人生所以艰难,就是因为必须瞻前顾后,才把人弄得很累。其实若能舍身饲虎,奋不顾身,反而会没事的。鬼由心生,人怕鬼是自己吓自己的!"

"不那么简单!"张书记轻轻摇头,"人所以自己吓自己是因为这个世界上真的有鬼!"

我哑然,不得不承认他的话。

张书记坐在那里,似乎一下子苍老了许多,硕大的头颅低垂着,向后梳的黑发垂下一绺,挂在额前,遮住了眉眼。我看不出他在想什么,但确切地知道,这个我一向尊敬而理想化的正六品大员,此刻的心境要比炒灌肠的老头烦恶的多。张文原来和平头百姓一样,只不过是在尊严与庄重下掩藏着许多人类共有的弱点。我发现了这一点,为之惊喜,似乎在不知不觉与张文的亲密程度更进了一步。我听见厨房传来锅铲的撞击声,嗅到了香味。我想一定要劝张文多喝几杯,让张文忘掉烦扰。张文是值得人们安慰和帮助的。

我打开电视,电视上正在播一则寻人启事。我注意到这则启事有些奇怪:

　　安二三,男,十八岁,身高一米七八,智力正常,讲普通话,穿黄色棉军衣一身,戴棉军帽一顶,脚穿蓝色球鞋,于三月二日走失,有知其下落者,请与二三〇研究所董大爹联系,电话:33·557102。必有重谢,绝不食言。

　　该男孩有一特征,右手食、中、小三指均缺半截。

照上是一个神情忧郁的英俊少年,瓜子脸,大眼睛,眉清目秀,透着聪明和智慧。这样的男孩绝不会无缘无故走失,一定有特别的原因,不是挨了揍必是寻找什么,或许还有更特殊的原因吧?!

三　心怀鬼胎

你迷迷糊糊睡去时天已大亮,服务员进房收拾房间见你熟睡不醒便退出去了。邻床的大汉一夜养精蓄锐,早已雄赳赳地走去办事了。你睡得十分安静,哈喇子流了一脸,很是不雅。你出了许多汗,后来觉得凉快了。你蓦然醒来时已红日当空,快十二点钟了。

"你可真能睡啊!"

妮娜坐在对面床上,深沉地望着你说。

"你,刚来吗?怎么不叫醒我?"你连忙坐起身,发现自己穿着背心和运动裤衩,不至出乖露丑,方才放心。

"人家等了你半天了!"妮娜柔柔地说。

"……"你忽然想起你和妮娜昨晚吵嘴的事,你糊涂了,你想:那一定是我做了个梦!

"我还以为你真的生气了。"妮娜微嗔,模样妩媚娇羞,"我真害怕你一人早丢下我走了,所以吃过早饭赶紧来看你,不想你还在大睡……"

你记起,你和妮娜确实吵过架,你并下定决心要卸掉包袱。但你现在似乎已把你的决定忘了,你满怀感激地凝视妮娜,心想:她多么温柔多么可爱啊!

"你等了我很久吗?"你歉疚地问。

"我坐在这儿,一直在看着你睡觉,就像母亲在看自己的孩子熟睡……"

"哈哈,你怎么可以这样说话!"你抗议。妮娜出奇的温柔,神情异样地望着你,若有所思,迷惘地道:

"我不明白为什么会有这种感觉,但这是真的。我想了很多,很多,一种从未有过的感受使我迷惑,也使我快活。我望着你睡觉,心里很甜蜜,就像你是我的孩子。一种我从未有过的慈爱被唤醒,我明白这很可笑,但我一下觉得我是个女人,一个温柔多情的女人,这个女人应该对你很好才对。我战栗了,我觉得又幸福又惶惑,很想不顾一切为你做一切事而不问代价。我不明白自己怎么啦。"

你听得一阵心跳,一阵冲动。

"这是一种多么奇妙的感受呀!"妮娜沉思地望着你,"我忽然明白有些女人为什么会不顾一切地爱一个人。那是因为她感受到了这种魔力——

她不计较得失,不怕毁誉,不畏险阻,甚至不顾廉耻置生死于脑后,是因为这种追求使她感到幸福,感到崇高,感到自己伟大。她拥有了这些,还需要什么呢?还畏惧什么呢?还怕失去什么呢?"

妮娜此时的神情纯净圣洁的像一只上帝的羔羊。你一阵羞愧,觉得自己身上涂满了地沟的污泥,世俗的烟油,情欲的腥臭,像印第安部族的土人脸上画满了红红绿绿的色块。你想抹掉这一切,你想洗一个冷水浴,但你找不到一块肥皂也找不到一块干净的毛巾。

相反,你忽然因自卑而冷漠了。

"何必这样呢!"你说,"我已经不记得我们吵过架,我一醒来看见你在那儿,便觉得很安逸。这已经够了,是不是?你一定来了灵感,是在作诗吧?"

妮娜专注地凝视你,你心虚地避开妮娜的目光,假装寻找香烟,借以掩饰自己的心虚。

"我知道你不会理解。"妮娜忧郁地道,"不过这种感情只有女人才能体会到,男人是不会体会到的。这大约便是红颜自古多薄命的缘故!"

"真不能想象!"你说,"一个20世纪80年代的现代女性竟会说出这样古旧的掉渣的话来。现在新潮的说法是:女孩子的弹跳力增强了,都要跳到男人头上作威作福了。你的伤感简直毫无道理!"

妮娜不禁微笑了一下,茫然道:"我几乎忘了这一点,谢谢你提醒!"

"我们去吃东西!"你下床,穿起衣服。

"你不能笑话我!"妮娜说,神情活泼起来,"我的伤感很可笑,是吗?"

"当然不可笑!"你道,"只是与你的身份不协调。你这么潇洒,这么自信,这么独立,这么充满活力的一个美丽的当代宠儿,怎会一夜醒来,变成个见花落泪的林妹妹!"

"你笑我了!"妮娜跺脚道。

"不笑,不笑,我当高仓健好不好?"你板起脸,做一副深沉状,把妮娜逗笑了。

"有一点我相信了。"妮娜随你走下楼,一边道,"不管你多么新潮,一脉相承的还是我们祖先的血液,就像盖房子,不管你盖成什么样子,装饰得多么堂皇富丽,还是房子。大楼房和小草屋的本质是一样的:为了住人!"

你装着漫不经心,实则在仔细倾听。

"道理是一样的,不论你是林妹妹还是新潮的小姐,仍然逃不掉是个女人,也就是说,古时候女孩子的伤感,新潮小姐也会有,因为那是女人共有的感受。千古不变的是生、死、爱,这话有道理!"

"你无非是为自己的伤感辩护。"你微笑,"可谁也没有说你不对呀?"

妮娜目视你,一抹娇羞,款款道:"我只是要你相信我!"

你的心无端地沉重了一下。你害怕的就是这种"剪不断、理还乱"的缠绵,你没有准备,也不想负起这一种责任。现在你发觉了这一种危险,你开始后悔了。

"我不喜欢缠绵。"你说,"早知道你会这样缠绵,这样传统,我不会和你这样的。我已经是要做新郎的人,我不想伤害我的新娘子,也不想无端地让你伤感。我很坏是吗?"

妮娜心平气静地听着,不作一声。你以为妮娜会发脾气,可妮娜竟然出乎意料的温柔、忍耐,似乎毫不介意,你觉得自己又错了。

"你知道你害怕什么?"妮娜平静地道,"你可以放心,我和你不论做了什么……"垂下头,揉弄着葱白也似的手指,"我都绝不会纠缠你!你明白吗? 爱是没有代价的!"

"中学生的语言!"你嘲弄道。

妮娜抬起头,眼里跳跃着火花,摇头道:"你不该这么说,尤其是对我——一个对你不抱任何希望的女人!"

你赧然,讪笑着道:"我是开玩笑!"

"我不会怪你!"妮娜凄然一笑。那笑容让你感到不自在,也感到怅然。

饭桌上你和妮娜东一句西一句闲扯,再也不提刚才那个话题。妮娜也似乎把那个话头忘掉了,恢复了本来面貌。

饭后你和妮娜在江边散步。江水壮阔地铺展开去,像一匹闪闪发光的锦缎。载货的驳船、载人的客轮在江水上轻盈地滑过,像绣在锦缎上的图案。摇橹的小木船咿咿呀呀地尖叫着,夹杂在钢铁的机械声里,悠悠地逐了江浪走下水船。码头上小食摊比比皆是,赶渡轮的过江客匆匆来去。

你和妮娜在小摊上吃了臭干子和豆皮饭,又喝了刨冰水,一人一支红豆冰糕咬着,嘻嘻哈哈地笑。妮娜依偎着你,像甜蜜的新娘依偎着自己的新郎。白云悠悠在天上飘,江水悠悠在地上流。难得的晴天丽日,晒起蒸腾的江雾和暑热。橡皮树和梧桐树撑着巨大的树冠,为人们遮凉。冷饮店人满为患。江边白色游泳界标圈出的游泳区里,男男女女穿着花花绿绿的泳衣在戏水。

你和妮娜在蓝色亭子间租了泳衣,然后躲进更衣室换衣服。你换好游泳裤衩等妮娜,妮娜好半天才羞答答地出来,一件半新的红色皱纹泳衣可体地裹紧了妮娜苗条丰满的胴体,玲珑浮凸的线条流畅得像大手笔的勾勒,颈项和手臂的皮肤呈蜜色,双腿却玉雕一样雪白。

"真美啊!"你在心里赞叹,表面却不动声色,你率先跃入水中,招手让妮娜下来。妮娜燕子一样漂亮地一跃,在空中画一道虹影,插入水中,浮上水面时湿发掩住了脸孔。

"呀,糟糕,我忘了租一顶帽子了。"妮娜一边游一边狼狈地抱怨。

"这样挺好的!"你说,游过去,帮妮娜把头发拢到后边,"这样像水妖,水妖的头发都是乱七八糟的嘛!"

"你喜欢就好!"妮娜微笑着靠在你的胸前,赤裸的肌肤在水中互相接触异常的惬意,你不觉心猿意马,一阵冲动。你赶紧逃开,妮娜追上来,与你同步翔游。

"我们换一个旅馆好吗?"你试探地问妮娜,眼里火光熊熊。

"随便你!"妮娜喷着水沫,双臂一起一落,游起了自由泳。你抑制着心跳,额际像有榔头在敲。你的潜意识似水流动,托举出一个鲜明的意识,并毫不犹豫地抛了出去。

"我们,我们在一起住,好不好?"

妮娜猛地一怔,呛了一口水,手脚一乱,沉了下去。你吓了一跳,游过去。妮娜倏地钻出水面,大声咳着。你连忙扶住妮娜。

"你刚才,说,说什么?"妮娜问,脸上一片红晕,"你再说一遍,我没有听清。"

妮娜喘息着,胸脯一起一伏。

"没,没说什么?"你否认道。

"你说了的,你真坏!"妮娜望着你,眼里流光溢彩,"你真坏! 你明明已经知道……还,还问什么……"

妮娜无力地靠在你的胸前,欲语还休,娇弱不胜,羞得连脖子都红了。你也很害臊,但你蓄谋已久,除了害臊更多的是卑鄙的狂喜。你突然明白自己原来是很下流的东西,煞费苦心,携妮娜同游,假惺惺扮一副正派人的嘴脸,就是为了干这件不正派的勾当。你的一切花言巧语,故作姿态,只是为了掩盖其最终的目的。

你对自己说:卑鄙啊,何伟! 你既然自以为喜欢妮娜,何以要这样待她? 你一向自诩清高,怎会如此下流! 何伟,你的名字叫无耻!

"我们在一起……然后分手,大家都把这件事忘了……这样,好吗?"

你在内心诅咒自己,可嘴唇却抖抖索索地说着相反的话。你的理性早已与本能脱钩,一如火车头与车皮脱钩,车皮循了惯性的力顺坡向下飞滑。你已不再是你。

"假如我不呢?"妮娜说,"假如我离不开你,那怎么办呢?"

"要那样,我们就算了!"你说,自私冷酷的像一个屠夫,为防患未然不惜放弃。

"随便你吧!"妮娜慢慢说,嘲弄地,"我是吓唬你的,我,我也不过,不过是玩玩……"

"这就好!"你大喜过望。

"我们上去吧,"妮娜颤抖着说,"我有点冷,也有点害怕……"

你像水母那样网住妮娜,把妮娜拥上岸去,人们游过来询问,你坦然地微笑着答曰:"她有点儿不舒服,没什么事儿!"

四　猴儿进了工读学校

暑假结束,学校开学了。

他第一个到校,教室里空空荡荡,同学们一个未到。他忐忑不安地坐到自己的位子上,迎候一位一位零零星星到来的同学。同学们陆续都到了,像老朋友见面似的热烈地交流暑期生活。他孤零零地坐在那儿,沉默寡语。班上与他要好的同学问他话,他也期期艾艾的说不清爽,惹的同学直翻白眼。

上课铃响了,老师进来,大家起立,问好,然后稀里哗啦地坐下,老师开始点名。他注意听着,发现老师点到了头儿,可没有应声,他想头儿一准迟到了。

"何伟——"

他想猴儿的位子空着,还没有来。老师又叫了一声,他才醒悟,连忙起立:"到!"

老师不满地瞟了他一眼,继续点名。他心慌地发现,点名结束了,可老师却没有点猴儿的名字,好像点名册上没有猴儿的名字,一定是老师疏忽了。

"报告——"他举起手。

"起立,有什么事?"老师问。

"点名册上漏了秦志强的名字……"他说。

"坐下!"老师摆摆手。

他坐下,心神不宁,满头雾水。

"秦志强同学已经转学。"老师简短地说,"张立功同学请了病假,其他同学都到齐了,现在我们收暑假作业。"

他呆呆坐在位置上,看着同学们一个个走上讲台交暑假作业,竟没有意识到自己也该交作业,直到老师提醒他,他才赶忙翻出作业本送上讲台。

"你怎么啦,何伟? 是不是不舒服?"老师和蔼地问他,细细打量他。

"没,没什么!"他说,不敢望老师的眼睛。

"下课后,你来办公室一下,我们谈谈!"老师说。他一阵心慌,点点头,回到座位上发怔。

下课后,他跟老师到办公室。老师倒一杯水给他,道:"暑期过得好吗?"

他点头:"好!"

"班上的同学在暑期都有什么表现,你可以讲讲吗?"

"我,我不知道。我很少和他们玩。"他说,脸微微发红。老师赞许地望着他,笑了。

"你做了一件好事,还不承认?"

"我没有呀!"他诧异。

"老师都知道了,是秦志强的爸爸告诉我的,他说是你制止了一起盗窃案的发生,你还不承认吗?"

他如五雷轰顶,怔住了。

"不过好歹没有发生,我也答应了人家,不把这事传出去。只是,我很为有你这样的学生高兴,这一学期我想让你当班长。"

"我不!"他说,"我从来没当过班长,我干不了。老师,其实我想连学习委员也不当。我只想好好学习,我……"

"不行,你一定要当!"老师严厉地道。

"就怕同学们不会选我……"他嗫嚅。

"这个不用你管!"老师自信地道。

他不敢再说什么。

"秦志强被他爹送到工读学校去了。"老师高兴地道,"张立功不和秦志强在一起,一定会好一些。咱们班这一学期一定要夺优胜红旗!你要努力当三好学生,你的团组织问题这一学期一定会解决!"

他喏喏地应着,脑子里什么也没有,只留下"工读学校"四个字。他被这四个字吓坏了。他想:这都是我干的——猴儿进了工读学校!他傻了。他的报复如此生效,如此严酷,是他没有想到的。他胜利了,但他没有丝毫胜利的欣喜和得意,反倒有一种负疚和犯罪感。他茫然,茫然的像掉进云雾里,他痛苦,痛苦得直想揪住自己的脖领子,打自己一顿耳光。

天呀,猴儿进了工读学校!

他呻吟着跑进男厕所,躲在里边发愣。

整整一上午他在惶惑中度过,中午回到家里又继续发愣。下午他没有去学校,跑去找小翠。小翠看见他,惊喜地飞跑过来,他阴沉着脸,劈头就问:

"猴儿进了工读学校,你为什么不告诉我?"

小翠一怔,道:"我也是才知道的。他爹一直关他在屋子里,前天才送他去工读学校,这几天你又没有来我家,我怎么能告诉你?"

"猴儿又没偷到东西,为什么送他到工读学校?他爹干吗要这么做?"

"我咋知道!"小翠不快地道,"你去问他爹好啦!工读学校有什么不好?你的样子像猴儿进了劳教所似的……"

"难道工读学校很好?那你为啥不去?"

"你胡说什么?我又不是坏女孩!"小翠委屈地道,"猴儿是个坏孩子,进工读学校不挺合适吗?他在那儿会学好的,一边劳动一边学习,锻炼人呢!"

他不信:"我听说工读学校有好多坏孩子,管教得很严,是不是?"

"也有不是坏孩子的,因为家里穷,没人出钱受教育,去半工半读的。"

"我真想去看看。"他说。

"哼,我知道你,你一定后悔了。你觉得猴儿进工读学校是你的错,是不是?"

小翠说。他没有承认也没有否认。小翠不以为然,"根本不是你的错,你那天要不让我去告诉他爹,猴儿和头儿还不定干出什么来,说不定判个三年五年的,进工读学校还不便宜了他!你一点错也没有!"

他想起自己起初的计划是让小翠去派出所告密,要是真那样,猴儿和头儿怕会更惨。他不觉出了一身冷汗。他想:原来给别人使坏也这么难。也得有勇气才行啊!

"你告诉猴儿爹,真是做对了!"他由衷地对小翠说。小翠笑了。

"你知道头儿的事吗?"小翠问。

"头儿怎么啦?"他紧张地问。

"头儿的腿被他爹给打坏了!"小翠说,"也是因为那件事,是猴儿他爹去告的状。据说头儿爹差点气死，把头儿一顿狠打，拿木棍打头儿的腿，把头儿腿给打坏了。”

他一阵战栗，喃喃道：“他爹真狠！”

小翠摇头，“如果我那么干，我爹也会打断我腿的，其实我爹最疼我！”

他想：这回头儿和猴儿会恨死我了！

小翠看出了他的心思，体恤地道：“他们不会知道是你告的密！”

“什么！猴儿爹乱说，连老师都知道了！”他黯然。

“都怪猴儿他爹！”小翠噘起嘴，生气地道，“我见了非要问问他，为啥不讲信用，说好保密的嘛！”

他心情沉重，呆若木鸡。小翠心疼得直皱眉头，拍着胸脯道：

“你不用怕，有我呢！你就说是我告的密，看看他们敢动我一下？我爹不整死他们才怪呢！我可不怕他们！”

他想，我怎么都不如小翠？想着便英雄起来，拍着胸脯学样道：

“好汉做事好汉当，我也不是害怕，我只是，只是……”

他没有说出下文，模模糊糊地也说不出什么。他想说出来小翠一定会瞧不起自己，因为自己当时并不是要制止头儿和猴儿偷盗，而是想借机报复，整他们，以雪前耻。这动机很阴暗，是见不得人的。他自然不敢说出来。

“你来找我，就是为这个吗？”小翠问。

“不，我是，是来看看你的。”他支吾。

“我们出去好吗？同学们都在那儿看着呢！”小翠说，一边东张西望。

“不啦，我要走啦！”他连忙道。

“老师夸我的暑期作业好，我真高兴，这全是你的功劳！你真好！”小翠眉飞色舞道。

“你自己努力的结果。”他说了一句官话。

“星期天到我家里来，好不好？”小翠脸红红地道。他犹豫了一下，点点头。这时上课铃响了。他拔腿要走，小翠猛地喊住他。

“你可要记住了：不许你和别的女孩子好！”

说完连羞带笑地转身飞跑着去上课了。

他想，我这样子哪还能当班长？哪还能入团？哪还能当三好学生？要让老师和家里知道我和小翠好，那不是都完了吗？

他一边骑车，一边浑身出汗。

"我一定不能这样下去了，否则我一定不会有前途，爸妈要知道一定会打折我的腿，老师知道了一定会把我看成个小骗子，再也不会信任我，给我吃小灶，让我当班干部，让我当三好学生，更不会让我入团了……"

他想，我星期天一定不能去小翠家，让小翠难过一回就难过一回，总不能因为小翠把自个儿给毁了呀！

五　高尚，一根自炫的羽毛

舞会持续到午夜十二点才散。这期间龙先生一直没有回来。何伟的心情十分幽暗，强装欢颜与安娜周旋。舞会结束，安娜送何伟出门，再三要何伟来玩，样子似乎很依恋。这使何伟心里舒服了些，平添了一些自傲。但何伟自不能抹却丹在心中的分量。他一走出留学生楼，便与伙伴分手，去寻找龙先生和丹。

夜色中的夜园十分静谧、美丽，桂花的香气袭人微醉。何伟在浓稠的桂花香气中四处逡巡，不见丹的影子。何伟判断丹一定没有回宿舍，否则龙先生一定会回到房间里，校内有严格的规定，女生楼晚上不许会客，何况龙先生是外国留学生，更不可能了。

唯一的可能是丹和龙先生在一个地方待着，校园中幽静的地方很多，会在哪儿呢？

何伟想起丹夜里常去湖边观赏夜色，会不会去了湖边？

月色很好，绿色的浓荫被月光投射的十分迷离。夜风吹来，拂动高大的梧桐树，叶片喟喟低诉。何伟踏着一条白色小径，向湖边走去。湖水在月光下亮得像银子，啵啵的水浪击打湖岸，咬噬着堤石。湖边的几个小餐厅还亮着灯，还有食客在吃热干面和鱼头豆腐汤。

何伟沿着湖边走，在听涛石旁看见两个并排坐在一起的身影。何伟心跳地认出，其中一个是丹，另一个必然是龙先生。可走近去才发现认错了，那是两个何伟不认识的人,显然是一对热恋中的情侣。

走过听涛石,何伟听见前夹竹桃掩映的堤岸石阶上传来说话声,那是何伟熟悉的龙先生急促而高亢的嗓音,说的是英语,何伟只能听懂几句。何伟听出龙先生在向丹解释什么。丹的身影跌落在湖水中,她斜斜地横坐在伸出湖面的一块水泥板上,双腿悬空,悠动着。看不出丹的表情,但显然丹并没有生气。龙先生则站在靠近岸的那一边,指手画脚的,咕咕哝哝地说英语。

丹不时打断龙先生的话,说的也是英语。有几句何伟听懂了。

"我不怪你——你可以走了!"

龙先生执拗地重复什么,手势很夸张。

"不可能!"丹说。

"我爱你!"龙先生大叫。

何伟听得直泛醋意。

"我要回去了!"丹大声用汉语说,"你难道不明白?"

"你要考虑!"龙先生用英语吼着,又用汉语大声道:"我爱你,丹!"

丹急促地用英语说了一串话,何伟一句也没有听懂。

何伟忍不住烦躁,重重地咳嗽了一声,走过去,若无其事地道:"你们在这儿呀?"

龙先生冷漠地注视着何伟,何伟虚伪地笑着。丹站起身,从龙先生身边跨过,连正眼也不看龙先生,挽起何伟的手臂道:"何,我们走吧!"

龙先生猛地拉住丹,大声叫喊着,像个疯子。丹不快地挣了挣,挣不脱。涨红着脸求援地望着何伟。何伟扭过头去,一声不吭。丹震怒地扬手打了龙先生一个耳光,用英语说了句什么。龙先生一下像斗败的公鸡,焉在那儿了。

丹昂着头,也不理睬何伟,兀自往前走。何伟跟着,一言不发。丹走了一会儿,扭回头,瞪着何伟,何伟也瞪着丹。

"你怎么会这样?"丹发怒地道。

"你怎么会这样?"何伟冷然回敬。

丹忽然叹了口气,走过去挽住何伟的手臂,幽幽地道:"也许我不该这样,他是个疯子! 他求我听他说一会儿话,可他不肯放我走,一直说到现在,真对不住,让你担心了!"

何伟默然,脸上毫无表情。

"我和他什么事也没有,"丹急了,"他就是和我说话,你瞧见了,坐在石板上,他要敢怎么样,我就会跳进湖里——你别不信,我是这样想的,你别不信!"

"我根本无权干涉你。"何伟冷漠地道,"你想干什么,我又怎么知道!应该道歉的是我,我不该打扰了你们!"

"你,你怎么可以这样待我!"丹发怒道。

"你又怎么可以这样待我!"何伟原话回敬丹,丹怔了一下,终于觉得理亏,不肯动真怒。

"我会向你解释的。"丹说,"别这样好不好? 你应该信任我的,别闹别扭了,算我错!"

丹上前牵住何伟的手臂,傍着何伟,回头张望了一下。龙先生留在那里还没有走。

"我们走吧!"丹说,扯着何伟走。

"他和你说什么了?"何伟问。

"你猜呢?"丹歪着头问何伟。何伟皱起眉头。丹连忙一笑。

"你别生气嘛! 我跟你说,你不问我也会说。他胡说八道,他什么也说,他是个疯子。不知你信不信,他除了不敢碰我,什么话都说尽了。他甚至还威胁我,说他会为我而死呢! 这个家伙,真是个疯子! 我也不知哪点迷住了他,让他变成这样了!"

"你还挺得意呢!"何伟讥讽地道。

"这难道是我的错吗?"丹反驳道,"他迷上我,我有什么办法!"

"多少女孩子做梦还在想呢!"何伟冷笑,"他可是美国人,嫁给他就能成为美国籍公民,你难道不动心吗?"

丹生气道:"你这么说话可真恶毒,你不是看见我拒绝了他吗? 我才不稀罕去什么美国呢!"

"谎话!"何伟冷笑,"你不是总想出国吗?这不是正合你的心意吗?"

"是的,我想出国,可那是留学深造而不是做洋人的老婆呀!我要凭真本事真学问考托福出国,绝不会像有些女孩那么下贱,只要能出国,什么也干!"丹责备地又道,"这一点你难道不明白?你怎么可以侮辱我呢?我知道你在吃醋,可这是干醋,你根本没必要去吃!"

何伟被抢白得脸上挂不住,鼻间哼了一声,想反驳又急切间找不出话来。丹委屈地垂下头,幽幽地说:

"其实这要怪你,谁让你不跟我一起走呢?你要派,要摆大老爷们的威风,他可不要派,可怜巴巴地跟出来,直说好话,我能一走了之吗?你一点不体谅人家,反责怪人家,好像我干了什么对不起你的坏事了……"

何伟不觉心软,叹了一口气道:"我真不该跟你参加什么宴会,那样随便你干什么我也不知道,反正眼不见,心不烦,随你怎么说我都会信的。你知道我心里有多急,多担心?我想万一你真被那家伙勾上手,我该怎么办?"

"你说呀,我要被他迷上了你怎么办?"丹好奇地望着何伟,"你一定会不顾一切地把我从他手里再夺过来?是不是?"

何伟摇头。

"那你,那你难道,难道会把龙先生杀了?"丹满怀希望地猜道。

"那怎么会呢!"何伟仍然摇头。

"难道……"丹恍然大悟,"你会为我而死?"

"更不会了!"何伟道,"我只有一条路可走,离开你!"

"离开我?你要去哪里?"丹激情地问,"你会跑到山里当野人吗?"

"我哪里也不会去,还在校园里,只不过把你忘记就是了。"何伟慢慢道,"我没有权利要你忠实我,我会尊重你的选择,不管你选择谁!"

"你真崇高啊!"丹闷闷地道,似乎失望到了极点。何伟叹了口气。丹冷冷地又道,"你这么崇高的人,跟我这么一个俗人在一起,不怕玷污了你吗?"

"你难道不喜欢我这样?"何伟奇怪地道。

"我很喜欢!"丹说,声音冷到了冰点,"我太喜欢了! 我想我随时可以像小鸟一样飞走,因为你的宽容和你的崇高给了我这种自由,我太喜欢这种自由了,我多么感激你呀! 我感激的都想哭……"

月光下,丹的脸上淌满了泪水。

何伟怔住了。

"你,你怎么啦?"

"不怎么!"丹冷笑,"我是被你感动的!"

何伟摇头:"也不至于这样呀!"

丹仰着望天,良久,又开始往前走,走得很快,不再理睬何伟。

"我送你回去!"何伟赶上前去道。

"不用了,谢谢!"丹头也不回地说。

"你生气了吗?"

"没有,我感动还来不及呢!"丹说,微微一笑,瞪着何伟,"你走吧,我想一个人回去!"

丹说完,甩下何伟就走。何伟呆呆地望着丹的背影消失在路的浓荫深处,嘴角扯出一丝无可奈何的迷惘的苦笑。

第六章　人欲,在自私中膨胀

一　脚尖点地转个圈

我喜欢在繁闹的街道上行走,让自己淹没在人群里。置身人群总使我感到惊喜也感到迷惘。我惊喜人类生活的热诚,人们匆匆的,井然有序或乱哄哄地忙碌着,男士们昂首阔步、挺胸腆肚地走过;小姐们花枝招展、风摆柳似的招摇;老太太和小贩为一个钢镚争执不休;老头儿慢笃笃地背着手踱步,脸上每一条皱纹都隐藏着一个故事。丰盈的中年妇人含蓄地挽留青春,让花蕾似的女儿点缀出别一番熟透了的风韵。孩子们在人群追逐,睁大了眼睛猎取新奇,婴儿在少妇的怀中咿呀学语,小嘴红艳的像一粒山楂。

有的人俊俏,有的人丑陋,俊俏者有俊俏的得意,丑陋者有丑陋者的自傲。有的微笑,有的忧郁,有的狂态逼人,有的含蓄深沉,有的不喜不忧,面无表情。微笑淡化了忧郁,狂傲鲜明了含蓄,读不懂的是那些无字的脸。

共同的一点是人们都睁着眼睛在走路,连盲者也戴一副盲公镜,权且以竹杖点路。人们走着,看着,你看我,我看你。看不出什么便漠然,看出什么便好奇。小伙子看见姑娘美丽眼里便冒火花,姑娘看见小伙子异样便投以一瞥,老人看见熟面孔便想攀谈,妇人看见漂亮孩子便咂咂有声,孩子们看见孩子便想学样玩儿,连婴儿也不安于怀抱。为人妻者关心吃喝穿戴,为人夫者各有所好。繁闹为人们而设,人们为自己创造了五花八门的繁荣,光怪陆离的文明。人们置身其间,以自我为主体观察客体,观察到深刻时,便忘了自己。

于是人们开始寻找自己,照照镜子或抚摸一下面颊,自己好端端地存在,不免好笑。一万个人有一万个好笑,十万个人有十万个莞尔。深邃者从远古寻根,浅薄者从遗迹觅踪,更多的人浑浑噩噩不操那份心。

连自己都关心不过来,还能管其他,果真笑话。笑话只是笑话他人,永远不会笑话自己,为此人们心安理得,活得十分滋润。笑话雪球一样从远古滚到现在,变得庞大无比,只是人们都看不见。人们远望前人,近望自己,只不肯望一下未来。未来遥远得只能想象,现实严厉得容不得一毫苟且,历史铁板一块仍不免被人们用割炬肢解开来,以便不时之需。

万物皆备于人类巧取豪夺,人类的需要便是人类的上帝。人们高喊着"需要万岁"走向丛莽,走向荒原,走向高山,杀伐森林,开垦荒原,采挖高山宝藏。人们堵截江河,修造湖泊,建造城市,水陆交通四通八达,工矿村镇密如蜂房。人们创造了非凡的文明,辉煌的繁荣,才注意到在创造文明的同时却毁坏了自然的繁荣。人迹所至,飞鸟绝迹,走兽失踪,绿色隐退。人们植树造林,修堤打坝,力图留住自然,已是亡羊补牢。这座城市即将面临的地下水枯竭,将使三百万人尝到自然的报复。

自然的报复显然比人类的报复要阴险得多,它悄悄地不露声色地一点一点忍让、败退,驯良的像一群任人宰杀的羔羊。然后,它销声匿迹,把灾难降临人类,让人类自己去领受惩罚,蚕食自己,消化自己。

引黄入城工程迟迟不敢铺开,如果铺开上万民工将集结于黄河岸边,成百成千的推土机和翻斗车将吼着机械声。成万亩河道路经的良田将被挖掉,仅只赔偿的青苗费和地亩费就会上了亿。河道穿过村镇,村镇将迁移;穿过高山,高山将劈成两半;穿过森林,森林将伐出一条宽阔的带子。成千上万块巨石将从山上剥落,运去修筑河堤,上亿吨水泥黏合巨石,牵引黄河入城。这样浩大的工程在这片古老的土地上已有过先例,天津卫引滦工程就是典型,就是范例。

张文书记当政期间最大的抱负,就是完成这一工程,至少让这一工程上马。他在当市长时就曾带我多次勘察地形,也曾立足黄河,双手叉腰,昂首挺胸,意兴甚豪,畅吟太白的千古绝唱:君不见黄河之水天上来……君不见黄河之水入城来……很雄浑的亢吟透着自信,透着乐观,透着有朝一日的梦想。

这座城市的居民们断不会想到,在人影寥落的街上,在临近午夜的子时,张文书记会由我陪同着,神情沮丧,满腹心思,蹒蹒跚跚地走来。张文书记醉了,至少有八成醉意,饭桌上他强颜欢笑,频频举杯,讨莎丽和莎娜喜欢,也讨我的喜欢。甚至小马来接时他还谈笑自若,要小马回去,说他要走着回去。

现在张文书记走在华灯闪烁的街上,再也不必掩饰自己的神情,一下子显露了醉态和愁肠。我想扶他,他不肯,仍勉力前行,步态踉跄不稳。我紧随他左右,在必要时搀扶他一把。

"我没醉。"他说,"我只是心里难受!"

我沉思地望着他,他发现了,马上振作了一下,笑道:"小何,你觉得好笑吗?"

我说:"不,我觉得和您以往比更亲近了!"

"为什么? 因为我喝了酒?"他问我。

"因为我发现,您也不是个完人。"我坦白道,"完人是神,凡人和神是不平等的,现在我和您平等了,我很高兴!"

"说出去,会让人家笑话。"张文苦笑,"我们这座城市善良的人们,只是在电视上或会议台上见过他们的市长和市委书记,很神气,很威严,很有风度是不是? 他们要知道我这样,一定会失望的!"

"我们的民众只喜欢神,也只信任神。"我点头,"所以我们不得不常常进行造神运动,推举几个神出来,供民众信仰。"

我望着张文书记微笑,"您也是一尊神,只不过现在休息一下,我知道做神一定很累人!"

张文书记想反驳我,他显然不同意我的话。但他只摇摇头,没有说话。他坐在商店的台阶上,不走了。

"给我一支烟,好吗?"

我给他一支烟,他点燃,吸了两口,道,"有好多年不抽了,我一结婚就被剥夺了这个权利,她想让我多活几年。"沉默了一下,又道,"你见过她,她人不错,对我很好。"

张文书记吸了口烟,又吸了口烟,神情落寞而忧伤。

"我和她结合是在大学当老师时,刚结婚就赶上'十年浩劫'。后来我调团市委当副书记,她留在学校教书。现在她一定在家里等我,也许她睡了。我想她一定很累了。这些天她心神不宁,她不信那些事,可她也不要我解释。我实在下不了决心和她分手,十几年的夫妻,怎么可以这样干,我真难啊!"

"您应该比较!"我劝他,"选择您最爱的人!"

"七七年我认识丽丽时,她才十八岁,我只教了她半年,就调走了。她总是来找我,我也盼着她来,久了就有了感情。我知道这种感情十分有害,几次三番下决心不再与她来往。她不干,我也舍不得。我比她大十几岁,自然识得轻重。我们之间清清白白,没一点暧昧事。只不过我知道她,她也知道我。她太柔弱,太美丽,太年轻,太幼稚,我总想保护她。我告诉她,我绝不会与妻子分手,劝她结婚。她不肯,一直独身。我发火,批评她,训她,她哭了一顿。然后结婚了。她结婚那天我去了,是骑自行车去的。那新郎追了她好多年,人长得不错,就是脾气暴点。她婚后常来找我,我也常邀她一起跳舞。她男人吃醋了,她告诉我。就是'卡拉OK'开张那一晚上……"

我记起了,不觉微笑了一下。

"我妻子也知道她,但妻子相信我与她只是同志关系。你知道人的感情很奇妙,并不是非得同床共枕才是真感情。我和丽丽清白得不掺一点假,可我们的感情太深了!你无法想象。我除了工作,总在想她,一想起她就觉得幸福,就觉得兴奋。我想她说话的样子,走路的样子,用手指掠头发

110

的样子,笑的样子。很甜蜜地想,有点像父亲想女儿,但又不是,因为我清楚地知道她也在想我,她心里只有我……"

张文书记沉浸在叙述里,神情忧郁而甜蜜,我无法想象张文书记竟如此纯情。

"现在想起来,我觉得逼丽丽结婚是很不道德的,对那个小伙子也不道德,甚至很残酷,因为我明明知道丽丽的心中已容不下别人,却要人家娶丽丽的躯壳,你说这是否太残酷? 当然这对丽丽来讲更残酷,更不人道。但我为了自我道德的完善,却一下子坑害了两个人,你说我多么自私,多么冷酷,多么不道德啊!"

"确实不道德。"我肯定道,"您害得不仅仅是两个人,应该再加上两个,您和您的妻子。"

"你也认为我不道德?"他奇怪地望着我,辩解道:"其实我是为了事业,为了名誉,我是共产党员,要克己为人,处处做表率,市委书记和老婆闹离婚,这算什么,不是大笑话嘛!"

"您狭窄地理解了!"我道,"我可没看见党章哪一条规定共产党员不能离婚,离婚是受宪法保护的。又有哪一条讲市委书记不准离婚了?"

张文书记眨眨眼,点头道:"小何,你变了,你不再是秘书,果真成了作家。你讲得好,不过我问你,哪一条党章,哪一款宪法,又鼓励过共产党员离婚?"

我摇头。

"这不就对了!"他严肃地道,"相反,严格要求才是真谛。以我在这件事最初的处理上我对了一半,错的一半是应该在丽丽婚后与她断绝一切来往! 这一点我错了。"他沉默了一下,坦白道,"其实我也做不到这一点,我在大学读了太多的文学书籍,一直有点罗曼蒂克的毛病,现在我明白是这个毛病害了我,也害了丽丽。你大约不明白,当领导最忌讳授人以柄,说句不讲原则的话:官场险恶呀!"

我点头表示同意。

"丽丽的爸爸知道我和丽丽的关系,他一直在利用我清除障碍,我几乎把他当成一位好同志。"张文书记又向我要了支香烟，点上。"他的可怕是他善于发现人的弱点。他曾经含蓄地指点我，说任何人都不可避免会有弱点，只要抠住这个人的弱点，利用这个弱点，就可以左右任何人，打倒任何人！我一向认为自己很严谨，几乎没有任何不良嗜好。但是你瞧，他还是找到了我的弱点，把我给告到中纪委了。"

张文书记苦笑了一下。

"这未必会把我打倒，但却可以把我搞臭，只要你臭了，再打倒你便容易了，是不是？古人说：欲加之罪，何患无辞！我一直不大相信，总想倘若一身清白，又何患你有辞！现在我明白这句话意思的背后是：举凡人类皆有缺点和弱点，连太阳都有黑子嘛！

"因此，这句古话可以成立。我当然不是完人，不过就是完人也会遭横祸，像文天祥、岳飞之类的人不也一样吗？我的温情主义使我陷入了困境，我绝想不到他会连女儿也不顾，为伤害我，搞臭我，打出那样一张王牌！我其实对他一直很宽容，他要当财委主任我满可以答应，可我认为他不合适，年龄又大了，干不了几年，所以坚决不同意。他冷笑，然后就走了。然后就开始告我，告到省里，不理。他又告到中纪委、写信，亲自赴京告御状，他以一位慈父的嘴脸出现在中纪委，口口声声要人们救救他女儿，说我霸占他女儿十几年。这罪名不轻啊！唉！我怎么担得起、辩得清！身为领导干部，共产党员的我，真是惶恐不已，无地自容啊！"

他发一声浩叹，仰首望天，似乎雄心如灰，万念俱灭。之后他再不说话，起身往前走，垂首含胸，顿见老态。我亦无言，送他回家。他摆手，要我自便。我知道他的脾气，只好目送他蹒跚的身影，渐渐化入在灯光的暗影里。

我心情沉重，酒意阑珊，走在空落落的大街上，倍觉凄凉。繁闹的街道一旦没有了人群，竟会如此萧条。夜夜静谧对养静的人十分可意，对喜欢热闹的人却很是无情。我忽然体会到张文书记的心情，他一向热闹惯了，一旦要面对冷清，不免生出怕意，以为将成末路英雄，形神沮丧，还原成一个凡人。凡人皆有弱点，所以古人又说：瑕不掩瑜。该说的话几乎被古人说遍了,我们今天不过是换了几种构词花样重复同一个意思而已。

我不禁觉得悲哀。我凝视夜空,夜空一片深邃。冥冥中似乎有另一个世界,神乎? 鬼乎? 非神非鬼乎? 他们似乎在冲人类冷笑,似乎在说:人啊,你们在自毁!

我四顾茫然,影子拖在地上,像一条硕大的毛茸茸的尾巴。有尾巴的人们在钢筋混凝土的建筑里安然入睡,并不曾知道这些。梦的绮丽点缀了无休止的毁坏和创造,人类的历史在毁坏和创造中写下辉煌的篇章。这座城市在一百年前只是一座小镇,衰草寒烟,老树昏鸦,小桥流水,拥百十户人家,鸡鸣狗吠,遍地灌木丛生,间有狐兔出没。荒野自然,百年间已让位于这座工业城市,繁闹杀灭了自然,人类的霸道可见一斑。人类在此,诸神退位。人类像美帝国主义一样,对外侵略,对内扩张,外强中干,不过是只纸老虎。

我暗笑这比喻的无聊,安步当车,徐徐走回家去。妻已熟睡,儿在梦中甜笑。我蹑手蹑足上床,在黑暗中脱衣就寝,钻入被中,被中躺着你和他,像我一样蜷缩着睡了。

你说:我睡不着。

他说:我必须休息。

我让身体躺着,让意识醒着。身体睡去,意识流动,梦境出现。我长在一株千年古树上,三头六臂,一个头是你,一个头是他,一个头是我。你说:"这身体是我的。"他说:"这身体是我的!"我说:"我的就是我的,谁也抢不去!"忽然千年古树发出冷笑:"哼,你,我,他,都属何伟所有——何伟才是实在,何伟才是你们的主宰——我就是何伟!"你、他还有我,齐声抗争道:"可你是一株千年古树啊!"千年古树摇落几片树叶,沙沙笑道:"你、我、他,你们三个,不就是我这株千年古树结出的果子吗?"

"可我们是人啊!"

"不错,你们是人,可惜的是,人只能长在树上,就好像毛只能附在皮上一样。"

"我们会使刀斧,会砍伐你倒下。我们有三个头,六条手臂……"

"我倒下时,你们就会死亡!"

你说:"我不信!"

他说:"杀伐它!"

我说:"还是想想吧!"

我制止他挥动斧头。你在一边观望。我和他扭作一团,你在一边冷笑。你忽然双手一扬,分别向我和他射出两只毒箭,说:"杀了你们,这株树就是我的了!你们死吧!"

然后,我就醒来,不曾死,只我一人好端端地睡在床上。

二　她没有那个

寂静和幽暗中,你觉得自己物化了。怀中分明蠕蠕一个活物,柔柔的扭动,你恍然觉得是小翠在抱,又恍惚觉得是丹的娇躯。但你很快意识到,怀里是莎娜。

莎娜是在小翠和丹之后,你的又一个猎获物。只是这一次你觉得不是你猎获了莎娜,而是莎娜俘虏了你。这感觉十分异样,有别于追逐和尾随的兴奋,你追逐丹时,是谨慎而且理智的,你判断丹,分析丹,像捕一只玄狐那样小心翼翼地跟踪,并设下陷阱。你对小翠则纯粹是虚伪,因为你不懂,你只不过像初次出猎的年轻猎人,充满好奇和虚荣心,尾随一只性情柔顺的野兔,想弄明白恋爱是一种什么滋味。你和莎娜则不同,你无意猎取她,却不小心被猛恶异常的袭击打倒了。你甜蜜地倒下,被放在熊熊的火焰上炙烤,飘着香味,冒着油珠。你被烤熟,莎娜也被烤熟,然后你和莎娜相对而坐,你吃她,她吃你,撕咬的彼此体无完肤。

你晕晕乎乎地被莎娜牵引着走出公园,然后骑车和莎娜到了一个地方,莎娜领你穿过黑黝黝的楼道,推开一扇门,让你进去。灯光亮起时你像土拨鼠一样惊恐,你看见莎娜一丝不挂,站在墙角像一尊维纳丝雕像。

你疑心是梦,呆呆地望着莎娜,一眼不眨,努力想留住这个梦。梦向你微笑并向你扑来,你想闪开却迎上去。你觉得暴突的太阳火团似的烧向你,把你融化成一摊白色的蜡汁。光无声地进散,电游走你全身,声白热如火浪,色弥漫若大蜃之气。你沉迷其间,吸日月精华,吐天地沛然之气,鞭文虎,笨墨豹,弄翻一池青水,搅乱三江云雨。你立马高台,引吭歌大江东去,铁琵铜板,挥雄骑百万,犁庭扫穴。你见庄子骑鲲鹏做逍遥游,又化飞蝶,栖于花丛。仲尼野合生于丘。观世音菩萨以色相之身扫荡妖孽。你听见兵马俑十万秦俑引吭歌"关关雎鸠",周口店北京猿人在陈列馆苍凉四顾,撮齿厉啸:伟伟乎我物,遗落于何处?

你疲软如死蛇,昏昏入睡。梦中闻梅笛三弄,一弄清奇,二弄缠绵,三弄惆怅。醒来时莎娜犹在酣睡,玉臂雪胴,历历在目。你心跳耳热,瞧瞧手表已是凌晨五点。你茫然而又欣喜,你鉴赏莎娜的睡态像古玩商店的老板鉴赏一件名贵玉器。你翻开被子,想寻见一点常识中的守宫信物。但你失望了。

你推醒莎娜,脸上是疑惧和困惑。莎娜慵懒地冲你微笑,充满柔情蜜意。你拿开莎娜的手臂,忧郁地凝视莎娜,难以启齿地道:

"怎么,怎么没有那个?"

"什么那个这个的?"莎娜皱起眉头。

"就是那个,那个……第一次那个……"

你说,觉得自己很卑鄙,很无聊,很没有风度,很煞风景。

莎娜明白了,冷冷地望着你,笑意冻结在嘴角。

"不错,是没有那个!"

"你难道,难道不是第一次……"

莎娜忽然冷笑了一下,坐起身,雪白美丽的乳房颤颤弹动,使你眼晕。

"你还想要求什么呢?"莎娜冷然道,"我把自己都给了你,难道比不上那个吗?"

你困窘莫名,但仍想弄明白。

"你一定是,是因为练功……"

"不是!"莎娜断然道。

"那,那为什么……"你嗫嚅。

莎娜漠然地皱起眉头,冷冷望着你。

"你难道猜不出?"

你的血液蹿上脸,又跌落回心脏。你面色苍白,神情很难看,一时不知说什么好。

"我不明白,你为什么要问这个?"莎娜低沉地道,"不过我可以告诉你,我曾经有过一个男友,他曾像你现在这样和我在一起过……你如果要那个,我已经没有了! 你可以决定!"

你什么也没说,开始穿衣服。莎娜安详地望着你,表情十分平静。

"看得出,你是第一次!"莎娜说,唇间挂着一个古怪的微笑,"我以为你不会这样,可想不到你也不过如此!"

你没说话,穿上鞋,走出门去。莎娜没有拦你。你在门掩上后,忽然后悔了。你犹豫了一会儿,终于又推门进去。莎娜仍然像刚才那样坐在床上,脸上若有所思,格外平静。

你不说话,望着莎娜;莎娜也不说话,望着你。半晌,莎娜忽然笑了,说:"干吗这样? 想打架是不是?"

你不知怎么的,冲上去,紧紧抱住莎娜,像个孩子似的哭了。莎娜也哭了。

"我爱你!"你说,眼泪弄了莎娜一胸脯。

"我也爱你!"莎娜说,泪汪汪的,"我不知道会有你出现,要知道我一定会把那个留下给你……都怪我轻率,不过我不是故意的,我和他只是玩玩的,可那个没了……"

你平静下来,觉得惭愧,你说:"我也不是为那个……我不明白自己怎么啦!"

"我也不明白。"莎娜说,"你刚才那样子,真让我不喜欢,我忽然觉得自己又错了,也许我并不爱你,是假装出来的……可你再回来时,你看着我,那么伤心,真让我感动。我觉得自己确实爱上你了,于是我忽然后悔以前的轻率。我这人从不后悔,可这回后悔了!"

"你一定觉得我这人很不文明,很没风度是不是? 你放心,以后不会了。"

你叹了口气,吻莎娜的嘴唇,莎娜也吻你。院子里传来"啊——咦

116

——"的练声声,阳光照进房间。

"我得走了。"你放开莎娜,"七点半我必须到办公室。"

"你急什么?"莎娜抱怨道,"你不用害怕,我和张文很熟,他不会批评你!"

"你是说,你和张市长很熟?"

"对,而且关系很亲密,信不信由你!"

"难道你就是那个差点给张市长当秘书的小姐?"你以为猜对了,兴奋起来。

"又错了,我从来也不是当秘书的料!那是另一个女孩,我认识她,她叫项慧,蛮聪明的样子,可没有我漂亮!"莎娜微笑,"难道我不漂亮吗?"

"你确实漂亮!你在我接触的女孩中是最漂亮的,你气质高华,姿容绝代,怎么会看上我这个小秘书?"你玩笑地问。

"我是听姐姐说的。"莎娜笑道,"她欣赏你。那天跳舞,你不肯巴结我,卓然不群,就让我暗自心服。加上你很聪明,也有才华,这还不够吗?不过,差一点我又要骂自己轻率……我这人轻率惯了,姐姐常说我小孩子脾气。其实我根本不是,一个人太有思想了,为了掩盖思想的锋芒,常常会说点傻话,干点蠢事,可实际比谁都聪明,对不对?"

"其实我们犯了同样的错误,"你说,"我们轻率地到了一起,而且难舍难分……我们了解的太不够,假如了解彻底,说不定还会分手呢!"

"听天由命!"莎娜道,"我从来是听天由命,乐天达观,反正该我得的东西谁也抢不走,不该我得的我也不稀罕!我等着你甩我。放心,我绝不会说一个'不'字。尽管我爱你!"

"哎呀,我真要走了。"你看看手表,"不过你放心,我用情一向专一,谈过两次都是人家甩我,以后我会全部告诉你的。"

"没出息!"莎娜嘲笑地,"我可是最喜欢甩男人的女孩,你得小心啊!"

"我会的!"你微笑,然后吻了一下莎娜,匆匆走了。

"晚上一定来!"莎娜大叫,"你要不来我会打上门去的!"

你听见莎娜在喊,楼道里几个穿练功服的演员好奇地望着你。你坦然地走过,心里充满了幸福,心想:"看吧,往后你们会天天看到我的!"只是在你那快活的天空上飘着一朵乌云。广大的晴空,灿烂的阳光,有一朵乌云又能算什么!你想扫荡它,你呼唤狂风,呼唤现代意识的狂风。你用现代文明和现代道德要求自己,把乌云压扁、揉碎,扔到传统的垃圾堆里去了。

三 猫鼠辩证法

夜里睡得不好,丹的影子蛛网一样粘着他的意识,使他心神不宁。早上起床,同室的伙伴还在横七竖八地高卧不醒。他洗了脸,漱了口,又刮了刮嘴唇上柔软的胡须。然后他拿着饭盒去食堂打饭。他打了盒稀饭,又买了五分钱的咸菜,再到另一个窗口买了个包子。包子皮厚馅少,一口咬不透。他一边吃一边往回走,等到走回宿舍,早饭正好吃完,稀里哗啦地在洗漱间将餐具洗干净,送回宿舍,背起书包就走。

这一学期他选修五门外系的课,偏偏他最喜欢的《中西美学比较》排在周二周四的上午第一节课。这节课丹也选修了,每堂必到。他所以喜欢这节课,除了兴趣外,还有丹的原因。他宁肯误一节必修课而去抄同学的笔记,也一定要准时去上这节课。

他顺着夹道的樱花树往前走,觉得脑子有点晕乎乎的。树干上贴着病毒系去年欢迎新生入学的标语,已残破,被淘气同学撕开又巧妙地粘贴上,赫然竟变成:欢迎新病毒!往日看到这联妙语他总要笑一笑,可今天笑不起来。

他想起樱花盛开时,他与丹在樱花下散步。樱花雪白,银镶玉琢的缀满枝条。游人如潮,笑语喧闹,勤工俭学的服务点,收录机开足了档播日本民歌。女同学们嘻嘻哈哈地穿着和服,梳日本发式留影纪念。丹租了和服,把头发挽成富士山状,叽叽喳喳说着日语,一边捧腹大笑。日语是丹的选修语种,自然比不上英语流畅。于是惹得几个日本留学生大笑,一如丹笑龙先生。

丹的美丽是别有一番风味,虽然说不上特别漂亮,却富有魅力。丹活泼时像一片云在风中翻动,沉静时像一朵冷凛的秋菊傲然开放在霜晨。丹穿起和服,学日本人鞠躬,穿木屐跑路的样子惟妙惟肖,让他十分开心。他为丹拍掉了两卷菲林，然后冲洗出来，送去洗印。他想，可以借送照片的理由去看丹，这样可以不失面子，又达到和好的目的。

古堡式的建筑，琉璃瓦在阳光下闪闪发光，辉煌的有皇族气象。他走入古堡，找到教室，走进门去，找一个座位坐下，不时冲门口张望。长条课桌上写满了字，他注意到一句写在桌面上的话"谁坐这个位子，谁会幸运"，下边签着一行字："请到梅园三号楼24号房间找我。"

他不觉笑了，他知道梅三楼24号是一间厕所。他从来不屑这样做，他觉得"课桌文学"十分有趣，很见学生们的幽默和机警，不过也透着无聊。据说老旧的课桌已坐过十几届学生，上边的只语片言记载着许多故事。

"小姐，请记住，美丽是不长久的！"不知哪位老兄在抽屉里写道。下边又被一行小字批道："你一定是只癞蛤蟆！"同一字迹又批道："非也，可惜你不是一只天鹅！"

上课铃响了。

他注意到丹没有来。他伏在桌子上，听不进老师讲什么。他在课桌上写"毕德格拉斯真无聊，苏格拉底是个秃头，康德来了一串手忙脚乱的动作，他妈的！"

他站起身，背起书包悄悄走出教室，这中途退出教室的行为在他是首次。他注意到老师冷冷瞪了他一眼。他想：反正你不认识我，也不知我叫什么，总不能不给我学分。

他疾疾地往樱园跑，到了楼前又停住。他想，不行不行这岂不是让丹得意了，她会以为我爱她爱得要死要活，往后还不被她拿住。我一定要不失面子，一定不能太下作，让丹瞧不起。"男人的秘密武器是冷漠，女孩吃这一套！"哪位同学在课桌上这样写道。"女孩子追不得，永远不要追女孩子。你追她，她会越跑越远，你不理她，她会自己走回来。"这又是一段"课桌文学"的精彩片段。"你是猫时，女人便是老鼠，你若变成老鼠，猫自然会追上门来。"

这是他最喜欢的一段"课桌文学"的精品，比喻得恰到妙处，可供恋爱之男士借鉴。但他很疑心，万一丹既不是老鼠又不是猫，该怎么办呢？他委决不下,一时不知该上楼,还是掉头走掉。

他想动物分为两类,食肉类和食草类。食肉类一般都富有进攻性,如虎、狼、猫。食草类大都温驯,如鹿、牛、羊。老鼠既吃肉又吃素,食性杂、生性多疑,昼伏夜出。猫是鼠的克星,现代的猫不光吃肉,也喝牛奶也吃甜粥,见了老鼠也懒得追逐。猫变懒了,它不肯追老鼠了,只好让老鼠追猫了。

他记起上"自然生态学"课的老师,用一口鄂西普通话,讲说物种起源,人类进化,讲说自然生态界的危急,人与自然的关系。但没有讲到猫变懒的问题,也没有讲到鼠追猫的问题。只有一部《猫和鼠》的美国录像带,描绘那类情形,猫变成蚕豆大小,像一只苍蝇,老鼠举着苍蝇拍子,追打那只猫。

他想:我一定不可以变成那样一只猫。

他走开了。走了一段回头看看,又站住往回走。他看见楼门口走出一个戴白色凉帽的女孩,他认出那是丹。

丹看见他,微微皱了一下眉头,扭身往回走。他只好跟着丹,像猫追老鼠,也像老鼠追猫。丹不说话,鞋跟击打楼阶,笃笃地敲出一串节奏。

丹推门进去,他尾随着进去。丹摘下凉帽丢在床上,面无表情地坐着。他沉不住气,试探着冲丹笑笑,丹扭转头,装没看见。他觉得自己有点可怜,处境十分不妙。

"有事吗?"丹问,"没事我还要出去呢!"

"你怎么没去上课?"他问。

"不爱去!"丹的回答很简单。

"你生气了吗?"他尴尬地问。

"生气?"丹冷笑,"我有什么权利生别人的气?你有什么资格管我生气不生气呢!"

他整个软下来,输得精光。他舔着嘴唇向丹解释昨晚的事。他说:"我并没有疑心你会和龙先生有什么事,我只是为你操心……"

"你不是口口声声说:你绝不干涉我的自由吗?你操我和龙先生的心,

不是在干涉我的自由吗?"丹冷厉地盯着他,"你崇高的精神哪儿去啦? 你也未免太矫情了吧?!"

"丹,我……"他涨红了脸,说不出话。

"也许你说得对,我是不该放弃这个千载难逢的机会……"

丹冷笑,眼里全是挖苦和瞧不起。

"我原本没想那么多,是你好心提醒了我,我真该谢谢你。你的建议我会认真考虑的,我只希望你不要收回昨天的话:你绝不干涉我,你会成全我! 我需要你的成全,你明白吗?"

他明白丹气恼的原因了。

"我是随便说说的。"他狼狈地解释,"并不当真! 你知道,我心里只有你,你害怕……所以我才那么说的。"

"是吗?"丹嘲弄的,"好一个男子汉,你可真坦白呀! 你现在连面子也不要了吗?"

他觉得自己变成一只苍蝇,丹举着苍蝇拍子追打他。他一想,不光猫变懒了,连男人也变软了。

"我对你很失望!"丹冷冷地道:"昨天我让你离开,你不肯,你明明看见龙先生在纠缠我,你无动于衷。你后来到湖边找我,你一出现我又喜又怕,我想你到底爱我,不放心我,还是来找我了。我很害怕你会误会我,会和那个疯子打起来,甚至连我也揍一顿。"

丹的声音高起来,还发着颤,"可你让我失望了,龙先生拉扯我,你都不肯帮我,在那儿袖手旁观。可我怕你误会,忍了,不和你计较。我向你解释,可你样子那么蠢,那么可憎,那么虚伪,真让我受不了。你还说了那么绝情的话,我连心都疼了,你……"

丹说不下去,垂下头,强忍着不哭出声来。他脸上红一阵白一阵,如坐针毡。他走过去抚慰丹,丹推开他。他坐在丹身边,不敢再妄动,只是百般赔小心,说好话。求丹饶了他。

"丹,都是我的错,我们和好吧! 昨天晚上我想揍那个龙先生,可怕你生气,怕你会说我没教养,所以,我……"

"唉!"丹长叹一声,"我并不是要你打人,但你昨天的样子,太伤人的心。你倒不如打我一顿,闹一场别扭,和好了我会更爱你,因为那说明你心里有我……可现在,我对你一点信心也没有了!"

"丹,你听我说……"

"不必了,我确实有事!"丹站起身,做出准备走的样子,"以后再解释吧!"

"丹,再待五分钟,你听我说……"

"你放心,何,我可不像你那么薄情寡义,说和你拉倒就拉倒,像扔一枚纽扣。我会听你解释,也会给你机会。在我们没有决定怎么办之前,我的房门仍然对你是敞开的。"

丹冷静得让他寒心,他无奈地让开路。丹走出门,等他出来后把门撞上,不再搭理他,顾自一人扬长而去。他不敢跟着丹,只远远尾随着,看丹走远并消失在樱花大道的尽头。

他丧魂落魄地在女贞树后坐下,沮丧得直想哭。他从丹的话里看出丹对他确实很伤心,这对他的故作姿态和绅士风度打击太大了。他觉得丹实在不可理解,难道在丹的娴雅活泼的风致下还隐藏着一个丹,一个渴望野性,渴望暴烈,渴望被男人用爱的鞭子抽打和被嫉妒的火焰焚烧,一个与现代文明和现代道德完全悖逆的丹? 他想不出,只觉得丹变得陌生了,不再是那个淑女型的丹和淘气活泼的丹。

也许所有的女性全是这样的。他想。她们表面上鄙弃野性和暴烈,实质上却渴望野性和暴烈。她们要求男人们平等待她们,给她们自由和权利,而当她们爱上一个男人时,却恨不得要那男人能狂热地无保留地爱她们,甚至野蛮地暴烈地占有她们,统治她们以至粗暴干涉她们与别的男人来往的自由,剥夺她们再度选择的权利。如果她们的男人不这样,她们还会生气,失望,认为男人不爱她们了。

"女人,是一群多么奇怪的生物啊!"他呻吟道,"你们一会儿是猫,一会儿是鼠,变来变去,让我怎么办呢!"

他呆呆地在女贞树下坐了一上午,想着丹,又从丹身上想开去,陷入一个自怨自艾的迷阵中。在这个迷阵中,他失去了自己,也失去了丹,只剩下一片空茫和虚妄了。

四 爱的迷惘

"喂,何伟,你好!"

那天放学以后,何伟骑车回家,半道上忽然被人拦住了。何伟认出拦自己的人是半个月没有上学的头儿。

头儿还是那么帅。长头发,牛仔裤,跨坐在车上,两条长腿撑着地。

"我等你半天了!"头儿不动神色地道。

何伟怔了一下,心里慌张,表面十分镇定,笑笑说:"好久不见,听说你病了?"

"是病了!"头儿装模作样地道,"不过已经好了,我想明天去上课。"

何伟假笑着,鼻尖不争气,冒汗了。

"大家都盼着你去呢!"

"盼着我去? 哼,你一定在骗我!"头儿冷笑,眼里射出两道威芒。

"起码我是盼你的。"何伟说。

"这还差不多。"头儿道,"咱俩是共过患难的,对不对?"

何伟虚弱地点头。

"猴儿被送工读学校了。"头儿说,"我也差一点,老爹最后还是舍不得。你呢? 倒好好的!"

头儿讥讽地一笑。

"我家里,不知道……"

何伟拼命咽唾沫,头儿审视何伟,微微一笑,道:"反正都过去了,不谈了。我们去喝酒,好不好?"

"不了,我正想回家,家里有事。"何伟撒谎,脸不觉红了一下。

"我想问你,老师和同学们知道那件事不?"头儿谈到了正题,显得心虚。

"谁都不知道!"何伟说。

"老师也不知道吗?"头儿怀疑地问,"猴儿进工读学校,老师不知为什

123

么吗？"

"好像不知道吧？"何伟道，"老师又没有说过，我怎么知道？"

"你不是这一学期的班长吗？"头儿挖苦道。

"是老师让当的，我并不愿意，你知道我并不喜欢管别人！"

"少打点小报告，就算不错了。"头儿冷笑，"你和小翠的事，我可知道得一清二楚，你俩好上了。你说我该不该向老师汇报？"

何伟惊得面红耳赤，不知如何是好。头儿猫儿戏鼠似的逼视何伟，咯咯地笑了。

"别怕，我不会告发你，只要你够哥们！走，陪我喝两杯啤酒去！"

何伟再不敢推辞，和头儿找了个小摊，坐下，要了两碟小菜，两瓶啤酒。付钱时何伟抢着付，头儿连一句客套话也没有。

"讲讲看，你和小翠发展到哪一步了？"头儿不怀好意地问。

"没什么。"何伟心虚道，"我只是去过她家几次，帮她补习功课，别的，没有……"

"吃过老虎吗？"头儿见何伟茫然，做了个猥琐的动作，"真笨，就是Kiss，吻，懂吗？"

何伟发急道："你胡说，我们没有！"

"我不过是问问你，你急什么？瞅你这副样子，八成是Kiss了！"

"你真下流！"何伟恼羞成怒道。

头儿哈哈大笑，和解地拍拍何伟的肩膀，道："算了，算了，开玩笑嘛！跟你说，我头儿才叫清白，别看我喝酒抽烟，还小偷小摸，可我头儿从没有过女朋友，也没Kiss过。咱头儿只有一个情人，瞅着比女孩子好看多了。你猜是什么？"

"我当然知道。"何伟道，"你说的是电子游戏机，我知道你迷那个玩意儿。"

"不过，这一段我有点变了，老想着一个女孩子。"头儿声音低沉地说，"我想我是不是也有点那个了？其实也说不清，我只是想经常见见她。你知道我屁股后边总有一帮女孩子，让我支使得团团转，可我只是说说笑笑，从来没有和哪一个好过,连想也没想过!"

"是谁?"何伟警觉了。

头儿摇着脑袋,摇下一绺额发,盖住了眉毛,头儿潇洒地信手一抹,笑道:

"我不能告诉你,以后你自然知道!"

何伟不再问下去,知道问也白搭,头儿不肯说的话,谁也问不出,这一点何伟知道。

"猴儿的对象和猴儿吹了,"头儿淡淡地道,"那天她来找我,让我带话给猴儿,说她不肯和猴儿好了。我说要说你自己去说,我不管。她竟生气了,说:亏你跟猴儿还是朋友,连这个忙也不肯帮! 我说:你准是又有了一个猴儿吧? 她说没有。她跟着又说,要是我愿意,她可以和我相处一段。你说可笑不可笑? 我真不明白,这女孩看去挺不错,和猴儿又好得那样难舍难分,咋一下就变了?"

何伟想那女孩一定是嫌猴儿进了工读学校,所以才那样做的。

"怪不得书上说什么水性杨花,我看她就是的!"头儿叹了口气,"可怜猴儿还那么想她,听我说还不相信,没出息的竟流了两眼泪。"

"你去看过猴儿?"

"当然,好朋友嘛!"头儿自豪地道。

"那里怎么样?"

"也没什么,只不过管得严一点,住校,半工半读,我去时猴儿说他正在糊火柴盒呢! 星期天才可以回家,但得家长来接,不来接便不准回去,非要回去便派专人送到家。那些老师一定像托儿所的阿姨一样,对待学生像对待一群不懂事的娃娃,生怕他们出意外。"

何伟听得入神。

"那里还有儿童犯和少年犯,说有一个家伙开别人家的锁像开自家的锁一样,一捅咕就开,真他妈的神了!"

头儿脸上露出副神往的样子,叹了口气道:"唉,哪像咱们这样笨,还没进去就让猴子爹捉住了。那回要得手,这一年玩电子游戏机的钱可就有了。你知道,我爹现在连一分钱也不给我了。刚才要不是你付钱,我还真抓瞎呢!"

何伟默然。

"以后千万不要干那种事了!"何伟劝头儿,"干那种事迟早要出事!"

"你妹妹还好吗?"头儿忽然问。

"瑶瑶挺好,她学习在她们班也是拔尖的。"何伟道,"她上次还问起你呢!"

"说什么?"头儿问,双眼雪亮。

"她问你这些天怎么不来我家玩?"

"你说什么了?"头儿紧张地问道。

"我说你病了。"何伟据实回答,"她还说,你干吗不去看看他?我说:不认识你家。"

头儿幽幽叹了口气,显得没精打采。半晌,突然又问,"她没有说,陪你一起去看我?"

何伟摇摇头,呷了一口啤酒,慢慢嚼一粒花生米。何伟想:这小子刚才所说的那个他喜欢的女孩八成是妹妹,真不要脸!

头儿再没说什么,喝完酒,便和何伟分手,骑车走了。何伟注意到头儿走路脚微微有点跛,不细看看不出来。何伟想他爹实在太狠了,把头儿打成这样。他忽而有点同情头儿,忽而又反感头儿。何伟想,得再次警告妹妹,让她离头儿远点。上回谈崩了是方法不对,这回一定要耐心点。

回到家已经九点钟,父母和妹妹坐在外屋看电视。电视上《漫话专栏》的主持人,一位浓妆艳抹的年轻女播音员正在介绍"地球日",何伟听了听,觉得奇怪:地球日是个什么节日?

"……人类第一次登上月球,从月球上鸟瞰地球,发现地球是一颗蔚蓝色的小圆球,孤单地、脆弱地存在于浩瀚的银河系。这一发现震惊了人类,人类一直认为地球巨大无比,埋藏着无穷无尽的宝藏,取之不尽,用之不竭。殊不知地球那么小,那么脆弱,那么容易受到伤害,而这颗小小的蔚蓝色的星又是人类唯一的家园。所以在1970年4月22日,美国一些环境保护工作者和社会名流首次在国内发起了'地球日'活动。包括美国各阶层人士在内的两千万人参加了这次活动,人们高举受污染的地球模型、巨画、图表,举行游行、集会和演讲。呼吁政府采取措施保护环境。之后,美国民间组织把4月22日这一天定为'地球日',今天全球环境恶化的步伐仍在加快。同时,环境危机尽管是全球性的,但并非无法认识和控制。我国这些年来在党和政府领导下,在控制环境问题上做了许多工作。现在我们请我市的环卫局长谈一下我市的环境污染问题和地下水逐渐枯竭的问题……"

母亲说:"这些天老停水!"

父亲说:"老问题了!"

何伟勾着指头暗示瑶瑶跟他走,瑶瑶随何伟进了房间,问:"啥事?"

何伟打量妹妹,觉得瑶瑶确实长大了,站在那儿,苗苗条条,文文静静,像个大姑娘了。

"我跟你讲点事,你能够不告诉任何人吗?"

"什么事这么神秘?"瑶瑶好奇道,"我当然可以不告诉别人!"

"你知道头儿吗?"何伟说,"他和猴儿一起去盗窃一家商店,被猴儿爹捉住,头儿让他爹打了个半死,猴儿被他爹送进了工读学校……"

瑶瑶的表情是惊愕和疑惑。

"我不信……他怎么会!"

"千真万确!"何伟道,"头儿一直在家里养伤,今天我见了他,是他自己说的。"

瑶瑶信了,脸色苍白。忽然冷笑道:"你干吗和我说这个?"

"我……你不是上次问起我,他为什么不来玩,所以我……"

瑶瑶懒懒地道:"我才不要听呢!"一扭身走了。何伟看着瑶瑶走出去,很得意地笑了。何伟想我真是越来越会编瞎话了。

夜里何伟听见瑶瑶在隔壁翻来覆去地折腾,一会儿亮起灯,一会儿又关了。何伟暗笑,想不到瑶瑶这么小年纪竟也这样缠绵,真是没道理。又猛然想起小翠和瑶瑶一样年纪,竟比瑶瑶还陷得深,害自己让头儿捏住了把柄,真是不上算!上个星期天没去小翠家,小翠竟写来了信,信寄到学校,同学们非要闹着拆开。何伟死也不肯,把信抢到手,躲起来偷偷看,看的心里直发颤,全是些爱情小说上的话,爱呀,恨呀,死呀,活呀,让何伟头皮发麻。

何伟想把信撕了,可又舍不得,便偷偷把信藏到一个谁也找不到的地方。然后他写了一封回信,寄给了小翠。他在信中给小翠讲了一通大道理,然后表示:以后恢复同学关系,不要再写信,我们还小,正是长身体长知识的年龄,等我们长大了,上了大学再考虑这个问题也不晚。

何伟怕小翠难过,又写了几句:"有时间我一定去你家看你,你千万不要来找我。我心里是有你的。你忘了秦观那首词了吗?'两情若是久长时,又岂在朝朝暮暮'。"云云。

之后,小翠再没有写信来。何伟每天跑到邮件栏去看,每天都失望。他觉得小翠一定会不听劝告写信来,可小翠竟没有,何伟觉得一定出了差错。会不会小翠没有收到信? 或是小翠写来信被别的同学偷拆了? 后一种可能十分可怕,那将会把何伟这个尖子生一下推到老师们摇头叹气的那一群坏学生中间。何伟观察周围,没有发现这种迹象,反而更沉不住气了。

何伟想:难道我真的喜欢上小翠了吗?

五 毒孩子与牧童一家

那孩子被灯光照耀着,伫立在汉子的面前。汉子满脸浓密的胡子,一双大眼像烧红的铁块,闪射着神采。汉子的旁边是牧童的姐姐青儿,穿一身可体的棉衣,罩着中国式的粉红色外衣,身腰健美而苗条,头发束成一条辫子,垂在脑后,不施胭粉自然红润的容长脸上,镶嵌着两粒黑珍珠般闪闪发光的眼睛,正好奇地打量着孩子。牧童端来一只青花大碗,碗里是热腾腾的面条,飘着诱人的香气。

"吃吧,我姐姐做的!"

孩子没有推让,端过碗大口地吞吃,丝毫不怕烫疼了嘴巴。须臾,孩子吃完了,苍白的脸上有了光彩。

"谢谢!"孩子说,"这只碗,不能让你们再用,只能我一个人专用了。"

汉子咬着一支香烟,皱起眉毛,半信半疑地问道:"真有那么厉害?"

孩子不敢看汉子的眼睛，犯了错误似的点点头。汉子突然转向牧童，道："捉一只鸡来！"

牧童跑出去，一会工夫提进一只红冠锦羽的芦花公鸡。公鸡不安地叫着，睁着两只淡黄色的绿豆眼东张西望。

"你试给我看看。"汉子说。

孩子点头，将碗边一截面条舔入口中，又吐到地上。牧童放下公鸡，公鸡一嘴啄下那截面条，咯咯地叫着跑出门去。汉子随后追出去，公鸡在院子里咯咯地叫着，扑地跳上鸡窝。

孩子解释道："我唾液中含的毒量最小，何况它只吃了一截面条……"

咯咯咯——公鸡突然发出一阵尖叫，从鸡窝上扑地摔落，一挣一扑地跳了几步，倒下抽搐着死了。

汉子惊得目瞪口呆，半晌回过神来，惊叹道："呵，简直神了！你简直是个活神仙呀！"

孩子忧郁地摇头，"我不是有意的！"

汉子望着孩子，脸上充满了惊喜、畏惧、迷惘，喃喃道："怎么可能呢？你看过《封神榜》吗？上边写的全是有奇技异能的人，死了都被封了神。你就是那种人，就是那种神人！哈，我康大豹能遇上你这种奇人，不枉白活一场！老弟，我要交你这个朋友！"

说着，伸出一只蒲扇大手，不由分说，抓住孩子的手掌，铁钳似的抓紧。孩子的手掌被捏得咔吧乱响，孩子却浑若不知。

"你得洗洗手，然后把水倒掉。"孩子说。

"你练的是毒煞掌吗？"汉子问，"难道你还不能收发由心？"

"我这是一种病。"孩子摇头，"根本不是什么毒煞掌！大叔，你一定要洗手，虽然我手心没有出汗，但为了防止万一……"

汉子皱起眉头瞧瞧手掌，咕咕哝哝地去洗手。牧童欢喜道："这回好了，我爹要交你这个朋友，你可以住下来了，我爹最喜欢交朋友了！"

"可他是你爹呀！"孩子说。

"那有什么关系，爹的朋友有的比你还小呢！上回有个耍猴的孩子，爹喜欢得不行,跟他做了朋友,他才十三岁!"

"你要不答应,我爹还会生气呢!"姐姐在一边也道。

"那我们……"孩子犹豫。

"我们也是朋友啦!"牧童叫道。

汉子走进门,提着两瓶酒,笑吟吟地:"小兄弟,你喝不喝酒? 青儿,去把那只鸡煮上,我要和小兄弟喝酒!"

孩子忙道:"那只鸡的肉也不能吃,还是拿去埋到土里吧!"

"呵,神神道道的,我康大豹就喜欢这样,这样才有意思呢!"

汉子欢喜地拉孩子坐下,用两只大碗把酒分开,道:"咱兄弟先喝着,一碗水酒,不成敬意,你是奇人,自然不落俗套,来,干!"

孩子摇头:"我从来没喝过酒!"

汉子诧异:"不喝酒还能叫男人? 你这样的奇人,一定看不起我这个山里汉子,不想结交我吧? 跟你说,我康大豹在山里也是一条汉子,小时学过一套形意拳,最喜欢看武侠小说,虽然文化不高,初中毕业,但什么《七侠五艺》《三侠剑》《八剑七侠十六艺》我都看过。连城里人看的什么梁羽生、古龙、萧什么的书,我统统都找来看了。你说,我配不配交你这个朋友? 你要看不起,咱就拉倒!"

孩子听汉子说的话十分新鲜,在孩子十八年的短短人生中,除了所接触的有限的人和有限的事物,便是书本上的知识,汉子这样的人和这样的说话,孩子觉得十分新奇。

"我从来没有朋友。"孩子说,"现在我有了你和他,还有这位姐姐,我太高兴了!"

孩子端起那碗酒,喝白开水一样灌下去,看得汉子眼直,不由挑了大拇指叫好。汉子也如法炮制,一口饮干,抹抹嘴叫道:"痛快!"

孩子觉得酒像凉水一样,微微有点奇香,入腹十分畅快。

"这酒厉害,烧刀子,辣!"汉子说。

"我觉得挺好喝,一点也不辣。"孩子说。

"你还说不会喝酒呢!"汉子道,"我看你有海量,来,咱慢慢喝!"

灯光下,汉子脸膛红了,孩子脸也红了。又一碗下去,孩子觉得四肢舒服极了,从来没有这么舒服过。孩子觉得真幸福,真想大声叫喊,或者去跑,去跳,去翻跟头。

"狗儿,再去拿两瓶酒!"汉子有了醉意,快活得直笑,"我康大豹能喝三斤酒,从来没遇见对手,这回可碰上硬茬茬了!喝,酒壶壶小,通着缸房哩!喝!"

孩子喝着过瘾,一碗一碗喝,腹中更加舒服,身上更加轻松,脸上更加红润了。

"今年秋天来了一队探矿的,说这块地下埋的有宝,要建一个大矿。明年一开春就要动工,你看吧,咱这儿要繁华啦,通铁路,通汽车,盖一片大楼房。哈,说不定我们村里也要吃供应哩!好日子快来啦!"

"不光有铜矿,听说还有别的什么呢!"牧童在一旁插嘴。

"乱树沟二十里方圆,野茫茫的一片乱树,野物儿可多哩!我每年去打猎,都能打不少东西回来,那铜就埋在乱树沟,一拾翻,高楼盖起来,就打不成猎啦!哈哈,不过,过不了枪瘾不怕,能繁华发财最好!"

孩子越来越轻飘了,越来越舒服了,越来越快活了。

"我康大豹在村里算是首富,全靠养羊,喂猪。狗儿放羊,青儿喂猪,我种地。十三亩坡地我一个人种,全靠那辆手扶拖拉机。你别看你哥哥是个山里人,生财也有道哩!他妈的就是我老婆,你嫂子不争气,天天回娘家,住着不回来,伺候她老娘,连家也不顾!"

"爹,别喝了!"青儿劝道。

"爹高兴!"汉子醉意有了九成,连舌头也打了卷了,一劲地和孩子干杯。又一碗下去,汉子已酩酊大醉,连叫着:"痛快,痛——"头一低,伏在桌上酣然睡去。

孩子端端坐着,觉得要飞起来了。

"我困了,我想睡觉!"孩子说。

青儿责怪地摇头,"你一定喝多了!"

孩子觉得青儿很好看,好看得像一朵大丽菊,眼睛水汪汪的像两大滴晶莹的水珠,嘴巴娇嫩鲜艳的像花瓣。孩子想原来年轻女人是这样好看呀！孩子在以往只见过白发皤然的老妇和肥胖的清洁女工刘师傅。再有的便是从画报和电视上看到的那一些并非真实的画中人。青儿是孩子认识的第一位年龄相当的少女。孩子已不由自主喜欢上了青儿。

青儿扶孩子起身,走到隔壁,推开门,炕火熊熊燃烧,炕上铺了被褥。青儿解释道:"这间房是刚收拾的,没人住,你将就着住吧!"

孩子上了炕,说:"你真好!"

青儿走了。孩子便倒下,飞起来了。

第七章　人情,在自矜中寡薄

一　男女关系

我的失眠症随着春天的到来,渐渐好转了。我努力让自己忘却烦忧。我把自己关在房间里,面对过去,现在,未来,煞有介事地进行思考。我把所思所想写下来给自己看,看过了再焚烧。在这期间我尽可能不介入外界事物,害怕惊扰了思想。思想脆弱得极易受到伤害,像一位翠袖单寒的少女,不耐冬的侵袭。

季节已过了清明,天空却降下一场大雪,绽放于雪中的迎春花点点如金,柳芽已努出绿丢丢的小嘴又被雪花塞住了。只是地气毕竟已暖了,雪花一落到地上便化成了水。雪水混杂覆盖了路面,压住了灰尘,处于起身期的冬小麦却受到了伤害。虽然如此,人们自然十分快活:降雪量如此大,今年大约会是丰收年景。

送别80年代我毫无眷恋,跨入90年代第一春我却不胜惶恐。闲得太久了,该写点什么了。只是我一想到古往今来偌多的文人墨客,把该写的都写尽了,就不胜唏嘘,后悔选择了这一行当。若仍然在张文书记身边当差,怕要做的事永远也做不完吧!大凡人,只要有事干,是绝不会去洗炭的,洗炭者不是蠢人必是闲极无聊者。

似乎在正经人眼里,文人大都系洗炭者,一生卒劳,废寝忘食,企图把炭洗白,却往往不能遂愿,便有了怨言或牢骚。于是不光讨厌炭的黑,也讨厌自家不能使其白,耿耿于怀,久久不能释然。明眼人却看得明白,摇头叹气曰:迂者,莫过于斯文也!

好歹我在政界待过几年,虽是个小角色,也耳闻目睹了许多聪明,还不甚迂;偶尔酸一回,尚不至倒牙。我对文学少年时既敬且畏,觉得神秘的古怪。始而初涉文墨,学学涂鸦,兴趣浓得化不开;继而步入其间便没有"朝闻道夕死可矣"的敬畏了,后而列伍其中就既不敬也不畏,只剩几分奈何了。

时下之风,写一两首诗便是诗人,瞎话一篇小说,便是作家,不免有如来佛对唐僧的喟叹:卖得太贱了。

什么都贵,唯独诗人与作家贱了,一两角买一个玩玩,自然不必珍惜,不必敬畏,只剩三分奈何了。

张文书记有一次曾极其认真地对我说了有时间他要学着写小说。我说你还是好好当市委书记吧,比作家在那儿闲磕牙要好百倍! 他说贝多芬曾说过:"世上的公爵有许多,贝多芬只有一个。"我说:"市委书记有许多,张文也只有一个呀!"他大笑,说:"我算个什么? 死了连个屁也留不下,而你却可以留下几部书!"

我也大笑:"只是几部未来的人们读不懂的书! 他们绝不会明白什么反'右'呀,'文革'十年呀这些东西。他们一定会笑说:这怎么可能,一定是编出来的!"

"上回西德来了个文化团体,我问他们知道中国的作家吗? 我还说了你的名字。他们都摇头,说他们知道白先勇,白先勇是谁? 怎么我不知道!"

我笑道:"那是个台湾作家!"

张文书记当时十分不平了一番,很叫我感动也很叫我辛酸。惭愧当然更是难免了。我的创作负累甚多,顾忌甚多,又不会婉转啼叫,便写得很辛苦。常想掼了笔,当一回倒爷,企业家或什么头头脑脑,甚至当个小把戏,敲一面锣,牵一头生癫疮的猴子,玩几套猴戏,挣几个钱花。为此张文书记批评了我一顿,说你们文人最大的毛病是估不透自己,要么狂妄得了不得,要么自轻自贱,万万要不得!

我当然接受。其实也只是牢骚几句,绝不肯真去要把戏。张文书记与我的友谊,所以能维持至今,就是因为他心中对作家是很看重的。我怀疑假如他真的步入这个行列,是否还会保持初衷。不过,因此张文书记赢得我的友谊和敬重。因此张文书记有难,我便绝不能坐视,总要设法去化解一番,略尽绵薄。

那一晚张文书记在莎丽家与我相聚后,他的失态在我心中留下太大的阴影。为了消除这个阴影,我擅自去找过莎丽的父亲。记得那天有风,鬼哭神嚎一般骇人的风声,将闹市的闲人纸屑一样吹净。我骑不动车,只好推着走。天上的太阳小且黯淡无光,像一只拔光羽毛的麻雀。冰棒纸、软包装盒、废塑料袋,驾着尘灰、沙粒、烟雾的坐骑,肆无忌惮地横冲直撞,抛洒肮脏。衣摊小贩拼命要捉住十几条色彩鲜艳的纱巾,风戏弄地把纱巾横七竖八地抛扬起,又使其跌落,让那小贩疲于奔命,最后一阵更大的风旋起,将纱巾旋上半空,洋洋洒洒地带走,那情形十分好看,像天空中有一群仙女隐在云雾中飞行,只露出彩色的裙带摇曳不停。

"他妈的,老子日你祖宗!"

小贩仰天大叫,骂出一串脏话。风不理,携走纱巾去打扮即将嫁出来的新娘——春天。况且,风没有祖宗。不过,据说这一带的风沙原来没有这么大,只因为四山的森林被伐净,水土流失,岩石沙化,才吼起这吓人的大风尘沙。假若非要日风的祖宗,归总来是日人的祖宗,再归总来怕就是日本人了。风大约也有风的道理,你们人类过多的占尽了美丽,毁坏了自然的花花绿绿,要嫁新娘子时,无以打扮,便只好向人类借几条纱巾权且充当嫁衣了。唯一的过错是手段太卑鄙也太霸道了些。

莎丽父亲的手段便太卑鄙也太霸道了。难怪连莎丽、莎娜以及他的妻子都不齿于他,而要留他一人去过日子。我去局里问过,莎丽父亲已有不少日子没去局里了。我想,他一定在家里策划新的阴谋吧!他的家我去过多次,是找莎娜,曾经,我差点成了他的女婿,这不能不说是一种讽刺。

我走上二楼,在六号门前站下。门上贴着即将脱落的春联,大约是出自他的手笔,他能写一笔很硬很瘦的柳体。

持鞭云炮仗辞别蛇神
乘追风骏马迎候伯乐

横批为:否极泰来。我自信读书不少,想不起在何处见过这副对联,想来必是他自己编出来的。如果属实,这联对子,便很可以显露他的心思。他以骏马自诩,要迎候伯乐,似乎透着不被赏识的失意与渴望被赏识的希冀。对仗之工与辞别蛇年迎来马年的应景,使我不得不对这位年已知命的老者刮目相看。

我按响门铃,片刻,有脚步声踏踏地传来,门开了,他出现在我面前,显然吃了一惊:"是你,小何!"不等我回答,又忙问:"有什么事?"

"来看看您,随便聊聊。"我说。

他默默地闪到一边,让我进来,似乎并不欢迎的样子。客厅的沙发上,有几个熟面孔闪了闪,打着哈哈与我寒暄一番,然后告辞了。我以为他一定很凄凉地一人在家,却想不到会高朋满座。我满腹狐疑,不知何以如此。

"他们是来探望我的,这些天我病了。"他说,显然在撒谎。他坐在我对面,给我吸烟,我接了。他谨慎地打量我,眼里有疑虑。我注意到这一点,知道以他的精明,自会知道我的来意,绕圈子是不明智的。

"我不瞒您,老伯,我是来问一问莎丽和张文的事,您怎么会……"

"免谈!"他断然一摆手,"你要是来谈这件事,我只有这一句话:免谈!"

我被将住了,只好跳马。

"那天,我在莎丽家,还有莎娜,在一起吃饭,她俩说起您,还让我顺便来看看,所以我就来了。"

他望着我,脸上毫无表情。

"莎丽离婚了,她很痛苦,人也瘦了,这些天又生了病……"

我注意到他在认真听,脸上流露出一丝伤感和关心。我顿口不说,故意要他来问。他竟迟迟不肯问,只在那儿闷坐着。我发现他脸上的肉松弛了,眼睛下方有浓重的青晕。他的威严的堂堂正正的仪表,似乎少了一点内涵,变得虚有其表。他的嘴巴执拗地抿着,抿着自信也抿着冷漠,目光仍然很深邃,只是深邃的近乎悲哀了。我发现他端坐的上躯纹风不动,而搁在沙发扶手上的右手小拇指在微微颤抖。

　　"莎丽还说,不论您怎么样,您总是她的父亲,她爱过您,尊敬过您,她不愿意您这样……她要我劝劝您,您当然知道莎丽的心意。她和张文是真心相爱的,不过只是精神上的,绝没有任何不清白!您在搞张文的同时,把莎丽也给拖进去了。这不是太有点那个了!莎丽与丈夫离婚,就是因为丈夫知道了那件事……"

　　"我没有错!"他打断我的话,"错的是张文,他霸占着我女儿十几年,她丈夫迟早会知道也迟早会离异,这一点不是我的错!"

　　"不对。"我说,"如果您不这样做,莎丽绝不会和丈夫分手,因为莎丽和张文仅仅是精神上的,他们之间绝对清白……"

　　"你知道什么? 小何同志!"他严厉地打断我的话,阴沉地道:"我亲眼看见过,张文抱着丽丽在……丽丽在哭……我早就隐忍不住了,可我一直隐忍着……"

　　他蓦地顿住,叹了口气。

　　我想他一定在撒谎,但又被他唬住了。我不明白柏拉图那种精神恋爱是否纯净的连拥抱、接吻也没有,我不敢保证张文和莎丽没有失掉理智的时候——而人类的理智在那种时候简直脆弱的不堪一击。我唯一的信心是对张文的了解和信任,我相信在那种时候唯有像张文那样的人才能守住最后一道栅栏。

　　"那年丽丽二十三岁,张文已经三十五岁,刚当了副市长。"他凝视着墙壁,墙壁上有几张字幅,"我和爱人回老家住了一星期,娜娜在歌舞团,小弟在外地上大学,家里只有莎丽一个人。我因为惦记局里的工作,一个人先回来了。我坐的是夜车,到站已经一两点钟了。"

我紧张起来,我怕他会说出不利张文的话。我注意看他是否撒谎,却无法判断。他冷静、条理地讲述,像讲述一个与他不相干的故事。只是他的小手指颤抖得更厉害了,他没有察觉,如果察觉,我相信他会马上隐藏起来。

　　"我一个人上楼,脚步很轻。我想丽丽一定睡了,我不想惊醒她。我很轻地开门,尽量不弄出一点声响。我走进去,发现丽丽房间有灯光,还听见丽丽的哭声,很低的哭声。我走过去,从丽丽的房门玻璃望进去……"

　　"不可能。"我说,以为找出漏洞,"难道丽丽睡觉不挂窗帘?"

　　他恼怒地瞟了我一眼,指指客厅对面的卧室道,"就是这一间房子,门上是大玻璃,白天是不挂窗帘的……"

　　我注意到房门上没有窗帘。

　　"她大约以为家里没有人,或是根本没有想到应该挂上窗帘这一点吧? 我怎么知道!"他顿了一下,面部肌肉抖动了一下,深深吸了口气,继续道:

　　"我看见……我看见……"

　　他似乎说不下去,咬着嘴唇不吭声了。

　　"就算他们拥抱过,又怎么能证明他和丽丽不清白呢? 只要不发生……"

　　"丽丽睡在张文怀里,在哭……"他不理睬我,继续说道,"我发现丽丽身上连一根线也没有……"

　　"张文呢?"我紧张得要命。

　　"张文也没有穿衣服!"他给我致命的一击,我差点晕过去。

　　"这不可能!"我说。

　　"张文和丽丽抱在一起,丽丽在哭……我惊呆了,我真想冲进去。但我忍住了,我怕闹出去太丑,会毁了丽丽的一生……我什么也没做,我偷偷退回去,锁上房门,找地方去睡了一夜,这是有证人的……他问我为什么不回家,我说忘了带钥匙,家里没有人……"

　　我觉得雪白的墙变黑了。上边布满霉点,霉点闪着黯绿色的光斑,虫一样蠕爬开去……我看见丹裸露着全身,赤条条地躺在床上,皮肤雪白光滑像被莹粉漂白了的灯光,而你伏在丹花蕾似的胸脯上,像个孩子似的哭泣……我再也不想说什么,默默地离开了。

街灯在风中摇曳,灯柱上贴着各种各样的寻人启事,换房启事及江湖医生卖各类假药的招贴。我注意到一则启事,与电视上播出的那一则寻人启事一样。那男孩的照片上突出一双忧郁的大眼睛,古怪而困惑地向世界张望。

回到家,妻坐在客厅看电视。电视上市长与市民在亲切交谈,纪念"地球日"二十周年,我想起今天是4月22日。市长在谈城市环境污染问题,痛心疾首地呼吁,要求这座城市的市民从点滴做起,爱护这座城市环境,维护这座城市环境,并与卫星市市长签订了环境保护合同,完不成各项指标要罚款,完成了奖励一千元。

妻说:"饭在锅里。"

我不想吃饭,抱儿于怀,抚爱一番。我觉得烦躁,便走回自己小小的书斋。我不明白自己想干什么。我开始拨电话,没人接,换一个号码又拨,通了。一个柔和的女声,我听出是张文夫人。我说要张文听电话。张文的声音传过来,底气很足。我想说又说不出口,虚伪得可怕。我说:"你知道二三〇研究所是干什么的?"张文说:"那是研究治理环境污染问题的,由上边直接管,设在离市一百公里的山区,那儿有一片大湖,叫凌湖,你大概去过吧?"我说:"没有。那儿有个孩子失踪了你是否知道?"他说:"知道,他们来过人,要求市里发通知协助寻找。据说那孩子很重要,为什么,他们没讲!"

"还有事吗?"张文问我。

"没有了,我只是好奇,随便问问。"我说。

"你一定有事! 小何,你不可以瞒我!"张文一言中的,"你告诉我,出了什么事?"

我说:"没有,过两天我会找你谈。"

"好吧!"张文挂了电话。

我将话筒放回去,坐在那儿发愣。我想我要想办法证明那是莎丽父亲的谎言,可又不知如何着手。我不忍再给张文书记负重太甚的脊背上增加一根稻草,尽管我知道他一定承负得起,可我不能这么做,因为我爱他像爱一位嫡亲的兄长。他忙碌着为这座城市的市民服务,不该用与此无关的事打扰他。我想莎丽的父亲实在残忍,不论他如何言之凿凿,但他却伤害了一位受人尊敬的难得的好人。

二　妮娜走向那张大床

你和妮娜换了一个旅馆。那是个很小的旅馆,门脸很不起眼,里边是一座三层小楼,每层有十余个房间。你和妮娜选了最好的甲级房,套房,茶几沙发,洗漱间,里间是一张大床。你觉得很满意,你不知道妮娜是否满意。

你在填住宿单时在关系栏里郑重其事地写下:夫妻。妮娜在一边看,咬着嘴唇笑,脸蛋通红。

"这样,不,不好吧?"

妮娜吃吃地说。她似乎后悔了。

"你要后悔,现在还不晚!"你冷冷地道。

妮娜不再说什么,脸更红了,垂下头。假装看报纸。你觉得心里很激动,很异样,也很不安。你为自己寻找了一大堆理由,并再三安慰自己。你说:"这有什么,是她自己愿意的!"你想:"或许她是蓄谋已久要这样做,她一定是个解放式女孩,不知和多少个男孩上过床……假正经,何必装样子……"

你又想:人类的创造欲非常强烈,在创造的同时难免会毁坏。人类永不安分,无止境的追求,喜新厌旧,见异思迁,这才使人类得以不断进步。与此派生出的朝三暮四,好大喜功,得过且过,不负责任,以至虚伪,自私等等毛病,便相形见小了。

你漠然对待一切又不失时机地追求一切,你嘲笑世人庸碌又如世人一样生活,你谴责他人不道德又每每效法他人,你在抽象时清醒的像一位哲人,在具体时又糊涂的像一个匹夫。地球在旋转你也在旋转,你所以旋转是因大家都在旋转——外加的力鞭子一样抽打着旋转。你内心很想旋转却不喜欢他人迫使你旋转,因此你觉得不愉快,觉得受了命运的摆布。你把委屈和愤怒发泻出来,你想捉住上帝那只握鞭子的手夺过鞭子,用那条鞭子去抽打别的陀螺,让别人旋转如陀螺而你在边上观望。

现在你用鞭子抽打妮娜,妮娜遵从你的意愿按你的要求旋转,于是你有一种极大的满足。这种满足远胜于你即将得到的满足,你为此亢奋,为此自信,为此神不守舍,你绝不容许自己失败。你觉得自己不是猫,而是诱惑猫的老鼠,猫扑上来老鼠突然变成老虎,将猫一口吞吃下去,猫还不知发生了什么事。

你非常害怕妮娜猜透你的心事,所以努力摆一副无所谓的样子。然而不安伴随着你,像鞭子伴随着陀螺。没有鞭子陀螺绝不可以旋转,陀螺是在痛苦中获得生命的。你呼唤鞭子,正如鞭子呼唤陀螺。你被社会文明的律条剪的体无完肤而却一意孤行。你明知道这样做不明智却无法拯救自己分裂的精神、分裂的肢体。

晚饭时你胃口大开,叫了几道大菜,还要了红酒。你大吃大嚼,喝干一杯杯葡萄的血液,目光阴火般灼亮,审视妮娜像审视一盘香喷喷的烤仔鸡。妮娜羞晕经久不退,楚楚可怜地坐在那儿愣神儿,不时瞥你一眼,吃得很少也喝得很少。你注意到妮娜的脸上有淡淡的忧伤和浓重的哀怨,而忧伤和哀怨又被一种爱的温驯,爱的渴求,爱的热烈的火焰烧净。你忽然记起妮娜曾经对你说:"我知道爱是很累人的,所以我努力使自己不爱……"

你发现妮娜并没有倦容和疲弱之态,你很放心地想:"这就好,轻轻松松地相爱再轻轻松松地分手,'挥一挥衣袖,不带走一片云彩'……"

"我最喜欢徐志摩的诗,"你说,嘴巴油汪汪的,像抹了唇膏,"《再别康桥》我都可以背下来,上高中时我就喜欢,现在还喜欢!"

妮娜微笑,像个大家闺秀那样吃东西。她不说话,只含羞望着你。

"我走上创作道路,完全是偶然的。"你继续道,"我虽然一直喜欢文学,可从没有想到要写什么东西。五年前,我遇上一个刊物的编辑,聊得挺投机,他说我很有才气,形象思维好,让我写点东西。我回去没事干随便写了个东西,寄给他,他来信大为夸奖,不久就刊用了。那是我的第一部中篇,发出后受到好评。我觉得挺来劲,晚上天天熬夜,上班老迟到,还打瞌睡。没法子我就调文联工作,搞起专职创作。这一搞可把我搞惨了,东西没少写,罪也没少受,创作实在是个苦差事!"

"你的作品我读过一些。"妮娜道,"你写得很潇洒,像你这个人一样!"

"潇洒是假的。"你喝干一杯酒,又斟上,"苦才是真的,一个字一个字爬格子,甘苦自知,不是别人能理解的。有一次一个小伙子说:'我最喜欢你的作品!'我说:'那你一定很浅薄!'小伙子大为生气,说:'你才浅薄!'我大笑,说:'这不就对了吗?'"

妮娜若有所思,"一个敢说自己浅薄的人,一定不浅薄!这正是你的魅力之所在,你不打扮自己,你鄙薄孔雀羽毛。"

"也许这正是一种打扮!"你说,"人人都在打扮自己,有人喜欢着孔雀衣,有人喜欢穿铁的盔甲,有人在脸上挂满冰霜,有人眼里控一眼深不可测的井。我这是故弄玄虚,自嘲比别人追着骂你要来的聪明。你还没来得及骂我该死,我已自己死了一千回,你还能说我什么?"

妮娜被逗笑了。

"其实,我这个人根本不在乎别人说什么,我只是在表现我想表现的,别人怎么看,关我什么事!写不下去我就不写。绝不硬写,作家又不是一只鸡,必须按时下蛋。我有时候一年不写一个字,可写来了情绪,一个月写一部长篇,二十天写二十个短篇,你信不信?"

妮娜自然不信,便不吭声。

你大笑,说:"连我也不信,可这是真的!"

"我可没你那份本事。"妮娜道,"我写得很苦,常常写不下去,咬着牙挨,真想摔了笔不写,不写不一样活得挺好吗?可到了还是要写,不写心里发慌,真是天生没出息!"

"你的东西少,可个个是精品,不像我瑕瑜混杂,泥沙俱下。"你道。

"我看不出!"妮娜道,"我觉得你其实很精细,很认真,每一篇作品都有新东西,而且都不错。你敢于鄙薄自己,正说明你很自信。"

"知我心者,卿也!"你掉文道。

"快我意者,君也!"妮娜戏曰。

哈哈……相视而笑,困窘顿扫。你忘了自己是在干坏事,妮娜也忘了自己在想心思。

说说笑笑地走回旅馆,你才重新意识到自己和妮娜是穷开心的。你与妮娜之间仍有一种不自然的樊篱需要打破。你忽然悲哀起来,因为你知道那一种樊篱恐怕这辈子永远难以打破了。

妮娜打开电视看新闻联播,表情沉静娴雅。你脱了外衣和背心,只穿一个裤头,进洗漱间冲凉。自来水从莲蓬头溅射如雨,燥热顿消,你大脑为之清醒。你开始和我商量。我说你这样做欠思考,说不定妮娜十分纯情,会缠上你,到单位闹一场,你就颜面扫地了。

你说不会的不会的,妮娜不是那种人,她也不过是玩玩儿,说不定她还害怕我会缠住她不放呢!反正她喜欢我我喜欢她,不就这么一回事嘛!何必拘泥呢!

他倏地从你左肩探出头叫道:"说得好! 正是我想说的!"

我不再说什么,知道说也白搭。你揞下头发,冲镜子做了个鬼脸,然后走出洗漱室,镇定自若,俨然最后一点顾虑也被洗掉了。

妮娜拿了一包东西随后走进洗漱室,你坐下来吸烟。你发现袜子和背心、衬衫都不见了。你感到一阵温暖,你听见泼水声和搓擦衣物的声音。你忽然有一种受到体贴的幸福感:丈夫跷着脚看电视,妻子在那儿给丈夫洗袜子和衬衫。

你带着志得意满的微笑,喷吐烟雾,吧吧地按电视钮,寻找可看的频道。你把房门锁上,又上了保险,在那儿耐心等待。你恍惚看见一片宁静的草地,一匹美丽的小兽走来,落入陷阱。一头熊发现小兽落入陷阱,馋得口涎长流,围着坑沿转磨磨,急切间不敢跳下去享用美餐。

狐狸说:熊啊,吃了要肚子疼!

狼说:吃了猎人会生气的!

豹狗说:吃剩了归我,你快动手吧!

门响了一下,妮娜走出来,只穿裤头和背心,黑发湿津津地披在肩头,脸儿容光焕发,粉粉白白,吹弹得破。美目怯怯地望向你,红唇蓓蕾一样微微张开,含羞的笑意像受惊的蚱蜢栖落草尖,只需一有风吹草动便会弹开去逃之夭夭。

你情急如焚,围着坑沿乱跑,你赶走垂涎的狐狸,打跑磨牙砺爪的狼,驱逐下流无耻的豹狗,不顾一切地跳将下去一扑,竟扑了空!

"你不可以这样的!"妮娜闪开,扭转脸冲着墙壁,声音柔和地道。

你站在那儿,不知如何是好,一阵羞愧一阵茫然。你看见猎人走来,举枪瞄准,轰——一声巨响,熊和小兽同时饮弹,成了猎人的虏获物。你叹了口气。

"你怎么啦?"你问,自觉厚颜无耻,"不是说好了吗?"

妮娜转向望着你,脸色很难看,冷冷道:"你真下流,你怎么可以这样!"

你像兜头被浇了一桶冰水,不知所措地盯着妮娜,恼羞成怒地道:

"你才下流呢! 你怎么可以这样骂人!"

妮娜脸色一阵红一阵白,木然望着你,半晌,干巴巴地道:"你,你总要得到我允许吧? 你刚才那样……我是开玩笑的,你别急嘛!"

你气鼓鼓地不吭声。

"唉——现在,我允许你——"妮娜叹了口气说,然后垂下头,转身走进卧室,走向那张大床。

三 瑶瑶失宠

秋天是这座城市最富有色彩的季节,各种水果都上市了。鸭梨金黄,苹果嫣红,西瓜碧绿,石榴笑开满嘴玛瑙,桃儿淌出一肚子蜜水。各种各样的瓜,哈密瓜、珍珠瓜、白兰瓜、香瓜、甜瓜、脆瓜。葡萄一串一串,大粒黑珍珠一般,也有马奶子葡萄,龙眼葡萄,别说吃了,光听名儿就够馋人了。

瑶瑶最喜欢吃葡萄,天天要来一串,没钱了便问父母要,也和他要。

"哥哥给我点钱,我一分钱也没了。"

他没有这些不良嗜好,总要将自己的零花钱给瑶瑶分一半。

"妈上回不是给了你十块钱吗?"

"哪够呢!"瑶瑶噘着嘴,"咱俩得向爸妈提意见,要求涨零花钱,眼下东西这么贵,买串葡萄要一块钱哪!"

"我这儿只有这么多了,全给你吧!"

"不,我只要一半就行了。"瑶瑶说,"哥,你爱吃什么,我赶明儿给你买!"

"谢绝溜舔!"他笑道。

"真坏!"瑶瑶跑走了。

他随后出门,去找小翠。

星期天逛公园的人真多。他远远见小翠在亭子里东张西望,便从一边绕过去,在小翠身后喊一声,吓得小翠一激灵,回身见到他,咯咯笑着在他胸脯上乱捶。

"吓死人家了!"

"别闹了,小心有人看见!"他心虚道。

"这么多天不和人家见面,人家急死了!"小翠幽怨地道。稍顿,又道:"你知道,我本来不准备来了。上回你那封信差点没把人家气坏!没良心的!气得人家哭了一顿,发誓再不理你。有三个星期天了吧?人家都把你忘了。你忽然写来信,信中甜言蜜语的,要和人家见面。我本想气气你,不来,可又怕……所以来了。你跟我说嘛,你干吗这样折磨人?"

小翠气鼓鼓地,一边说一边掉眼泪。他看得直慌神,贼似的东张西望。

"我向你道歉,好不好,你不要这样子,让人家笑话!"

"你保证,再不这样!"小翠泪眼婆娑地道。

"我保证!"他说。

"这才好呢!"小翠破涕为笑。从包里掏出一架相机道,"你看,我把爹的相机都拿来了,咱俩好好拍点照片,留着以后咱俩看着笑!"

"我不会照相。"他作难道。

"傻瓜,你真是傻瓜,这是傻瓜相机,傻瓜也能照,这样,这样,一按这儿,咔,就是一张,自动过卷,倒卷,自然对焦距光圈,简单极了!"

"那你先给我来一张!"

他跳上亭子栏杆上,摆一个姿势。小翠对着他,咔——

拍完了。

"这么简单呀!"他欢喜道,"我来给你拍!"

给小翠照相就不那么简单了。小翠包里准备了一大堆东西,镜子、梳子、化妆品、两顶帽子、两条裙子还有一块纱巾。小翠先取出镜子仔细打量自己,梳梳这儿,拢拢那儿,又用唇膏涂嘴唇,涂一下,抿一下嘴,涂的嘴巴樱桃一样小,一样艳。然后又用眉笔画眉毛,用眼影抹眼皮,折腾了足足半天。

"你不让人家涂脂抹粉,可照相时不行,不化妆丑死了。我是为你好的,别人看见照片说:咦,你女朋友真好看,你也光彩呀! 要不人家说:呀,你女朋友怎么这德性,你还不恨死人家!"

"你这样,就不怕人家说你妖精?"他没好气地问,"你又没有那么老,化妆品是给那些老姑娘用的。'少女,你的青春容颜是你最好的化妆品!'听说过这句话吗!"

"没听说过,谁说的?"

"我!"他傲然道。

"你根本不懂!"小翠嗔道,"'女为悦己者容',这话你听说过吗? 人家是为你打扮的!"

"可我跟你说过,我不喜欢这样子!"

"可我爹说,我打扮起来像个阔小姐,比不打扮好看多了。你这人真怪。连头儿和猴儿都说我打扮起来好看呢!"

他不言,一味摇头。

小翠哀告道:"就这一次,照完相我马上擦了,好不好?"

他勉强同意。

小翠倚了栏杆,握着纱巾,摆一个姿势笑道:"像不像《知音》里的小凤仙? 她那时也不过十七八,已红得发紫了!"

"可她是个妓女呀!"

"她是小凤仙,她不是妓女,她只和蔡号一个人好,还会弹琴、唱歌。那只歌真好听,'千古知音最难觅',你是不是我的知音?"

146

"是蔡鄂,不是蔡号。"他纠正道,"千两黄金易得,一个知音难求,这是老话了,有什么新鲜?"

"我觉得你就是我的知音!"小翠含情脉脉地道,"你让我睡不着觉,吃不下饭,还教我学习,做题,这还不是知音吗?"

他干瞪眼,只能发窘。

"不过有时候你也不知音,比方你那封信,尽是些伤人心的话……"

他举起相机。

"不行,我还没准备好呢!"小翠忙道。

"好了吗?"

"你别急,我这有绺头发往下滑——"

"这回好了吧?"

"好了!"

他刚要按快门,小翠一声尖叫。

"呀——坏啦!我忘了把纱巾披在肩上了。"

"我还没照呢!"他叹了口气说。

"你真好!"小翠甜甜地道,"披上纱巾才好看,像个新娘子,对不对?"

他的手臂都举酸了,好不容易拍了一张。

"好了,该你了,"小翠满意地道。

顺着小桥上行,往东去是一片碧波荡漾的湖水,湖水上画舫轻舟,笑语喧闹。岸边杨柳依依,垂于湖面,迎风摆动。

"你靠在树上别动。"小翠将相机放在一块假山石上,对好了镜头,上了自拍,按下快门,然后飞跑过来,紧紧依偎着他,咔——的一声,完事大吉。

"这回你可跑不了!"小翠得意地道,"你和我都装在里边了!嘻嘻,你要是下次再那么伤人心,我就拿照片去找你爹妈告状!"

他撇撇嘴,不屑道:"那有什么,同学间一起照张相,能说明什么!"

小翠一怔,很快道:"好呀,那……"

"那什么?"

"没什么,走,到那边去,草地上来几张。"

小翠在草坪上躺着、坐着、卧着,照了几张,然后给他照。他发现小翠伏在地上把相机放在高处,直对着他。

"你趴下,不要动!"小翠摆弄着相机,"我用自拍给你拍,保险。"

按下快门,小翠爬起身,站在那儿笑,一边叫:"不要动,不要动。"机械沙沙响着,他忙对着相机镜头凝视,须臾间他脖子被小翠搂住,嘴巴被小翠吻住。他还没醒过神来,相机已咔——闪了一下镜头。

小翠推开他,大笑着跑去抢起相机,旋了一个圈,叫道:"哈哈,这回你跑不了啦!"边说边跑起来,他傻头傻脑跟着追。小翠嘻嘻哈哈跑进灌木丛里,他追进去,伸手抓小翠,抓个正着。小翠撞入他的怀里,双手勾住他的脖子,踮起脚尖,努起嘴唇。他糊里糊涂迎上去,蜜蜂一样吸食花蜜。他已没有思想,只剩一张嘴巴了。

是小翠推开了他,喘吁吁地道:"我喘不上气了……我们坐下吧!"

他像一滴蜜被储存在蜂房里,乖乖地在小翠身边坐下。

"这回看你还说不说我们还小呀这个那个的一堆废话……往后,你要想这样,得听我的话,再不许你气我!"

他觉得小翠简直像个妖精,脸儿变得好快。但他已没有力量拯救自己,只一味盯着小翠红润丰满的小嘴。小翠娇滴滴用拳头捶他,说:"你找死呀,干吗这样看着人家!"

他一把抱住小翠,小翠却死命挣开,说:"不嘛,人家不嘛!"然后咯咯地笑着跑走了。

中午他和小翠吃了面包、酸奶、健力宝,又搂着照相。他忽然觉得给小翠照相一点不累,简直太有意思了。他变得耐心而且尽职,每一次都为小翠出主意,小翠则笑吟吟地接受。

"这才是我要的!"小翠高兴地对他说。他心里竟甜滋滋的,一点不反感。

半下午时,他给小翠拍光了三个菲林,小翠还要去买。他劝住了小翠。他和小翠顺着假山往上走,他听见一阵银铃般的笑声从前面传来,他慌忙扯着小翠躲起来,眼巴巴瞅着一个女孩子和一个男孩子拉着手叽叽呱呱地跑过去。

"天呀!"他在心里大叫一声,他认出那女孩子是瑶瑶,那男孩子是头儿。

"是头儿和你妹妹,真险!"小翠也认出了,"你妹妹和头儿好上了,是不是?"

"胡说!"他大叫,"我妹妹才不像你呢!"

小翠生气道:"你瞧不起我为什么跟我好?"

"是你追我的!"他青筋暴跳地道。

"好,你敢这样对我……"小翠气得一跺脚,扭身就走,以为他会追上去,可他没有。小翠等了一会,知道他不会来了,一路怏怏地走了。

他尾随着瑶瑶和头儿,远远瞅着:瑶瑶和头儿有说有笑,状极亲昵。他气得肚子鼓鼓的。他想这难道不是一个争宠于父母的机会吗?爸妈宠你也宠得够了!

他把小翠整个忘了。他追踪瑶瑶和头儿好一会,不见瑶瑶和头儿有进一步的举动,心想大约瑶瑶和头儿只是刚开始,还没有发展呢!他不再跟踪他们,急急忙忙往家跑。他想头儿是个什么东西,瑶瑶怎么已经知道还要和他好?真是鬼迷心窍了。一定要让爸妈制止她,否则她吃亏上当,毁了自己!

"瑶瑶呀瑶瑶,看你这回还有什么话说!"

他回去之后如实向父母汇报并带着父母去公园当场抓获了正在玩秋千的瑶瑶和头儿。瑶瑶和头儿站在秋千板上面对面荡秋千还嘻嘻哈哈地乱笑,把父母差点当场气晕了。

他想:这叫自作自受,罪有应得!

四 互相寄生互相温暖

盛夏的火热一如何伟与莎娜的热恋,虽然遍体生津,头晕脑涨,却乐不可支。莎娜以特有的坦率和无所顾忌对待何伟,感染何伟,使何伟一如患了热病,持续高热不退,只有莎娜的微笑和莎娜的抚爱,才能带给何伟清凉和安宁。除了工作时间,何伟与莎娜几乎形影不离,黄昏时散步于公园,假日远足于郊外。笑声蜜蜂一样忙碌着采集花粉,酿造甜蜜。娓娓的絮语溪水一样流淌,从童年的山洞起源,曲曲折折流过青翠的峡谷,聚成活泼的一潭又溢出一线,从崖石上飞泻成瀑布,敲响石板,拨动琴弦,在冲刺中领略岩穴的深邃,在探索中洞晓峰谷的不平,迸溅激情的浪花,淘洗美丽,砥砺青春,飞扬生命的鬃毛。

生命刀刃一样闪光锋锐,剥离隔膜,刺穿虚饰,开凿一条隧道,通向彼此的世界。何伟从容在莎娜的世界游走观赏,莎娜自在何伟的世界参观窥视。躯体由混浊而透明,灵魂由神秘而袒露。

"啊,好大一个脓肿!"莎娜夸张地大叫大喊,每发现何伟一点瑕斑,都要尽情奚落一番。何伟则笑笑,严肃指出:"你的心脏上有一点红斑,可能会成为出血点,你可要警惕啊!"

莎娜水晶一样剔透,何伟玻璃一样透明,爱的世界容不得虚伪和欺骗的杂质,只有坦诚才能换得知心。

"文明使人与人变冷漠了。"何伟感慨,"也许只有爱情才会改变这一点!"

"冷漠是必然的。不过在爱的世界却不是这样。这已经够了!"

"人们封闭自己,是一种保护手段。人人都有隐私,夫妻之间也有!"

"可在相爱的男女之间不会有,比方说我们——我可是连肠肠肚肚全掏给你了。"

"我也一样!"何伟道。"我把丹和小翠的事一点不露全告你了——不过有些男女不是这样,他和她结合成一体,却各自有各自的隐私。"

"那不是爱情,那一定是利益的结合或权宜的结合,爱是相濡以沫,是两个躯体,一个灵魂,绝容不得同床异梦!"

莎娜说得很认真,何伟只能赞同。

"不要以为你和那个丹没有干那个,就比我干净!"莎娜道,"其实,我要比你干净得多,虽然我曾有过那个……可干净不干净并不在那个,而在心,对不对?"

"你把灵与肉分开了。"何伟道,"不过我当然同意你的话,可有些人一定不同意!"

"那是封建!"莎娜断然道,"那是大男人的不自信的表现!"

"也许是这样的!"何伟说,"那种心理很难说明白,并不仅仅是封建,大概还有一种洁癖,一种不洁的心理,或是一种苛求完美的心理……具体我说不明白。"

"你不要不满足。"莎娜撇撇嘴,"那个人摘了瓜,可你吃了整个西瓜啊!"

"我并不是不满足,"何伟微笑,"我很满足,我既往不咎!"

"你根本没有权利这么说,我并没有请你原谅,因为我并不认为自己有错误! 我只要你面对现实,面对我所能给你的少了那个的现实。过去不属于你而属于我,你根本没权利也没必要对我的过去说三道四……"

"你总是这样,动不动就急了。"何伟伸手揽住莎娜的腰肢,"我只是随便说说,仅此而已,并没有其他意思!"

"如果我是你,我绝不会这么说三道四,连想也不去想,你给我什么我就接受什么!"

"唉,你对这一点很敏感。"何伟温柔地抱住莎娜,"这说明你其实很在乎,是吗?"

莎娜垂下头,幽幽地道:"是的,我过去不在乎,可现在在乎了,因为你很在乎……"

"我并不在乎!"何伟说,心里并没有把握。

"你根本骗不了我!"莎娜冷笑,"你只是因为现在很爱我,才不在乎那一点,如果你有一天厌倦了我,你就会后悔!"

"捉住现在,忘掉过去,不要想未来,这才是乐天达观的生活态度——这可是你说的,怎么婆婆妈妈起来?"

"我才懒得想呢!"莎娜让自己快活起来,"我就这样没心没肺,我要快活,我要幸运,我要天上下馅饼,地上结面包。我要你永远爱我,至死不渝,绝不允许说三道四,敷衍欺骗。我要真实,真实的像一面镜子,像一把刀。如果有一天我发现镜子歪曲了我,我就用刀刺穿镜子,然后再刺入我的心脏……"

"值得吗?"何伟道,"太不值得!"

"你以为我会自杀?"莎娜不快道,"我那是比喻,我宁肯让刀子刺穿自己,也绝不容许镜子欺骗我!明白吗?"

"你在生活中也这样吗?"

"那当然!"莎娜挣脱何伟的怀抱,"我历来如此,一点不含糊的!"

"你是个以自我为中心的女性!"何伟赞叹道,"我不如你,我常常受他人左右,无力支配自己。我内心其实很软弱,有时还挺卑鄙,软弱的人总难免有时候卑鄙一下。我曾经嫉妒我的妹妹,虽然我那件事并没有做错。我也报复人,比如头儿和猴儿那件事,可事过又后悔。还有小翠,我现在才明白自己根本不爱小翠,可那时总想让小翠爱我,温暖我,甚至还想把小翠的衣服剥光,看看她里边有些什么……我批判自己时,才明白自己又虚伪又卑鄙,人有的我全有,人无的我也无。"

"哼,说穿了,你也是以自我为中心的!"莎娜冷笑,"人人都以自我为中心,所以才演了一部悲壮的人类历史。恺撒如此,拿破仑如此,希特勒亦如此,阿Q也如此!所以,我和你都不必自责,心安理得才好!"

"人类这种以自我为中心的坏毛病,使人类犯了一个大错误。"何伟道,"我们光顾了自己发展壮大,把自然给毁坏了。全球性的生态环境危机四伏,地球被污染的像个彩蛋,什么时候连这个彩蛋也会被人类自己打破的。远的不说,你就看看这条河,这算河吗?干巴巴地流一股比小孩尿还少的水,水面上多美丽呀,漂着虹彩,垃圾。你知道市长们在愁什么?他们都在愁地下水枯竭的问题,愁的连觉也睡不着!昨天张文书记还跑去找水利专家们研究对策,初步定下来要引黄河入城,可谈何容易呀!"

河道袒露着干枯卷曲的沙泥,河中央淌流着一股缓缓流动的河水,青草夹生在水流两边,河面上漂着废机油和冰棒纸以及乱七八糟的东西,暮色中这些东西五颜六色,十分好看。

莎娜傍着何伟在河中央慢慢走着,皱着眉看流淌的河水并听何伟说话。

"你以为自己是个什么东西？是伟大的人类吗？那位水利专家说得幽默,他说:伟大的人类其实很可怜呢! 阿拉是个寄生物! 他是上海人,他说人类其实只是一些寄生虫,寄生在地球上,糟蹋地球,养活自己,挺形象吧!"

"不敢苟同!"莎娜道,"他是不是想说,人类该茹毛饮血才好!"

"人家只是说,人类寄生在地球,要爱惜自己的家,没别的意思!"

"咱们也不过活几十年,操那份心干吗!"

"人人都像你这样想,那地球可就遭大殃了! 等我们儿子长大再生下儿子,就会骂:那些灰祖宗,把什么都吃光了,连一滴水也没留下,让我们怎么活!"

"咱还没生儿子呢!"莎娜微笑,"我知道你在张文身边,也染了点仙气,学会教训人了。"

"等你连洗脸水也没有了,你还能美丽吗? 天天供给你二斤水,看你还这么贫嘴!"

何伟笑道。莎娜不再理他,蹲下身采野花,采了几枝,瞧瞧天道:"得,还是回去吧,瞧瞧这一鞋烂泥,足有五斤重呢!"

"你以为恋爱是轻松的事吗?"

"这些天我可真累了!"莎娜抱怨道。

"可我不累!"

"你饶了我吧!"莎娜道,"我头疼,我想回去一个人好好睡一觉……"

"你求饶了吗?"何伟神秘地欢欣地乜视着莎娜,"你是在说……"

莎娜脸腾地红了,小声道:"我没有! 我只是有点头疼,可我才不在乎呢! ……你别转歪心眼,未必我会怕了你!"

走回去比来时要快多了。

莎娜一进门便踢掉鞋子,抱着两只脚直喊哎哟,何伟忙着打来水,让莎娜洗脚。莎娜翘着两只雪白娇小的脚丫,冲何伟急喊:

"哎,你干吗去?"

"我该回去了!"何伟道。

"你敢!"莎娜红着脸道。

"……"

何伟与莎娜的对话便这样结束了。

五 毒孩子也是人类

那孩子酣睡了足有几亿个世纪,骨骼岩石一样坚硬,身上布满苔藓、荆棘、丛莽、沼泽,血液海洋一样汇聚又分散成江河湖泊的大动脉和溪流般遍布全身的毛细血管。阴阳调和,毛发丰茂,心脏唧筒一样泵取地下水,送往各处滋润生机。猛犸和剑齿虎走来走去,巨晰吐着黑色的舌头。那孩子不敢醒来,又闭了眼酣睡。不知过了多少世纪,那孩子醒来,发现自己栖息在一株盘根错节的巨树上,正在啃食一枚大桃。一个霹雳响过,雷火燃烧起大树,烧毁了大片森林。那孩子跳下大树,啃食烧熟的鹿肉,咂嘴吐舌,搔耳弄腮。干枯的树枝在摩擦中冒出火星,篝火熊熊烛亮了孩子的心智。

那孩子慢慢长大,化身三十亿双手臂,三十亿张大嘴,猎取食物,填食自己,长的肥硕无比,庞大的身躯覆盖了陆地的三分之二。成片的森林在那孩子的吞噬下化为孩子身上累累垂垂的肥肉,成片的湖泊在那孩子的牛饮下干涸。那孩子用食指洞穿地表,打了无数个孔洞,让地下水鲜血一样喷射、流淌。大地呻吟着,在那孩子的暴虐下渐渐衰弱了生命。那孩子掏取大地的血肉,鲜血淋漓地喂养自己,让自己的粪便和各种肮脏的分泌物污染天空、山川和河流。然后那孩子又吞噬被自己弄脏的食物,饮用污染的河流。那孩子走向山谷,山谷一片钢筋水泥堆起来的怪物,那孩子走向群山,群山马上被蜂窝一样洞穿腹部,那孩子走向江河,江河中的鱼虾即刻翻起肚皮。那孩子患肠梗阻、小疝气、脓肿、肝腹水、肺结核、痢疾、脑溢血、肥胖病、猩红热、黑死病、红斑狼疮、癌症、艾滋病,甚至遗精、早泄、阳痿不举……那孩子哭泣得像个婴儿,五脏错位,四肢百骸分裂,各自为政,上街游行,举着被污染了的地球,要求所有的神经中枢采取防范措施,拯救地球,也拯救自己。

然后,牙齿和舌头回到口腔照样咀嚼、吐痰、骂脏话、发牢骚。胃回到腹中继续消化熊掌、虎睾、鹿胎、豹犊直至食尽最后一只地老鼠。手臂回到肩膀接着锯、砍、伐那不多的森林,钻、探、挖、掘那已快掏空了的地壳,追、杀、捉、捕那些已快绝迹的鸟兽。双脚回到足踝,带着躯体继续探险,寻找最后一片丛莽,最后一片净土,强奸最后一片处女地,并在上边建立自己的繁荣,下猪崽似的生无数个孩子,那些孩子又生无数个孩子。神经中枢发出各种各样指令,制定一项一项法律和措施,软硬兼施,仍然有不听话的斧头扬起,仍然有不畏惧的枪炮飞出,仍然有不要命的探掘出现,自然有不怕罚款的婴儿满世界乱爬,仍然有阳奉阴违的企业工矿喷吐毒气、抛掷垃圾。地球仍在脓肿,仍在枯萎,仍在衰竭,仍在呻吟,仍在乞求,仍在呐喊:救救孩子!

可是那孩子听不见。那孩子仍在酣睡,那孩子仍在做梦,梦见麋鹿、狗熊、老虎和大象,关在动物园里,在那儿微笑,在那儿吼叫,在那儿跳跃,在那儿像人一样额手称庆。

"这儿好,这儿比在山里安全,山里的猎人枪法很准,山里的树木灌木已藏不住我们的身躯,山里的鸟兽苔藓已填不饱我们的肚皮,这儿将是我们唯一的住处,现在是这样将来恐怕更是这样!"

那孩子继续酣睡,一动不动,安静的像一个谜,像一具尸,像一个荒诞,像一千虚妄,像一个抽象又像一个具体。那孩子静静地躺在四方的土炕上,铺着褥子,盖着被子,一如人类铺地盖天睡在地球上。海潮和林涛哼着摇篮曲,地球摇呀摇呀摇大了孩子,孩子撕扯摇篮,啃咬摇篮,摇篮残破了可还在摇,摇着这个孩子也摇着那个孩子。那个孩子在摇晃中酣睡,就睡在四四方方的土炕上。

"爹,他睡了三天了,怎么还不醒?"

"让他睡,睡够就会醒!"

"爹。他睡了八天了,怎么还不醒?"

"喂他吃饭,让他睡,睡够就会醒!"

"爹呀,他都睡了半个月了,怎么还不醒?是不是他……"

"尽胡说,这孩子是奇人,没听说始射山有种人,一觉睡千年哩!他才睡了几天!"

"爹呀,该找个医生看看,他会不会已经死了,他已经不吃不喝睡了二十八天……"

"千万不要,他一定练有寂天术和辟谷术,练会了那两种本事,遇上灾荒年不吃不喝睡上三年,就能续上好年景……"

"爹呀,遍山谷都绿了,他怎么还不醒?他是不是醉死了,再也醒不来……"

"傻狗儿,你看他动咧!你看他笑咧!你看他还咂巴嘴哩!赶紧让青儿喂一碗蜂蜜水,让他睡,睡去冬天,睡来春天,像那些冬眠的野物儿,一睁眼,呵,花花绿绿好一番风光,不是挺好哩!"

乱树沟绿了,大峡谷绿了,田亩绿了,山溪水也绿了,连石墙上的苔藓也绿了。燕子飞来,蜂蝶飞来,獾子伸一个懒腰爬出洞穴,看见蛇已在晒发僵的身体。

那孩子还在睡,还在做梦。

"爹呀,连蛇也出洞了,他怎么还在睡?他不想晒太阳吗?他不想采花花吗?他不想到乱树沟逮花鼠吗?……"

"唉,狗儿,你瞅瞅你姐姐,她天天守着他,喂他喝蜂蜜水,心定定地,从来也没像你这样乱说乱道!爹心里有底,他是爹一辈子想遇遇不上的奇人,他要真醒不来,爹赔你一条命!你就信了爹吧,出去看着点羊,别让糟害了青苗。青儿你该喂猪了,爹守着他……"

"爹呀,天阴着,要下雨了!"

轰隆隆的雷声遥遥在云头上滚动,尚不曾震响,似乎有几百只木桶在通往山顶的路上慢慢滚着。

"爹呀,下大雨了,姐姐让巴克夏拱了个跟头,掉在猪食槽,嘻嘻,脏死啦!……"

"狗儿,爹,你们出去,狗儿,拿一桶水再拿一个盆,姐得好好洗一洗,你出去,我要插门了……"

那孩子仍在睡,仍在做梦,只是那睡意已像乌云一样倾泻雨水,淅淅沥沥地把梦给冲得淡了,洗得浅了。

雷公终于把几百只木桶推上山顶,发力一推,轰隆隆几百只木桶从山顶滚落,发出持续不断的轰鸣。闪电扭曲着砍破乌云,扔下一个一个炸弹。雷鸣声震耳欲聋,充盈大地,雷火在天空乱飞,像些提着灯笼的鬼怪。

咔啦啦——一声惊雷响过,那孩子浑身一颤,慢慢动了一下,又动了一下。那孩子听见雷鸣和雨声,也听见一阵泼水声。那孩子慢慢睁开眼睛,剥了皮的樟条整整齐齐排列在屋顶,正对的屋梁上贴着一幅黄色符纸:姜太公在此,诸神退位。那孩子觉得很虚弱,脑子里一片空茫,记不起自己身在何处。

那孩子微微侧转头,看见一面墙壁,又一面墙壁,再一面墙壁,一共三面墙壁。那孩子努力欠起身,又看见一面墙壁,墙壁上有一个苗条而丰满的背影,雪白雪白,微微摆动。

那孩子迷惑的从上往下看,光看见一头黑发,打散开来,湿漉漉的披在肩上,肩不甚宽,肩背上肌肉圆润地弯成一条发黯的沟,周围的轮廓线向下渐渐收束成细弱的腰肢,再向下突然向两旁球状膨胀,流畅欢快地完成一个丰满诱人的圆;又匀称的分为两半,明暗的对比使那个分割的圆充满活力和生机,神秘和魅力,再往下那个分割开的圆像两根钟乳柱一样匀称细腻地垂落,渐渐收束在膝弯,又奇妙的由收束而隆起,由隆起又猝然而颇有匠心地抛出美丽的弧,让余下的自然泄落在地上,跌出足踝,溅射成十指,压成扁平长方的足,借以托架全身。

那孩子看得呆了,在孩子的有生之年,还从未见过这样一具赤裸裸,美丽的背影。孩子呆呆凝视那个背影,那个背影美妙地扭动着,曲线柔和流泻成一个一个眩惑心智的姿势。孩子认出那是一个女人的胴体,那女人在从容地掬了水洗浴。

那孩子忽然觉得心脏狂跳,潜伏了许久许久的生命的能在蠢动。孩子急促的呼吸似乎惊动了那女人的洗浴,那女人扭过身来,坚挺暴突的乳房雪团一般砸入孩子眼里,两枚艳丽的山楂一样大的子弹击中了孩子的心房。孩子倏地认出那女人是牧童的姐姐青儿,随之记起了一切,恍若就在昨天。

"啊——你醒啦!"

青儿吃惊地望着那孩子姹红的脸和闪光的眼,惊喜万分地叫了起来。手巾摔落在地上,忘形的扑向孩子,眼里噙着喜悦的泪水,一迭声地道:

"啊,你到底醒啦!你可醒啦!爹,狗儿,那孩子醒啦!你们快来呀!"

孩子喘息着抱住青儿赤裸裸的身体,把自己干裂的嘴唇和滚烫的脸贴到青儿怀里,并嘶哑地喊叫什么。

青儿猛然惊觉,羞红了脸,轻轻推开孩子,赶紧穿起衣服,脸上闪射着欢乐的神采,打开门,冒雨冲出去,叫着:

"爹呀,狗儿,你们快来看,他醒啦!"

汉子和狗儿冲进来,扑向那孩子,叫着,喊着,闹着。孩子迷惘地望着汉子,望着牧童,望着青儿,脸上的红晕退去,唇角弯出一丝疲倦的微笑。

"爹说过的,这回你们信了吧?哈哈,你可把狗儿吓坏了,他不知事理,非说你醉死了!看,这不好好地吗!青儿,快去做饭,先来点稀的……"

青儿笑着,瞟孩子一眼,风摆柳似的卷出门去。牧童捉住孩子的手摇着,生气地道:"你要这样也该先说一声,差点没把我吓死,你知道你睡了多久?都一个多月了!姐姐天天守着你,喂你蜂蜜水,你真像死了一样呢!"

孩子诧异地摇头,牧童蓦地推开房门,门外雷电交加,大雨倾盆。

"看看,都什么时候了?"

孩子疑惑而不解,大梦初醒一般咦了一声,再不肯说话,一任汉子和牧童在那儿述说。迷漾的雨雾白茫茫笼罩了远天远地,像在为万物行洗礼。一个苗条的身影闪入门来,孩子眼蓦地一亮,盯住青儿,再不肯移开目光。

"吃饭吧!"青儿说。

孩子不知青儿说什么,只一味痴痴地望着青儿。青儿脸红如桃花,吃吃地羞笑着,坐在孩子身边,用小勺喂孩子喝稀饭。

"慢慢喝,别烫着……"青儿柔声说,神情既像一位姐姐,又像一位母亲那样温存体贴。

第八章 人心,在自视中莫测

一 坚贞,乃是柔弱的胴体

几天后,你出现在莎丽面前。那是阳光灿烂的上午,莎丽坐在莎发上,脸上和身上浴满从窗外射进来的阳光,阳光下莎丽蓬松的头发闪着暗红的光泽,使那张苍白美丽的脸孔变得十分生动。你仔细打量这个皮肤像牛奶一样白的女人,几乎看不出什么异样,她的神情既不忧郁也不悲伤,娴静的像一池春水。她微笑时眼角幅射出细密的皱纹,显露出她的实际年龄要比看上去大许多。她似乎是为了衬托莎娜的佻脱坦露而特意生下来做莎娜姐姐的,一切都相反,甚至背道而驰。

你发现,这是个把自己隐藏的很深的外表柔弱而内心固执的可怕的女人。她望着你的眼神清纯如水,笑意在弯曲的唇间流散开去,一直扩散到全身,使你觉得她浑身上下都洋溢着笑意,如沐春风。她为你递一支香烟,并划火柴为你点烟,兰花似的素手淡淡地飘着香气,火柴在拢开的细长白嫩的手指上燃烧,使那手指红润的近乎透明,她举起火柴到唇边,轻轻吹灭,将火柴放入烟灰缸。然后她坐下来,捏一把水果刀,灵巧地为你削苹果,连苹果似乎也在微笑,很惬意地脱下自己的皮,露出雪白的果肉。她扬一扬手,将削好的苹果给你,你接了,像接受了她一样。

从你进门到现在,她只说过一句话,其实只有两个字,那是刚打开门的时候。她几乎没有惊讶的神气,似乎她早就知道你会来。她只是用黝黑美丽的眸子迅速地瞟了你一眼,唇间便流散出那个经久不衰的笑意,她把门全部打开,闪到一侧,愉快地道:"请进!"那副神气似乎在恭迎嘉宾,使你不胜欢喜。假如你不是有为而来,你一定会很愉快地与她相处。你忽然觉得自己应该略坐一会儿便告退,你实在不忍无意中伤害这样一位气度娴雅、仪态高华的柔弱美丽的女性。但你不能。你只好悄悄叹一口气。

莎娜的气度和仪表也十分高华,但莎娜的高华有如故宫博物院那些汉白玉栏杆,凛然之气能冲人一个筋斗。莎丽则不同,莎丽的高华有如那些精工制作的宫灯,光华所至,人人能被温暖些许,光明则个。你持有莎丽发给你的门票,得以走入莎丽的世界浏览一回。当你触怒了莎丽的尊严时,莎丽便关闭了大门,让你徘徊在玉石栏杆外,尝尽辛酸。假如把莎丽换成莎娜,一定不会那样。莎娜很轻率地把门票撕给自己中意的人,又很轻率地把门票撕毁作废;而莎丽一生却只肯给一个人发门票并永不收回,永远有效。有这个世界上,持有莎丽门票的人只能有一个,那就是张文。

"现在我们谈谈吧!"

莎丽将双手放在膝上,微笑着开口道。她似乎看出你有难言之隐,便主动开口了。她上身穿一件黑色丝棉坎肩,没有系扣,露出里边含蓄的隆起的胸脯,淡雅的浅绿色羊毛衫上有白色的图案。你想天气已经暖和,莎丽穿这么多衣服,难道不会出汗。你脑子里闪电般掠过一个念头:她一定很冷!

"这些天我一直请病假,"莎丽说,"一点小病,已经好了。"

莎丽似乎害怕你会问候她,所以很快做了解释。她坐在你的对面,双膝并拢,双手握成拳,轻轻捶打着膝盖,继续道:

"我只是关节不好,老毛病了,医生说只要过了春天就会好了。"

"关节炎往往春天会犯病。"你说,"可以针灸,也可以理疗,治一治好!"

"张文还好吗?"莎丽突然问,一副漫不经心的样子。又淡淡地道:"好多天没有见他了,电视上他也没有怎么露面,他还好吗?"

"我想，他还挺好的！"你说，"我近来也没有见他，只打过一个电话。你可以放心，张文是条汉子，没有什么事可以撂倒他！"

"我相信！"莎丽眼波盈盈欲流，"只是我担心他的身体，他有胃病，经不住饿……"

莎丽沉默了。你发现莎丽在思索什么，唇间的笑意淡的看不见了。

"我去看过你父亲。"你慢慢说，你发现莎丽震颤了一下，唇间的笑意完全消失。她轻轻侧了一下头，唇间的笑意又浓得蜜一样黏稠了。

"是吗？他还好吗？"莎丽微笑着问你，似乎与自己父亲毫无芥蒂，表情十分自然。

"他似乎精神不错。"你说，你觉得你将残酷地说出那个足以使莎丽承受不了的困惑了。"他还问起你，我谈了谈你的情况。"你决定推迟说出你的困惑，你不忍仓促伤害她。"他似乎很关心你，内心也很痛苦。我实在不明白他为什么要那么干，他没有回答我的问题，他只说张文和你好了十几年，把你给毁了！"

"他胡说！"莎丽突然道，然后又平静下来，"还有呢？他还说什么了？"

"他还说你和张文不清白……还说是他亲眼看见的……"

你不忍再说下去。你发现莎丽苍白的脸闪现出激动的红晕，她垂下头，又抬起头，嘴唇微微发抖，声音却出奇的宁静。

"是的，这一点我已经知道。"莎丽说，脸对着窗户，并不看你，"他们都来过了，省里的和上边的都来过了，也都问过了。"

莎丽再次垂下头，十指绞扭在一起，半晌默然无言。你刚想问什么，沙丽已抬起头，红晕消失了，心平气和地微笑着道：

"我告诉他们了，全告诉他们了。我说：不错，有过那么一回事！他们很吃惊，有点兴奋，也有点失望，他们好像希望我说那件事是假的。我不爱撒谎，我全说了，他们问得很细，连一点细节也不放过，还做了记录……"

你的血液似乎被莎丽冻结了，张口结舌，半天说不出话来。

莎丽怕冷似的抱住双臂，神情沉静的近乎落寞，她微微仰起脸，凝视着屋顶一个看不见的地方。

"那是好多年前的事了。那天张文和我一起整整过了一天。我们玩得很开心,逛了公园,划了船,还游了泳。我那天心跳得很厉害,莫名其妙地想一件事,想得入迷。晚上我在家里招待张文,做了很多菜。我的烹调技术很不错,张文吃得很开心。我们还喝了酒,然后我们跳舞,那是一支很庄严很神圣的舞曲,不,不是舞曲,那是,那是……"

莎丽的话声渐渐低了,像被催眠似的沉浸在往事甜蜜的回忆里。你耐心等待着莎丽醒来,继续她的叙述。你咳了一声,莎丽慢慢将仰着的脸儿垂下来,你看见莎丽苍白的脸颊上闪耀着泪光,而莎丽却没有察觉。

"那是一支管风琴奏出的婚礼进行曲,是我特意准备的,是我早已准备好的,我已经等了很久,梦想了很久……我那时的感觉好像我是他的新娘子,披着雪白的婚礼披纱,与他走出教堂,去参加婚礼舞会。我和他在一起拥抱着,轻轻旋转,宾客们在喝彩,姑娘们艳羡地望着我,我想我是多么幸福,多么幸运啊!我吻他,他先是不肯,后来他也吻我了……我和他走入洞房,傧相和伴娘都离去了,洞房里点着蜡烛,只剩下我和他。我卸下披纱,在他的面前脱光衣服,站在那儿望着他。他呆呆地望着我,脸孔涨得通红,一动不动,像吓傻了。我走过去,解开他的上衣,像妻子那样为他宽衣。他冻僵了似的发抖,只发出急促的呼吸,可是一点动不了。我也浑身发抖,可我心里热乎乎的。我拉他上床,他抱住我,吻我,那么疯狂,那么喜悦。我抚慰他,他也抚爱我。然后他伏在我身上痛哭,说他不能这样。我安慰他,我说你别害怕,我并不是要做你的妻子,我只是爱你,只是要把我给你,没有任何别的要求……可他不肯,我觉得伤心极了,也失望极了,也羞耻极了,就忍不住在他怀里痛哭……"

莎丽的声音微微颤抖,像在讲一个激动人心的写在书上的故事,似乎她仅仅是被这个故事感动了,才表现出这种置身事外的激动。

"我哭着,哭着,然后在他怀里睡着了……早晨起来,他已经不见了,连一个字条也没有留,就那么悄悄走了……这是我和张文第一次也是最后一次在一起,往后我们之间清白的连一个吻也再没有接过……我就是这样和他们说的,无一字增加,也无一字减少……他们不相信我们是清白的……"

莎丽苦笑了一下,连苦笑在她的脸上都是美丽的,温和的。她望着你,探询的望你,继续道:

"他们不相信一个男人和一个姑娘光着身子在一起过上一夜,会不发生那种事情……我无法向他们解释,也无须向他们解释,我只告诉他们,我与张文是清白的……世俗的理解就是这样,只要没有那件事就是清白的……"

莎丽轻轻叹了口气,"唉,可他们不相信,也难怪他们不相信,如果换了别人我也会不相信……"

"可我相信!"你说,充满信任,"这不是一般人能做到的,可他能!"

莎丽感激地瞟你一眼,脸红红的垂首不语,双掌合十,夹在两腿间,双腿轻轻摆动,显示了她心情的不宁。

"我不会再结婚了。"过了一会儿莎丽低低地道,"不论张文是否与妻子分开,我都不会再结婚了。我甚至不会再去纠缠张文,给他添麻烦,这一回已经坑苦了他……我想一个人挺好的,有那么多美好的回忆,已经够了。我以前不理解,现在明白了,回忆比期待要幸福得多,期待让人痛苦,现实比期待严酷十倍,只有回忆才是美好的,才真正属于我……"

泪水莹莹地溢出莎丽黝黑美丽的双眼,挂在颤动的睫毛上,熠熠闪光。

你无法安慰莎丽,安慰这个柔弱而内心固执得可怕的女人。你只能带着忧伤和她告别,怀着一点侥幸和轻松离去,寻找另一个知情人。莎丽客气地邀你吃午餐,你客气地谢绝了。你知道莎丽这样的女人只会为她最心爱的那个持有门票的人精心制作佳肴美食,绝不会真心实意请一个毫不相干的人吃饭。

你走了。你走在正午的阳光下,看着自己的身影,你想只有在中午阴影才会缩小,而在傍晚和清早,阴影往往是最浓重、最长大的。你想最好的方法是制造一种黏合剂,让太阳永远悬贴在头顶,永远不要偏斜。

二 失贞,源于宽仁的怀疑

他汗如雨下,呼吸急促,心脏狂跳。电风扇摇头晃脑,呼呼地吹着。他凝视妮娜,宛如凝视一片秋天的花园,山郁郁的挺秀,水碧碧的清明,天蓝的似乎奇怪。小径幽深而曲曲,乱草掩映,落红缤纷。蔷薇开残了,玫瑰揉碎了,莲蓬剥开了。他不明白自己何以会闯入这座天荒地老的花园,毁坏了天然的完美天然的和谐天然的宁静。

妮娜安详地冲他微笑,温柔得像天鹅绒,甜蜜得又像菠萝蜜,静物写生该是在淡粉邑的天鹅绒上放一个柠檬色的菠萝蜜。她慢慢走进洗漱室,关上门。

他听见里边传出撩水声,困惑地端祥那朵旱地红莲。他不相信面对的是真实。他记起莎娜,莎娜什么也没有,只有冷笑。他又想起丹,丹送他一朵蔷薇,他却渴望整盆花,宁肯不要那枝蔷薇。莎娜给不了他的东西,妮娜竟给他了。可他给了妮娜什么?

他觉得惭愧,也觉得惶恐,甚至有点无地自容。他无意中竟闯进一座禁宫,并杀死了守宫的仙子。他哆哆嗦嗦点起一支烟,送了两口给肺部,猛烈的咳呛惊动了妮娜,妮娜探出头,关切地问:"你怎么啦?"

他摇头,晃晃手上的香烟。

"把床单给我。"妮娜又说,脸上有羞红浓重若火烧云。

他把床单抽出来扔给妮娜,妮娜缩回去,门又关上了。他坐下喝了两杯凉白开水,又抽了一支烟,妮娜才开门出来。

"看你一身汗,快去冲个凉吧!"

他不看妮娜,大大咧咧走进洗漱室。他拧开淋浴,水哗哗地泻落全身,那种舒坦别提了。他觉得轻松了一些,用毛巾揩干脸,擦净身上水迹,施施然走回房间。

妮娜躺在床上,盖着毛巾被,星眼晃亮,冲着他笑。他被笑得不自在,便也讪讪地笑。

"你为什么不告诉我?"他突然问。

"有这个必要吗?"妮娜羞道。

"唉,你应该告诉我才对!"他叹着气说。

"你不喜欢我这样……"妮娜小声问,眼里的羞意更浓下。

"我当然喜欢,可是我不能……"他垂下头,猛吸香烟。

"我不会怪你的!"妮娜目不转睛盯着他,脸上神情又神秘又温柔。

"你要不是处女就好了!"他自惭形秽地摇着头,"那样我会少一些自责,少一些内疚,也可以更轻易地忘记你。我本来是这样打算的。可是太意外了! 你简直把我弄糊涂了,你为什么要轻易答应我? 你这简直是在陷害我!"

他半真半假地望着妮娜,皱起眉毛,扮出一副恼相。妮娜扑哧笑了,双手捂住脸,将笑闷在嘴里,只肩膀抖动着。

"你还笑呢!"他也忍不住笑了。妮娜的轻松感染了他。

"其实,你很看重这一点!"妮娜说,"其实你心里很喜欢,非常喜欢,可你害怕了!"

他承认妮娜说对了,表面却不露神色。

"你很自私,你怕负责任,你怕我会用这个来威胁你,要你娶我做妻子,对吗?"

他心虚地躲开妮娜的目光,心想在妮娜面前虚假是要不得的,于是便含糊的"嗯"了一声。

"这就对了。你可以放心了,我不会那样做的,现在你该高兴起来,因为我们的时间并不多,说不定以后永远不再见面……"

说到这里妮娜似乎有些伤感,住口不说,目光湿润地望着他。他有些感动,鼻子塞塞的"嗯"了一声道:"我这样是不得已的,假如在一年前我们相遇,那情形大不相同……可你不一样,你何须如此,要知道玻璃打碎了再也无法使它恢复原状,你难道不怕……"

"是的,我不怕!"妮娜若有所思,"如果我怕,我就不会这样了……不过你该明白,我今年二十五岁,有过多少次奇遇多少次危机,我能守身如玉,足以证明我何等的珍视!"

"这可以想象得到!"他说,"不过也正是这一点使我困惑,你究竟为什么要把你如此珍视的东西让我打碎呢!"

"你应该明白的!"妮娜幽幽地道:"难道你真的不明白?"

"我明白!"他黯然销魂,倍觉凄凉,"可你也明白,我们不可能……"

165

"不光是你不可能！"妮娜忧伤地道："我也不可能！纵然你可能，我仍然不可能！"

他讶然道："我不明白！"

妮娜摇头，苦笑道："你又何须明白！"

他默然。妮娜不肯说的，问也白搭。

"我把我最珍视的东西送给了我最珍视的人，这使我很满足。在没有遇到你之前，我曾悲哀过，我想自己真不幸，连一个让我甘心委身的人也找不到……我实在不甘心把自己最珍视的东西送给那个……一个我不爱的人……"

他受宠若惊，深深被打动了。他抚摸着妮娜的秀发，拥妮娜于怀，沉浸在甜蜜中。他觉得自己又在燃烧，燃烧的猛烈而持久。清凉的肌肤冰雪一样消融，岩石软化成泥土，荒蛮的原野上健牛爆起力的粗愣，雪亮的犁头翻起原生的黄土，黄土浪一样颠连起伏。动静孕育旷远，旷远的沉寂中生命在呐喊，单细胞和双细胞在分裂中繁衍，在繁衍中永恒。天荒地老而唯独人类永远年轻的信念，使人类变得骄奢而且贪婪，好逸而且放浪，不畏惧地狱也不怕升不上天堂，为一己之私和一晌贪欢不惜舍生忘死。

我为之长叹，他置若罔闻。你当头棒喝，他视而不见。狂潮袭来，山岳崩摧，寸工片石，何以阻止。唯有疏导，不可堵截。待到动的静了，静的动了，起伏的平静了，平静的起伏了，呐喊的沉默了，沉默的呐喊了，他便会自然委顿，气血归经，回肠九转，抚膺自问。

微茫中见了一点光明，烁烁闪闪的明天，他在黑暗中默默地吐着烟团，久久沉浸在灵魂的震颤中。

"开开灯好吗！"妮娜小声道。

"不，这样好！"他说，吻着妮娜的秀发。

"要是能永远这样，该多好！"妮娜怅然呢喃，声如游丝颤动。

"我们还有一天，就该分手了。"他闷闷说，有不胜悲凉之感。

"我会永远记住你！"妮娜说。

"我也会的，永远！"他说。

沉默中妮娜睡着了，他小心地将妮娜放到枕头上，然后躺下来。他睡了一小时，窗户便泛起青色的晨光。他不去理睬，继续又睡，却再也睡不着。他索性不再睡，起身穿衣。妮娜在晨光中袒露着自己，像一个婴儿静静地沉睡。他眼里看的又在走火，忙闭上眼帘，将目光移开。

　　走廊上已传来脚步声和说话声，他叫醒妮娜，妮娜揉揉眼睛坐起身，打一个呵欠，伸一个懒腰，赤条条地下地走进洗漱室。

　　"我必须洗澡。"她解释说，"我觉得自己身上很脏！"

　　妮娜洗完澡，便草草打扮了一下，和他一起去吃早点，妮娜容光焕发，不时笑着说点什么，显得既无拘无束又举止得体。他心中充满爱意，像个丈夫那样宽厚矜持的听妮娜唠叨。他想妮娜将来一定是个好妻子，不论谁娶了她都会幸运。

　　他把这个想法告诉妮娜，妮娜哈哈大笑，道："亲爱的，你错了，也许只有你才会这样认为。我不是那块料，所以我才会和一个我并不喜欢的男人结婚！"

　　"什么？你有男朋友了？"他惊问。

　　"是的。"妮娜收起笑意，尴尬地道："我本来不想告诉你，可刚才说漏了嘴。我和你一样，虽未身入围城，可已经签订了条约，履行了法律手续……真滑稽，你和我竟如此相似也！"

　　他的心情不觉沉重起来，疑惑地道："你难道不怕他发现你不是……"

　　"这个无须你操心。"妮娜脸一红道，"我可以告诉你为什么，因为我在我们那座城市很有名，一方面说我是才女，一方面说我新潮，开放，情人论打，风流韵事一堆一堆，几乎没有任何人相信我还是个黄花姑娘。连他也不信。他苦苦追了我三年，足有十几次向我保证，他不嫌弃我，也不怕别人说三道四，而且告诉我他绝不会追究我的过去。我告诉他，我是个姑娘，他根本不信。他说文明人绝不计较那个，让我千万不要担心。你说可笑不可笑？"

　　"不可笑，一点不可笑！"他道，"那只说明他很爱你！"

　　"其实我并不爱他。"妮娜忧郁地道，"但他让我感动，他对我太好了，我已再也没有理由和权力不接纳他。你知道,我回去,就要举行婚礼,就要正式成为他的妻子了……"

"你这样做,会愧对他的,他对你那么好……"他说,内心充满负疚之情。

"那要怪他不信任我。"妮娜冷冷道,"我向他说过三次,他竟然很伤心,他还敲打我说:夫妻之间什么都可以容纳,却永远不会容纳谎言,我简直气得要命,为什么人们总不肯相信我而要相信谣言?"

他默然。他相信过莎娜,可莎娜没那个。他怀疑过妮娜,可妮娜货真价实。在他与异性不多的交往中,他只有过这两次床笫间的勾当,却全部判断失误。他不明白为什么会这样,莎娜的外表举止与妮娜几乎相似,可本质却不同,这说明绝不可以从表象判断,犯形而上学的错误。最明智的是不必判断,像莎娜和妮娜丈夫那样,坦然接受对方能给予的一切,绝不讨价还价,容不得白玉微瑕。

"如果他无条件信任你,你还会和我这样吗? 你还会爱我吗?"他沉思地问妮娜,妮娜皱起眉头,若有所思,慢慢道: "我想我不会,因为我不愿意失信于人,让他失望……我可能仍然会爱你,那是因为我并不爱他……也许我仅仅爱你,不会有非分的想法,我会记起他对我的信任,谁也不信任我唯有他信任我,有多好啊! 被人信赖是一种多么让人愉快的事,它会使人产生责任感和自豪感,试想一个有责任感和自豪感的女孩还会干那种事吗? 我想一定不会!"

"这样你就轻松了!"他笑道,"你把一切过错都推给他了!"

"我只能这样,人人都这样!"妮娜微笑,又正色道,"不过有一点你应该知道,我不是个坏女人,婚后我会对他好并忠于他,这难道还不够吗? 我会尽责尽职,做一个好妻子。我还会爱他,努力让自己爱他。"

"他也算有福了!"他羡慕道。

"其实,那对我说来也并不轻松啊! 我不知道自己能否那样。但我会尽力。爱有时候是一种欺骗,多一份欺骗就多一份甜蜜。我真恨我自己软弱,女人最大弱点是经不起爱的感动,一旦受了感动,便不由自主了。"

"要感动你这样一个姑娘,恐怕不容易吧?"

"永远不要试图感动一个姑娘。"妮娜望着他,"女人是不需要感动的,如果她动心了,自会像我一样飞进你的怀里……任何一种靠感动得到的爱都是不可靠的,甚至是虚假的。"

他想妮娜有一个多么聪慧的大脑啊!他自愧不如,频频点头。他记起自己如何去感化丹、打动丹,可丹最终还是离去了。他记起小翠如何感化自己,自己仍然逃之夭夭。他记起莎娜猝然进袭,没一毫犹豫。妮娜则款款细语,频频示情,曲折投怀入抱。

一招细腰在抱,他志得意满,拥妮娜走去。他想自己应该自信,能得妮娜如此者又有几人?虽然不能相伴终生,春风一度亦足以慰藉平生,打发寂寥了。人生不如意事常二三,此话信然,又何须抱怨,何须潸然,何须耿耿于怀,郁郁不乐,误了大好春光。

三 忠诚,埋藏着深刻的自卑

暑假到来时,何伟十分消瘦了。丹似乎不忍见何伟日渐消瘦,便与何伟言归于好。结束了冷战。只是何伟不再与丹平等,而像丹的忠心的臣仆,唯丹之命从之。何伟不再倜傥也不再潇洒,在丹的面前显得拘谨而忧郁。一日三餐几乎都是何伟从食堂打来与丹共吃,有时两人开小灶,也是何伟采买收拾,丹在一边指手画脚。玩扑克牌时丹动不动生气,把牌摔到桌上,明明是丹出错了牌,也须何伟赔笑脸。否则,丹便又会不理何伟,又要让何伟吃不下睡不着,费一番磨动。

何伟内心愤愤,却又忍气吞声。龙先生引起的风波暂时平息了。丹去留学生楼也少了。安娜倒也常常来找丹,也找何伟。丹喜欢安娜,何伟也喜欢安娜,每次有安娜在场,丹的小姐脾气便收敛许多,何伟也开心些。安娜明显地对何伟表现出一种热情,竟不大顾忌丹,丹似乎在鼓励安娜,常常借故出去,让何伟和安娜单独在一起。

"安娜喜欢你,何,你放心,我不会妒忌!"

丹笑着告诉何伟。何伟摇头,心里对丹的态度很是不满。

"安娜在教我法语,我教她汉语,仅此而已,哪里谈得上喜欢!"

"对,你应该学法语,说不定安娜会邀你去法国留学。安娜家在法国很有钱,她做你的经济担保人,一定不会有问题!"

何伟正色道:"我才不会去外国呢!我哪儿也不去,干吗中国人非得去外国留学?我就不去,中国也有黄金!"

"那是你没有机会!"丹道,"如果现在手续齐备,请你去法国留学,你不去才见鬼呢!"

何伟嘴硬,心里也拿不准。

"我也许会去,待一段再回来,中国人在外国能干什么?还不是打工仔,端盘子,洗碗,有什么意思!"

"你一定害怕在外边辛苦,那是很辛苦的!"丹一本正经。"不过大家都辛苦,你知道龙先生家里很有钱,可他说他爹在他满十八岁时便把他赶到大街上,让他自己谋生。他打过工,还吸过毒,后来挣了点钱,上了四年大学,毕业后找了份工作攒钱,攒够了就来中国留学。他父亲并不是不给他钱,而是他不肯要!"

"我承认这一点!"何伟心里酸溜溜的,"可你为什么要拿龙先生打比方?"

"没别的意思。"丹冷冷道,"因为龙先生已经向我道过歉,我已原谅了他。"

"可我不喜欢他!"何伟愠怒道。

"那是你的事!"丹说。

"我不许你再提他!"何伟大怒,爆发道。

"你敢这样对我说话!"丹眼一瞪道。

"下次要是我再听见你提那个家伙的名字,我会揍你的!"何伟咬牙切齿,脸色发青。

"真的?"丹奇怪地盯着何伟,"那么说你是在吃醋?干吗现在才吃?可惜你已错过那个吃醋的机会了!"

何伟气得直噎气。丹似乎不忍,和解道:"干吗发这么大火?以后不提就是了,你不是挺超脱吗?现在这样多没风度!"

"这都是因为你!"何伟垂头咕哝。

"你真没出息!"丹笑道,"为一个女孩子,值得吗？等我有一天真要离开你,你有什么办法留住我呢!"

"我没有!"何伟承认道。"但我有一颗爱你的心,精诚所至,金石为开!"

丹吞吞吐吐,不知想说什么,终于没有说。何伟似乎猜到了什么。

然后丹突然患了阑尾炎,住进了医院,何伟天天给丹送饭、送水果、陪视,熬红了眼。丹受了感动,对何伟一下温柔起来,允许何伟像过去那样亲近自己。何伟觉得春光顿然明媚起来,鸟语花香,好不旖旎。

暑假来临,何伟提出要去看海,丹推说家里有事不肯去。安娜在一边兴致很高,非要和何伟一起去,何伟只好答应。

丹回家后,何伟与安娜便乘了火车去湛江,然后坐车到北海市,找了个旅馆住下。安娜对何伟表现出一种姐姐对弟弟的关心,何伟也不介意。安娜告诉何伟,她其实对看海并无兴趣,她只是愿意和何伟在一起学汉语。她还说要用汉语写一部书。安娜还主动提出,如果何伟愿意到法国留学,她可以帮助联系学校,签证和保证金也可以代付。

"巴黎很古老,是世界文化中心,我爱巴黎就像你们中国人爱北京!"安娜说,碧蓝的眸子与海水混为一色,"我们法国人很温和,不像德国人那么暴烈,也不像美国佬那么随便。我们各自有各自的生活,生活得很优雅,很有节制。老式的法国人与新法国人不同,老法国人比较守旧,新法国人比较随和。你去了一定会喜欢! 我欢迎你去!"

安娜坐在海滩上晒太阳,雪白的皮肤涂满防晒油,丰乳隆臀,细腰窄肩,凸凹毕露,曲线浮沉,披散着金色的长发,高鼻碧眼,红唇皓齿,像一个海妖。

"古人把你们叫作色目人。"何伟道,"也唤作夷人,洋人,其实我们都是人。只要有用处在哪儿都一样,我恐怕去你们那儿什么也干不了,成了个废人!"

"我会帮助你!"安娜说,"我会帮助你找工作,还会资助你……"

"可我怎么报答你呢?"

"你教我汉语,也可以教我妹妹,我妹妹也喜欢中国,可她汉语很糟!"

"你为什么待我这么好?"何伟问。

"因为我喜欢你,你是个很好的中国人!我虽然不会和一个中国人结婚,可我愿意有一个亲密的中国人做朋友。比朋友还亲密的那一种,你们中国人的说法是什么?"

"比朋友亲密的大概只有爱侣了吧?"何伟狐疑道。安娜摇头,金发在阳光下闪闪发光。

"我是说什么都可以谈,什么都可以做的那一种朋友,没有秘密……"

"是知己吧?"何伟猜道。

安娜还是摇头,似乎有些害羞。何伟从安娜眼里读到了什么,"你不是说情人吧?"

安娜点点头。何伟垂下头。

"我不习惯那样做。"何伟说,"再说,我已经有了丹。"

安娜失望地摇摇头,神情很尴尬。

"我以为,你很喜欢我呢!"安娜说,"我是个守旧的女孩,但我有同居的朋友。我很想有一个中国人做朋友,我想满足自己这个愿望,可你不喜欢我,是我用错了情。"

"我很喜欢你。"问伟惶恐地道,"可我不能那么做,那样对不起丹!"

"你和丹同居了吗?"安娜问。

"那怎么可以,当然没有!"何伟红着脸道。

"那你和所有的女孩没有过?"安娜诧异道。

何伟紫胀面皮摇摇头。

"你很守旧!"安娜怜悯地笑笑,不再说什么了。何伟落寞而惆怅,他忽然觉得自卑,觉得安娜像大海一样,足可以淹没自己。

"我想,明天我该离开这里了!"

安娜突然说,碧蓝的眸子仰望着天空,天空跌入安娜碧睛,漾起朵朵白云。

"我想,我没有理由留住你……"

"你拒绝了我!"安娜冷冷地说,"我是一个骄傲的法国姑娘,没有人拒绝过我,可你拒绝了我,这让我很难过……"

安娜碧蓝眸子海水一样波光荡漾,漾出两行晶莹的泪水,流过面颊,滴落海滩。

何伟突然想哭,他觉得难过,除了难过还有一种怯弱和自卑。他很想抱住安娜,却又不敢,他没有勇气去做,可又很想去做。他终于做不到,只好丧魂落魄地一任安娜离去。事过几年后何伟每当想起安娜,心中就充满了负疚和愧意,惋惜和悔恨:安娜,一个多好的法国姑娘,自己竟然伤害了她! 真是天大的罪过!

何伟记得送安娜走时,"的士"来了,安娜还在磨磨蹭蹭不肯就走。何伟望着安娜收拾东西,不住舔口唇,似乎渴得要命。安娜不时冲他张望,好似等他挽留。"的士"不住按喇叭,安娜咔地锁上箱子,立起身,狠狠瞪了他一眼,然后走出门去。他提起箱子追出去坐进"的士"。一路上安娜目不斜视,他也没话好说。一直到走上月台,安娜都不曾说过一句话。

"保重,安娜!"

开车铃响了,何伟干巴巴地对坐在窗口的安娜祝福道。安娜默默望着他,一声不吭,眼里含满了泪水。何伟想走开,安娜突然探出身,捉住何伟,在何伟脸上吻了一下,并急促地道:"我已经决定要回国了,我们不会再见面,你一定要写信给我,我仍然会帮助你去法国!"

火车开动了。

安娜放开何伟,脸上泪光闪闪,不住向何伟招手,何伟追着火车,百感交集,不能自已,竟然哭出声来。安娜看到了,突然用法语喊了几声,可惜何伟没有听清,眼睁睁望着列车载走了安娜,清失在铮亮的钢轨尽头。

随后,何伟也打票回程,再没有玩的兴致。学校开学后,何伟再没有见过安娜,她已经辍学回法国去了。

丹的皮肤晒成了橄榄色,得意地告诉他,暑期过得很愉快,并让他看照片。丹要看他和安娜的照片,他拒绝了,为什么,连他自己也不知道。那些照片他一直保存着,至今仍在他的抽屉放着。只是他没有给安娜写信,也没有接到安娜的来信。他渐渐也就淡忘了。

四　洁净自身,毒杀万物

那孩子风一样迅速地奔跑着,追逐青儿和牧童,花儿箭似的跑前跑后,发出快乐的叫声。风儿撕扯着青儿的头发,像猎猎飞卷一面黑色的旗帜,孩子忘形地奔跑着,嘴里发出尖厉的啸声,快活得像一个儿童。

山坡上长满了青草和灌木,茸茸的草丛中绽开星星点点,五颜六色的花朵,娇嫩的像婴儿的嘴唇。

孩子奔跑着,双脚飞快迈动,踏倒了小草,踢碎了花朵,跨过了低矮的灌木。孩子跑过的地方,触碰之处,小草马上卷曲,花朵纷纷凋谢,灌木即刻枯萎,像被火舌舔过一样,留下一条枯黄残败的景象。

"你来呀——"牧童远远的喊叫。

"你——来——呀——"群山尖起嘴学舌。

牧童和青儿身影一晃,消失在青翠的大峡谷横生的乱树灌木中。

那孩子站住,回望自己的来处,青色的山坡上留下一条枯黄色的小径,一直延伸到孩子脚下。孩子沮丧万分,微微咬着嘴唇,一屁股坐下。在孩子周围一米左右的圆径,嫩草鲜花痛苦地发出呻吟,慢慢卷曲,枯萎、泛黄、凋残,一如严霜袭击了它们。

孩子听见一阵细弱的哭声,从大峡谷随风飘来,哭声中有一个苍老而沙哑的声音,在苦苦向孩子哀求:

"人类啊,饶了我们吧,不要走近我们,不要夺走我们的生机,不要残害我们的同族,这对你们人类也好啊!……"

树叶沙沙,灌木簌簌,峡谷一片宁静,孩子听见了什么,又没有听见什么。几只蚂蚁爬上孩子裸露的手臂吸食汗液,痉挛着跌落死去。

孩子伤心地哭泣着,泪水滴落在草茎上,草茎由黄变黑,像被硫酸腐蚀那样炭化了。孩子哭倒在地上,痛苦地打滚,几丈方圆变成一片枯黄的不毛之地,到处是蚂蚁和小虫的尸体。孩子捶打泥土,撕扯胸脯和头发,像个蓬头垢面的疯子。孩子的哭声如同困兽的低吼,在山谷久久回荡,使树木战栗着抛落了绿叶,灌木瑟缩如在深秋,小草花朵若被霜侵。岩石为之风化,泥土为之抛扬,太阳为之失色,云彩为之落泪,飞鸟为之不啼,走兽为之奔逃。

狂风骤起,乌云密布,尘沙乱走,天欲雨不雨,阴沉有若锅底。

孩子横陈于大地,四周一片荒凉,全无生机。周遭的绿色节节败退,充满张皇和忧虑。孩子止了啼泪,静静趴在大地上,一动不动,像一个灾难,像一个瘟疫,像一个不祥的咒语,像一个罪恶的凶神。

"我不想这样!我不想这样!"孩子突然大叫,痛苦绝望近乎发狂,"我不想这样——"

群山回应着,一声一声低弱,透着苍凉悲伤无奈。

"你怎么啦?"

牧童和青儿跑出峡谷,来到孩子身边。

"走吧,天要下雨了!"牧童喊着。随即发现了孩子周围的狼藉景象,惊呆了。

"你,真,真可怜!"

青儿默默望着孩子,眼里噙着泪花。

孩子坐起身,脸上脏兮兮的,神情沮丧,他不愿青儿和牧童为他担心,勉强从脸上挤出一丝笑意,摇头道:

"我不该跑出来,我根本不能像正常人一样生活,我走到哪里,哪里就是一片荒凉。我不能走进那片美丽的峡谷,否则那儿的一切都要枯萎,我不能去……"

"你要担心这个,那就不怕了。"牧童安慰孩子,"里边已经有人在砍那些乱树,要在里边盖大楼房,还要建矿,反正以后那儿不会再有乱树了,你进去弄死那些树,还帮了工人们的忙呢!"

孩子惋惜地默默望着青翠的峡谷,摇摇头,轻轻道:"他们是为了采矿才弄死树木的,可我不能去,我是无缘无故的……根本不想这样,我真恨我父母,他们为什么要生下我这样一个怪物!人们为什么要养活我这样一个怪物!你们为什么要可怜我这样一个怪物!"

孩子悲哀地垂下头,双肩抖动着,无声无泪地啜泣。

青儿忍不住泪水夺眶而出,蹲下身抚住孩子的肩头,失声呜咽。牧童眼圈红红,咬住嘴唇,倏地大叫:

"这又不是你的错,你哭什么!"

孩子在青儿的抚爱下,破碎的心渐渐温暖。他轻轻推开青儿,柔声道:"你们先回去,我想一个人待着,一会我会自己回去。"

青儿泪眼婆娑,叹一口气,起身和牧童离去,一步一回头,一回头一叮咛,要孩子快些回去。孩子频频点头,目送青儿美丽的身影远去,心里充满了异样的情绪和冲动。

孩子想:她的嘴唇多红润啊!她的腰肢多柔软啊!她的眼睛多妩媚呀!她的心地多善良啊!

孩子站起身,皱起眉头,悲哀地想:我的身体多么脏啊!我的遭遇多么不幸啊!我是一个有毒的孩子,我不能要自己想要的东西,我不能过自己想过的生活,我不能爱上青儿,那会害死青儿的……我怎样才能把自己变成一个正常的人,怎么才能洗掉身上的毒呢?如果有一片好大好大的水,我把自己泡在里边洗上三天三夜,说不定会洗净那些毒……

孩子被自己的想法迷住了。他开始向四周张望,他发现山坡下有一片闪光,那是一片长满水草的小湖,是一片自然的湖泊。湖泊上有水鸟呱呱啼叫。

孩子奔向那片湖泊,像奔向自己的救星。跑近时孩子才发现那湖泊其实只是一片沼泽,很大却很浅,长满了水草,草墩上站着五颜六色的水鸟。

孩子不管不顾,脱掉衣服,赤条条地走进水里,踏着柔软的水草,走向中心水深的地方。水草摇晃着卷曲倒伏,水鸟嘎嘎地叫着惊飞。成百条水蚂蟥狂喜地挺着吸盘向他腿上的血肉进攻,刚刚吸牢便团成球状,痉挛着滚落。滚落的水蚂蟥漂在水面上,像一些黑色的蝌蚪,布满一层。泥鳅疯狂地扭动着蛇似的身子,惊恐万状地往泥里钻,脆弱的小鱼已摇着鳍,颓丧地翻着肚皮漂上水面,像一些白色的花朵。

孩子走到中央,水齐了胸口。孩子伏下身,将全身埋入水中,仔细地擦洗全身。水面上不断浮起水生物的尸体,青蛙、泥鳅、蝌蚪、水蚂蟥、蜻蜓的幼虫,孑孓和浮游生物,甚至还有几只老绿的水鳖。这些尸体布满了水面。水里却没有了生命,连水草也几乎全部霉烂似的委顿在水面,像一层黯绿的水锈。几只水鸟飞落,啄食浮在水面的小鱼,也横尸水面,与浮尸为伍。

孩子将头脸埋入水中,不忍看那些惨死的生物,自觉负罪深重。孩子只有一个念头,那就是洗净自己,使自己成为一个正常人。这个念头迷惑着孩子,鼓舞着孩子,使他拼命地洗呀,搓呀,忘了一切。

最后,孩子赤条条地走上岸去,满意地喷着水花,宽肩细腰,窄臀长腿,胯间伟然一串物事,丁零当啷乱响。他慢慢抬起头,突然怔住了,他看见青儿站在面前不远,满面娇羞,眼睁得大大的,嘴巴张开,吃惊而痴迷地望着自己,神情惘然而迷茫。然后倏地惊觉,慌忙背过身去,受惊似的跑走了。

孩子脸上浮现出一个疑惑的笑,急忙穿起衣服,去追赶青儿。

远远一头黄牛蹒跚走来沼泽,啃食沼泽上的水草,发出哞哞的叫声。成群的小鸟盘旋落下,啄食那些现成的食物,惊叫着暴毙,水面枕藉着鸟尸,像遭劫的屠场。黄牛惨叫一声,挣上岸去,蹒跚而去,口鼻吐着白沫,挨回村子,回到圈中,一蹶不振,夜半横死。

一群牧归的羊群踏着暮色饮用了沼泽的水,回到村里,进了羊圈,一夜无事。次日清早,羊儿已横陈尸体,死了许久了。整个山村为之震惊,都说瘟神降临。便有迷信者焚香顶礼,为之祈祷,祷告上苍,保佑六畜兴旺,万物生长,年景丰收。沼泽一时被人们列为禁地、死地、不祥之地,禁止任何人畜走近。只是没有人怀疑那个孩子,也绝不会有人相信这一切都是那个孩子造成的。

种种的异常现象,使村人惶恐不解,这场风波,直传开百里以外,并由村干部连夜向乡报告,乡又向区报告,区又向市报告,直惊动了省府。

孩子却毫不知情,穿起衣服,怀着异样的狂喜去追逐青儿,潜伏的生命的能流散全身,聚成一个鲜活活,回肠荡气的意念,并被这个意念鼓动着双腿,旋风似的扑向青儿。朦胧的从未有过的渴盼使孩子眩惑、迷茫、惊喜、浮躁,已使孩子的大脑完全失控……

五　寻找杀人动机

那天我去上学,头儿在校门口拦住我,脸色铁青,扬言要和我打斗。我不理头儿,绕开他想走进校门,他猛地捉住我的肩头,阴沉沉道:"你要是不敢,你就必须向你父母承认你在撒谎,并向瑶瑶道歉!"

"我并没有做错,为什么要道歉?"我大着胆子正视头儿,头儿阴沉着脸冷笑,牙齿咬得咯咯响,"你小子,不要以为我不知道,上回失手,是你告的密。可为了瑶瑶,我饶恕了你,没想到你小子这样不够朋友……"

我心虚地推开头儿道:"你胡说!"

头儿扬起拳头,"新账老账一起算,我给你一个公平机会,放学后在小桥见面。否则,我让你死了也不知怎么死的!"

头儿说完,扬长而去,丢下我一个人发愣。我想我一定打不过头儿,畏惧使我双腿发软,口舌发干。上午听课时,我总是走神。我很想中途逃回家去,或是向老师求援,但我没有。我觉得心里很生气,头儿总是欺负我,让我有一种屈辱感。我想不如去会他,顶多挨一顿胖揍,免得让他瞧不起。

下学时,头儿瞟了我一眼,先骑车走了。我随后跟着去。小桥下的脏水我熟悉不过,一股股恶臭薰人欲呕。这儿是我受辱的地方,头儿和猴儿为首的一帮家伙曾在这儿痛打我,差点要把我弄死丢入臭水沟。

我看见头儿站在桥上,双手叉腰,虎视着我,脸上蓄积着很浓的杀气。我站住,架好自行车,心脏狂跳,腿肚子发软。我不住给自己打气,不让自己表现出害怕。

我见头儿从腰间掏出一把雪亮的匕首,扬起来对着阳光照照,又试一试锋刃,然后向我一步一步逼来。我想跑,可跑不动,只呆望着头儿,头儿猛地挥起匕首,向我刺来。我的心咯噔一下,忍不住闭上了眼睛。我似乎已看见鲜血喷泉一样迸溅。

刀尖在我颈动脉上停住,疼痛而辛辣。我睁开眼睛,见头儿吃惊地凝视我。我也凝视他,目光冷冷。头儿忽然把刀尖由我颈动脉上移开,我的颈部有一线红色蠕爬开去。

"有种!"头儿拍拍我的肩膀,把刀子当地丢在地上,"你没带家伙,我也不用,咱们公平格斗,谁输了谁就得发誓永远听赢家的话,干不干?"

我点头,退后两步,腿不再打战,捏紧了拳头。我记起暑假所学的每招每式,头脑清醒得像吃了什么药。头儿比我足足高一个脑袋,块儿也比我大。头儿首先发难,一个直拳冲我脸部打来,我不慌不忙左臂一挡,跟着右拳从空档向头儿下巴上打去,竟击个正着,打得头儿一个趔趄,差点摔倒。

头儿摸摸下巴,似乎不相信。再次出拳时,变得十分小心。头儿扑向我,伸出左拳往我脸上一晃,我去挡时,他一个飞脚同时发难,踢在我小腹上。我一慌神,脸上又挨了两拳,口鼻出血,仰面摔倒。

"你输了!"头儿说。

我站起身,疯狂地扑向头儿,乱踢乱打,头儿退了几步,猛地一脚把我踹倒。

"你根本不是我的对手!"头儿轻蔑的哼着鼻子,骄狂而阴狠。

我慢慢站起身,说:"三盘两胜,再来过!"

"你已输了两次,还来什么?"头儿冷然道。

"可我站起来了!"我说,"你得打倒我,再打倒我才算你赢!"

头儿不吭声,飞起一脚又向我踢来,我向旁边跨出一步,闪开,伸手抄住头儿的脚,双手狠劲一拧,头儿一咧嘴,向横里仰天跌翻,还滚了两滚。

"这回你输了!"我有了信心,内心狂喜。

头儿红了脸,咬牙切齿地爬起,恶狠狠地向我扑来,双拳挥舞,雨点般打来。我猛地蹲下,丁字步拉开,双拳痛击头儿的小腹,头儿负疼抱住肚子,我聚浑身的力量,马步冲拳,闪电般沉重地击在头儿下喉结,头儿整个飞起,口袋一样倒下,半天不能动弹。

"我们平了,再来过!"我说,勇气倍增,无所畏惧地叫道。

头儿捂着喉咙,呻吟着,吐出一口血痰。半天说不出话来。他怔怔的望着我,脸上的神情迷惘而困惑,还有惊讶和不相信。

我看见头儿吐血,吓了一跳,连忙过去扶他。他推开我,沙哑地道"你把我嗓子打坏了,你要再有力些,会打死我的……"

我脸吓得雪白,我记起武术老师说过:"咽喉部不可轻易出手。除非你死我活时方可。"

"我带你去医院，"我结结巴巴地道。

头儿摇头，脸一红，沙沙地道："算你赢了，你走吧，我不要紧！"

"我，我不会说出去的……"我保证道。

头儿拉住我的手，站起身，拍拍我的肩头，什么也没说，骑上车走了。我在回家的路上才觉腿软气喘，几乎骑不动车了。

下午头儿没来上课，我知道他一定伤得很重。我很想去看望头儿，可不认识他家。终于没去。一连三天头儿在家休息，我听去看过他的同学说，头儿咽部红肿出血，得了咽炎。几天后头儿出现在课堂上，神情忧郁，与往日判若两人。见了我他点点头。却不说话。我问他什么，他也不回答，只是笑笑。我知道危险已经过去，头儿不会向我再次寻衅。

使我烦心的是小翠，她几乎天天放学时都在校门口等我。我已下定决心不再和小翠做朋友，自打公园那一天，使我在检举瑶瑶时也检举了自己。我一想起妈妈的伤心和父亲的震怒便羞愧无地。瑶瑶颜面扫地，哭了许久。见了我横眉竖眼，爱答不理。我害怕自己和小翠的事被父母发觉，那将对父母是最沉重的打击。我告诉小翠我们之间拉倒，小翠痛哭失声，惹来几个相识的同学。我不再理她，骑车就走。

小翠追我，喊我，我浑然不知。之后小翠便不再到校门口等我，我知道自己伤害了小翠，虽然心里难过，可也没有办法。有好长时间我老是想念小翠，夜里睡不着觉。我想和小翠做一个朋友也没什么，小翠还是挺可爱的。有一天我实在忍不住，写了一封信给小翠，可是过了一星期也没有收到小翠的回信。

临近毕业时，我心里越来越想念小翠，书也读不下去，习题也不想做。星期日我神差鬼使地跑到小翠家。

小翠看到我，像不认识似的，她站在门口，不肯让我进去。

"你找谁？我爹妈都不在，你来干什么？"

我脸上青青白白，困窘的说不出话来。我说："我是来看你的，想跟你聊聊……"

小翠冷笑:"哼,咱们有什么聊的!我又不认识你,你赶紧走,小心我让人揍你!"

我听见屋子里有打斗声,知道屋子里有人在看武打录像。

我咽着唾液道:"小翠,你知道,我其实,其实挺想你……我们和好吧,就算是我的错,我向你道歉……"

小翠眼圈红了红,强忍住,又恢复了冷冰冰的神情,说:"你走吧,我听不明白你的话,我男朋友在屋里……"

这时一个很清秀的男孩从小翠背后探出头,怀疑地打量我。我的心一下子凉了,脸上火辣辣的。小翠难堪地推那男孩,把门关上,说:"这回你该明白,我们已经不可能了!"

我苦笑一下,扭头便走,小翠默然无语,连一声再见也没说。

我回去在床上躺了一上午,心灰意冷。我奇怪小翠追我时我并不看重小翠,小翠离开我,我才感到小翠对我很重要。我根本不相信小翠会真的不理我,便开始狂热地给小翠写信,一连寄出十几封信,全都杳如黄鹤,我这才知道我已完全失掉小翠了。不知为什么我有一种被小翠甩了的羞辱感。我自怨自艾,整整折腾了一个月。直到毕业一个月之后,心情才渐渐好转,随即,准备高考的紧张学习生活使我没有时间再去想小翠。

头儿毕业后整天泡在游艺室玩一元钱一次的电子游戏机,据说他因偷家里的钱,被父亲又打了一顿。头儿的消息是别的同学传给我的,我几乎一个冬天待在家里不出门。瑶瑶和头儿也断了,父母把瑶瑶监控的很严。瑶瑶消瘦了,不爱说话了,似乎过了一个冬天,就变成大人了。瑶瑶对我不像过去那样仇视,偶尔也说点什么。头儿在我与瑶瑶之间成了个敏感三角,谁也不去触动。

随着高考的迫近,夏天来了。这时传来一个令我大吃一惊的消息:头儿因为盗窃,杀死了一位老太太,被逮捕了。

这无亚一个震天霹雳,使我瞠目结舌。我不相信头儿真会杀人,而且杀死的是一个老太太。我每天注意看报,希望报纸上会有这个案子的报道。三天后我找到了,这篇报道的题目是:《一起发人深省的案件》,全文如下：

　　震动我市的恶性案件——盗窃杀人一案已审理完毕,案犯张立功已被判处死刑。缓期二年执行。但是,留给我们的思考并没有结束。案犯年仅十八岁,为应届高中毕业生,在校时便屡有劣迹,多次被父母责打。案犯在今年五月十二日上午九点三十五分,窜入××楼,见二层四号门未锁,便窜入盗窃,正行窃时七十岁的王××从邻居家回来,案犯竟残忍地把七十岁的老太太活活扼死,然后带着抢走的一千余元现金逃离作案现场。我市公安人员,群策群力,在案发十八日便将案犯逮捕归案,交付法庭审理。笔者参加了审理旁听并采访了案犯张立功。笔者曾与案犯有过如下对话:

　　笔者:你为什么要盗窃?

　　张犯:我需要钱,我没钱玩电子游戏机,所以我……

　　笔者:你盗窃已经错了,为什么还要杀人? 杀的还是个七十岁的老太太,这岂不太残忍了!

　　张犯:我害怕她会喊叫,我不想让人捉住,所以我……

　　笔者:你不懂法吗? 你难道不知杀人要偿命吗?

　　张犯:我知道,可当时我太害怕了,我只好把她……

　　笔者:你可以说一说,为什么喜欢电子游戏机?

　　张犯:好玩,我觉得干什么也没意思,只有玩电子游戏机才有意思……

　　笔者:所以你就要盗窃杀人?

　　张犯:我如果有钱玩电子游戏机,我才不会盗窃杀人呢!

　　笔者:你父母给你的钱难道不够? 据说他们每月给你二十元,难道不够?

　　张犯:我花销很大,要抽烟、喝酒,还要喝饮料,还要招待朋友……

　　笔者:你一天大约需要多少钱?

　　张犯:不多,三五十吧……

——张犯盗窃杀人的动机何等简单,仅仅因力玩电子游戏机需要钱,便置法律道德而不顾,视人命如儿戏,甚至不如电子游戏机。伤害人命也赔上自己年轻的生命,这是何等让人痛心的事。我们的社会,我们的学校,我们的家庭,应该如何培养教育我们的下一代,实在是值得好好研究一番啊!

我读完这篇文章时瑶瑶正好进来了。我让瑶瑶看报,并告诉瑶瑶为什么要看。瑶瑶脸色苍白地读完。半天不吭声,突然扑到我的肩头哇的一声哭了。

"哥哥,他,他怎么这样呀! ……"

我拥着瑶瑶,心里像瑶瑶一样难过,一样不理解,我也在想:他怎么这样呀!

第九章　人生,在自得中浮沉

一　清白的分界

莎丽的前夫是个忧郁的中年人,上唇留着一撇板刷似的胡须,身量高大,魁梧,背微驼,说话时嘴角扭曲,似乎瞧不起人。

"找我有什么事?"莎丽前夫见面的第一句话,便如此直截了当,使他感到没有婉转的必要。

"我是莎丽的朋友,也是张文的朋友,有一件事我想请教你,也许很冒昧,很唐突,很不礼貌,不过这很重要:关系到一个人的名誉。"

"你问吧!"

"你和莎丽结婚,是自愿的吗?"

"那当然,我很爱她!"

"可为什么离婚?"

"这个还用问吗? 很简单,我发现她并不爱我,跟我在一起,她很痛苦,我也一样。是婚后才证实这一点的,以前我总以为婚后会好的,可并非这样!"

"是因为张文你们才离婚的吗?"

"不全是,张文只是个诱因。我早就知道她和张文不一般,但是我相信她……"

"为什么？你为什么相信她？"

"可以告诉你,假如这很重要!"

"是的,非常重要!"

"莎丽在新婚之夜,表现得很好,对,很好……怎么说呢,她仍是个黄花闺女……也许你不相信……"

"真的吗？这太好了! 你可以做证吗？"

"我当然会! 我根本不允许有人怀疑这一点。莎丽是个好女人,她不应该受到怀疑,而应该受到尊敬。因为她从不撒谎,她把张文与她的事早告诉我了……我非常理解,我只是不相信我感化不了莎丽,我想取代张文在莎丽心中的地位,不过我失败了……"

"很抱歉,你能写点什么吗？"

"用不着,他们已经来过了。我不喜欢他们,他们不相信莎丽。这让我很伤感。我全告诉他们了,他们不得不相信我的话……我觉得挺可悲,要把私房的秘密讲出来证明一个女人的清白,这让人不好受,真的不好受……中国人很看重那个,那个东西甚至还可以挽救一个人的政治生命……其实,这很可笑,我倒是得到那个了,可没有用,一点用也没有……"

他离开莎丽前夫时,心脏在胸膛搏动的十分惬意。他想一切都明朗化了,一切都让人满意。但他的心中毕竟有一些不安,莎丽前夫最后说的那一番话使他很有同感。他不觉为之黯然神伤。

"我从来不相信会有张文那样的人,那简直是愚蠢甚至残忍,一个像莎丽那样的女人躺在男人怀里,一千个男人会有一千个做那种事……我不明白他为什么？也许他根本不爱莎丽或者他不能做那种事……我在佩服他的同时,也很轻蔑他,从我确切地知道莎丽没有撒谎的那一夜起,我就开始轻蔑他了……"

只是,他不轻蔑张文,因为他理解张文。用常人的理解对张文是不适宜的,张文不是一个常人,在某种意义上他已超越了常人,尽管这种超越是万不得已,是被外界种种因素所迫。但想做到这一点,必须有超人的自觉和超人的自制力,必须有超人的勇气和超人的爱,无私的爱。他不想毁了莎丽,之所以如此是因为他深刻地知道中国人对那种东西的重视,他为此牺牲了自己——作为一个正常人的自己。这里不排斥道德的束缚乃至其他种种考虑,乃至中国古文化在他身上的积淀所起的作用。

他从心里钦佩他。爱不是索取,而是无私的给予。这在过去是,现在是,将来仍然是爱的真谛。商品经济带来的对人的精神生活的粗暴的扭曲,包括爱的索取,爱的等价交换和出售,造成了性的泛滥,精神生活的廉价。物欲的横流,需求的无止境,使道德沦丧,良知萎缩,人性日趋兽化。这不能不让人警惕。

他记起头儿,那个他高中的同学。他始终不明白头儿既然已盗窃杀人,被判了死缓,何以还要越狱,又接连干下两桩令人发指的罪恶……那血腥味至今令他恶心得想呕吐!头儿简直不是人,而是一头残忍自私的毒狼,他杀死了三条人命,也杀死他自己,还差点害了瑶瑶……他简直不敢去想,简直不敢相信那一切是真的:用不可思议和骇人听闻已不足以说明人们和他对那桩暴行的震惊了。

"证件!"

他不知不觉已走到了市委门前,站岗的不认识他,冲他要证件。他摸出证件后给哨兵看,哨兵指指传达室让他进去登记。他打了个电话,秘书告诉他:"张书记到省里开会去了!"

他放下电话,心想:不如去他家看看,好久不见张文夫人了。

往常,他经常去张文家,张文夫人给他的印象并不大好。夫人在丈夫的下级面前,显出一种骨子里的傲慢,虽然表面上也挺礼貌,可举止言谈中,抑制不住地流露出一种优越感。这让他很不舒服,但他从未流露过不满。其实,张文夫人对他是不错的,他自己也知道。

"小何,帮我办件事……"

夫人总有做不完的事等着他去办,全是一些琐碎小事,不值一提。

他离开张文时,夫人曾表示惋惜。过后他去张文家少了,见面也少了,见了面张文夫人意外地客气起来,这又使他觉得见外了。

张文夫人身体不好,一年有半年在家待着,除非有课,才去学校,学校也照顾她,为她安排了最少的课时。他按了门铃,夫人迎出来时,便明显地觉得,夫人消瘦了。

在他以往的印象里,夫人一直保养得很好,细皮嫩肉,一脸的福相。现在他发现夫人瘦了,眼睛显得特别大,额头也有了皱纹,皮肤泛着不健康的颜色。夫人很客气,并表示出少见的喜悦,往日那种淡淡的客气变成了真诚喜悦的客气,这使他不习惯。

"坐呀,小何,好久不来看我,你在忙些什么?张文总是提起你,夸奖你。"

屋子收拾得很整洁,很典雅,很舒服,显示着女主人的能干和修养。窗台上几盆名种兰花,正开得好,使屋子显得春意盎然。

"上回你打电话,是我接的,你和张文都说了些什么?"夫人问他。

他摇头:"没说什么,只是几句闲话。"

"张文不肯告诉你,我来告诉你。"夫人讨巧地笑着,"那个跑出来的孩子,是个怪物,身上有剧毒,而且没有痛觉神经,吓死人呀!他们怕那毒人害死人,四处搜寻,还说必要时可以开枪,还说那怪物逃跑时他们开了枪,可没有打着……这是绝密,你不能说出去!"

他听得目瞪口呆。

"怪物?毒人?这怎么可能!"他反诘。

夫人道:"我也是听人家说的,张文回家什么也不说,好像家是个客店,睡一觉就走,这么多年我也习惯了。"

夫人沉默了。

他还想问下去,可夫人心思已不在那怪物身上。夫人注意地问他:

"小何,大嫂想问你,张文和你说过什么?"

"张书记没说过什么。"

"他有没说过那个女人的事?"夫人问。

"您是指那个叫莎丽的女人?"他问,夫人点头,"提过一次,也没往深里谈,不过有一点我已经知道,张书记绝对清白!"

"我不在乎那个！"夫人皱起细眉，幽幽地叹了口气，"我只担心张文会犯错误，会因此栽跟头。你和他不是外人，小何，你得帮我劝劝他，好大的人了，犯那种错误，让人笑话！"

他默然。

"你知道。"夫人苦笑了一下，难以启齿道，"那天他竟然敢跟我说离婚的事，我差点气死，没良心，我辛辛苦苦伺候他，任劳任怨。连一句硬话都没有对他说过！你看，小何，他竟敢和我提离婚的事，我真命苦！"

夫人强忍着，不肯哭出来。他恻然，不忍去看。夫人镇静了一下，又道：

"小何，你是自己人，你别笑话。我和他十几年的夫妻，就是石头也让我焐热了，可焐不热他的心，你说我伤心不？不过，我并没有责怪他，他也有难处，我体谅，不过离婚，那可不行！我并不是图他别的，我只图他一条：他能理解我！他什么都明白，他知道我对他的感情……你大嫂我没出息，否则，我会马上走开，不会让人家赶着走……"

夫人终于忍不住哭了，只哭了两声，便忙起身，到洗漱室洗了脸，折腾了好半天才出来，不好意思地笑笑道："小何，让你笑话了。"

"那怎么会！"他忙道。

"跟你说这些，是想让你劝劝他，他很听你的话，你帮帮大嫂……"

夫人不惜污尊降贵求助于他，大约是十分的情急无奈了。但他不能。

"我的理解，张书记若要下决心做一件事，谁都劝不转……大嫂您又何必伤心。您是个明白人，文化素养高，又通晓道理。如果万一张书记非要那样，您也千万要爱惜自己，珍重自己，万万不可意气用事，做出有悖情理之事，酿成不良后果。最好是心平气和，好好谈一谈。实在谈不拢，就随他去，这才是超脱，明智之举……"

夫人细眉锁起，冷冷道：

"小何，你是劝我和他轻轻松松分手是不是？是张文让你来的？"

"不是，不是，大嫂，您误会了！"他慌忙解释，一迭连声。

夫人冷笑："是不是无所谓，我只告你一句话：这辈子，甭想！"

他自觉谈僵了,便想溜之乎也。在这个女人面前,他的唇齿不起作用。他根本不是这个女人的对手,因为这个女人饱读博学,什么都明白,最可怕的就是什么都明白。

"成也萧何,败也萧何,恐怕这回由不得他张文!十几年我言听计从,这一回我要让他听我的,只此一回。你转告张文,若能从善如流,我没有半点怨言。倘若他一意孤行,我拼了这一生清苦,陪他周旋到底!"

夫人正色,便端起夫人的架势,他已是招架不住。

"谗语误国,谗语亦可误家,劝他少听点谗语,对人对己,对国对民均有利无害。他是堂堂市委书记,六品大员,修身、齐家、治国,然后平天下,此大丈夫作为。如为区区红粉,犯一个风流过错,谁又会怪他!假若非得拆了这个家,也要遂了那个愿,就透着轻贱,透着下作,透着无聊了。他不怕人笑话,我还要顾惜一点面子。我并非执意攀附他,而是尽人妻之责,救他一救。得失让他自己掂量吧!"

好一番见教,简直义正词严,俨然古装戏中那些节妇贞女在斥责负心的官人,让他噤若寒蝉,身陷进谗小人之列,又是羞恼又是好笑。夫人专攻古代汉语,学问有成,果然不简单。

他讪讪地起身告辞,夫人竟端然而坐,冷冷道:"不送!"

他想:不送就不送,有什么了不起!

二 爱的负累

外边在下雨,很大的雨,雨水在窗玻璃上形成水帘,视线透不出去,触目白茫茫,黑沉沉一片。街灯像揉红的泪眼。

这是何伟与妮娜水乳交融的第二夜,也是最后一夜。

妮娜很温柔,很驯良,微微有点伤感,但何伟看不出来。妮娜让何伟拥着自己,在黑暗中听着雨声。妮娜没有说什么,何伟也没有说什么,语言似乎已经多余。

黑暗中时光在悄悄流逝。

妮娜瞧瞧腕上的手表,推开何伟,走去洗澡。然后妮娜仔细穿戴整齐,将所有物品装入挎包。何伟已穿好衣服,背着妮娜站在窗前向外面的世界窥视。

妮娜坐在床沿上,默默望着何伟的背影,何伟不必回身便感觉到了妮娜的这份关注。

"难道我们不可以再推迟一天？雨这么大,我们完全有理由推迟一天!"

何伟忽然说,仍然背着妮娜,面对窗外,似乎在和窗外的什么人商量。

妮娜摇头,何伟感觉到了。

"这已经不可能!"妮娜说,"船票这样难买,我们废不起,何况我已打了电报……假如早一点,我想是完全可以的……"

何伟早已知道不可能,但他不能不说,妮娜的回答也正是他自己的回答。

"假如我要求你留下,你会吗?"何伟又问。

妮娜沉默了一下,轻声道:"不会!"

何伟冷静地:"为什么?"

"因为我不能……"妮娜声音很微弱,"我害怕,我害怕那样缠绵,我会离不开你……"

"那也是我所害怕的。"何伟闷闷地,"否则我们谁又会害怕废两张船票!"

妮娜不语,垂下头,似乎心事很重。

"我不会忘了你,永远不会!"何伟伤感地道。

"我会努力忘了你!"妮娜说,声音发颤,"但我一定做不到……"

何伟沉默,撩起窗帘的手指在颤抖。

妮娜瞧瞧手表:"还有四十分钟,我们就要分手了……"

何伟震了一下,蓦地转回身,神情异样地盯着妮娜。妮娜突然起身扑向他,呜咽失声,何伟搂住妮娜,像搂住一个世界。他想马上就要失去这个世界了。他突然疯狂,猛地把妮娜放到床上。

"要误了船的!"妮娜小声道。

何伟不吭声,他已走入那个疯狂的世界。窗外豪雨如注,还刮着风,繁弦密板般敲打着窗户。良久,妮娜推开何伟。

"我们没时间了,必须马上走!"

一阵手忙脚乱,何伟和妮娜背起行囊奔下楼。走出旅馆。跳上一辆三轮。

"三号码头!"妮娜叫着!

"来得及!"车夫安慰他们,使劲蹬车,驶入白茫茫的雨雾中。

雨滴敲打着黑色的车篷,声如擂鼓。他俩谁也不说话,只拥在一起。

"到了!"车夫喊着,跳下车,帮他们背好行囊。何伟付了车钱,急急忙忙走下码头,送妮娜上船。雨水把妮娜浇得透湿,裙子贴在腿上,浑身线条暴露无遗。

"你走吧!"妮娜上了船,船就收了跳板。她伏在船栏上,湿漉漉挥着手,脸上不知是雨水还是泪水。

何伟站在码头上,打着唯一的那把雨伞,这把雨伞是妮娜刚才硬塞给他的。

"再见!"何伟大声喊。

呜——客轮鸣笛起锚。

何伟看见妮娜突然伏在栏杆上,浑身颤抖,似乎在打摆子。何伟喊了两声,妮娜恍若不闻,肩头抖动得更厉害了。何伟挥动的手臂僵在半空,泪水模糊了视线。

风声、雨声、涛声、江水载走了妮娜,载走了何伟那个世界。妮娜再没有抬起头看他,也没有走回船舱,一直伏在船栏上抖动着双肩,直到消失。

何伟丧魂落魄地在码头上一直等到雨雾吞没了客轮庞大的船身,才转身怏怏地离去,到七号码头赶他那班船。一小时后,他站在甲板上,目视着雨雾茫茫的江面,神情忧郁而伤感。他乘坐的客轮,正在逆水上航,恰好与妮娜那条船背道而驰。

"别了,我的妮娜! ……"何伟百感交集在心里喊着。他几乎忘了向妮娜道一声珍重,他原本准备让他们的分手显得诗意一些,轻松一些,可他没能做到。他觉得心里很沉重,很累,很不是滋味。

"爱是一种负累,很重的负累!"何伟此刻确实感觉到这一点了。可他没有悔意。

何伟想,那种"挥一挥衣袖,不带走一片云彩"的洒脱和超然,是他永远做不到的。他没那份淡漠,也没那份潇洒。他根本算不得一个风流才子,他只是一介凡夫,为世俗的儿女情所苦,绝跳不出三界,列位于仙班。

雨水在江面上跳着芭蕾,溅起阵阵白雾。伊人已去,伊人已逝,只剩江水苍茫,牵南北一线。何伟张望良久,裤角已被跳珠迸玉的雨滴打得透湿,凉意贴着皮肉爬上脊梁,钻入鼻孔,使他爆发性地打了个喷嚏。

何伟急忙走回船舱,从旅行包找出干净裤子换上,躺在床上,昏昏睡去。

醒来时,已是中午,何伟觉得饿,租了饭碗去买饭。他掏出钱包发现里边有厚叠钞票,那不是他的。他只剩下五十元了,仅够勉强到家。他记起昨夜,妮娜看过他的钱包。他当时并没有在意。妮娜还说:"我坐一程船就到家了,你还挺远的,路上要当心!"

妮娜一定发现他的钱不够用,怕他在路上太清苦,所以把自己剩余的钱偷偷塞了给他,可笑他竟然不知道。

何伟心里暖暖的,鼻子却一酸。他倍觉销魂的苍凉和刻骨的相思,盘留心头,久久不去。

亏了妮娜的细心,一路上何伟花光了所有的钱才勉强到家,连的士也坐不起,只好徒步走回家。火车到站是夜间一点钟,市里没有通宵公共汽车。

原本何伟想把那笔钱寄还给妮娜,可终于没有这样做。他不想玷污妮娜的这份深情,不想亵渎妮娜的这份厚意。他甚至连提也不曾向妮娜提起,他不想表示自己的感激,那会俗了妮娜,也俗了自己。他尽管认为自己是个俗人,但绝不肯让妮娜也做个俗人。

何伟和妮娜断断续续通了几封信,信中两人都不曾提到一个情字,一个爱字,连所发生的一切都不曾着一字。信上只是极平淡的问候,平淡的不能再平淡了。后来何伟写信告诉妮娜,他已成婚。妮娜竟连一封信也没有回。一年后,妮娜突然来信,说她也结婚了,仅此而已。他也没有回信。然后他和妮娜几乎再没有通信,几乎完全中断了联系。

直到去年,妮娜突然来了一封信,信中只寥寥数句,告诉何伟,她离婚了。何伟吃了一惊,马上写信询问原因。妮娜回了一信,何伟拆开,一纸素笺,竟不着一字。

三 有毒的骚动

山坡上,青儿奔跑着,像一只受惊的小兽,气喘吁吁。那孩子追逐青儿,有如一只纵跃自如的猛虎。乌云被激怒了,化作成群结队的黑天鹅,列成战阵,轮番在孩子头顶盘旋扑击,并发出不祥的鸣叫。狂风被惹恼了,呼呼地喘气,迎面拦截那孩子,撕扯孩子的头发,鼓胀孩子的衣衫,并发出嘶哑凌厉的尖啸。

那孩子乌云一样迅疾地卷向奔跑的青儿,狂风一样猛烈地袭向青儿娇好的背影。

青儿突然不再奔跑,转回身,胸脯起伏如颠连的山峰,双颊布满红晕,清纯的眸子像两粒黑色的水晶,一眨不眨盯着那孩子。

那孩子也站住,呼吸急促,神情冲动,双眼火光熊熊,火舌贪婪地舔向青儿的眼睛,脸颊,红唇和胸脯乃至全身。

"我,我是无意的……"

青儿说,羞态十足,亭亭玉立,有若碧池一朵粉红色的睡莲。

那孩子一步一步走向青儿,在烈火的焚烧中困惑而迷茫,不明白自己想干什么。

青儿后退着,像那孩子一样困惑而迷茫,心里充满一种异样的激动,她害怕、她恐惧,却并不想逃走,只抱住了胸脯,心头鹿跳不已。

那孩子伸手,像恶鹰张开双翅,猛地抱住青儿,嘴里发出一声嘶哑的低吟:

"我,我爱你,青儿!"

青儿使牙齿咬了嘴唇,双手猛地捂住脸,任由那孩子抱着,浑身颤抖,小声哀告:

"你放开,小心爹和狗儿看见……"

那孩子吻着青儿的手、脸、脖子,发出狂喜的呻吟。然后他跪下,把脸贴在青儿柔软的胸脯,轻轻摩擦着,像一头讨奶吃的牛犊。

青儿伸手抚摸那孩子的头发,手指抖得像风中的树枝。

"青儿,我爱你,从来没有人像你这样对我!"那孩子在青儿怀里拱动着,呜呜咽咽地诉说,"我没有爹娘,没有亲人,你让我懂得了什么是母爱,什么是……我爱你啊青儿!"

青儿心里甜得发酸,发胀,泪水溢出了眼眶,滴落孩子那蓬乱的头发。

"你起来吧,爹和狗儿说不定会来找我们……我是怕你迷路才来找你回去的……"

那孩子站起身,脸上全是泪痕。

青儿牵着那孩子的手。像领着一只迷途的羔羊,慢慢往家走。

"要下雨了,你听雷声——"青儿说,牵着那孩子跑过来。

咔啦——一声沉雷,大雨倾盆。顷刻间,那孩子和青儿被淋得透湿。

"那儿有个洞,我们躲一躲,要不你会着凉的……"

青儿牵着那孩子,跑向大峡谷一处山洞,双双钻了进去。

山洞很浅,却很高,很干燥,洞里还有几捆干草。青儿像到了家似的忙着请孩子坐下,关心道:"喂,你的衣服全湿了,脱下来拧一拧,我不看!"说着背过身去。

那孩子听话地脱下衣衫拧干,拧下一地雨水,然后穿上,道:

"青儿,把衣服脱下来,我帮你拧干!"

青儿羞羞的笑道:"我们山里人,身体好,淋点雨像洗澡,没事儿!"

那孩子无奈,只好坐下,瞅着青儿发怔。青儿被瞅得直慌神,发脾气道:"你老看人家干什么? 没见过呀?"

"你真好看"那孩子痴迷地说,"我以前从来没有见过你这么好看的人!"

"鬼说哩!"青儿含羞道,"城里的女子才好看哩,她们会打扮!"

"我不认识她们。"那孩子摇头,"我只在电视上见过她们,她们全穿着

194

衣服……她们不能和你比,你让我觉得你像我母亲,我没见过我母亲,可我觉得你就是……"

青儿涨红了脸,嗔道:"人家还小哩,咋能做你妈呀! 你取笑人哩!"

那孩子迷迷瞪瞪地瞅着青儿,觉得青儿无一处不美妙。青儿薄衫贴在身上,湿漉漉的,更显得曲线玲珑诱人,让孩子把持不住。

"我说过爱你吗? 一定说过! 我不知道我为什么会说,可我说了,只对你一个人说了! 我爱你,青儿,我从来没有爱过人,我只有不幸。在研究所,董大爹对我最好,可他怕我,他怕我亲近他。小时候。从来没有人抱我,人人都怕我,我是自己爬大的。我待在那儿,只认识那几个人。他们研究我,关心我,是为了研究我才关心我的! 他们想爱我,可他们不敢! 他们战战兢兢地爱我,远远地爱我,绝不敢走近来。我不爱他们,也不恨他们。我明白自己是个怪物,不配得到任何人的爱!"

那孩子激动的望着青儿,狂热地道:

"青儿,我不骗你,在认识你之前,我心里只有悲哀和不幸,根本不知道爱是什么! 直到来到这里,遇到你,我心里满满的,满满的,我不明白那满满的东西是什么,可刚才,在水里,我走上来看见你的一刹那,我突然明白我爱你,那装得满满的东西是爱啊! 我终于懂得什么是爱了! 青儿,我的青儿,我爱你呀!"

那孩子红着脸,扽搡着双手,快乐地喊着,像母亲面前的孩子。

"不过我弄不明白,我一会儿觉得你像我母亲,我像爱母亲一样爱你,一会儿又觉得不对,好像比爱母亲还多一些什么,我想拥抱你,吻你,在你的怀里痛哭……我不明白自己怎么啦,我只想着那天你洗澡的样子,那样子才是你……我奇怪,你那么美,为什么要穿衣服,要掩盖你的美……"

"你胡说些什么呀?"青儿红着脸道,"不穿衣服还叫人吗?"

"我明白。"那孩子黯然道,"我读了不少书,什么都明白,可又不明白。我过去的世界是封闭的,他们教我什么,我就学什么。有许多东西我只是知道,并没有接触过。他们还开了一门生理课,我最喜欢这门课。他们后来中断了这门课,用忧虑的眼神看我,似乎怕我干出什么使他们害怕的事情。我这是感觉，不定是真的。我不明白自己想干什么，我只是烦躁，厌倦，想跑出那个地方。我跑的时候哨兵还开了枪，是吓唬我的。他们不会真打我，他们是怕我出来满世界乱跑，闯下大祸……"

"你确实叫人担心。"青儿说，"其实我也害怕你，在水那儿我看见水面漂满了让你毒死的死鱼，蚂蟥和水鸟，惊呆了，吓坏了，你从水里走上来我都不知道……多羞人呀！"

青儿说到末了，羞的捂住脸，直跺脚。

"我又不怪你！"那孩子道，"何况我也看见过你……我只是觉得自己的身体挺丑，不想让你看见……我不知为什么会追你，我一点也不明白，我抱住你，不明白该怎么办……"

"哼，你还装傻呢！"青儿气嘟嘟的，"你抱住人家，还亲人家，还……"

"还什么？"那孩子问。

"你坏，你什么都懂，还假装！"青儿跺脚道。

"可我不敢吻你的嘴唇。"孩子黯然道，"我怕毒死你，那我一定会伤心死的……"

"可我不怕！"青儿说。

"你不怕？你为什么不怕？"那孩惊奇道。

青儿红着脸，小声道："我也不知道为什么，我只是不怕，也没有想过怕……"

"我知道了！"那孩子叫起来，"我知道你也爱我，只有爱才会使人什么也不怕！"

"什么爱不爱的！"青儿红着脸道，"我只是可怜你，你不是说我像你母亲吗？我也觉得你像个孩子，心里挺疼你……所以你对我做什么，我也是愿意的，真的，我不骗你，我真的很想为你做事，不论做什么事，我真的可怜你，真的心疼你……我不知这算什么？"

青儿叹了口气，蹲下，伸手抚摸孩子的头发，脸红红的道：

"你要是觉得喜欢，你就亲亲我的嘴唇……"

"我不能！"那孩子伤心道，"我害怕……"

"那我来亲你!"青儿哆哆嗦嗦凑近那孩子在孩子嘴唇下亲了一下。那孩子抱住青儿,青儿整个儿滚入孩子怀里,羞得发抖。

那孩子觉得浑身燥热,有一股沛然之气从丹田弥漫全身。他的神情越来疯狂,动作越来越粗野。那孩子觉得腹内有一股灼热的岩流在奔流,迸突,难受的不可思议。他疯狂地亲吻青儿。青儿忽然惊觉,挣扎着,扭动着,睁大乞求的眼睛。那孩子已失去了理性,全身痉挛着撕扯青儿,青儿软了,晕了,情不自禁了,沉浸在那孩子的爱抚中……

山洞外,乌云心碎地发出雷鸣,挥舞青森森的闪电,直刺苍穹,狂风抡着骤雨的丝鞭,捶胸顿足,痛不可遏。

四　摆不脱的幽灵

夏末的葱郁已含了淡淡的秋意,秋浓时葱郁便淡了,疏了。秋属金,乃是一片片黄金的绚烂。槐树抛掷一片金色的叶子,杨柳不复依依,柔软的枝条枯黄,变脆了。水碧碧的像一块寒玉,天高远得像揭去顶的宫殿,云彩素洁的如白天鹅的羽毛。秋风袭衣,袭人清寒。秋菊怒放,傲霜流香,是繁荣世界的最后一位清客,是衰与荣的最后一道标识。

我陪莎娜赏菊,莎娜默默的。

菊的种类繁多,有白雪一般的,有黄金色的,有墨绿色的,有粉红色的,有丝蕊狂吐的,有绣球团缀的,有玲珑小巧的,有婀娜扶摇的,有玉洁冰清,不着一丝烟火气的仙品,也有绵里藏针,拙里藏巧的凡品。我与莎娜一一看去,心旌扶摇,乐不可支。

"菊花与牡丹,是我最喜欢的两种花,牡丹是富贵花,菊花却是孤标自傲的清品。"

我说,莎娜微笑,不置一词。

"牡丹虽富贵,却还高华,不像那些暴发户或过去那些肉头土财主,俗不可耐。菊花虽清贫,仍然一怀芬芳,陶然自乐,历代雅人高士都爱以菊花自诩,也就是看重这一点。只可惜今天许多雅人钻进钱眼,惹了一身铜臭,许多高人,奔走钻营,阿谀拍马,令秋菊含羞,冰雪蒙尘。唯有不多一些人,还能自爱。说起来,堂堂人类。竟比不上这些菊花,能恪守初衷,不变本性,任凭风云起,尘烟飞,世俗流,仍然我行我素,这真可怜我辈惭愧呀!"

"得。别酸了!"莎娜不屑道,"大家都是尘世中人,说什么凡不凡,俗不俗! 谁不喜欢有钱有权,你写稿子不拿稿费,你干不干? 荷包瘪瘪的,出来走心里都虚呢! 菊花又不会花钱,又不会享受,要是它会,早就走去当倒爷,摆小摊了,说不定还会勾搭一个上海姑娘去阿拉白相哩! ……"

我一番才子腔调,风骚情愫,被莎娜几句话便打了个底朝天,不免扫兴。

"说正经的,我们该结婚了!"莎娜道,"我等你提,都等白头了。你不提,我提,你干不干? 老这么混,也不是法子,结婚得了!"

我忑忑不安,笑笑没有答话。

"明天我要出去巡回演出,半个月才回来,够你考虑的了,我回来你再答复我!"

我点头,莎娜一笑,羞嗔道:"跟你说,至迟拖不出两月,我们一定要结婚啊,否则后果可要你一人承担啊!"

我唯有点头,心里莫明其妙罩上了一层忧郁。莎娜不理我,仍在谈结婚的事。

"让张文分你一套房子,两室一厅够了。屋子我来布置,一间做卧室,铺一块红色地毯,一张床,两只床头柜,一只花架,别的什么也不要。另一间做你的工作间,你不是老说你要写小说吗? 你就去写,放一张单人床,一张桌子,一套组合柜,当然要最新款式的。再有两只沙发、一个电视柜,就可以了。厅就布置一个小客厅,越简单越好! 这需要好多钱吧? 我谅你也没那么多钱!"

莎娜嘲弄地瞧着我,我鼻尖都冒汗了。

"得,你别发愁,本姑娘有钱! 只要你乖乖隆的冬,别酸文假醋,我包一多半。冰箱、彩电,收录机这些,我全包,别的你管好不好?"

我不觉又感动又不服,便道:"简单点不行吗? 这样下来,得一万多块钱呢!"

"你有多少?"莎娜问。

"我只有五百元,家里曾说过给我两千块,你这样一来,哪里够呢!"

"我比你强一百倍。"莎娜得意地大叫,"我有将近一万元呢! 是我参加了几次走穴挣下的。这回出去,捞个两千没问题。嘻嘻,既然这样,你娶不起我,我只好娶你了!"

"报纸上不是批评过走穴吗?"我道。

"批评归批评。"莎娜冷笑,"否则我工资那么少,怎么娶男人!"

"你娶了我,我还不一辈子受气?"我半真半假道。

莎娜笑道:"你活该,谁让你穷来着。你死心眼,让张文批个条子,倒腾点钢材什么的俏货,你一下就发了!"

"张文不干,我也不肯,那才叫恶心,还会毁了自己的前程呢!"

莎娜摇头:"那你只好认命,让我娶你啰!"

"我得想想。"我说,"好好想想!"

"说好了只准想半个月!"莎娜威胁地竖起一根葱白似的指头。

我想:菊花若有知,一定耻于与我为伍,会将我这个俗人赶出菊展大厅,永不许入门了。

"其实连半个月也不许想!"莎娜道,"你有什么好想的? 这不是水到渠成吗?"

"我是要想想怎么结婚! 往常我承认自己没想过,没好好想过,以为还早呢! 谁知道你会突然提出,还这么逼人!"

莎娜点头道:"我明白,这怪我。我也想晚点结婚,可有些事是不等人的……"

"什么事不等人? 信口开河!"我咕哝。

"你别管那么多,反正我要马上结婚! 最迟也只能等到元旦,还有两个月,准备时间也足够了。"

"为什么非得元旦?"我反诘,"为什么不可以是春天? 不可以是夏天? 我们旅行结婚,到北戴河,到海南岛,或是到大连,那多有诗意!"

"哼!"莎娜怅然道,"你以为我不想? 就你风雅,我就那么俗吗? 要怪,怪你自己!"

我满头雾水,摸不着头脑。

"行啦,行啦,反正你有半个月时间,等我走穴回来,再谈好不好?"

莎娜和解道,又岔开话题,谈起走穴。

"这回走穴的队伍,阵容庞大,全是些货真价实,高价聘请的红歌星,我只是个小角色,为人家伴舞。人家拿大钱,我们拿小钱。可这也挺不错,起码比你这个小秘书强啦!"

我不爱听,便岔开话题,扯起别的事。只是心里闷闷的,一下午不是滋味。晚上一起吃了饭,在莎娜屋子里又待了一会儿,本来我想陪莎娜,明早好送她上车,可莎娜赶我走,说要好好睡一觉,还不让我清早来送她。

"我会给你写信的,我会时时刻刻想着你这个坏家伙的……"

莎娜和我吻别时,一再这么说。可莎娜走后的半个月,我连一封信也没有收到。只从报纸上知道,莎娜他们这次走穴十分受欢迎,简直盛况空前。我想莎娜一定会满载金票而归,又该嘲笑我这个小秘书了。

莎娜回来时,不知为什么,竟像开过的秋菊一样憔悴,苍白。我抱着她,她温柔地沉默着,许久不说话。莎娜告诉我她累死了,连写信的功夫也没有。说到她这回挣了许多钱,才兴奋起来,乱七八糟摊了一床给我看,模样很得意。我装着不在意,莎娜还生气:

"我这是为何来?为谁这样玩命?你应该明白!你是我老公,还这么假模假式的,多没意思!你在我面前真一点好不好!你见了这玩意儿应该眉开眼笑,可你偏不笑,把人家一片心意也太不看在眼里了,人家本来满心想讨你高兴的……"

我被莎娜说急了,忙笑了一回,哄她高兴,可心里黯然,提不起精神。

莎娜问我考虑好了没有?我说:"还考虑什么。听你的就是!"莎娜这才高兴起来,说:"算你乖巧,不然……"

我问莎娜不然什么?莎娜含羞不语,不肯告诉我。我也懒得问。夜里莎娜不让我走,我就留下了。我和莎娜谈好了一切结婚的细节,并约定下个月先领结婚证。

我向张文谈了我要结婚的事,张文一点不觉意外。我知道是莎娜姐姐莎丽告诉他的。张文说市里房子很紧张,每年只盖有限的几幢,要房的人排着长队。他作难了半天,终于答应想办法先借一套房子给我,不过,要三个月后才能把房子给我。我向莎娜汇报,并提出推迟婚礼。莎娜不答应,说先结了再说,不行先在她那儿暂时凑合一段。

那天我和莎娜去领结婚证,莎娜兴冲冲地,快活得像个新娘子。我不知为什么高兴不起来,闷闷的一声不响。

那天似乎飘着小雪花,是入冬以来第一场小雪花。街上的人们对雪花飘落都很欢喜,谁也不躲避,大大方方地在雪花里走。莎娜一边走一边接那些毛茸茸的雪花,一双手掌都湿漉漉的,她让我看那些雪花,说:

"亲爱的,你看看这些雪花,像不像婚礼披纱?我们一定要照一张穿结婚礼服的大照片挂在卧室里,让人们看了羡慕!"

我脑子里冒出一些莫名其妙的怪念头,觉得自己像一头猪被主人牵着送往屠宰场。我忽然伤感起来,心想那猪要是伤感,一定不甘心被牵去杀了,一定会挣脱了逃走。我不是猪是人,年轻轻地还没好好享受生活就要入洞房,守着身边这个女人一辈子待在方寸之地,遵规蹈矩地过日子,这实在跟一头猪没什么两样!随后我又想莎娜虽然很可爱,但她没有那个,有那个是什么样子,什么滋味,我一辈子都将不知道,岂非要遗憾一辈子。倏然,那一团被挤压到角落的阴影乌云一样驾着狂风铺开,苦涩伤感不甘心几乎窒息了我的灵智。

莎娜问我怎么啦?我说没什么。莎娜让我走快些,我却索性站住了。

我问莎娜:"我们这么做,是否太快了点,太轻率了点?"

莎娜的兴奋被风吹跑了,她愣愣望着我,不知我为什么这么问她。我说:"咱们再考虑考虑吧,不要太匆忙,以免今后你后悔!"

莎娜像不认识似的看我,说:"你怎么啦?你难道不想去了吗?"

我虚伪地道:"哪能呢!我是怕你后悔,要知道是你娶我,我嫁你,你就不心疼你那些辛辛苦苦挣来的钱?"

莎娜说:"你别开玩笑了,你吓着我了。我怎么会在乎那些钱,那些钱是你的,你的和我的都一样,我们马上就要做夫妻了,你怎么还要这样说?

你是开玩笑吧?"

我说:"当然是开玩笑! 不过,我不知为什么,心里挺烦,想晚一天再去领那个证件。这有什么,我想你不会不同意吧?"

莎娜的脸变得雪白雪白,冷冰冰的像贴了满脸雪花。她瞪着眼,目光锥子一样往我心里扎,扎的我心虚胆怯,不敢正眼看她。

"你可想好了。"莎娜一字一顿,声音微微颤抖,"你今天不去领,恐怕以后再也没有这个可能了。我莎娜从来不说假话。你自己决定吧!"

我慌了神,忙道:"这又何必呢! 我只是说推迟一天,又没说不领! 你要坚持,我们去领就是了。"

"我不坚持!"莎娜冷冷道,"我的话已说过了,不想再说一遍!"

"你要不坚持,我们就推迟一天好了。"我说。发现莎娜脸色十分难看,若有所思,咬着嘴唇,显得心里很难过。我想安慰莎娜几句,又找不到词儿,一时僵住了。

"既然如此,那就随你吧!"莎娜神情古怪地望着天上的雪花说:"你瞧那些雪花,它们根本不需要领结婚证,活得多自在!"

我安慰莎娜,我说:"过两天我们找个好日子,再去办理结婚证。迟一两天没关系。"

"你说得对!"莎娜愉快地道。

"等我多攒一点钱,那样岂不更好!"

"哈哈,你真自爱!"莎娜无端地大笑。

"我可是真心的!"我说。

"我当然知道!"莎娜笑着,嘴唇发颤,突然转身,背着我,肩头剧烈抖动。

我吓了一跳,连忙上前抚住莎娜的肩头,心想我到底是爱莎娜的,何必计较那些不着边际的东西。我说:"你哭什么,本来是开玩笑的。好啦,我们今天就去领,马上就去领,走吧! 走吧! ——"

莎娜蓦地转身,泪痕满面,眼神古怪地望着我,冷冷道:"已经没这个必要了!"

然后丢下我,一阵风似的跑走了。

五　花蕾似的胸脯

新学期你与丹的关系时好时坏,丹常常背着你出去,为此你很不高兴。

"你去哪儿了?"

"去看一位熟人!"

"谁!"

"你不认识……"

"别是去约会吧!"你冷嘲热讽。

丹心平气和,并不生气,拿小吃给你,甜言蜜语地哄你高兴。

那天有一位同学告诉你,前几天看见丹与一位外国人逛街。你心怦怦乱跳,心想那外国人一定是龙先生。

你问丹,丹不动声色,说:"是呀,我是去看一位外国朋友,那又怎样!难道天下只有龙先生才是外国人?"

你没有话说。

下久,龙先生突然回国了。你知道后很高兴,和丹在一起时眉飞色舞,丹却若有所思,瞅着你脸上孩子似的笑容,在那儿发怔。你觉得龙先生走后,丹对你异乎寻常地好起来,简直让你又惊又喜,受宠若惊。

丹说:"何,如果我出国了,你不要等我,再找一个比我好的姑娘,结婚算了!"

你问:"难道你真要出国?"

丹道:"我不是早和你说过呀,我当然想出国深造了!不过八字还没一撇呢,我只是随便说说的……"

"我最怕你出国!"你说,"你要真走了,我会等你回来,没有人能代替你! 你放心吧,"

"要是我不回来呢?"丹问你。

你摇头,很自信地道:"我在这儿等你,你能不回来吗?"

丹瞅着你,良久,笑笑说:"那还是没影的事,不谈也好,想起来挺烦的!"

随后的日子你过得很开心，除了上课，睡觉，时刻和丹在一起。你甘心情愿地天天给丹开小灶，丹感动的背着你掉眼泪。丹再不曾发过一次小姐脾气，对你温柔得不能再温柔。你吻丹，丹也吻你，丹甚至暗示你可以再大胆些，但你很满足，不肯越雷池半步。为此丹似乎不满意你，说你缺乏男性气质。

"那是因为我珍重你！"你解释说："我要把你完完整整留到新婚之夜再……"

丹黯然，却羞红了脸。

欢乐中日子过得很快，期考结束，同学们都陆续回家度寒假了。丹和你久久不愿分手，一连几天泡在一起，以至守门的师傅不满意，告到系里，老师批评了你，让你早些回家。你无奈，只好替丹买了票，又为自己买了票，决定明天回程。丹提议到市里靠近车站的地方找一个旅馆住一夜，免得第二天清早赶不上早班火车，你欣然同意。

租旅馆房间时，丹提出只租一间房子，一方面省钱，一方面可以在一起聊天，反正六点钟就要起程，何妨聊个通宵。你记得那个房间小的只能放两张单人床，一张桌子，连沙发也没有。灯泡昏昏黄黄，上边全是苍蝇屎。热水瓶里也没有热水，公用洗澡间就在隔壁一直滴滴答答地漏水。好歹天气不算太冷，床上的棉被也还干净。最主要的是你能和丹在一起，这足以弥补一切不足了。

傍晚时分，丹和你吃过饭在街上散步，像一对幸福的情侣，引得路人频频窥视。你心里暖洋洋的。走回旅馆时，你买了一些小吃，外加一瓶红酒，还有两罐饮料，摆开架式要与丹摆一夜龙门阵。

回到旅馆，丹闹着要洗澡，并听说有温水淋浴，于是兴冲冲地去洗了。洗完后催你也去洗，你本来懒得去，也只好去了。

洗完澡，你推门进来，见丹已盖着被睡在床上。你说："不是要聊天吗？"

丹说："睡下也可以聊呀！"

你想也好，便只穿秋衣秋裤进了被窝，围上被子坐在那儿，和丹说话。

丹不大理你,只哼哼叽叽的,说有点头痛。你便关了灯,让丹睡觉。你听着隔壁的滴水声,迷迷糊糊地睡去,睡到半夜时,你听见丹轻轻叫你:

"何,你过来……"

你醒来,想开灯,丹制止了你。

"我好冷呀,何,你来抱住我……"

丹往日冷的时候你总是用体温暖丹的身体,你自然很乐意服从这个命令。黑暗中你走近丹,丹掀起被子让你进来。你躺下,伸手搂住丹,觉得触手温暖细软,你大吃一惊,丹浑身上下竟然不着寸缕。

"你怎么……"

丹一声不吭,伸手搂住你,吐气如兰,颤巍巍地道:"何,我爱你,我想要你……"

你虽然激动,却十分理性,说:"丹,这不可以的……"

丹浑身发烫,痉挛,小声而热烈地道:"你如果爱我,我就是你的……我知道你紧张,我也一样,但我必须这样做,你别问为什么!"

你哆哆嗦嗦地从丹怀里脱出来,站在地上,激动得要命。

"我们不可以这样,为了婚后的幸福,我们需要忍耐……"

丹在黑暗里颤巍巍地叹了口气,幽幽地道:"何,不会有以后了!"

你道:"丹,别生气,我是为了我们好!"

丹说:"何,我没有生气,我说的全是真的,真的不会有以后了!"

你说:"我不明白你说什么!"

丹再次颤巍巍地长叹一声,道:"我本来不想现在告诉你。我怕你难过。可你这样,我只好告诉你了:我很快就要出国了……"

你大吃一惊,急巴巴地道;"不可能,你是骗我的!"

"没有,何,我没有骗你!"丹似乎安静下来,轻声道,"我已办好了一切手续,再有半个月就要飞往美国,到华盛顿大学留学了!"

你完全惊呆了,哑了。

"何,你该明白了吧?我舍不得你,怕你难过,所以我想把我给你……"

你瞠然凝视着丹在黑暗发光的眼睛,有一种被辱的感觉。

"你为什么不告诉我？你瞒着我,为什么？你以为我会阻碍你出国吗？不会的,你走好啦！我不会阻碍你的!"

丹惊慌地解释道:"何,你别误会,我并不是要瞒你,我只是不忍你知道了难过,我是爱你的……"

你软化了,喃喃道:"我知道,可你不该瞒我,要是我知道你这么快就会走,我会更好地待你,更珍惜这一段日子,绝不会这么糊里糊涂地浪费了和你在一起的分分秒秒……"

丹感动地抱住你,你也火辣辣地抱住丹。丹喃喃道:"现在你该明白我为什么这样了,你以为我那么下贱吗？才不呢！我只是想把我最宝贵的东西给你,也不枉我们相爱一场……"

"不!"你热烈地道,"丹,不！我爱你！我爱你！你要出国,我会支持你,无条件信任你！我会等你,等你学成归来,为你把酒洗尘,结婚,进洞房,那时我才会要你！你带着你的贞操走吧！就像士兵戴着钢盔,将军戴着勋章,教徒挂着十字架,僧侣佩着护身符那样走吧！这对我们俩都是考验,是考验我们爱情是否坚贞的试金石！我信任你,丹,你拥有它就像拥有我的爱一样,就像持有爱的护照一样,等到你完美无缺地学成归来,我会收回这份爱的护照,那一定仍然是鲜红的,盖着大印的护照!"

丹听得入神,苦笑道,"你真是书呆子！什么时候了还有心情开这种玩笑,还这样疯疯癫癫地背书!"

你吻着丹道:"我没有开玩笑,我是说真心话,你不觉得很好吗？"

丹道:"万一我把那份护照丢了呢？万一有个强盗抢了那份护照呢？"

你大叫:"那怎么可能!"

丹无声地叹了口气,闷闷的,"何,你最大的优点是天真,最大的缺点是矫情,你天真的近乎矫情了!"

你道:"我最大的弱点是爱你,丹!"

"我甚至怀疑你爱我是装出来的。"丹道,"你爱我爱的太理性了！我这样都不能让你冲动,让你疯狂……我真是太失望了!"

"我是在克制……"你说,少气无力。连你自己也不明白,你为什么这样自持,这样冷静。

丹沉默了一会,毅然道:"我还隐瞒了你一点,我此次出国,不仅仅是留学……你知道龙先生为什么突然回国? 他是去为我办出国手续的……我已答应出去后和他结婚……"

你如五雷轰顶,有刹那失去了知觉。

"你和我都太理性,你爱我爱的理性,其实我爱你也一样理性。这种理性的结果使我最终在你和出国这两者间选择了后者。我不想把自己完完整整送给那个鬼佬,那个疯子。我早就打算送给你了,可你叫我失望……"

你猛地掀开丹的被子,跳下床,拉亮了灯,灯光下丹雪白的身子一丝不挂。你呆呆看着丹的光身子,丹不动,只举起光洁的手臂放在额上,遮挡灯光。

你觉得又冲动又绝望,又愤怒又羞愧,你簌簌地抖着,你生动地感觉到丹近在咫尺又远在天涯,已不属于你,而属于那个龙先生。你看见龙先生狰狞地笑着,赤条条走向裸露的丹……你疯狂地大叫一声:"不!"然后伏在丹花蕾一样的胸脯上像个孩子似的痛哭流涕……丹双臂交叉放在脸上,静静地,麻木地躺着,任你哭泣。你的鼻涕眼泪弄脏了丹的雪白的花蕾似的胸脯。

你哭泣着,丹一声不吭,像死了一样。你哀求丹,质问丹,丹理也不理。你哭累了,竟在丹的胸脯上昏昏睡去。你梦见丹和龙先生在向你吐唾沫。你梦见丹被一把纯金的刀子从头顶劈成两半,像那部书里的半个子爵,一半扑向你,一半扑向龙先生。你推开扑向你的那一半丹,大声道:"我不要半个! 我要全部!"

然后你哭醒了。

你醒来时天已大亮,你睡在床上,盖着被子,枕上的泪痕犹在。你想你做了一个多么荒唐的梦啊! 你坐起身,才发现不是梦,丹的行囊不见了,丹也不见了。

你久久不能相信:丹已经走了!

第十章　人世,在自给中繁荣

一　食腐动物和狮子

何伟从张文家出来,又弯到市委,秘书在电话里告诉何伟,张文书记回来了。

何伟走进张文的办公室,见张文正和一个相貌忠厚的中年人谈话。那中年人戴深度近视镜,一副学者打扮。张文书记脸色很不好,显得有些烦躁。看见何伟似乎很高兴。

"小何。先坐下,认识一下,这位是二三〇研究所的董大爹同志。他嘛,叫何伟,您大约听说过,一位作家,哈哈,上次他打电话还问起那个孩子的事,我没有讲。你们可以谈谈!"

何伟和董大爹握手,心想:叫这么个怪名字,可占尽人们的便宜了!

"乱树沟出了点事,死了一头牛,还死了一群羊。那儿有一片湖泊,里边的鱼全死光了,说是瘟疫。明天董大爹同志要去看一看,小何,你要有兴趣,你也去嘛!"

何伟点头:"如果可以,我一定去!"

董大爹扶扶眼镜,阴郁地道:"一同去吧!"

"防疫站也有人去,明天八点在防疫站集合,别忘了带干粮哟!"

张文书记关照何伟。

董大爹客气地告辞,走了。

何伟坐下,好奇道:"那孩子的事?"

"你可以问他,我是不讲的!"张文笑道,"他怀疑是那孩子搞的鬼!"

何伟不好再问,知道张文书记原则性极强,不该讲的绝不乱讲。

"事态进展如何?"何伟转到正题。

"听说正在查实,"张文书记笑笑,"我不管那么多,要站好最后一班岗!"

"有这么严重?"何伟吃惊道。

张文苦笑一下,沉吟不言,突然道:

"看过'动物世界'吗?"

"那是我最喜欢的节目,都看过!"

"有什么感想?"

"哪一方面的感想?"

"比如动物之间的依存关系什么的?"

"环式结构——我是说生存和竞争,良性循环,才能保持生态平衡,可人类在破坏这种平衡,人类认识到这一点了,可认识的还不够!比如西双版纳,唯一的热带雨林原始森林,也被破坏得差不多了。听说过去孔雀在村子里跳舞,现在找也找不到了,还有……"

"是很让人痛心……不过我不是指这个,我是指,当一头鹿或野牛被狮子咬倒后,你有什么感想?"

何伟摸不着头脑,笑道;"当然很残酷了!"

张文抬头道:"狮子也有可能被更厉害的猛兽咬倒,甚至吃掉,这算不得什么!可怕的是当狮子被咬倒时,会有些什么东西蜂拥而来?"

何伟恍然道:"你是说豺狗和秃鹫,那些食腐动物,会赶来会餐?"

张文点头,落寞的道:"现在,狮子快要被咬倒了,那些食腐动物已赶来了……"

何伟似乎明白了,不觉心情沉重。

"那只袭击狮子的猛兽并没有咬住狮子的要害,只是让狮子很狼狈,那些食腐动物乘机一拥而上,天上地下一顿攻击,于是那头狮子便顾此失彼,难以应付,以至精疲力竭,只好倒下供它们美餐一顿了……

何伟突然想起在莎娜父亲那儿见到的几张熟面孔和生面孔。何伟已完全明白了张文书记这番话的用意。

"我以为,一头狮子对付那些食腐动物是绰绰有余的!"

张文苦笑,摇头道,"假如连别的狮子也扑上来呢?假如还有一头大象或是一条犀牛也加入这场攻击呢?"

"这根本不可能!"何伟断然道。

"遗憾的是,在我们这个世界的成语字典里,没有'不可能'这个词,这个词在'动物世界'里比较合适,起码犀牛和大象不会和秃鹫为伍,狮子也不会与豺狗联姻……我们历史之所以是悲壮的,大概是因为这个原因吧?"

"你太悲观了!"何伟道,"事情绝没有那么严重!你很清白,这他们已经知道!你既无经济问题,又无政治问题,那个问题也已确证。你还怕什么!"

"你太天真了!"张文伤感地道,"你知道我已经臭了,不知内情的人都在冲我的名字吐唾沫。这事现在恐怕连市民们都知道了!我倒是挺坦然,自问心里没有不踏实的事,可怕的是无中生有,你知道有些人是唯恐天下不乱的!有些事你不明白,无事时,大家都捧你,有事时,都在那儿瞪着眼睛,一边看一边心里说:这家伙浑身上下全是毛病,瞅着就不顺眼!"

"那是你夸大其词。在那儿自己吓自己!"何伟安慰张文,"我什么也没听说!"

"你又何须听说!"张文淡淡地道。"我心里明白得很,那些人成不了气候,只是苍蝇似的围着你嗡嗡,让你讨厌罢了!怕的是会有人偏听偏信,善意的踩你一脚,更可怕的是你的好朋友,你的战友,背后再给你一刀!人非圣贤,孰能无过!要挑一个人的毛病,那还不是信手拈来,浑身全是嘛!但我相信党,相信上级,相信群众,也相信自己——时间会做出公正的结论!"

何伟笑道:"这还差不多!"

张文摇头,"做到这一点并不容易!我最怕的是把你先挂起来,查个三年五载,水落石出,你也老了。或是让你换一方水土……我可不想走,我还有许多计划没完成呢!"

"那恐怕由不得你!"何伟笑道,"我只担心莎丽,你到底准备怎么办?我见过莎丽了,她可是心里只有你一个人,你要不娶她,她恐怕这一辈子不会嫁了!"

张文脸色灰暗起来,怏怏地道:"我谈过了,还会再谈,我不会改变主意了!"

"夫人让我带话给你。"何伟道,"我本来想为你做点工作,可几句话就谈僵了,把我一顿教训。她让我告你:你能有错知改,她不怪你。你要一意孤行,她要陪你周旋到底!"

张文苦笑,摇头,愁容满面。

何伟道:"我倒看出一点,你夫人什么都明白,明白人绝不会做糊涂事,你有些顾虑可以丢开了,起码我认为她不会寻短见什么的。"

"我倒白担心了。"张文道,"她依赖性强,对我一向很好,我并非担心什么,我是不忍心伤害地。说起来总归是我的错,她没有错,对一个没有错的人,我还能怎么样?只能先认错,再请她原谅,求她网开一面,放了我!"

"她要不放你呢?"何伟问。

"我能怎样?只有一个字:磨!可能要好长时间,这会苦了莎丽,可没法子,我硬不起来,我对她有愧!"

"假如她死也不肯,拖你二十年你就老了!"

"……"张文无言。

"你不如分居,两年后可以判离。"

张文一扬浓眉,不屑道:"那不成,不到万不得已,我不会出此下策。"

"你这样前怕狼后怕虎,真让人怀疑你是否真心爱莎丽。"何伟半真半假道。

"你怎么说我都不生气。"张文颔首:"我们是忘年交嘛!我对莎丽如何,我心里明白,你不必多操心。你要能常常去看看莎丽,陪她聊聊天,我会很感激。目前我与莎丽不宜多接触,你告她保重! 凡事不可急,否则会相反起坏作用。我的事你和莎丽都不必操心,也不必谈起,不必打听。你今年拿一部好作品,才是正经,悠悠万事,唯此为大!"

张文笑起来。又道:

"我也太顺利了,有点波折也好! 我不会灰心,会好好工作! 只要狮子还站在那儿,谅那些豺狗秃鹫什么的,也要怕一怕。唉,动物世界里的角色,在咱们人的社会里也一样齐全,有了个'地震局长',还有了一帮趁火打劫的。唐山地震听说就有人趁火打劫,下了命令捉住就枪毙。这帮人比地震还可恶,该杀! 不过我这场地震暗里那些人你捉不住,捉住也没法子办人家,我们的法律还不够健全呀!"

何伟告辞出来时,心里轻松了些。他看出张文还挺得住,伤感忧虑在所难免的,并没有影响张文的工作。一个勤勤恳恳工作的人,是不容易被打倒的。何伟相信这一点。

张文的话很风趣,他把动物世界那些食腐动物用来比那些人类社会的食腐者,形象极了。何伟想:同张文聊天总是愉快的。一个领导人也需要有才气,否则便不称职。张文是称职的,既然称职,便不会倒。虽然张文被抹了一身污泥,忙着在那儿洗刷自己,不期招来了食腐动物,使他难以招架,但不至于倒下。秃鹫俯冲下来,豺狗猛扑上去,只咬到满嘴污泥。张文最后洗掉污泥,还是一头狮子。但那些食腐动物恐怕也会摇身一变,成了狮子最忠实的仆人。狮子昂然四顾,竟找不到一个敌人。

狮子想:我一定是看错了,我一定是做了一个梦,没有谁攻击过我!

秃鹫说:我没有攻击你,我只是为你不平,只是想啄掉你身上的污泥!

豺狗说:我一直在维护你的形象,不惜用牙齿去啃你身上的污泥,用舌头去舔你身上的伤口!

也许狮子还会褒奖它们。何伟想。宽恕是必要的,但过量的宽恕会纵容邪恶,姑息养奸,会害人害己。可悲的是,狮子往往在踌躇满志时,喜欢在大树下,闭上眼睛,只用耳朵听臣民的欢呼,而欢呼声最响亮最让狮子满意的往往是狗和秃鹫。知道自己的敌人而去宽恕是王者的气派,浑浑噩噩敌友不分却是愚蠢的行径了。

何伟想:这大约便是狮子们的悲剧了。

二　毒　吻

雷电交袭,狂风呼啸。大雨倾盆。整片荒野,整座世界,整个宇宙,都在雷电,狂风,大雨的交相攻袭下战栗。大树披头散发,啼泪滂沱,灌木伏地痛呕,呕出混浊的胆汁,青草泣血,野花含悲,纷纷倒伏,迸碎。泥石流奔涌着倾泻,淹没了良田,洪水猛兽般吼啸着,冲向大峡谷,拔起乱树,摧毁荒丘,卷翻帐篷,掀倒耸立的井架,吞噬峡谷中所有的物事。人与动物惊慌地逃上山顶,神情灰暗,为逃得性命侥幸,为洪水猛恶惊心。

闪电悲愤地烛亮了山洞,烛亮了那孩子亢奋的情状,烛亮了青儿那赤裸的躯体。那孩子像个疯子,像个恶魔,浑身弥散着硫黄味,闪着火光和浓烟。青儿痉挛着,像一片烈焰下的花瓣,绿叶,顷刻枯萎,失去了颜色。

"哥,我不行了……"

青儿嘴角沁出一丝黯黑的血线,顺着腮边滴落。那孩子抱着青儿,眼睁的像铜铃,喃喃道:"青儿,你别吓我,你一定是吓我的,我都洗干净了呀……青儿,你……"

青儿美丽的星眼渐渐失去了光彩,陷入昏迷,雪白的胸脯急促起伏,似乎在窒息。

"青儿,青儿,你不能死!"孩子呼唤着,狂乱地摇撼青儿的身体。

青儿转来,散乱的目光又凝聚起来,虚虚的看定那孩子的脸,温柔的,一字一顿地道:"我不,不怪——你,我好,好可怜,可怜你——我好,好心疼——你——啊——"

那孩子温柔地抱着青儿,脸上的神情又狂乱又清醒,喃喃道。

"青儿,你不会有事的,我知道你不会有事的……我都洗干净了,洗得干干净净,跟你一样干净,你一定是牙齿出血了,碰破了,让我看看,让我看看……"

那孩子慌乱地看青儿的嘴巴,青儿缓缓摇头,唇间绽出一丝凄哀的笑意,喘息着道:

"我难受极了,出不上气……我知道,我不行了……不过,我很……很喜欢你,哥,我一点不害怕……不害怕……我好心疼你……哥。你好可怜,人人都,都怕你,可我,我不怕你……哥,我不怕你,也不,不后悔……你千万,千万别,别难过……"

孩子抱着青儿,温柔地摇着,耳语般轻声道:"青儿,你不会有事的,我要你好好的,我要娶你,就像电视上那些夫妻一样娶你,我会待你好……我们离开这儿,远远地离开这儿,到一个没人的地方,好好过日子……青儿,你知道我不光把你当妻子爱,还把你当母亲一样爱着……你是我唯一的亲人,你让我知道什么叫温暖,什么叫母爱,什么叫情爱……人们什么都有,可我什么也没有……我现在有了你,就什么也不要了……我一定弄痛你了,我真坏,我要罚我自己,我一定要罚我自己……"

"不,不要,不要,哥……我不要你罚自己……我爹要,要问起……你就说,是我,我愿意的,我要的……哥,我就是,舍不下你,你好可怜,我走了,再没人疼你……我不想死,不想死……我也爱你,哥,从你看见我的身体那一天……我,我就心里,有,有了你……我老想着你……那天,你,你……我真想抱住你……我好想做你的……做你的亲亲……"

青儿剧烈的喘息,嘴唇翕动着,染满了鲜血,像嫣红嫣红的花蕾。

"我不知我做了什么,青儿,你骂我吧!打我吧!我以为我洗干净了,我是为了你去洗净自己的,我不敢吻你的嘴唇……可还是害了你,你打我吧,骂我吧,只求你不要,不要离开我……我好不容易才找到你,我不让你走,就是不让你走,谁要敢抢走你,我,我就和谁拼命……我不怕死,我从来不怕死,我不知道什么叫疼痛,可我知道痛苦,我好痛苦,我真想杀了自己……你要死了,我非杀了自己,我要吃了自己,一点一点全吃了……你看我的手指,这是我小时候不懂事,饥饿时自己啃掉的,我把手指头全吃进肚里了……青儿,你别害怕,我一点不疼,我像章鱼一样,你见过章鱼吗?章鱼在饥饿时把自己的触手吃掉了,它不疼,我也不疼,我也是章鱼……你要死了,我一定要吃了自己……"

"哥,你,不要吓我,我胆子小……我害怕,害怕,你抱紧我……我喘不上气,我眼睛里像有什么,黑麻麻的,看不见你了……我,一定不能活了,哥,你,再亲亲我,亲我的嘴唇……我不怕,一点也不怕……"

那孩子温柔乖顺地亲青儿的嘴唇,青儿挣扎着用手臂抱住孩子的脖子,脸上泛起一阵羞涩,微弱地道:

"哥,你,你喊我一声,一声……亲亲……"

那孩子红着脸,又喜悦又羞愧的,轻轻喊了一声。

青儿死灰的脸上泛起一丝满足的笑意,伸手颤巍巍地把孩子的头按在自己赤裸柔软的胸脯上,抖抖索索抚摸着,像抚摸自己心爱的婴孩,一下,一下,又一下……孩子将自己的脸埋在青儿的胸脯里,温柔的摩挲着。

"我,我好心疼你……你好可怜,没人疼……我真舍不得撇下,撇下你……"

青儿的声音微弱的像游丝,越来越细,嘴里突然喷出一口鲜血,拼命似的颤抖着,用麻木肿胀的舌头顶出一句话: "我——好——心——疼——你! ——"

然后一歪脸儿,抚摸孩子的手无力地垂下,安详地闭上眼睑,悄然而逝。

那孩子伏在青儿的胸脯上,觉察到异样,抬头慌忙看青儿,见青儿闭了眼,还以为青儿睡了,连忙拿衣服给青儿盖上,抱着青儿坐在那里,摇晃着身子,低语着:

"我知道你累了,你睡吧,睡一觉就会好……我要像我睡觉你守着我一样守着你,一直到你醒来……"

洞外,山洪咆哮着渐渐淹上了山坡,呼啸着逼近山洞。洪水哗哗地流进山洞,淹到孩子的腰部。孩子站起身,小心翼翼地抱起青儿渐渐僵硬的身体,似乎怕惊扰了怀中的青儿。

洪水猛烈地袭击山洞,水头迅急由孩子腿弯上升到孩子的腰部,胸口。孩子被冲击的左右摇晃,一个混浊的浪头卷来,把孩子冲倒,挟持着带出山洞,推入汹涌的洪水中,将孩子和青儿一同吞噬了。

孩子耳畔奔吼着洪水猛兽般骇人的啸叫,被裹携着大量泥沙大量树根乱草和石头的洪峰拖带着、挤压着、揉搓着、推拥着,箭似的奔向峡谷。孩子死死抱着青儿,在洪水中挣扎,一会儿沉落,一会儿浮起,像一头困兽。洪水暴怒地责打孩子,斥骂孩子,拼命要夺走孩子怀里的青儿。孩子反抗着,挣扎着,死也不肯松手。洪水阴毒地卷起一根树桩砸向孩子的头颅,树桩擦过孩子的脸颊,带走一块血淋淋的皮肉。孩子冷笑,浑然不觉痛楚。洪水推举一棵大树,狰狞地狂笑着击中孩子的头部。孩子大脑一阵晕眩,四肢无力,大口地吞咽泥汤,失去了知觉。青儿被洪水托起,像托起一艘淡雅的白色小船,一朵哀艳的白色睡莲,轻盈地漂走了。

群山肃穆地低垂了黛青色的头颅,像击鼓鸣钟的僧人,在超度亡灵。鸟兽在栖身处发抖,发出哀鸣,草木萎地不起,叩首远送。乌云携着雷声为之开道,雷神握着闪电,为之照明,狂风怒马驾着轻车为之迎候,暴雨卷起珠帘,供万物瞻仰青儿的遗容。

青儿像淡雅的白色小船,轻盈地漂着,小船上忽然张扬起黑色的旗帜,旗帜下青儿缓缓坐起,揉着惺忪的睡眼,茫然四顾。

青儿像哀艳的白色睡莲,轻盈地漂着,白色睡莲上忽然弥漫出阵阵清香,清香中莲子迸开,青儿羽衣白裳,长裙曳地,凌波而起,渐渐升上苍冥,没入云中。

天放晴了,洪水退尽了,方圆百里,谁也不曾见青儿的尸体。青儿从此不见了。青儿其实并没有走远。有人在非洲丛莽见过青儿,说青儿和黑猩猩交上了朋友,并在尽心照顾保护那些朋友。有人在西双版纳见过青儿,说青儿在那儿召唤孔雀,让孔雀再回到山寨跳舞。有人也在绿色和平组织的考察船上见过青儿,说青儿在保护海洋,骑着鲸鱼像个仙子。有人在"地球日"的游行队伍中见过青儿,说她金发碧眼,却是地地道道的黑皮肤,讲演时说一口纯正的中国话。没有人能确切地说出哪个是青儿。但青儿确实活着,在热带雨林,在崇山峻岭,在海洋和江河,在一切人类还不曾染指蚕食的已少得可怜的原始生态世界,惴惴地,哀哀地,苦苦地,劝告和乞求人类:不要再污染地球、天空、海洋、河流,不要再掠夺森林,杀伐鸟兽,破坏生态平衡,不要再制造可怜的毒孩子,吃掉人类自己……

三　弑父母的启示

头儿如何越狱的,我一直无法弄明白。但头儿越狱后所犯下的不可饶恕令人发指的罪行,我一一听说了。我只要一闭上眼睛,就能看到……头儿像一头野兽,迅疾无声地穿过一条条黑暗的小弄,翻墙进入一个四合院。夜深人静,没有二丝响动,人们都在沉沉的酣睡。

头儿轻轻叩响一扇紧闭的屋门,里边传来咳嗽声,一个病弱的声音问:"谁?"

头儿四下张望着,应了一声:"我——"

灯亮了,人影晃动着,一阵忙乱。门吱呀一声开了,头儿闯入去,门又关上,还上了闩。头儿靠在门上,剃着光头,神情阴森而恐怖,绝望而憎恶地盯着病弱的,惊恐万状的父亲。

"你,你怎么回来了?"父亲问。

"我逃出来了!"头儿冷冷道。

"你这个杂种,你竟敢——"

父亲震怒地咆哮起来,头儿猛地伸手掐住父亲的喉咙,让父亲的咆哮声化作一阵咳喘声。灯光下出现了一个面如土色的妇人,严厉地呵斥道:"放开你爹!"

头儿松开手,父亲颓然坐下,惊怒交加,艰难地喘息着,直翻白眼,妇人扑上去抱住丈夫,失声呜咽。

"你,你,连你爹也敢……你简直是个畜生,我怎么生下你这么个畜生……"

头儿脸色铁青,狂暴低吼:

"妈,你住口,不然我连你一起……"

妇人惊恐地望着儿子。被吓住了。

头儿仇恨地瞪视着父亲和母亲,浑身颤抖,模样凶恶异常。

"哥,你怎么啦?"

一个童稚的声音喊着,妹妹从里屋出来,惊慌地望着头儿。头儿被惊了一下,望着妹妹,恢复了阴郁的表情。

"小妹,你去睡吧!"

"不,你把爹和妈怎么啦?哥,你把爹和妈都气病了,你还这样……"

小妹伤心得直掉眼泪:

头儿咬住嘴唇,悲愤道:"他们根本不是哥的爹妈,是他们去公安局检举了哥,才定了哥死罪,要不哥还好好的!"小妹呆呆地,喃喃道:"那是爹妈为了你好呀,哥,爹妈最疼你了……他们都伤心死了,爹心口痛,妈喘不上气,全是因为你……"

"不,不要和这个畜生说话,你回去睡!"

父亲挣扎着站起,将小妹推入里屋并从外挂上锁,震怒地逼视头儿,低吼道:"畜生,还不给老子跪下!"

头儿不动,浑身又颤抖起来。

母亲喘息着,泪如雨下,嘴唇青紫,呜咽道:"畜生,听你爹的话,跪下!你想把你爹气死呀!"

头儿腿一软,直挺挺地跪下,垂下头。

"去,找条绳子,把他捆上,送,送回去……我们就当没这个畜牲儿子……"

"爹,这可是你说的!"头儿憎恨地道。

父亲怔了一下,涕泪滂沱,却又强忍着,双手捂住胸口,一迭声道:"拿绳子来,拿把刀来,老子要亲手杀了这个畜生……"

"爹,妈,我来只是想问你们一句话,你们为什么要到公安局报告我……"

"畜生,你还有脸问,你把张家的风水给败光了,你偷,还杀了人……老子要昧着良心不告你,先人也不饶我……"

母亲呜咽道:"你爹和我,早就不指望你了……你根本不是个人,你是个畜牲,我怎么会生下你这么个讨债鬼,天呀,我上辈子做了什么坏事,天罚我呀……"

"你,你们就不后悔?"头儿哆哆嗦嗦地问。

啪,啪,啪——父亲狂怒地冲上前,抽了儿子三个大嘴巴,喘息道:

"你这个畜牲,政府宽大你,你还敢逃回来,真该让政府马上崩了你,快拿绳子来……"

母亲哭着进厨房找绳子。父亲咳嗽着,抱着胸口弯下腰,待到喘息着直起身来,头儿已站起来,手中多了一把雪亮的菜刀。

"畜生,你,你想干什么?"父亲惊恐地望着儿子,眼珠像要爆出来。一道冷森森的弧光一闪,血雨迸溅……

小妹的尖叫声和痛哭声惊动了四邻。警车、救护车急驰而来。

夜深人静,我醒来时,隐隐约约听到警笛声远远传来,以为是自己的幻觉。隔壁有响动,似乎瑶瑶在干什么。砰——一声巨响,什么东西砸碎了。

我一惊,起身开亮了灯。

啊——隔壁传出瑶瑶一声尖叫,令人毛骨悚然。

我跳下床,推门出去,看见瑶瑶的房门关得铁紧。我贴耳门上细听,一片寂静。我想一定是瑶瑶做了个噩梦。我想回去,又被一阵声音吸引住,细听似乎是一阵撕裂声和被闷住的呻吟声。我情急,伸手拍门,并喊叫起来。

里边的声音又没有了,却不见瑶瑶开门。父亲跑出来,母亲也跑出来,一片惊慌。

"怎么啦?"父亲问。

"我不知道,我听见瑶瑶在叫……"

母亲上前使劲拍门,并喊着。瑶瑶仍然没来开门,母亲慌了,拿钥匙开门,门锁转不动,显然从里边上了保险。

父亲急了,和我合力撞门,门嘭地撞开,瑶瑶一声尖叫,哗啦一阵乱响,阳台门砰地关上,一道黑影闪了闪,消失了。

母亲拉开灯,雪亮的灯光下,地上布满了花瓶的碎片。瑶瑶披头散发,浑身的睡衣睡裤被撕得粉碎,露着一身的肉,在墙角簌簌地颤抖。瑶瑶双目失神,脸色灰白,惊恐万状,嘴巴上染满了鲜血……见了母亲发一声尖叫,扑进母亲怀里失声痛哭,哭声悲痛而绝望。

"是,是哪个畜生……"父亲颤抖着问,一边哆哆嗦嗦地拨电话报警。

我冲到阳台上，黑暗中看见一条人影消失在拐弯处。

"是，是那个，那个头儿……他让我跟他走，我不走，他就，就……"

瑶瑶痛哭着，断断续续讲了几句，便哭倒在母亲怀里，再也说不出话。

母亲惊得直发抖，泪如雨下。

我呆呆站在那儿，听见一阵狗叫声由远而近，还伴有警车的笛声。摩托车呜呜地厉啸着远去。许久之后，忽然有一声沉闷的枪声响起，在黑暗中久久回荡。

第二天，我知道，头儿因为拒捕，被当场击毙，结束了罪恶的生命。

瑶瑶被送进医院，躺了两天。母亲终于放心，瑶瑶没有受到伤害，只是吓坏了。

"我正睡着，忽然有人捂住我的嘴，"瑶瑶过后讲述经过，"说：瑶瑶，别怕，是我，是头儿，是我，我跑出来了……我想你，我想带你走，我们一起走，到外国去……我吓坏了，我知道头儿杀了人，被判了死刑，可我吓坏了，我只是发抖，他一松手，我就叫起来，头儿一下碰倒了床头柜上的大花瓶，接着扑上来堵住我的嘴，我挣扎，咬住了他的手指头，咬了我满嘴血，他发疯了，狠命撕我的衣服……然后，然后你们撞门，他就，就从阳台门跑出去，逃走了……"

瑶瑶讲着讲着又忍不住哭了。

父亲瞪着眼："这回你该吸取教训了吧？早恋的男生女生，没有一个好结果！"

母亲叹息着抚爱瑶瑶，喃喃道："往后可不要乱交男朋友了！"又转向我，责怪的，"都是你，都是你害了瑶瑶，要不是你领他来咱家，绝不会发生这一切……"

我狼狈的低头，无言。

瑶瑶道："妈妈，不怪哥哥，是我不好，我以后再也不了……"

我总觉得瑶瑶有许多话没有讲出来，她似乎隐瞒了什么。过后我单独问瑶瑶时，瑶瑶哭了，说："哥你不要问，我不想提起他……我想忘了他，他不是人，他是个畜生……他对我好，是假的，他是个畜生，我不要再想他，我不要再有人提他……"

我想,一切似乎并不那么简单。

四 爱情游戏规则

那天,莎娜一怒而去,你当时就后悔了。你只是没有想到事态能有多么严重。你只以为莎娜生气了。你想在第二天去向莎娜道歉,并同莎娜一起去重新领那个证件。你还辛辣地嘲笑了自己一番。你觉得自己年轻轻的,竟然是一只贴了新标签的伪劣商品,一旦打开包装纸,里边装的货色破旧不堪,还发着一股霉味。事实上,半年前你已与莎娜有了夫妻之实,现在不过是履行一个法定的手续而已。你如此畏缩不前,可见骨子里很卑鄙。难道你无所顾忌地与莎娜同居半年之久,只是想新潮一下,只是想不负责任地满足一下自己的欲望吗?由此想来,你简直称得上无耻、卑鄙和下流了。难怪莎娜会有受了辱弄的感觉,一怒而去。

你怀着愧悔和内疚,第二天上午给莎娜打电话,门房老头告诉你,莎娜出门了。你问,去什么地方了?门房老头说不知道。你问,留什么话了?门房老头说,没有话。放下电话,你开始不安起来。

你跑去找沙娜的姐姐,莎丽告诉你不要急,莎娜很任性,说不定跑什么地方躲起来不见你,过几天就会好了。

"莎娜就这么个脾气,跟我闹气,也会一连几天不露面……可过几天她会自己来,没事人似的,你问她是不是生气了,她还装糊涂,说,不记得了呀?你不用急,莎娜这丫头受了伤是要自疗才能好的,谁也治不了她的毛病……"

你想象莎娜是一头美丽的兽,不幸中了一箭,便飞一样逃开,躲到一个谁也找不到的地方,卧下来,拔去箭,用血红的舌头舔自己的伤口,一下一下舔,那伤口便慢慢愈合了。然后她站起,抖一抖美丽的皮毛,像抖去尘灰草屑似的抖去伤痛的记忆,又去快快活活地奔跑,嬉耍,追逐食物,饮用清水了。

"没有呀?我不是好好的吗?"

她甚至会这样来回答你的内疚和道歉,然后打扮起来,与你手挽手一同去领那个证件。

你几乎天天晚上跑去找莎娜,盼望着莎娜在屋子里一边嚼口香糖,一边哼哼吱吱地唱歌,要不就是在镜子面前穿一身黑色练功服练舞蹈动作,嘴里啦啦啦地为自己打着节拍,你会悄悄进去,蒙住她的眼睛。她一动不动,伸手去摸你的脸,揪住你的手指掰开,送到红艳的嘴唇上用牙齿咬住,一直到你求饶。

"你干吗才来?"她会斥问你,她总是这样斥问你,似乎你总是迟到。

"我一下班就来了,你还嫌晚呀!"你总是这样分辩,满脸委屈。

"你这家伙——"莎娜会喃喃地骂你,并捧住你的脸,一下一下吻你,"你这家伙——"莎娜骂着,厌恶地把你推开,并会拼命擦嘴唇,似乎你把她的嘴唇弄脏了。

"你走吧,我不要你了!"莎娜气呼呼道。

你真要走时,莎娜又会扑上去,把你脖子抱住,将你推倒在床上,咯咯地笑着压迫你,快活得像个疯子,妩媚得像个妖精。

可是,你总是一次一次失望,莎娜既没有唱歌,也没有跳舞,她的小屋总是锁着。门房老头不耐烦地嘀咕着:不在,说过不在的!

一天,两天,三天……整整一个星期过去了,你简直失望的要疯了。你想莎娜,想的失魂落魄,连张文都注意到了。张文几次问你怎么啦?你都含含糊糊支吾过去了。

你回味着莎娜的一举一动,一颦一笑,一言一行,心里又甜蜜又惆怅,又负疚又绝望。你突然觉得莎娜在你心中的地位竟有如此的重要,莎娜离去你心中竟空空荡荡得像一片旷野,乱草凄迷,酸风刺鼻,荒凉的让人辛酸。

唯恐从此失去莎娜的忧虑使你萎靡不振,没精打采,整天呆头呆脑。你企盼着莎娜突然现身,每一次有人敲门都会悚然而惊,每一次电话铃响都匆忙去接,又失望地放下。

"喂,你这个家伙,怎么不来看我……"

你仿佛听见莎娜在电话里气嘟嘟的责备你。莎娜的声音使你着迷。

"莎娜,我,我好想你……"

"我是莎丽……"话筒里说,"莎娜今天上午回来了,你晚上去看看吧!"

你觉得羞愧无地,又觉得欣悦无比。

"她,她说什么了?"

"她什么也没说……她好像病了一场,脸色好难看,我问她,她什么也不说……我不明白到底发生了什么事,我还说了你的情况,并做了莎娜的工作,她无动于衷……我只好打电话给你,你去看看她,耐心点,一定要耐心,莎娜像受了多大的委屈似的,这样子在她过去很少见……"

莎丽的话里透着忧虑和担心,使你连呼吸也几乎停止。

好容易挨到下班,你匆匆忙忙蹬了车,先到商店买了一大包东西,全是莎娜平日爱吃的。你气喘吁吁奔到楼下,连车也忘了锁,拎着东西三步两步上楼,你紧张得要命,惶恐得要命,双腿竟不争气地发软。

你举起手叩响那间熟悉的房门,里边没有声音。你推开房门走进去,看见莎娜半躺在床上,脸色苍白,憔悴,嘴唇发白,眼窝深陷,像一下老了几岁。你大吃一惊,心一阵剧疼,站在那儿发呆。

莎娜冷冷望着你,神情又古怪又平静,仿佛你只是一个贸然闯进门来的熟人。

"你来干什么?"莎娜淡淡地问。

"我,我来看你。"你说,声音发颤,"我对不起你,莎娜,我太伤你的心了,我请你原谅……莎娜,我,我真是对不起你……"

"你坐吧!"莎娜说,唇间漾出一丝深思熟虑的冷笑,"我们心平气和地谈一谈,你坐吧!"

你忐忑不安地坐到椅子上,把一堆东西放到桌子上。莎娜瞟了一眼那堆花花绿绿的东西,咬住嘴唇,垂下头,似乎很伤感。

"现在,你可以谈谈了。"莎娜平静地道。

你开始诉说,匆匆忙忙,结结巴巴,词不达意地开始诉说。莎娜安静地听着,神情变幻莫测,似乎温柔,又似乎忧愁,似乎受了感动又似乎无动于衷。

"莎娜,你原谅我,全是我的错,我不能没有你,我爱你,莎娜,我真心爱你⋯⋯给我一个机会,我会改正这一切,明天,随便你指一个日子,我们去⋯⋯"

"你说完了吗?"莎娜温柔地问你。

你喘着气,点点头。

"我应该先谢谢你。"莎娜说,"谢谢你关心我,毕竟你还懂得一点感情⋯⋯"

你看着莎娜,不明白莎娜为什么这样说。莎娜温情脉脉望着你,良久,叹了一口气,皱着细眉,款款道:

"可惜你已失去机会了,再也不会有下一次了,我已做了决定,也做了处理⋯⋯你和我,只有一条路可走,那就是:心平气和地分手!"

"不。"你激动地站起来,"不,我不和你分手,我要和你结婚⋯⋯"

"错了,是我娶你!"莎娜纠正道,"现在我不想娶你了。在我们这场恋爱中,性别和位置压根就搞错了。你娶不起我对吗?那我只好娶你,可你比当新娘子还害臊,你竟中途变卦,你简直不如一个女孩子⋯⋯"

莎娜说得气喘,脸上浮起红晕,显示着有些激动。

你脸色灰白,垂头丧气,想争辩又无言可对,只好听莎娜继续往下说。莎娜让自己平静下来,并开始微笑,模样十分动人。

"不过我一点不怪你。"莎娜说,语气平静,"我只是觉得自己不该太投入,以至落到这步不尴不尬的地步⋯⋯我当时尽量挽救自己,我给了你机会,我当时就让你考虑,如果你非要推迟,就不会有下次了⋯⋯很可惜,你没有改变主意。我还不曾走,再三再四问你,希望你醒悟,你视若儿戏,我绝望极了,便跑走了。我还抱着一丝希望,以为你会追上我,可你竟没有⋯⋯于是,我只好做了最后的决定⋯⋯"

"全是我的错,莎娜,求求你,不要这样⋯⋯我不是来了吗?我第二天就去找你了,可你已经走了⋯⋯"

"我一夜没睡。"莎娜叹了口气,"我一夜都没有锁门,我真傻,我竟整整等了你一夜⋯⋯"

你悔恨莫及。你奇怪自己何以竟然没有当天晚上去找莎娜,以至失去了最后的机会。

"我突然发现,自己陷得很深,很深,而你却站在那儿很悠然地欣赏我的挣扎……这似乎很残忍是不是?可我没有怪你,我只是觉得自己太傻了,太认真了,你知道人一认真了就会傻。好歹我醒了。我笑起来,我觉得真可笑!我发现爱情原本是一场游戏,这场游戏的规则是这样的:谁认真谁就会输!你赢了,赢得很潇洒,很从容。我不但输了,而且输得很惨!我并非输不起,我只是不想输给你,因为我根本不想和你玩这场爱情游戏!"

"没有!"你叫道,"我对你是认真的,我从来没有耍过你!"

"我想是这样的。"莎娜点点头,"否则我早就发现你了。我所以违反这场游戏的规则,就是因为我以为你也和我一样犯规了。不过我后来发现,你犯规与我不同的一点是:你根本不知道游戏规则,而我是知道的。也就是说,你犯规是无意的,我犯规是明知故犯,这就是我不能怪你的原因!我想我要是遵守这场游戏的规则,输的会是你,你将会苦苦哀求我和你结婚,我则会很潇洒,很从容地恩准你。我是胜利的女皇,你只是我裙下的奴仆!你喜欢这样吗?……"

你冲动地道:"莎娜,我什么都不在乎,我只要你和我结婚!"

莎娜忽然微笑了一下,神情古怪地望着你,自言自语:"你瞧,现在好像我赢了,是不是?这回你犯规了,真的犯规了!"

"行了,莎娜,你别这样冷嘲热讽了,都是我的错,我们和好吧!我对你从来没有虚情假意过!那天是我一时糊涂……"

"不对。"莎娜摇头道,"你不明白你自己,你其实一直糊里糊涂,只有那天突然清醒了……可现在,你又开始糊涂了。你从来不知道你要什么,我给你什么你就接受什么。可那天你清醒了,你突然发现我能给你的东西你都不需要,而你想要的,我又没有……"

莎娜的话刺中了你的要害,你哑口无言,呆若木鸡,像被剥得精光,无地自容。

"不错,你爱我,或者说自以为爱我,你不明白自己,你其实骨子里并不爱我,只是需要我,因为你最爱你自己,你绝不肯让自己受委屈。所以你最终开始考虑:娶我是不是太亏了? 但你毕竟陷进来了,而且陷得很深,你只好委屈自己,努力劝说自己,让自己接受一个既成的事实。我想我没有说错。我反反复复考虑过了,一切都考虑过了。我不想委屈你接受我,也根本不想委屈我自己,因为我也是爱自己的! 这样一来,我们只好分手了。相信我,这是最明智的决定!"

莎娜微笑着,脸上泛着病态的红晕。

你不知何以措辞,又羞又窘,情急的差点要哭了。莎娜注意到了,温情而忧郁地望着你,用目光抚慰你,慢慢道:

"这样虽然让人痛苦,可痛苦一时总比痛苦一辈子要好! 假如我们结婚了,你一直郁郁不乐,总觉心里有一块东西,那会让你得病的,也会让我痛苦的。那无异是一种慢性自杀。如果我惹了你,或让你不满意了,你就会愤愤地想:'你有什么资格这样待我,你应该赎罪,一辈子赎罪,你欠下了一笔永远还不了的债!'我不想赎罪,也不想看到那幅情形,我只能忍痛割爱。你不是我要的那种大男人,恕我直言,你只是个小男人,你一直都是!"

你觉得受了侮辱,又羞又恼。

莎娜毫不留情,继续道,"发现了这一点我就不再犹豫了,我放弃了这场游戏并不再计较输赢——你瞧我现在完全赢了,本来应该见好就收,可我不……我不会和一个不懂游戏规则的人玩游戏,既然我已明白自己错了,为什么还要继续这场游戏呢? 我已经累了,再也输不起了……"沉默了一下,莎娜伤感地又道,"我可以告诉你,两个月前,我发现自己怀孕了,怀的是你的孩子,这就是我为什么要和你急急忙忙地结婚的原因……"

你大吃一惊,叫道:"你,你为什么不告诉我! 你为什么下告诉我?"

"你别激动。"莎娜忧郁地道,"没有任何原因,我只是一个傻女人,很傻,我当时只想瞒着你,在新婚之夜告诉你,让你惊喜一场……现在我知道自己有多蠢,要是早告诉你,也许不会发生这一切,我会糊里糊涂地嫁给你……一直到婚后你显露出不满和厌恶……那就晚了!"

"我不会!"你说,"我保证! 为了我们的孩子,我也不会……我们有了爱情的结晶,你还要这样,不是太残忍了吗? 我们和好吧! 我们马上结婚,我会一如既往的爱你……"

"不可能了。"莎娜伤心欲绝的道,"永远不可能了,我们的孩子已经没有了……"

"你,你难道……"你受了重重一击。

"是的,我做了人流,"莎娜说,泪水流下眼眶,流到嘴角,"我们完了,像那孩子一样,我们完了,那孩子已经死了……"

你知道完了。你的心已完全碎了。你知道莎娜为此将永远不会饶恕你,你也永远不会饶恕莎娜。纵然你和莎娜和好,也无法弥补一切了。碎裂的永远不可能再恢复完整,失去的只能永远失去了。你哭了,无声地哭了。

"你走吧!"莎娜道,"我的话已止于此,不论你说什么,一切都已不可能挽回了! 结束了,我们的游戏结束了! 永远结束了!"

你哭泣着,踉踉跄跄地离去。莎娜沉默着,目送你出门,门闭上后,你听见门里传出一声抑制不住的呜咽,然后便寂然了。你在楼梯口站住,擦干泪水,检点了一下自己的仪表,快快地离去了。你觉得自己忧伤的近乎麻木了,麻木的近乎平静,平静的近乎冷漠,冷漠的近乎没有痛苦,甚至有一丝解脱了的轻松。你为自己这种违反常情的轻松而惭愧,而自问:难道自己真的只是玩了一场游戏?

你憎恶自己,痛恨自己,努力想使自己如火如荼地痛苦,可痛苦只闪着翅膀在远处飞翔,迟迟不肯眷顾你。你仅仅有一点忧伤,有一丝负疚,有一星半点对自己的怜悯和对失去的一切的眷恋和遗憾。仅此而已。

五　丹变成嘉宝

几年后,他曾突然接到丹从美国寄来的一封信。那是一封长信,薄薄的信笺,正反都写满了密密麻麻的蝇头小字。那字一点儿不清秀,还颇有几分丑陋。丹似乎已不习惯用中文写信了,她的习惯几乎已被西化了。

何：

　　你好吗？早就想写信给你，但没有你的地址。这地址是安娜给我的，她不知从哪儿搞到的。安娜和我谈起你，她不便给你写信，她托我向你问候，并希望你写信给她（她的地址我附在后面）。现在华盛顿时间是下午三点，阳光十分灿烂，而东半球的中国还是黑夜，你一定正在睡觉吧？我给你写信时，我的丈夫泰勒先生就坐在起居室的大沙发上喝他的德国黑啤酒。而我的亲爱的霍尔则卧在我的膝上，用碧玉似的眼睛盯着我写字，它一定奇怪这些字它不认识，它只懂英文，它是一条纯种的波斯狗，美丽得像彩虹。它很淘气，总喜欢钻进我的被窝让我抱在胸前睡。它最大的让泰勒不能容忍的毛病是不许泰勒上我的床，它会扑上去咬泰勒，尽管它不自量力，可忠心可嘉。你也许已经奇怪，为什么我的丈夫不是龙，而是泰勒先生？这一点不奇怪。我记得自己曾告诉你，我不喜欢龙，尽管我答应了和龙结婚，龙帮助我出国。可是我走下飞机时，看到龙的身边站着一位身体高大，气质非凡的青年，这位青年便是泰勒先生。泰勒是龙的朋友，泰勒曾帮龙渡过难关。龙在中国趾高气扬，不可一世，以美国人自居，可在美国，他只是一个小角色。龙的父母并不很有钱，也不肯资助龙，龙的种种富有全是吹牛，我出国的一切费用，全是泰勒先生资助的，这是我后来才听说的。龙在美国没有职业，什么都干，可泰勒先生却是一位律师，一位优秀的律师。他有自己的律师事务所和富有的有权势的代理人（此处笔谈，大约丹想说泰勒先生是那些富有的有权势的人的法律代理人）泰勒还有自己的工厂和别墅，还有白色的豪华的游艇，龙只是临时在泰勒先生手下帮忙，以便还清债务。

　　龙迎上前去，拥抱我并吻我，我当然不会失礼。龙介绍泰勒，我和泰勒握手，泰勒却以西方的礼仪吻了我的手。他向我问候，神情端庄而迷人，彬彬有礼，这让我对泰勒发生了好感。然后我们一起乘坐泰勒先生豪华的轿车直驶入一幢有白色围墙的别墅，别墅很大，收拾得非常出色，一年四季都有鲜花开放，芬芳飘荡。我为之惊讶，眩惑，以为这一切是属于龙的。我们共进午餐，然后泰勒和龙领我上楼，给我看我的卧室，泰勒先生微笑着问我是否满意？我简直无法形容我的惊奇，我从来没有见过如此漂亮豪华的房间，一共两大间房子，陈设无一处不精美，不典雅，不透着阔绰有钱。我傻乎乎地点头说满意。泰勒走后，我问龙："这一切都是我们的吗？"龙说："不，这一切是泰勒提供的，为了欢迎你的到来，泰勒破例的慷慨，你要对泰勒热情一些，他是个大富翁，也是我大学的好友……"

何，你能想象我听到这话的感觉吗？一种对龙的失望和对泰勒先生的羡慕在须臾间占据了我的身心。龙纠缠着我，迫不及待地想要我——他想要那份你不肯接受并让我带走的红色护照，我当然拒绝了。我说要等我们完婚以后才可以这样。龙不敢放肆，他知道我的脾气，甚至有点怕我。龙走后，我关上门洗了个澡，然后上床休息。我很累，也很兴奋，睡不着觉。我听见敲门声，以为是龙，便让他进来。进来的是泰勒先生，他不让我起来，说有几句话要告诉我，因为他不忍心看着我被龙愚弄。然后他把龙的一切全告诉我了。龙不仅吸过毒，还是个骗子，赌棍，几乎什么都干过。我完全蒙了，情况比我想象的更糟。泰勒无情地揭露了龙并婉转地表示要帮助我。他说龙是自己的好朋友，曾经是，现在是，将来也不会抛弃他，在帮助我的同时泰勒仍然会帮助龙，只是有一个条件，那就是要龙放弃我，并问我是否同意？我当即表示同意并表示了真挚的感谢。然后泰勒先生点点头就走了。他的目光那么温柔，谈吐那么优雅，风度那么潇洒，简直让我着迷了。

之后，我再也没有在这幢房子里见过龙。泰勒告诉我，龙已经拿了他要的钱走了，也就是说，他把我卖给泰勒先生了。我大骂卑鄙，无比愤慨，觉得自己陷入了绝境，不禁放声痛哭。泰勒先生安慰我，并说我是自由的，仅仅是借了一笔钱给我，以后归还就是了。我哭倒在泰勒的怀里。我还能怎么办呢？当天夜里，我便只好乖乖交出了那份你不肯接受的我万分珍视的红色护照。泰勒先生当时几乎惊呆了，迷惑了，然后他竟离开我，穿上衣服走了。我当时几乎吓坏了，哭了一夜。

清早起来,眼睛都肿了。这时泰勒先生进来了,打扮的一本正经,怀里抱着一束玫瑰,向我献花,并向我正式求婚,要我答应做他的妻子。

何,写到这里,我不禁热泪盈眶,一切都像变魔术似的,令人眼花缭乱,我后来才明白了原委,原来泰勒也不是个好人。他原本只是想玩一个纯洁的大陆姑娘,不惜大把扔钱。我原本只是一个他准备供养的中国情妇。可是,谢谢你留给我的那本护照,它起了天翻地覆的作用。泰勒先生为之震惊的是,以我这样年龄和学历的姑娘,在与龙那样的人接触以后,竟然还是处女,实在难以想象。泰勒原本以为自己在吃龙的残羹剩饭……你一定会认为可悲。不过在我当时的处境,可属绝路逢生。

泰勒和我结婚了,他没有食言,是在半年后举行的婚礼。龙也参加了婚礼并向我祝贺。我对龙很冷漠,在内心深处鄙视他。现在我是泰勒的私人助理,也拿自己一份薪水。泰勒反对我继续上学,他说修习英语根本不用上学,一边工作,一边学习就可以了。我认为他说得对。我对泰勒并不满意,他是个花花公子,嗜好玩女人,玩各种各样的女人,不论哪个国家的,哪个种族的,只要他没玩过,都要试试。对这一点,我很不习惯,我觉得他很脏,可没有办法。不过我现在已习惯了,而且不再怕他,因为我已有了绿卡,有了长期居住权。我没有申请入美国籍,还保留着自己的国籍,这算是为自己留一条后路吧!

泰勒对我要求很严,他的事不准我插手,我的事他却喜欢干涉。他要求我只允许他一个人上我的床,不允许有第二个人。我说:"泰勒,你听好,我可以做到这一点,而且一直如此。但我也要求你,不许你和别的女人上床!否则,我将会像你一样!"泰勒答应考虑,他看出我已不是刚来美国时的那个丹。他不想放弃我,他说他爱我。他想让我为他生孩子,几次提出我都拒绝了。我说只有等到你不再带有可怕的传染艾滋病的危险时,我才会考虑。他知道我不再怕他,他已无法驾驭我,因为我已不在乎是否与他分手,我已有能力自立了。

这让我恢复了自信,我已和在中国时一样快活,一样自信。不同的是,我已彻头彻尾变了,一个美国式的丹,你当然无法想象!我学会了享受,学会了挥霍霍泰勒先生的钱财,每天都有账单寄到他的办公室。我有两部车,一部是上班用的,一部是逛超级市场时用的,我也有了一笔钱,一笔自己的钱,数目很大。有了钱,我就谁也不怕。这个国家很富有,但也有穷人,我不想做穷人。每年我和泰勒要去休假两次,每次一两个月不等。我已去过十几个国家,我有一个计划,要在有生之年走遍世界。

如果现在我出现在你面前,你一定不敢认我了。我本来想寄一张照片给你,但不想让你吃惊,还是算了。我做了美容术和隆鼻术,除了皮肤和眼睛的颜色无法改变也不想改变外,我已是一个像嘉宝一样的美人。我的风度和衣着是地地道道的上流社会的款式,我的生活方式已完全美国化。只有一点没有变,那就是我很想念父母弟妹,前年我把他们接去美国住了一个月。目前弟弟已申请签证,来美国上学,到时会有一个亲人在身边。我还常常想起你,你在我心中永远都会有一席之地,虽然我并没有真正爱过你,但我喜欢你的温情,你的呆气,甚至你的矫情和虚伪。虚伪有时候是必要的,美国人不虚伪,他们把一切都剥得精光,让人无法忍受。我怀念中国式的虚伪,那是一种仁爱和温情。我欠下了你一笔永远无法偿还的情债——那份护照已无法再交给你了!

这一点我与安娜有同感。她现在在华盛顿与她的丈夫办理一桩私人业务。她一直与我保持着联系,她也没有忘了你。她谈起你很激动,她说她喜欢你,还说你给她留下了十足美好的印象,使她终生难忘!安娜说她从你身上看到了中国:一个忸怩、真诚、拘谨、羞怯,固执己见,为一个信念或传统不惜失去一切的形象,一个可爱的形象。当然她是片面的。但你是这样的。你失去了我,也失去了安娜,原本这两者你都可以得到的,但你为了一个信念放弃了。

来信谈谈你的情况,我和安娜都想知道。安娜说你在写小说,寄几本来好吗?我一定会读,不论我多忙。不要忘了老朋友,代我问候那些我们共同的熟人,并转告我的情况。我很乐意为你做一点事,假如你有事请我帮忙。泰勒已走来催我,他要带我去选购几件珠宝。我以后还会写信,但要收你到的回信之后,我害怕你收不到这封信。

不多写了,问你家人好!

遥遥地吻你

——曾经是你的丹

于美国 华盛顿

××年××月××日

读完丹的信,他久久沉默着,欣悦中带着点淡淡的哀伤。那个他熟悉的丹已不复存在,信中的丹显得很是陌生。他没有写回信。他隐隐约约觉得没有这个必要。他的薄情寡义在这一刻阻止了他去向丹违心地祝贺:祝贺丹获得了成功? 还是祝贺丹改变了自己? 他都不愿意,而丹在信中的口吻却明显在炫耀。在暗示他应该怎么做。他不想祝贺丹,也不想谴责丹。易地而言,他能理解一切。但他不想理解。他只想理解自己,不属于自己的东西不去奢求,不属于自己的友谊不去攀附。他只要拥有自己,缺点或者优点,这就够了。

他想,有一天他会把丹的信公布于世,最好写到一部书里,让人们去评判:他这样做是否正确? 他想丹可能会失望,那就让丹失望吧! 既然丹已很满足了,多少有一点遗憾也是调剂。丹很幸运的用自己的那份红色护照换了一张绿卡,是否真的幸运? 他尚且怀疑!

第十一章　人性,在自怜中萎缩

一　最大的敌人是自己

那孩子失去知觉后,被洪水冲出百十米,一个大浪将孩子托起,扔上滩去。连洪水也畏惧孩子,不肯收留他。那孩子浑身是伤,有的伤口还流着血,只是毫无痛楚,须臾间便苏醒,坐了起来。怀里没有了沉甸甸的感觉,那孩子明白青儿被洪水夺走了。

那孩子望着汹涌的洪水,一动不动,任凭大雨淋着,石像似的在那儿呆坐着。

大雨中,那孩子站起来,向山上爬去。这时天已经黑了,山上有火光闪烁着,在雨幕中显得格外亲切。孩子向火光走去,发现半山腰有一个大山洞,火光是从山洞发出来的。

山洞中有百十个陌生人,戴着塑料帽盔,围在火堆边烤火。孩子走进时,他们好奇地看着,为首一个戴眼镜的人亲切地笑笑,让孩子过来烤火。

"小伙子,哪个村的?"有人问孩子。

孩子摇头,在火边坐下。有人给了孩子一个面包,孩子默默吃完,一言不发。

"他妈的,这鬼天气!"有人在骂。

"要赶在雨季前修好防洪堤,就不怕了,怪我们自己耽误了!"那戴眼镜的中年人慢条斯理解释说。

"那洋鬼子就是不行,他的计划虽然周密,但他不懂我们中国,他的计划行不通!"那个工人说,"他根本想不到会有那么多麻烦,沿途要协商,所到之处都要打点。那天从谷地上走,一个农民躺在车前死也不起来,非说压了他的地,要赔偿费,给了二百块还不行,非要五百,一耽搁就是一天。在那个村子住下,又让偷了个精光,连挖掘机的大轮胎都给卸走了。你说气人不气人,这些个农民,什么都偷!"

有人插嘴:"费了好大劲到了这儿,还没干几天,洪水又来了,这回损失不少吧?"

"不怕,反正是中外合资,洋鬼子有钱,让他好好花钱吧!"

"农民就想不开,这儿工程一起来,四下里会肥得流油,还他妈的处处刁难!"

"他们才不是想不开,鬼精,他们是雁过拔毛,一分钱也不放过!"

"这块峡谷真大,足够建一座小城市了,别看现在荒凉,过几年肯定灯红酒绿,老外吊着娘们的膀子乱走——他妈的,想一想让人眼气,我媳妇还不知哪年哪月能来呢!"

"好好干,肯定能来,以后这儿就是特区,好日子在后边呢!"

"刘总,咱们今夜真要在这猫着啦?"

"艰苦一夜,明天就好了。明天有车队送物资给养,还有活动简易房子。外国货,不必住帐篷了。这种洪水来得猛,去得也快,明天就连影子也没了。"

"有十几个人到村里借宿了。"

"你们要有办法,也可以去!"

果然有十几个人冒雨走了。

那孩子坐在火边,默默地出神,火苗跳跃着,舔着洞顶的黑暗,一明一灭。湿润的乱树干整棵被扔进火堆,滋滋地冒着白汽,须臾烤焦,烧起来。大堆大堆的新鲜的长短不一的树棵堆在山洞一角。

"想要把这些砍下的乱树卖给村里当檩条,这下好,全当柴火烧了。"一个工人边拨火堆边唠叨,脸膛被火光映得通红。

"老外才不指望这几个醋钱呢,是刘总的意思,刘总说这些树还能用,毁了可惜,才让码在这洞里。烧了也是为人民服务,有什么可惜的,别那么财迷!"

火焰旺起来,烟在洞中流散,有人咳嗽。温暖吸引了许多小动物走近洞口,又被火光吓住,不敢走进来。一条蛇悄悄蹿进来,被几个工人打死,用棍子挑着在火上烤。

"嘻嘻,真香!"

"好吃,越毒的蛇越好吃!"

轰——一声巨响,洞口有一头动物倒下,几个工人冲出去,嘻嘻哈哈抬进一头湿漉漉的动物,毛皮灰暗,狗一样大小。

"哈哈狗獾,这家伙肥啦!"

"二毛,你不要乱开枪,别打着人。"

"哪能呢!"

"要爱护动物! 这家伙是不是重点保护动物,要是,会惹麻烦!"

"这片峡谷一毁了,这些小动物还不一样得死,还是保护你自己吧!"

小猪一样的狗獾被剥了皮放到火堆上烤,油烟四起,肉香飘溢,惹的人人流口水。

那孩子坐在那儿,已被人们遗忘了。

山洞外,雨开始小了。

狗獾烤得焦黄,被人们撕开,大嚼。戴眼镜的刘总把自己的一份撕了一块给孩子,孩子接了,顷刻间吞吃下去。

几个酒瓶子被打开盖,轮流对着瓶口灌,喝完了便有人唱歌,显得很愉快。

"小伙子,你怎么不回家?"那个刘总问孩子,孩子扭转头,忧郁地望着山洞外,不吭声。

"喝不喝酒?"有人递过半瓶酒给孩子,孩子接过,一口灌下去,然后使劲把瓶子扔到山洞外的黑暗里。

"好酒量!"那人吃惊道。"还喝不喝?"

孩子摇摇头。

"你是个哑巴?"

孩子点点头。

"你能听懂我的话?"

孩子又点头。

"真可怜!"那人说,走开了。

孩子忧郁地坐着,无声无泪,麻木不仁。孩子盯着那一堆堆新鲜的还流着汁水的乱树棵子,像那些乱树棵子一样听着,只是不肯说话。孩子变成了会听不会说的哑巴,他听见大峡谷在痛哭,那些乱树在呻吟。

洞外的雨完全停了,洪水的吼声在微弱下去,最终变成哗哗的流水声。

那些人们倚在一起,横七竖八的睡了。孩子守在火堆边,不断加入树棵,让火堆继续燃烧。继续供给人们温暖,直到烧完那一天。

东方亮起来,洞中亮起来,人们醒来,发现火堆燃烧着,那个孩子已经不见了。在孩子坐过的地方,有十几只死蚂蚁和十几只死昆虫,包括几只蠓虫和蚊子。

洪水已经隐退了,大峡谷中一片青翠宁静,河道上淌流着一股发黄的水,那是洪水的余孽了。鸟在树丛啼叫,一声、两声。蛇从洞穴爬出,忙着晒暖自己的身体。小动物们又开始了惴惴不安的一天。它们很快被惊扰了。它们听见机械声在逼近,两架直升机向这儿飞来,像两只大蜻蜓,在空中盘旋着,丢下几个白蘑菇似的东西,便飞走了。

随后峡谷中就热闹起来,飘起饭香和笑声。小动物默默地互望着,变得更加小心翼翼,远远地避开人群。有些聪明的小动物已开始成群结队地迁移,撤退,背井离乡,走向那遥远的,处处都被人类蚕食和占领的快要殆尽的不多的最后几片乐土。它们惹不起人类,惹不起那个毒孩子,它们只有一条路可走:躲避!

那个孩子也在躲避,只不过他躲避的不是人类,而是在躲避自己。他走入峡谷深深的腹部,在一株巨大的老榆树下坐下来。他坐下的地方马上枯黄,老榆树成串的榆荚暴雨般洒落,树枝乱发一样竖立,恐怖痛苦地挣扎。一条山里最毒的土蝰子从草中爬出,游向孩子。孩子伸手迎向蛇头,蛇头一闪,在孩子手指上咬了一口。孩子不经意地凝视手指上针眼似的伤口,轻轻叹了口气。褐色的蛇飞快离去,爬不出几步,已萎缩成一团,像半截人们遗落了的绳子,丢在草丛中。

那孩子毫无表情地坐在树下,仰首向天,久久凝视着。天空很蓝,暴雨洗白的云朵丝丝缕缕地飘荡。信天子响亮地鸣叫着,快活得像个仙魔。几只白雕亮着锯齿似的翅膀在天空翱翔,双翅一拢,子弹似的射向猎物。

那孩子目光中起了无限的依恋,无限的伤感,无限的痛苦。忽然间爆发了野兽般的嚎哭。哭声凄厉,悲惨,含泪带血,在峡谷中久久回荡,并被山风携走,撕碎,带到远方去了。

群山录下了孩子的哭声,并准备保存起来,送给未来的高等生命当资料和文献,以供研究远古时一个物种的毁灭原因。只是没有哪一种生物可以破译孩子的哭声。遥远的天际出现了一个蓝色的、水滴状的飞行物,水滴似乎在燃烧,在冒着白烟,悬在孩子头顶上久久地一动不动,然后一下消失得无影无踪,只有一团白烟在慢慢飘散。

那孩子匍匐在谷地上,像人类匍匐在大地上一样。在万物的眼里,那孩子不再是孩子自己,而仅仅是一个人类而已。万物在远远地观望这个小小的人类,发现那个人类在啃食自己,从双脚开始,一个指头一个指头吃下去,鲜血淋漓,迅速的浸润开去,周围的大自然在迅速地后退、枯萎,小草憔悴,野花凋零,大树干枯,鸟兽绝迹。

那孩子抱着自己的脚板,像抱着一只火腿,在那儿忘形地大嚼大咬,鲜血染红了孩子的嘴巴。孩子爱惜地吸吮每一滴鲜血,不使它浪费。每一块血肉和每一块骨头都被孩子那坚固的非人类的利齿咬碎,吞下肚去,十分淋漓酣畅,也十分残忍和恐怖。

万物冷漠地凝视那孩子——那人类在吞吃自己,竟然毫不动容,似乎早已料到并司空见惯。老榆树完全干枯,颤抖着轰然一下倒下,用食指写下一行遗言:有毒的人类杀死了我,也杀死了他自己……

二　警惕同性恋

　　傍晚时分大雨倾盆,一直下到半夜才停。清早起来,天已放晴,晨光如虹,彩色了世界。街上浊水横流,在低洼处聚成一潭一潭。汽车轮子辗起一片惊叫。

　　接到电话,说昨夜发洪水,冲垮了一段路基,今日不能成行,要推迟一两天。电话是董大爹打来的,斯文而客气。我邀董大爹中午来进餐,董大爹谢绝了,说脱不开身。我不便强邀,只好作罢。

　　"什么时候出发,我再打电话通知你!"

　　电话撂下后,我坐着发怔,不知该干点什么。我站起来,去刮胡须,看见你站在那儿面冲着我凝视,神情落寞而忧郁。

　　我冷笑一声,冲你扮个鬼脸,你也冷笑一声,冲我扮个鬼脸。

　　我问你:"我们今天该做点什么?"

　　你沉吟着,道:"随便你想做什么,我没意见,哪怕你去卖老鼠药……"

　　"我很满意你。"我说,"但我越来越讨厌他了,他总是和我背道而驰……"

　　"你又在说我的坏话了!"

　　他嗖地从我脑门里探出头,冷笑着道。

　　"你是谁?"我皱起眉头。

　　"我是何伟!"他回答。

　　"那我是谁?"我自嘲,感到悲哀。

　　"你是何伟?"他说。

　　"我也是何伟!"你在我对面插嘴。

　　"那何伟是谁呢?"我问。

　　"何伟是一个人类!"你抢着道。

　　"一个人类中不起眼的小角色!"他补充道。

　　"何伟为什么不现身?"我问你和他。

　　"在人们的眼里,不存在你、我,只有何伟和他,而在你、我的眼里,不存

238

在何伟,只有你、我,连他也没有……"

"不对。"他不屑,"在人们眼里,你们是何伟,在我的眼里,何伟只是我的影子,我是客观,你们只是主观,你们皆依存于我……当你们在搞同性恋时,我充当着第三者……"

"他总是这么霸道!"你对我说。

"他不道德,这我们早已知道,我讨厌他,因为他是第三者……"

"这是没法子的事!"他辩解道,"如果没有我这个第三者,你们会更不像话,你们互相迷恋,互相怜悯,互相热爱,互相安慰,自私自利,无耻无尤,只顾你们相濡以沫,卿卿我我,像一对连体婴儿,若无第三者介入,你们早已分不清你、我,得艾滋病死了……"

我脸上抹满皂沫,一刀一刀将他刮掉。你也同样,并对我微笑。

"我是皮,你们是毛,你们刮掉的只是你们自己的胡须。"他嘲弄道。

"亲爱的,你流血了!"我说,摸着嘴唇。

"不要紧,刮破了一点点!"你安慰我。

"我不能不爱你,因为你是唯一的!"我擦掉脸上的肥皂沫,对你说。

"我不能不爱你,因为你是我唯一的!"你也擦掉脸上的肥皂沫,对我说。

我离开时,你也走了。他挂在墙上,板着脸,像一面镜子。

骑着自行车在雨后的路上走,让人十分惬意,只是要操心来往的汽车溅起积水。路上我碰见了慧。慧装束得十分合体,一袭长裙拖到脚踝,细软的腰肢,款款地摇。微黑的皮肤闪着光泽,嘴唇上涂了唇膏,无色的唇膏。眉毛弧状分布,直弯入鬓角,黑亮的大眼,解意地眨动着,微笑绽放了美丽。

"你好!"慧说,"又见面了!"

"你这是干吗去?"我下车,为自己遇到了慧而高兴。

"我在逛街呢!"慧说,愉快地扬起手臂,"你呢?你干什么?"

"我也正问自己呢!"我笑着,"现在我明白自己该干什么了!"

"你陪我好了。"慧笑出了声,抡起购物袋散漫地在空中画了一个弧,孩子一样欢喜。

我把车存了,和慧走入商场。商场里人多起来。慧在一个一个柜台前流连,认真地看货色,却什么也不买。我跟着慧,不断说点什么。慧不时冲我笑,显得很开心。

"最近写什么?"慧问我。

"什么也不写,我在休息!"我说,"过两天要进山里转转,看看有些什么好东西!"

"听说张文书记出事了?"慧问。

我摇头:"有人诬陷他,没什么大不了的!"

慧忧虑地:"大家都在议论呢!"

"难道连你们学校也有人知道了?"我问。

"现在根本没有什么事人们不知道,老师中不乏通天人物,什么消息也有!"

"你倒挺关心张文的,还记得他?"我笑问。

"我差点当了他的秘书呢!"慧嗔道,"你又不是不知道!"

"我当然知道!"我说,"他还向我介绍过你呢,可惜我错过了!"

慧瞟了我一眼,脸上泛起喜色,轻轻道:"这都是缘分了!"

"还没见面,就插了个莎娜……"我说,微微有点遗憾,"认识你时,你已名花有主了!"

"你后悔吗?"慧红着脸问我。我不置可否。慧摸着一匹毛料,喃喃道:"这料子真好!"

"你为什么不再写东西?"我问,"你的散文我看过,很有味道!"

"那是上大学时没事玩玩的,走上社会,成了家,就没那个兴趣了。偶尔写点小东西,也只是给自己看看……"

慧淡淡地说,我知道慧的丈夫三年前出国深造,至今未归,慧一直在等。慧是孤单的寂寞的,对慧这样一个优雅,温柔的女性来讲尤其是这样。

"你不准备出国吗?"我问。

慧不语,专心致意的看一只翡翠手镯。

"买下吧!"我怂恿慧。

"太贵了,我买不起!"慧笑笑,"我只是看看,对不起,请收了,谢谢了。"

"他会回来的。"慧说,若有所思,"如果他不回来,我们只好分手了!"

"你为什么不去?"我问慧。

慧摇头,微笑:"我很想去,可我害怕,非常害怕……那是需要勇气的!"

"我有同感!"我说。慧笑着,皱起眉头,奇怪地道:"难道你也害怕?"

我点头,"我害怕改变自己,那一定很困难,很麻烦,而且不值得!"

"你和我怕在一起了!"慧温柔地道,"不过有一点不同,我并不害怕改变自己,只是害怕改变不了!"

"没有什么改变不了!"我反驳道。

"有的,比如你永远改变不了自己的性别,永远改变不了你自己的肤色什么的。我很固执,一个很固执的中国女人在国外是混不下去的。他一直想改变我,但他失败了。现在我发现他已被那儿改变得很厉害了……"

"你其实很温柔!"我说。

"是的,我确实很温柔!"慧温柔地道,"人人都说我温柔。不过,你大约没有想过,我所以敢于向世人展示我的温柔,那是因为我有恃无恐,因为我内心较常人更为固执,我固执地坚持了我的温柔,只因为我喜欢温柔!"

我不能不认为慧说得有理。

"我想改变自己,可我改变不了,这一点我自己明白,所以我害怕,所以我才不会到那个容不得温柔的洋人的世界去丢人现眼!"

慧叹了一口气,神情忧虑地道:"我把这一切全告诉他了,可他不以为然……"

"他是否会……"

"什么都有可能发生!"慧不让我说下去,"可我早已拿定主意,准备应付一切意外!"

"我会帮助你的!"我真心实意地说。

"谁也帮不了谁。"慧微笑,"只有自己可以帮助自己——那是一个不接纳第三者的世界!"

"我难道不可以做第三者吗?"我开玩笑道。

"我很愿意!"慧红着脸,玩笑地道,"可你做不到,除非你钻进我的心里,我是说真的钻进我心里,不是指心心相印……"

"你的内心和我一样孤独!"我叹息。

"人人都这样。"慧道,"只能自己温暖自己!"

"你在搞同性恋!"我笑起来。

"人人都在搞同性恋!"慧也笑起来,"只是程度不同而已,比如我,还肯给别人一些温柔!"

"但无济于事,杯水车薪而已!"

"人人都这样,不就是"车水杯薪"了吗? 宁肯自己受委屈,也不要伤害别人,这是我的信条。"

慧说,抿抿嘴唇,抿出一丝温柔的坚毅。

"东方式的美德!"我说。

"人人都应该如此!"慧说,"有些人把这叫作虚伪,就算是虚伪,也比冷酷好。大家内心本来都渴望得到温暖,干吗偏要摆一副冷脸! 故作冷酷状呢?"

"骂得好!"我说,"人人都怜悯自己,却又在互相折磨,这都是因为太爱自己了!"

"你瞧这个大阿福,笑得多憨,买一个吧!"

"我也来一个!"我说。

拿了两个憨笑的大阿福走出商场,慧和我都很开心。

"笑比哭好!"慧道。

"温柔比冷酷好!"我说。

"可人们往往做不到!"

"所以人们才讨厌自己,而宁肯喜欢大阿福!"

慧笑了。我也笑了。相视一笑中,我和慧走近了。我和慧肩并肩,继续漫无目的游逛。

我想:无目的也是一种目的。

三　寻找毒孩子

两天后,你和董大爹他们乘车出发,前往目的地。随车有防疫站三位同志,一女两男。攀谈中知道,年届不惑的是杜工,沉默寡言的小伙子叫李星,不断嚼口香糖的漂亮女孩叫林囡。一路上林囡不时和你说话,提一些稀奇古怪的问题要你回答。董大爹仰在车椅上打瞌睡,一副拒绝攀谈的样子。

车到大凌湖,司机问董大爹是否下车,董大爹摇头。大凌湖一片波光,一座白色建筑物掩映在湖畔葱绿的树丛中。董大爹告诉你,那是个疗养院。再往前,出现了一带高墙,墙上有铁丝网,给人不舒服的感觉。

"这大概是研究所吧?"

董大爹点点头,没有回答。

车过大凌湖便一路爬山,盘山道曲曲弯弯,崎岖不平。司机车开得很稳,有惊无险。下午时分车子从山上冲下来,驶上一条布满蒲公英和驴蹄印的土路。土路上很多轮胎印,痕迹很新鲜,司机跟着轮胎印往前开,不一会儿进入了一条峡谷。

"这就是乱树沟。"董大爹说,"这儿正在施工,用不了几年,这里就会变成一座小城市!"

"这儿的空气真好!"林囡打开窗户,伸出头脸,大口呼吸着说。

"以后就不会好了"董大爹说,"几座冶炼厂日夜不停喷吐废烟废气,再好的空气也会被污染了。"

"那归三废监测站管,没我们的事。他们三废监测站才肥呐,一罚款就是几百万,奖金高着呐! 只要肯交罚款,你放毒他们也不管!"

"小孩子家别瞎说,"杜工道,"怎么不管? 只不过他们也没法子,除了经济制裁,莫非还封人家的厂子,不让人家生产?"

"我没有瞎说。"林囡不服地道,"化工厂那条毒龙,日夜不停地喷毒吐雾,早该封了,可他们只罚罚款了事,反正污染的又不是他们几个人,只要奖金高,谁又管呐! 要死大家都死!"

"信口开河!"杜工摇头道,"你对三废监测站这么大意见,怎么还想调进去?"

"我是图他们奖金高!"林囡道,"我去了也和他们一样,才不爱多管闲事呢!嘻嘻,我是个口头革命派,嘴上咋呼咋呼,您放心,杜工,保证不会造您的反!"

"你别不知足,防疫站也不错吧?光食品卫生一项,去年就罚款上百万,奖金还发得少吗?"

"嘻嘻,上回我去吃饭,那个饭馆经理认出我,吓得直打哆嗦,他根本没改,还是那么邋遢,一点不讲卫生!"

"不改好啊,那就再罚他!"杜工笑道,"罚狠点,再不改,封了他的店!"

"咱敢封店,三废那帮人可不敢封厂,所以说,咱们比他们好!"

"好了,别瞎说了,咱们到了!"

车停下来,停在十几幢漂亮的简易房子面前。你和他们鱼贯下来,杜工和房子里的主人交涉。

"我们是防疫站,"杜工说,"来检查这儿的疫情,你们这儿有什么疫情吗?"

"有人闹肚子,还有人伤风。"那人说,"指挥部在前边,这儿是宿舍。"

"你们见没见过一个大孩子,高个,大眼睛,右手指头缺了半截……"

"你是不是说一个哑巴孩子?前几天发洪水那天,我在山洞里见过一个哑巴小伙子,我还给他喝了半瓶酒。对,我想起来了,他拿酒瓶时右手指头挺怪,好像是缺了一截……"

"他在哪儿?"董大爹惊喜地问。

"走了!"那人摊摊手,"那小伙子挺有良心,吃了我们的肉,喝了我们的酒,给我们烧了一夜火,早上起来火堆还旺的了,可他已经走了,不知走到哪里去了……"

董大爹默然。

"你别急,去问问别人,说不定能问出来,你到村里看看,说不定在村里呢!"

"你们说什么?我怎么听不明白?"林囡奇怪地道,"是您的儿子丢了吗？您是来找您儿子的吗？我还以为您是帮我们工作的！"

"老董是位大专家！"杜工道，"教授级的专家，你孩子家懂什么！"

"不懂不要问呐！"林囡道，"你干吗不早告诉我？还保密呢！"

"走，我们到村里去！"董大爹道。

"那孩子是个哑巴吗？"你悄悄问董大爹，董大爹摇头，脸色很难看，显然不愿回答。

车开不上山坡，只好弃车步走。林囡一路抱怨，李星背上驮着应用的器械，杜工背着行囊，你帮村囡挎着旅行包。

董大爹走在前面，不时东张西望，神情忧郁而焦虑。你紧跟着董大爹，找机会想和他攀谈。

山坡上长满了绿色的小草和灌木。绿色中有一片枯黄吸引了董大爹，他蹲下，看了又看，神情很是激动。

"一定是他！一定是他！"

你听见董大爹自言自语地嘟哝。你看那片草地，似乎是雷火烧过的，可没有烧过的灰烬，猜不出为什么会这样。

董大爹站在那儿张望，草地上隐隐约约有一条枯黄的带子夹在绿色中，显的分明醒目。

"你们先去村里吧！"董大爹说。

"您呢?"林囡问。

"我有点事，一会儿再去！"董大爹含混道。

"我陪您，可以吗?"你说。

董大爹犹豫了一下，点点头。

"也好，老董，快些来呀！"杜工说，领着李星和林囡先走了。

"您发现了什么?"。你问。

"我们得赶紧追上去！"董大爹神情凝重地说，月光落在那条枯黄的带子上，带子迤逦伸下山坡，消失在一片闪光里。

你和董大爹顺着带子追下去，在一片沼泽边上停下。沼泽很宁静，洪水补足水量，使沼泽显得很大。花花绿绿的水鸟在草墩上鸣叫和跳跃。

"现在我明白了。"董大爹说,"他在这儿洗过澡……洪水冲走了一切,他走过的地方,都会有痕迹留下……"

董大爹仔细察看沼泽四周,又发现了什么,领着你追踪而去。踪迹在一个山洞里消失了,山洞里进过洪水,泥泞而潮湿,里边什么也没有。董大爹反复察看,什么也没找到。

"奇怪,他会去了哪呢? 难道让洪水冲走了吗? ……"

"还是先到村里摸摸情况再说吧!"你说。

董大爹点了头:"也好!"

"那个孩子像火一样吗?"你边走边问,"他能把草烧黄了吗?"

董大爹叹了口气,慢慢道:"那是个怪孩子,他身上有毒,一种不可思议的现象,他走过的地方,草木都会死掉……"

你惊奇得要命,半信半疑。

"像天方夜谭是不是?"董大爹苦笑着问你,你点头。"我所以不愿讲,就是因为讲了也没人会相信!"

"我相信!"你赶紧表示,生怕董大爹不再讲下去。

"你要想听,也可以,你可以当一个荒唐怪诞的故事来听。"董大爹说,神情开朗了些,"不过你要保密,讲出去会引起不必要的恐慌。"

你使劲点头并殷勤地为董大爹点上一支香烟。董大爹慢慢吸着香烟,山风携着淡蓝色的烟雾远去并将烟雾撕碎了。

这时候山坡上出现了一群羊,咩咩地叫着,啃着青草围将过来。打断了董大爹的讲述。一个十四五岁年纪的牧童,神情忧郁地走在羊群后边,不时甩一个响鞭。

董大爹迎向那牧童,脸上堆着和蔼的笑,客气地问道:

"小兄弟,你见没见过一个大孩子,高个,大眼睛,手指缺了半截……"

"你是谁?"牧童迅速打量了一下董大爹和你,"我不认识你们!"

"我叫董大爹,"董大爹介绍道,"他叫何伟,是从城里来的。"

牧童盯着董大爹,皱着眉头道:"我好像听他提起过你,你来干什么吗? 你们为什么要抓他回去? 他根本不喜欢你们那儿!"

"小兄弟,你见过他?"董大爹惊喜万分。

牧童点点头,神情忧郁而严肃。

"我不会告诉你们去抓他,他和我爹,我姐姐,还有我,是好朋友!我不会告诉你们,你们为什么抓他?他又没有惹你们!"

"我们是来看望他的。"董大爹急巴巴地解释,"他和我也是好朋友!你带我去见他,你就会明白他和我的关系。"

牧童摇摇头,神情忧郁而沮丧。

"现在带你们去完全可以,可他不在了。他要是在,我就不会带你们去!"

"他去哪儿啦?"董大爹惊问。

"那天发洪水,他和姐姐都没有回来,爹以为洪水冲走了他和姐姐,沿着河道找出几十里,连个影子也没找见……"

牧童闷闷不乐地说,眼圈发红。

"不过爹说他和姐姐肯定好好的,说不定是姐姐喜欢上他,他带上姐姐私奔了,这会儿一定在什么地方躲着……"

牧童抬起头,似乎又充满了自信。

"我爹去找他和姐姐了。爹说他肯定把姐姐带进城里去了。爹进城找他们去了。爹说他和姐姐真傻,怎么就跑啦?爹要找他们回来,正正经经的为他们办喜事。我知道爹说得准不会错,爹从来就没有错过!"

董大爹听得脸色惨白,出了一脑门汗。你也听呆了,又震惊又感动。

"我得走了!"牧童说,"姐姐走后,家里的猪没人喂,我还要回去喂猪呢!"

牧童赶着羊群走去,走了几步又回过身,郑重地道:

"你们要是看见他,捎个话,就说我和爹都想他,让他和姐姐一同回来,爹不会怪他们,爹真的会给他们办喜事……"

你看见牧童的眼眶里充满了泪水,猛地车转身,大踏步地撵羊去了。

"三三一定犯罪了……"董大爹颓然垂首,在那儿骇惧地自言自语。你不明白董大爹指什么,心里闪过一重阴影。"那个女孩子一定出事了……"

董大爹又说,额际有黄豆大的汗粒滚落,跌到草地上,摔得粉碎。

四 丈量自己

在潮湿的下过雨的田野上散步,他总觉得愉快。如果血色黄昏有一些鸟类点缀,便更富有诗意了。他常常站在田埂上,像一株高秆庄稼一样摇晃着身子哼一首无字的歌。那是一支古老的、神秘的、流传不衰的歌。含混着稻草人的梦想和丑小鸭的怅惘,云一样飘忽的情欲和水一样清纯的情愫。

在这种时候他总会想起莎娜,似乎莎娜是一只归巢的小鸟或一株隐身高粱地里的异种玉米。他盼望那只小鸟飞出来落在肩头鸣叫几声或随便表示点什么。他找不见那株异种玉米便只好把自己变成一株高秆庄稼。

莎娜杀死了那个孩子,也杀死了他的爱情,他对此竟不感到痛苦而只感到轻松。这真是罪过。他看见莎娜领着一个雪白可爱的小孩子在田野上走来走去。他认为那个小孩子就是自己和莎娜的结晶。

"他多大啦!"他问莎娜。

"三岁!"莎娜骄傲地回答。

他想要是他还在,已经五岁了。

"你的孩子多大了?"莎娜问他。

"两岁。"他回答。

然后莎娜领着那个雪白可爱的孩子走了,走向一个远远地站在那儿招手的男人。他心里酸溜溜的。在与莎娜分手之后,那是唯一的一次攀谈。若不是为了张文与莎丽的事,他与莎娜恐怕不会再有见面的机会。

莎娜在与他分手不到半年之后就结了婚,这似乎告诉他,莎娜不但善于忘却而且善于寻找。这大约便是女性的优势。

他在与莎娜分手之后,过了一年才遇到了妻子,细细密密地谈了一年,才确定关系。他在经过丹、莎娜之后已变得十分实际,不再追求美貌而追求纯朴了。他一直不明白妻的纯朴何以变成深沉,不仅深沉而且阴险。他后悔自己又走了极端。原本外表纯朴的人并非没有心智,往往会出人意料。

妻的那个他，他一直没有搞明白。从那一回撞见之后再没有见过，似乎是个外星人，专门跑来破坏人类的家庭，露一下面便永远消失了。妻的委屈、无辜的样子甚至使他产生了错觉：一切都是他自己臆想出来的。

那天他在街上看见小翠，花枝招展地和一个大男人走，那男人怀里抱着个小女孩，一路咂咂的亲女孩的脸蛋。

他和小翠迎面错过，满鼻子都是脂粉味。小翠似乎认出了他，但懒得和他说话，挽着那男人扬长而去。

丹走后他在学校再没有谈过恋爱，那是一段空白。丹走后的阴影一直填补着那段空白，现在他才明白自己有多么愚蠢。丹如果早点给他写信，他绝不会无动于衷，连信也不回，事情绝非他告诉安娜那样简单：丹变得很厉害！

安娜竟然相信了他的鬼话。

他对安娜的不能自持，证明了他的变化，这种变化是一种成熟也是一种堕落。从妮娜开始，他便滑下来了。那天为了维护自己在安娜心中的美好形象，他很苦了自己，他成功地欺骗了安娜。安娜永远不会明白，那个过去的他已永远不复存在了。

但他并不知道自己到底改变了多少，他仍然是过去的他，只不过不再拘泥，不再古板，不再天真，不再幼稚，仅此而已。

其实人人都在变，连瑶瑶也变了。瑶瑶结婚后变得十分俗，衣着讲究，还赶时髦买了金项链和金戒指，把自己打扮得珠光宝气。为此，父母对瑶瑶越来越不满。瑶瑶的变化大约与她没有考上大学有关。瑶瑶参加工作后，便开始完成这种变化。社会风气像白化病一样可怕，一个清雅可人的高中生走上社会用不了半年，就变成了一个地地道道的商店售货员。

“瑶瑶，考不上大学你可以上函授或电大！”

他曾开导瑶瑶，瑶瑶摇头，噘嘴，耳环乱晃。

“得，哥，别来这一套了，姐们早想开了，就这样子混，不也挺好嘛！”

“你就准备当一辈子售货员？”

“嗬，哥，你别瞧不起售货员，没有我们谁卖给你货？”

他对瑶瑶毫无办法。谁也对瑶瑶毫无办法。

"哥,我是考上的,全市第二名,你别瞧不起人,当售货员也不容易呢!"

他惋惜瑶瑶的聪明。瑶瑶却越长越漂亮,屁股后边的男孩一拨一拨。他发现瑶瑶漂亮一分,聪明便减一分。瑶瑶后来不怎么聪明了,天天打扮自己,连姓什么也不知道了。除了上班,瑶瑶便去跳舞,穿很瘦的裤子,很透的上衣,细腰、丰乳、隆臀,扭得水蛇一样,双手啪啪地打榧子,竟然参加了全市迪斯科大赛,还有了名次。

"这回你们没话说了吧? 行行出状元,别瞧不起人!"

只是他痛心地发现,那个冰雪聪明的瑶瑶不见了。只剩下个漂亮的珠光宝气的瑶瑶,妖冶性感的瑶瑶,虚荣浅薄的瑶瑶,胸无大志的瑶瑶。一个普普通通的美丽的社会上很多的那种女孩。

"哥,你其实也不过如此!"瑶瑶不屑。

他没有信心和瑶瑶争执,瑶瑶有瑶瑶的道理,他有他的道理,谁也说服不了谁。而且他怀疑自己是否有资格去指责瑶瑶,说不定自己比瑶瑶更糟,瑶瑶只不过袒露了真实的自己,而他却不敢袒露自己。

"哥,你这人很虚伪,由来已久,愈演愈烈,发展下去,很危险呐!"

这是瑶瑶对他的评语。

"忍辱负重,在你眼里也是虚伪吧? 可这是需要的! 人类文明是一种虚伪吧? 可连你也喜欢,你为什么还要穿衣服? 戴耳环? 不也很虚伪吗? 你何不跑到山里去当野人,那才不虚伪呢! 如果你认为我虚伪,那恐怕没有人不虚伪了。"

"呵,你是说自己是世界上最不虚伪的人了? 真是大言不惭! 你骗得了别人,你骗不了我,你是个口是心非的人,这算不算虚伪?"

结果是吵嘴,不欢而散。

他在后来发现,瑶瑶的话很有道理,只是要改一下:"人类很虚伪,由来已久,愈演愈烈,发展下去,很危险呐!"

他算什么? 不过是一个人类的小角色,再虚伪也不过虚伪了自己,虚伪不了社会。他仅仅是一种虚伪的注解,只负具体的责任,却负不起抽象的责任。这也可理解成瑶瑶聪明在减弱的迹象。

猴儿因祸得福,在工读学校老老实实上了一年学,然后进工厂当了学徒工。他看见猴儿时,猴儿正在车床上干活,车出的活丢了一地,卡尺一量,个个合格。谈起头儿,猴儿脸马上发灰,连连眨巴眼睛。

"他妈的,差点儿——"猴儿用卡尺量一个加工件,喃喃自语,不知是说自己差点儿跟头儿一起干那事,还是指加工件。

他离开猴儿继续在雨后的田野散步,丈量黄昏也丈量暮色。夜幕降临时他独自离去,蛙声一片,月光遍野。

五　第三者是外星人

何伟与妮娜分手回到这座城市,面对所有的亲人熟人准新娘,若无其事,应付裕如,游刃之余,仍与妮娜神会一处。

新婚之夜,何伟觉得自己像一轮饱满的太阳,虽有黑子,光芒仍然四射而且辉煌。他对妻满意是因为妻甘当月亮,不会打碎太阳。何伟常常需要说服自己,不去追溯往事。家庭生活像沙漠也像绿洲,关键在人的心境,心境好时,沙漠中亦可找到绿洲,心境恶劣时,绿洲也会变成沙漠。过去的沙漠也好绿洲也好总之已经凝固,不必再去操心。未来则十分遥远,提供种种可能的因素供人类玩一些低智能游戏——幻想。只有现实仍在沸腾,模棱两可,不可捉摸,需要聚精会神,努力把握和追求。

何伟的妻子是一个普普通通的女性。这样的妻子在公众场合绝不出众,在家庭生活中也绝不逊色,这正是何伟需要的。何伟热爱妻子的普通像热爱自己的出众。何伟像一炉大火,从容不迫地燃烧着,源源不断供给妻子最适宜的温暖。妻子既不满意也不抱怨,回报给何伟同样的温暖。何伟和妻子从不吵嘴,也从不闹别扭,生活像洗澡水一样温吞吞,不起波澜。何伟相信妻子像相信自己一样,有时何伟怀疑自己,却从不怀疑妻子。一年后,妻子为何伟生下一个儿子,为稳定的家庭结构又增设了一道锁定装置。

几年后的一天,何伟从外地风尘仆仆归来,打开房门时,发现妻子和一个陌生的男人躺在床上。何伟当时的感觉十分奇异,冷静自持,从容不迫,仿佛那男人不是个男人,而是个女人。他说声:"对不起!"躲进起居室,在那儿抽烟,一直到妻子收拾好一切,并为何伟端来一大碗香喷喷的面条。当他再次走进卧室,那男人已不见了,像一个梦似的随着妻子醒来消失的无踪无影。何伟和妻子做爱时,能感觉到那个梦仍然残留在妻子的嘴唇和隐秘部位。

"他是谁?"何伟问妻子。

"不明白你在说什么!"妻子茫然,神态无辜得像一只羔羊。

"我明明看见……"

"在哪儿? 你指给我看……"

"他已经走了!"

"根本就没有人来过!"

"难道我看错了吗?"

"你简直是睁着眼睛说瞎话!"妻愤愤地道。

何伟无话可说,然后便开始了长期冷战。

何伟开始怀念过去的一切,并将有限的美好做无限的夸张,来衬托何伟的不幸。何伟也开始幻想,幻想明天会有奇遇,会脱出困境,重新开始一切。他不敢正视现实却又对现实不满,对现实不满又没勇气挣脱现实。便只好将自己打入回忆和幻想的死牢。何伟突然明白,人类偏好幻想和回忆的原因只有一个,那就是对现实的畏惧和绝望。

何伟的现实是家庭,何伟有了妻和儿子,在外界人们的眼里,是一个幸福的家庭,何伟虚伪地试图维持这一假象,为了儿子也为了自己的体面。何伟只好在回忆中满足自己,进行比较假设,来修补受了伤害的自尊。何伟本来可以那样,或可以这样,偏偏错过了机会。何伟在回忆的同时又会染上对未来的假想症:假如有一天这样或那样……何伟无法说服自己放弃幻想。

于是,何伟的生命在回忆和幻想中打发掉三分之二的时光。何伟用三分之一的精力对待现实,懒懒散散,得过且过,无异于行尸走肉。他东游西逛,侃山吹牛,庸庸碌碌,不时欺骗自己也安慰自己,寻找对应物来证明自己正确。他充满信心,妄自尊大,目中无人,却又内心空虚,暗里卑怯,懦弱无用。他不时从过去的凝固物中选择一两样最喜欢的东西拿给自己看,并对自己说:那时候,我可真不错!

为了衬托自己,何伟不惜把无辜的小翠,理性的丹,坦率的莎娜,聪慧的妮娜,甚至还拉上温柔的慧和骄傲的安娜,来点缀他的无聊。可到头何伟什么也没得到,仍须与现实厮守着,捉对儿撕打。

何伟瞧不起小翠,斗不过丹,奈何不了莎娜,对妮娜一往情深却又当面错过,最终让普通的妻很不普通地要了。

"你干吗要那样?"何伟问妻子。

"你干吗要这样!"妻反驳何伟。

"什么这样?"何伟问。

"这样就是这样!"妻说,不再理何伟。

何伟默默舔着自己的伤口,对自己又同情又憎恶。何伟发现莎娜对自己的评语十分准确:一个小丈夫!

时间淡化了何伟的屈辱。何伟沉湎在对自己的不幸的怜悯和叹息中,认可了自己的不幸。妻子自然一如既往地待何伟,好像并不曾发生过任何事。何伟仍然是太阳,妻子仍然是月亮。只是当太阳不在时,月亮会和星星调情。

何伟不明白这一切的原因何在,也不想弄明白,维持一个家庭的安宁像维护一个王国的安宁一样重要,一样需要做出让步,甚至是屈辱的让步。何伟几次想要改良,都失败了。何伟记起谁说过:改良主义行不通。

何伟知道不改的结果,最终将导致家庭崩溃,而改良主义行不通,彻底打碎何伟又没有勇气,结局便只好是维持现状。

"离婚好不好?"何伟问妻子。

"假如你提出,我想我会同意!"妻子说。

"儿子归我,财产一人一半!"何伟提议。

"你提出离婚,便没有资格提条件!"妻说,对离婚似乎颇有研究,"孩子归我,你付抚养费,财产和房子全归我!"

"这怎么行呢?"何伟抗议。

妻子冷笑:"不行,我们就耗着!"

这样耗着,一耗就是一年多。何伟羞于向人们揭露丑陋的伤痕,每每还粉饰它。何伟对自己越来越讨厌,却又轻怜痛惜,不忍惩罚自己。

何伟不知道妮娜何以会和丈夫离婚,是否她那个不信任她的丈夫最终背叛了妮娜? 一如何伟信任的妻子最终背叛了何伟。

妮娜不肯回答何伟的问题,一纸素笺,不着一字,恐怕是最好的回答了。何伟尽可以去想象,想象也是一张白纸,尽可以不着边际。不过何伟想不出。何伟想专程去看妮娜,却又一直犹豫不决。半年后,妮娜来信告诉何伟:她又结婚了。

何伟的想象已不再是一张白纸,上边写满了字,已容不得何伟再去写什么了。

何伟后悔失去了唯一的一次和妮娜可能结合的机会。他把这归咎于自己的怯弱和优柔寡断的性格。不过,何伟也在怀疑:妮娜在确切了解了他之后,是否还会嫁给他?

何伟对自己充满了绝望和憎恶——这只有他自己知道。表面上,何伟仍然与过去一样,十分正常。人们照旧尊敬他,慧那样的女性仍然把何伟当偶像,张文一如既往地喜欢他。何伟害怕人们知道他的真实之后,会瞠目结舌,失去人们的尊敬而受到人们的轻蔑。

何伟觉得自己已不可救药,只有继续伪装下去,才能维持自己歌舞升平的形象。为此何伟加倍痛恨自己,也愈加的外强中干,成了一只地地道道的纸老虎。何伟怀疑自己这样究竟还能伪装多久? 维持多久? 欺骗多久?

第十二章　人类,在自大中毁灭

一　人类是个毒孩子

那个牧童走后,董大爹坐在草地上,神情凝重,久久沉思着。随后,董大爹恢复了镇静,开始讲述那个孩子的事情。山坡上很宁静,微风吹着草叶发出沙沙的絮语。夕阳像一只红气球,贴在西天黛色的山峦上,正在飘飘摇摇地向山下降落。

"我们研究所是个专门搞各类工业污染对人体造成损害的防治研究的。"

董大爹是这样开始叙述的,他模样沉稳,端庄,儒雅,显出良好的文化素养。

"比如铅中毒引起的病变,水银中毒引起的病理反应等等。研究所实际像一个医院,有许多工业污染的受害者,不同的污染源造成的病变也不同,可以说五花八门,形形色色。能够进入研究所治疗的都是最典型的病例。我们费尽心机拯救他们,希望能研究出最有效的手段进行防治和治疗。研究所之所以守护森严,是因为病人中有些烦躁患者和危险患者。那孩子就属于危险患者。他身携剧毒,没有痛觉神经,所到之处,会毒死树木、庄稼,他用过的饭碗,洗过澡、手、脸的水源都会染上剧毒,造成人畜死亡。乱树村发生的牛羊死亡事件,不是瘟疫造成,而是他造成的。

"那孩子是锌化物、氢青酸之类剧毒化学污染的受害者。据我们掌握的材料,那孩子的父母都是制造剧毒农药和其他化工产品的化工厂工人。母亲在生下孩子之后便死了,父亲不久也死了。孩子被送进研究所,由我们抚养和治疗。这个孩子的父亲姓安,为便于识别,我们叫他安二三,小名叫三三,那孩子体内的剧毒对他的成长发育没有任何影响,智力发育甚至比一般孩子还好。他是我研究的课题,我费尽心机,想排掉他体内的剧毒,可没有用。我试过换血,把他体内的毒血全部换掉,换上正常的血。结果很奇怪,仿佛他体内有一个制造剧毒质的工厂,换上的新血马上又充满了毒质。我们的现代医学无法认识这一现象,大概是一种新的生命基制的类型吧? 他从不生病,连细菌和病毒都无法在他的身上存活。我们只好养着他,还为他请老师上课。他聪明好学,大家都喜欢他。可是没有人敢于过分接近他,大家都怕被他毒死。在他的周围,连一棵小草也存活不了,连仙人掌那样生命力顽强的植物,都会在他轻轻触动下死掉,像霉烂一样死掉。他的身上分泌有一种无臭无色的气味,植物一被波及,就会死掉。他的唾液、泪水、汗滴、排泄物,无一不带有剧毒,照顾他是危险的,非常不容易的。

"我们曾经对那孩子是否应该生存下去的问题发生过争执。有的同志甚至还提出,这么危险的怪物没有必要养下去,应该杀了他,彻底消灭掉,否则,万一跑出去,会闯大祸,到时候后悔也来不及了。可大家根本不同意,认为那孩子本身是无辜的,有生存的权利。有的同志甚至把那孩子比做人类,说:人类难道不是个像三三一样的毒孩子吗? 人类创造文明和繁荣的同时,排泄了多少有毒的物质? 哪一个工厂,哪一座城市,不在天天排泄垃圾和污染物? 难道因为人类有毒就该把人类杀了吗? 那孩子是无辜的,人类也是无辜的。人类并不想让自己有毒,可为了生存发展,不知不觉使自己染上了毒,造出这样一个毒孩子。我们为什么办这个研究所? 就是为了防治和缓解并最终消除污染和毒害的。如果我们把三三弄死,岂不等于把人类弄死了?!

"没有人对这个比喻提出异议,我当时更是赞同。三三有什么罪?他已经够痛苦了!人类也够痛苦了!人类认识到自己破坏了自然环境,污染了大气、水源,使人类自己受到种种伤害。人类已经痛心疾首地开始努力认识和防治环境污染。只不过我们暂时还不能认识、控制某一些环境污染异常。比如三三这样的毒孩子,我们就没有办法对付。但我们在努力。只不过我们的努力还远远不够,正如林图在车上说的,为什么不把化工厂那条毒龙封死?当然不能,因为封了就没有产值,几千工人就没饭吃,化工产品就会供不应求,难啊!唉——"

董大爹在这里重重叹了口气,阴郁的沉默了许久,方才继续说下去。

"三三待我很亲热,我也喜欢他。他最喜欢看电视和画报,他从电视和画报中知道了外面的世界。他也很懂事,从来也没要求走出那个地方。他明白自己不能过正常人的生活。他十七岁时就开始上大学课程,他的计算能力和语言能力一样杰出,最喜欢上生理解剖课。这启发了我,我想好好培养他,让他成为一位研究人员。可后来我发现错了,三三上生理课时最喜欢生殖系统的章节,反复提问,表现很亢奋。这让我们忧虑,便把这门课撤了。有几次我发现他目不转睛地在看墙上一对麻雀配对儿或两只蜻蜓交尾,那模样真叫人难过。他很早熟,这我们已发现了。现代人类的孩子普遍早熟,这不奇怪也不难应付。可三三的早熟让我们意识到一个可怕的问题,一旦三三性冲动,我们到哪儿弄一个与他能配对的女孩子呢?这是不是很可笑?"

说到这里,董大爹叹了口气,点起一支香烟,狂吸几口,继续道:"他不能和姑娘结婚,甚至接触,他身上无处不含有剧毒,除非有一个特异的与他相同体质的女孩子才可以和他结合。危险的是,他们还不能跑走,必须在人类的监控之下生活。否则,他们逃到大山里,生下一族有剧毒的后代,那这个世界恐怕就到末日了,当然这是笑话,不过笑话往往包含着一定程度的道理。

"我们的担忧不是没有道理的,那孩子越来越忧郁,渐渐表现出一种烦躁,似乎有了心事。他还发脾气,打碎他专用的碗碟,扯碎被子。用脑袋撞门板。起初我们以为是病理反映，后来经过观察发现不是这样。他烦躁时，只有我可以使他安静。他那天忧郁地望着我，要求我带他出去。我婉转地拒绝了。他很失望，尽管他明白我拒绝是有道理的。春天时他的发作更狂躁，夏天也一样，到了秋天他好了，几乎恢复了正常。我们认为是季节造成了他的思春躁动症。到了冬天，他已完全好了。他变得很乖，很听话，造成了我们的麻痹。为了满足他对外界的渴望，我们准许他在专人陪视下走出院子，四处逛逛，可严格规定他不许跨出大门一步。他欣然同意并认真遵守纪律，后来无人陪视，他一个人也可以转来转去，我们也习惯了。我们绝没有想到，他是在麻痹我们，他已具备了人类的狡猾和心计。他早就打定主意要逃跑，只是在寻找机会而已。

"那天，拉物资的汽车回来，大铁门开了，他假装帮着开门，乘机溜出去。岗哨发现了，鸣枪示警，等我们追出去，他已跑得没影了。我们撒开人马寻找了一天一夜，遍寻不见，方圆十几里都找遍了，可没他的踪迹。他跑的时候是三月，天还很冷，冰天雪地，我们估计他跑不远。要是春天，田野里有绿草，他就跑不掉了，他会留下独特的痕迹。他选冬天逃跑，可见是动了一番脑子的。我们无法，只好登寻人启事并要求各地公安机关派出所协助寻找。我们最害怕他混到人口密集的城市，造成人类的死亡。他跑到山里，应该说是他心有厚道，他知道自己的可怕。他如果在一座城市的饮水池里洗洗脚，恐怕会造成成百上千人的中毒死亡。他摸过的水果，蔬菜都能毒死人，他的口涎、大小便，都可能造成间接毒害伤亡。这是不是骇人听闻？一点也不，如果他不是心有厚道，那才可怕呢！因为他简直是一座活动的制造剧毒的工厂，所到之处举手投足之间便有成千累万的人死亡。他的威力比希特勒的细菌工厂还可怕。认识到这一点，你说我们急不急？怕不怕！"

董大爹儒雅的脸上露出激动的神色，夹香烟的手指微微哆嗦。

"我们甚至已做出决定，如果发现他，他拒绝回去又使用暴力抵抗，便将他击毙。他太可怕了，他要是愿意让你死，只需要用指甲划破你的皮肤就可以了。谁也不敢抓住他，除非他合作。所以我不愿别人来协助我，我想除了我,他不会和任何人合作,那样他就可能被……唉,三三,他是多么不幸啊!"

董大爹深度近视镜后的眼球,已完全被泪水模糊了。他摘下镜子用手绢擦擦眼睛,重新戴好镜子,难为情地笑了一下,以掩饰自己的伤感。沉默了一会,董大爹站起身说了句:"我们该赶到村里去了。"

然后拍拍屁股上的土,顾自蹒跚地向村子走去。一路上再也没有说一句话。夕阳拉长了董大爹的身影,使董大爹显出几分老态。在董大爹的身后,那条枯黄的带子被夕阳染成红色,像一条淋淋漓漓的血线,从山洞直通向血水一样泛着黯红光泽的沼泽。

二 大峡谷中的寻觅

那天夜里,我和董大爹睡一个房间,大炕,铺着席子,被子脏乎乎的。董大爹一夜都在翻身,显然心事很重。我也睡不着,想那个孩子的事。我被那个孩子迷住了。

屋外虫鸣啾啾,夜很静。

杜工和李星睡在隔壁房间,李星在打呼噜,杜工在放屁。晚上村长请吃饭,杀了一整只羊,还有劣质的酒。村长喝成了红脸关公,呵呵地喘气,打酒嗝,吹牛。

"咱这村长开明,指挥部要劳力,再忙也给他们抽人手。不过工钱要加倍,一棵一棵数青苗,毁一棵赔一棵,价钱公道。咱这地方有宝,你要采,得给钱,没钱咱可不干!哈哈,下回你们来,给你们吃好些,这回担待点。死了一头牛,几十只羊,以为是瘟疫,惊动了你们,实在罪过,害你们跑这一趟。走时一人给你们装一篮子鸡蛋,算是一点点心意,预先说好,可不许扭扭怩怩!嘿嘿。有一个事还想求你们。你们说不是瘟疫,是毒。这毒是哪来的?准是指挥部那帮子王八蛋带来的毒!你们只要出个证明,我就能叫他们赔!这个忙你们一定要帮。"

杜工喝了酒却不肯答应,村长便不高兴,恼了脸,打着酒嗝不说话了。

董大爹问村长是否见过一个孩子?村长不说话只摇头。然后就背着手走了。

我又好笑又好气,心想这村长真够精明,可惜精明的不是地方。

林囡和李星却埋怨杜工,说:"你给他个证明,就说是污染,又不是咱们赔钱,怕什么!这下子好,明天那一篮子鸡蛋怕没影了!"

杜工不理两个部下,就着冷羊肉喝酒,喝的不住放屁,一夜都没停。

早上起来,董大爹让我赶紧吃饭。饭后,董大爹带着我要走,林囡跑来,非要一起去,说村长又在缠杜工,上午没事儿,正好到野外玩玩。我想带林囡去,便先点了头。

董大爹不大乐意,却无法,只好勉强同意。林囡跑前跑后,乐颠颠的很开心,还给董大爹吃泡泡糖。

"董工,收我当学生好不好?杜工说您学问大啦,教教我呀!"

林囡嘴甜,一口一个董工,让董大爹脸上放晴了。

"我们在找个孩子,到时候你要听话!"

"放心吧!"林囡说,"我最乖了!"

大峡谷一片电锯声,乱树横七竖八的像些尸体躺在谷地上。推土机吼叫着在推开山丘,挖掘机举着巨铲撮起土往翻斗车里倒。河道那边,堆起了采来的巨石准备筑坝。炮声似闷雷从远远的山崖滚来。

"简直像一场大屠杀!"我说。

董大爹摇摇头,道:"这就是人类的难处,要发展便只有毁坏,不发展人类又没法活!"

"这些树有什么用,歪七扭八的。"林囡不屑,"留着也没有用!"

"你的头发也不算漂亮,干吗不剃掉?"我在一边冷不丁道。

"什么话,那不成秃子啦!"林囡没反应过来。

董大爹笑了,道:"人且如此,自然岂能例外!这些乱树虽不成材,却是大地的植被,一如人的头发,剃光岂不成个秃头!"

"谁稀罕这些头发,剃就剃了呗!"林囡道。"地球大着呢,不差这几根头发!"

我摇头不语。董大爹神情凝重的对林囡道:"我们人类的毛病就是夜郎自大,总以为地球很大,有取之不尽用之不竭的好东西,所以才乱砍乱伐,敲骨吸髓地对待地下资源,不知爱惜地掠夺自然财富,造成严重环境污染,生态失去平衡……"

"这些我都明白!"林囡不服地道:"总不能因噎废食呀,总不能为了保护这几棵乱树就不开采地下宝藏呀!"

"所以说,这就是人类的难处!"我插嘴道,"董工是让你不要那么大方,人类已面临非吝啬不可的局面了,得精打细算过日子了。"

"人人当吝啬鬼,我可不干!"林囡笑道,"大方是人类的一大美德,吝啬让人瞧不起!"

"不和你拌嘴。"我道,"我心里清楚得很!"

董大爹蹲下身去,发现了什么。湿漉漉的草地上,有星星点点枯萎的小草,夹杂在绿色的草丛中。林囡弯下腰,掐下一朵花办凋零的野花,皱着眉头瞧瞧说:

"哈,我知道了,这叫枯叶病!"

董大爹瞥林囡一眼,没有吭声。我冷冷道:"你还知道什么?"

林囡怔了一下,委屈地道:"我又说错什么了?"

"赶紧追上去。"董大爹道,"这痕迹看样子还算新鲜,要久了,草会发黄。"

"追什么?"林囡问。

我瞟林囡一眼,道:"说过找一个孩子,你怎么忘啦?"

董大爹已三步并作两步钻入乱树丛中,顺着痕迹追下去了。我连忙跟上去。林囡尾随着,莫名其妙,不时抱怨什么。

乱树越来越密,灌木荆棘横生,不时有石鸡嘎嘎地惊叫着逃开。一只黄色的野兔嗖地窜起,没入在乱草中。

"等等我!"林囡大呼小叫着,头发被横生的枝条弄乱,衣服挂破,露出了雪白的皮肤。

"你回去好吗?"我劝林囡。

"不,我要跟你们去,你拉住我,弄丢了让你赔!"林囡伸出手让我牵着。

我没法,只好拉住林囡的手,以免她掉队迷路。林囡的手很柔软,握在手里有若无骨。林囡似乎变乖下,不再叫喊,任凭我牵着手。

走在前边的董大爹忽然停下,侧耳倾听什么。我也听到一种声音,像是有许多人在悄悄走动。林囡害怕地靠在我肩上。我一阵心跳。

灌木丛一阵晃动,钻出一群野羊,旁若无人地小跑着消失了。

董大爹说:"它们在搬家,它们在集体离开这里,它们知道这儿不能住下去了。"

"吓了我一跳,我还以为是狼呢!"林囡轻松起来,擦着脸上的汗水道。

再往前走,乱树灌木更密了。星星点点的枯草仍然洒向前去,像一条不断绝的带子。我让林囡自己走,林囡不肯,死死抓住我的手不放。

"你得保护我,要丢了我,我可不依你!"林囡在我耳边嘟哝,嘴里一股甜丝丝的薄荷味。

"你真难缠!"我不恼反笑,心里很受用。

"我很崇拜你!"林囡吃吃地笑着,"在高中时读你的小说就崇拜你了,以为你多了不起! 可这回见了你,也不过如此,连和女孩子拉拉手也怕,没出息!"

"你一个黄毛丫头,我怕什么!"我板着脸说,"我要早点儿结婚,小孩也有你这么大了!"

"吹牛不怕闪了舌头! 你以为我不知道你多大,顶多比我大十岁,有什么了不起!"

"行了,行了。"我不耐烦道,"别说话好不好,快点追吧!"

董大爹已消失在视线外了。

"我以后可以向朋友吹牛了。"林囡得意地道,"我不光认识你,你还拉着我的手走了这么长路,女孩们听了一定羡慕得眼红,那才好玩呢!"

"你再乱说,我就把你扔了。"我道,"这片峡谷有二十里方圆,有野猪,还有金钱豹,看你怕不怕!"

"你不敢,你要敢,我就告诉你老婆,你一定怕老婆,是不是? 嘻嘻,你肯定怕我告你老婆,是不是?"

我被说中了心病,猛地甩开林囡,冷冷道:"小小年纪,怎么这么无聊?"

林囡见我生气了，便不再吭声。默默地跟着我走。走了一会，凑上来，讨好道："你别生气，我是逗你玩的！给你一颗口香糖，算我讨饶了好不好？"

我板着脸不笑，却接过口香糖塞进嘴里嚼，苦涩的嘴巴一下舒服起来。

我和林囡追上董大爹时，发现董大爹石头一样僵在那儿，脸上的肌肉颤动着，浑身打摆子似的哆嗦，十指痉挛地抓住胸口，双眼惊骇的直勾勾地望着前方。我顺着董大爹的视线望去，也像董大爹一样惊呆了。林囡一声惊叫，恐怖万分地钻入我的怀中，抖作一团，几乎吓晕过去。

谁也无法形容我们所看到的情形，事过许久，我都不能使自己相信那会是真的。我根本无法借助笔墨来写下那个恐怖、怪诞的可怕场面。每当想起，我都浑身战栗，不能自禁。目击过的三人，包括董大爹、林囡和我，当时全都吓傻了，惊呆了，瞠目结舌，久久说不出话，甚至连大脑部停止了思想。

三 节制欲求

收到丹的信并决定不回信，是你做出的最明智的决定之一。你越来越缺乏自信的证明是过分的自大和低估自己。你走了极端。你不能调和卑怯和勇敢，高尚和庸碌之间的关系。你努力忘却，尽量让自己愉快起来。你失眠，寂寞和孤单感使你像一只被追逐的野兽，疲于奔命，你不再舔自己的伤口，并把那个致命伤掩盖的严严实实，留给过去了。

你设想如果让丹重新躺在自己身边，自己一定不会放过丹，一定会让丹丢掉那份护照。残缺的美并不残酷，假如残缺是必要的话，那么完美就是有罪的，虚伪或天真的完美便更为有罪了。你明白这一点似乎已经晚了。生活的无情便是永远不给人以补救的机会。

丹也没有再写信给你。在丹的心目中你不过是个过去岁月的证明，既然证明过了，就没有必要再开一份证明了。你有权利指责丹的一切行为，因为你仍然是过去的你，而丹已经变了。一个人不可能在一条河里洗两次澡，因为河水是流动的。这种聪明话对你不适宜，因为你还留在河里，而丹却被河水冲走了。

那天单位突然打电话给你，说有个人找你并留了宾馆的房间号。打电话的人只是传达一个电话内容，具体是谁并不清楚。

"是个男人打来的电话，你快点去，人家说明天就要离去，是顺路看你的！"

你记得那天刮着风，街上到处是枯黄的树叶和凋零的玫瑰花瓣。秋日的下午比上午要暖和。宾馆院中心的大池塘，荷叶已发黄了。

你走进豪华的宾馆大厅，心里疑猜多多。电梯在十二层停下并打开门。楼道静悄悄的，脚踩在厚厚的地毯上悄然无声。穿蓝色裙装的服务员替你叩响房门后便离开了，你发现一张欧洲女人的生动的脸出现在面前，然后是一声喜悦的惊叫：

"嗨——何——！"

"你——"你几乎不敢相信，疑惑地道，"是你，安娜——"

安娜抱住你，蓝眼睛里闪着莹莹的泪花，热烈地吻着你，陶醉地道：

"终于见到你了，何？"

你激动地紧紧抱着安娜，不能自持，连连吻着安娜。安娜轻轻推开你，请你坐下，并开始讲述自己来中国的经过和特意停留一日想要见见你的心情。

"你在这里很有名，我一说，他们就去打电话，然后，你就来了……"

安娜不住打量你，神采飞扬，欣悦异常。你为之感动莫名，几乎有很长时间说不出话来，唯有倾听安娜絮语。

"我是陪比尔来中国进行贸易洽谈的，日程安排很紧。但我对自己说：一定要见见你！所以我让比尔先飞广州，我中途停留一日，专门见见你，明天上午我就要追赶比尔。然后回国。你大约不知道比尔是谁，我可以告诉你，比尔是我的丈夫，比尔是个很成功的商人！"

安娜在你眼里和过去一样，只是更加成熟，更加富有女性的魅力。

"你为什么不给丹回信？"安娜问你。"丹还在信中抱怨我，说我给她的地址一定不对，让她浪费了很多时间和感情。可是我的地址没有错。"

"错的不是你，安娜。"你说，"错的是我不想给丹写信，她变得很厉害！"

安娜会心地笑了一下,不做评价。

"那么,为什么不给我写信? 你还在生我的气吗?"安娜坦率地问你。

"我没有,我只是觉得伤害了你,不想再让你记起那件……我一直都在内疚……"

"你给我留下了美好的印象!"安娜微笑,"你让我不再骄傲,至少在中国小伙子面前不再骄傲,我应该感谢你!"

你提出请安娜去逛街,安娜欣然同意。你带着安娜一边逛街一边聊天,不胜愉快。晚上你在小摊请安娜品尝了各类风味的小吃,安娜吃得非常高兴。然后你邀安娜去"卡拉OK"跳舞,一直跳到十点钟才离开。

送安娜回房间已经十点多了。安娜恋恋地不肯放你走,你也恋恋地不想走。安娜冲了两杯咖啡,并拿出一包法国香烟请你品尝。安娜送给你一件小礼物,那是一只象牙雕刻的小象,栩栩如生。

"这是我在泰国买来的。"安娜说,"你一定要接受它,像是一种吉祥物!"

你决定送安娜几本自己的作品,明天上午交给安娜或者以后寄给安娜。

安娜不肯让你走又怕太晚了没有热水洗澡,便要求你等着,自己进去洗澡。

"等一下,你也洗个澡!"

安娜洗完澡,换了睡衣,模样俏丽而活泼。安娜催你去洗澡,你进去洗澡。洗完澡出来,安娜又请你喝酒。

"你不要走好了。"安娜说,"我们许久不见,不妨做彻夜谈!"

你有点犹豫,但还是同意了。

安娜的睡衣是丝绸的,光滑柔软,中间束一条带子,恰到好处地勾勒出安娜身体的线条。安娜在你面前十分放心和随便,不时变换姿势使自己坐得更舒服,掀起的睡衣下摆露着一双光洁的玉腿。

安娜频频同你干杯,一会儿工夫就喝下去半瓶人头马。

"我一直忘不掉那一天。"安娜回忆道,"那天我们喝了许多酒,然后我们一起跳舞……那天我选中了你做我的白马王子……"

安娜笑了一下，若有所思。

"我一直想有一个中国情人，可我一直没有遇到一个可以让我接受的人，这时你出现了……你那天很忧郁，你在为丹操心，你的神情让我很动心……—种中国式的爱情——"

你留神听着，目光像探雷器，小心翼翼地在安娜的身上逡巡。

"我是一个很骄傲的法国姑娘，只要我勾一下小拇指，会有许多小伙子拜倒在我的脚下。只是我很苛刻，很少滥用自己的权利，尤其在中国期间，我更是这样。我骄傲地等待着一个合适的人，一个合适的机会……我那时以为你喜欢我，我既然选择了你便不再骄傲，可我骨子里仍然骄傲，似乎在恩赐你什么，可是你竟然拒绝了……"

安娜几乎要难过起来，却又努力笑起来。

"那时我很蠢!"你苦笑道，"如果推迟到现在，我明白自己该怎么做!"

安娜好奇地望着你，碧眼闪闪发光。

"要是现在，你会怎么样？……"

你困难地咽了一口唾液，颤抖地道："我会做该做的一切……我绝不会再那么蠢!"

"你是说，你会接受我?"安娜问，神情似乎有点激动。

"是的!"你目光如炬，勇敢地望着安娜。

"那就是说，你想要我?"安娜问，若有所思。

你点点头，已不能自持，狂热地搂住安娜。安娜也很激动，热情地回报你。你陶醉在甜蜜中，像流金溢红的钢水，嘶啸奔腾，急于倾泻到模具里。

这时安娜却突然推开你，满脸微笑的整好衣衫，掠掠鬓发，柔声道："何，我们只能到此为止了。我实在抱歉，本来我想再给你一次机会，可我不愿意破坏你以往留给我的美好回忆……"

你不解地凝视安娜，眼里火焰熊熊。

安娜喜悦地望着你，在喜悦中有一丝淡淡的忧郁。

"我喜欢你现在的这种热烈——这是我以往渴求的，可现在我更喜欢以往的那个你的执着和冷漠——你已经被我理想化。所以你现在这样我感情上有点不好接受。——我事先一点没有精神准备,我以为你还会像以前那样……"

你觉得兜头被泼了一瓢冰水,冷静之余也羞愧了。

"对不起。"你很窘的道,"我以为你希望我这样呢……"

"丹变了,"安娜说,"其实你也变了!"

你呆呆坐在沙发上,垂头不语。安娜似乎不忍,伸手搂住你的脖子,温柔地道:

"我不是有意要让你难堪,何,我只是想留住过去的那个你……你如果执意要我,我不会拒绝你,只是我们之间不可能再像过去那样富有诗意和永恒的回味了……"

你明白了安娜的意思,顿时羞愧得无地自容。

安娜叹了口气,伤感而怅然地道:

"在这个世界上,一些美好的东西往往像瓷器一样经不起重新铸造和焚烧。回忆所以美好是因为没有东西可以打碎它。如果我不来看你也许我对你的记忆会至死不变。人类需要精神上的慰藉,更甚于肉体上的满足。假若我要求过一千个男人,一千个男人都甘心情愿地满足我,那我一定会忘了他们。而如果有一个男人拒绝了我,我则会记住他。你明明喜欢我,可你为了你们古老的东方道德拒绝了我。这让我久久难忘。你是一个真正的情人,一个没有被肉欲弄脏了的情人,这让我着迷。我不想失去你,也不想弄脏你……"

你已经冷静下来,不再羞愧,内心充满了对安娜的钦佩和感激之情。安娜使你记起了温馨的过去并修复了你的自尊。

"谢谢你!"你说,脸上带着久违的升华了的笑意。"现代人都染上了魔怔,中国人也不例外,我也一样!"

"你这样,我太高兴了!"安娜惊讶地望着你,坦率地表示惊喜,"我还以为你会拂袖而去呢! 这回我放心了,何,你给了我信心,人生毕竟还是值得的,因为它总给人希望。"

你微笑,真诚地道:"那是因为有了你!"

安娜拊掌道:"这才是真正的你!"

你坦然地笑起来,笑声融解了僵硬,你开始倾诉,倾诉一切,好的和坏的,美好的和丑陋的。安娜注意地倾听。

你的忧郁、烦恼,困惑,有些是安娜不能理解的。但安娜努力在理解。安娜把全身伏在你的怀里,在理解中睡着了。脸上带着婴儿船纯洁的微笑。你抱着安娜,百感交集,一直到天亮。

醒来时,安娜像个孩子一样吻你,显得格外满足格外可爱。安娜在吻别时,眼里闪着泪花告诉你:"这是我一生中度过的一个从未有过的最不可思议的美好的夜晚!"

你没有去机场送安娜,安娜也不让你去。你把安娜送上的士就回家了。你知道自己如果和安娜再待一夜,那一定不可收拾。安娜永远不会知道:你已尽了最大的努力去满足安娜美好的愿望并因此心力交瘁了。

四 感化自己

他记得,那天林囡吓晕在他的怀里,回去时他只好抱着林囡,走走歇歇,用了很长时间才走回村子。他整个被汗水湿透了。

当天夜里,林囡发起了高烧,脸蛋通红,惊厥,吃语,手脚抽搐。村里的卫生员给林囡打了退烧和镇静的针剂,林囡才安静下来。

董大爹心绞痛发作,亏他随身带的有药,才不至严重发展。董大爹躺在炕上,脸色白里透青,两眼直勾勾地望着屋顶,谁问话都不理睬,似乎变了个人。一夜下来,董大爹的头发竟全白了,人一下子老了十几岁。杜工守着董大爹,亲眼看见董大爹的头发变白。杜工惊得目瞪口呆,过后形容说:好像涂了染色剂那么快,从根上开始变白,慢慢洇上来,连梢儿也变白了,古书说伍子胥一夜白了头,我一直不信,这回可信了!

林囡半夜醒来,拉着他的手不放,眼里泪汪汪的,直劲叫冷。他给林囡盖了两床被,林囡还是叫冷。他发觉林囡仍在发烧。

"我去找人来,再给你打一针!"

"我害怕,你不能离开我!"

林囡拉着他的手不放,他只好待在林囡身边。林囡慢慢睡熟,他也昏昏睡去。突然林囡尖叫一声醒来,一头扎进他的怀里,浑身发抖。他抚慰林囡,想推开林囡,林囡不肯,死死抱着他不放。他无奈,只好让林囡在怀里躺着,并围上被子,抱婴儿似的抱着林囡。

林囡在他怀里似乎感到很安全,竟安静地睡去了。他一动不敢动,怕惊醒林囡。杜工进来看见,也只笑笑,摇摇手退出去了。李星本来负有照顾林囡的使命,却歪在炕角,呼呼地打鼾。他觉得累极了,可心甘情愿抱着林囡。

林囡发育得很好的胴体温软而富有弹性,丰腴的少女的胸脯紧贴在他的胸前,他竟毫无倚念。他记起柳下惠坐怀不乱的故事,心里豁然明白,柳下惠遇到的情形与他一样。当柳下惠用体温去暖那个冻僵的姑娘时,心里一定充满了自豪和骄潋,一如这时候的他。

他觉得很愉快,周流全身的浩然之气鼓荡着他的血液,洗净了尘垢。他想:柳下惠那样做时一定很愉快,一旦享受领略到这种愉快和圣洁无垢的高尚乐趣,自然不会再对任何其他享受感兴趣了。因为人世间至高无上的享乐不是杀人而是救人,不是损人而是助人。佛家和基督的聪明在于深知这一点,让人们去行善,并在善行中感动自己,一旦享受,到那种至高无上的乐趣,便会成为最虔诚的善男善女。

现在,他深切地领略到了这种至高无上的享乐,内心快乐得着迷。他想起安娜在怀时他的不能自持,仿佛安娜是一团火,而他是一块冰,他全靠苦撑才没有被融化。同样是女性,林囡在抱他却十分受用,了无牵挂,心静如水,不喜不忧,清凉无汗。何以如此?他忍不住琢磨一番,终不得其所以然。

窗户发白时,林囡醒来,温柔娇羞若不胜情。他反觉过意不去,让林囡睡回枕上,小心抚慰,不露一点生硬。

林囡烧已退了,脸蛋仍然通红充血,嫩滑光洁近似透明的脸皮似要胀破一般。

"你不要紧了。"他喂林囡喝水,"休息一下就好,好了你就可以回去了！"

"我，我……"

林囡支吾着说不出话，呜的一声哭了。

他一时不知所措，把水碗泼翻，淋了林囡一脸。他吓慌了，忙给林囡擦脸，林囡破涕为笑，接过毛巾自己擦了脸，已恢复了素日模样，调皮地道：

"烫麻了脸，我要你赔！"

"我赔，我赔。"他也笑着打趣，"买一个孙猴子面具赔你，你戴了那才真叫美！"

林囡却又沉了脸，不吱声了。

他以为烫疼了林囡的脸，忙又赔不是，林囡只不理他。他无奈，索性不再说话。

"你去睡吧！"林囡说。

他觉得累，便点头，到隔壁去睡。

董大爹躺在炕上，满头白发，像个老翁，瞧着让人心酸。他实在太累太困，上炕去，扯一条被子盖上，一觉睡去。

朦胧中觉得有人摸他的额头，睁眼看时是林囡。林囡笑盈盈地瞅着他，道：

"醒了吗？ 我还以为你累病了！"

"几点了？"他问。

"天都快黑了！"林囡说。

"今天走不了。"他想，"又得待一天了。"

"你好了吗？"

"我早好了！"林囡笑靥如花。

"董大爹呢？"

"董大爹上午非要先走，杜工去送他了，今晚可能回不来。"

他默然。

吃过晚饭后，林囡让他陪着散步。

"我真不敢相信。"林囡余悸未消地道，"那情形太吓人了！"

他不愿去想那恐怖的一幕,含糊地敷衍林囡。林囡不好意思地笑笑道:

"我真胆小,那么远抱我回来,一定累坏你了吧?"

"没什么!"他轻描淡写。

"你又陪了我一夜,还不累吗? 真该谢谢你!"

"照顾妇女儿童是每一个男人应尽的义务,有什么好谢的。"

"你这人真不识好歹!"林囡生气地道,"我是真心诚意想谢谢你的,你还油嘴滑舌瞧不起人? 告你说,我都二十二岁了!"

"那又怎样? 总改变不了性别吧?"

他看见村口的小酒店有五六个狙犷的汉子在猜拳喝酒,牧童靠在门框上目不转睛看他。

"你好!"他打招呼说,"你爹回来没有?"

"我爹在里边喝酒。"牧童皱着眉头说。

一个粗豪的汉子袒着紫红的胸膛,拎着个酒瓶子出现在门口,酒精烧红的眼里射着慢人的目光,严厉地问道:

"狗儿,他是谁?"

"他就是找那孩子的人。"牧童回答。

"不要找那孩子了。"汉子醉醺醺地说,"那孩子是个奇人,谁也找不到他,他和我女儿走了,我找不到他们,你们也休想找到他们……"

林囡吓得直往他怀里钻,他抱住林囡的肩头,离开汉子和牧童。他听见汉子在教训牧童,声音严厉而焦躁:

"狗儿,怎么还不去找你娘? 快去找你娘回来,老子心里烦。"

林囡听的直捂耳朵,愤愤道;"这儿的人真粗野!"

他不置一词,心里却酸楚的下泪。他看出那汉子是在自己骗自己,心里已烦躁得要发疯。他能理解那汉子的粗野。

他知道这些林囡是不会懂的。

几天后,他已重新出现在自己那间小小的书斋里,一边喝茶,一边梳理思绪。

一切都像梦一样：他这样总结了自己几天来的全部感受，做出了这样的结论。

他去看张文并讲述了他看到的一切，张文听得目瞪口呆，然后说："不坏嘛！一个很不坏的故事嘛！虽然让人难以置信，但确实可以启迪人类的灵智，你不妨把它写下来！"

张文还告诉他："我的事仍然悬着，恐怕要拖很长一段才能全部澄清呢！"

他表示同情。张文却哈哈大笑，道；"我巴不得这样，这样就等于给了我时间去做我早就想做的那几件事。时间可能不够了，我要抓紧，争取在我被调整到别的岗位之前，把引黄工程扶上马，也算了却一桩心愿……"

他喜欢张文的乐观和进取心，又隐隐觉得张文内心很沉重，是在顶着压力干工作。他感到悲哀。在这里，一只苍蝇甚至可以叮死一头大象，纵令叮不死，也可以让大象成为癞皮象，招来嫌弃和白眼，失去信任，失去机遇，不受倚重，闲置一傍，令其郁郁终生。

"也许并不那么严重！"他想。

他不知莎丽的父亲是否还准备发起一次攻击，一个顽强的像苍蝇一样的敌手是绝不会轻易罢手的。他不能不为张文担心。

不过他自己要操心的事也很多。人们所以不喜欢管别人的闲事，那是因为自己要操心的事也很多。现代建筑的布局决定了单元化人际关系的形成，一门关死，各自为政，谁也不侵犯别国的领土，彼此干涉内政更谈不上了。

这是现代文明带来的副产品。

他的生活中，猝然冒出一个入侵者，那就是林囡。林囡不断打电话约他出去，他都借口有事推掉了。他担心林囡对自己产生那种不该有的感情，因此采取了回避态度。他又担心又欣喜，以一个而立之年者的成熟和审慎看待林囡。他发现自己对林囡毫无冲动，仅仅有一种温馨的喜爱。林囡则坦率而狡黠，并不表示什么，而像口香糖一样粘上了他。

"陪我玩玩嘛！"林囡总是这样邀请他。

"我有事,改日吧!"他总是这样推托。

"我又不会吃了你,你怕什么?"林囡愤愤地说着便挂上电话。每次他都认为是最后一次了,可每次都猜错了。

"喂,我好闷,陪我玩玩嘛!"

"我很忙,等以后吧!"

"你就一点不珍惜我给你的机会!"

"我从来不和女孩子约会!"

"那你约我好了!"

"我没时间!"

"我只是想见见你,没别的意思,你要再不答应,我会上你家找你……"

林囡果真来了,嚼着口香糖,说了一堆废话,然后告别走了。

他放心之余,隐隐觉得失望。

"你这人没出息,以后我不来了!"

林囡似乎也很失望,临走不高兴地说。过后几天,林囡又开始打电话了。久而久之,几天接不到林囡的电话,他便心神不宁起来。他开始认真考虑,他想找出一根线头,把自己乱七八糟的生活拆了,重新织一件新的外套。只是他仍然没有勇气这么做,仅仅在考虑而已。

五　吃掉自己

何伟在动手写这部小说时已进入盛夏了。夜里刮着大风。清早起来天空昏黄黯淡,上午响起了雷声,洒下铜钱大的雨滴。雨滴是黄色的,含满了泥沙,打在玻璃窗上噼啪乱响,明净的玻璃窗被溅上一片斑斑驳驳的泥点,像张麻脸,模糊不清,肮脏不堪。

"下泥雨了!"

何伟听见外边有人惊呼。中午时分天放晴,泥斑在玻璃上结了厚厚一层。何伟只好放下笔去擦玻璃。一个不祥的兆头。何伟想。擦完玻璃何伟已记不起自己刚才准备写什么。何伟便坐在椅子上喝茶,养神。

何伟看见峡谷变成了一片白地,大风扬起沙尘,搬到这座城市上空,伴和着唾液啐下来,毛脸的雷公和尖嘴的风婆婆在嘟嘟哝哝地诅咒,吐着肮脏,连叫:活该! 活该!

那个有毒的孩子坐在草地上,一口一口吞吃自己。那些正常的人类在快活地砍伐峡谷中的乱树和灌木。那个有毒的孩子最终吃掉了自己,在他的周围,草木都干枯了。人类永远无法想象那有毒的孩子是如何吞吃自己的。人类只知道如何蚕食自然,绝没有想过如何吞吃自己。这需要想象和示范,于是那个有毒的孩子便示范给人类看。

那孩子是先从脚趾吃起,逐步吃到双腿。孩子用尖利的牙齿咬下一块一块皮肉,一如人类用最现代的机械一片一片撕开大地的肌肤。孩子咀嚼、吞咽、消化、排泄,与正常人一样。不正常的是那孩子没有痛觉神经,无法吁吁呼痛,引起神经中枢的警惕,制止这种啃啮。

可悲的是地球也没有痛觉神经,不会吁吁呼痛,而且本身无力制止人类的啃啮和掠夺。

那孩子有能力制止自己对自己的吞噬,却不去制止,是因为他不再是一个正常的人类,而是一个有毒的、危险的人类。

那孩子以惊人的速度吞噬自己,一夜之间已啃掉了两条腿上的血肉,露出雪白的枯柴棒一样的腿骨。

人类以惊人的速度蚕食自然,滚雪球般膨胀壮大,滚过之处粘取了一切,只留一片荒凉,贫瘠的泥土和裸露的岩石的骨殖。

那孩子贪心的连腿骨也想吞掉,牙齿咬不动,便用一块卵石在另一块青石上砸自己的腿骨,砸成小块,狼一样直着脖子吞咽下去。

何伟那天与董大爷、林囡所看到的一切之中便包括那两块血肉模糊的石头,溅飞的骨渣在日光下像碎瓷一样闪光,挂在枯萎发黑的草尖和花瓣上。当时何伟并不曾弄明白那两块石头的用途。但现在何伟已确切地猜到,那两块石头起着类似机械的作用,人类啃不动巨石便创造了炸药和风锁,那孩子咬不动腿骨便借助于石头。道理是一样的。

何伟不能想象那孩子如何把骨头吞吃掉。后来看到电视上介绍一位吃金属、吃玻璃、吃电冰箱、电视机的怪人,方才知道这种可能是存在的。电视上说那人是一个伟大的杂食家,正准备以有生之年去吃一辆坦克。何伟认为太片面,应该说:人类是一位伟大的杂食家,人类不仅吃五谷杂粮,飞禽走兽,水族生物,而且正以毕生的精力和惊人的速度专心致志地吞吃地球。

那孩子的吞吃自己,较之杂食家的吞吃金属、玻璃甚至坦克,有过之无不及,恐怕是人类史上最惊人的举动了。人类的本性和虔诚的愿望是让自己去吞噬万物,绝不允许万物反噬人类,更何况自己吞噬自己了。可悲的是人类创造出这样一个有毒的孩子——为人类吞吃自己开了先例,并做了示范。那孩子似乎告诉人类:有一天需要这样做时,请像我一样操作——这门技术终将对人类有用,那一天或许已经不远了。

人类冷笑,用鳄鱼皮制作皮靴手套,狮子皮当脚垫,天鹅毛擦皮鞋,狐狸尾巴当围脖,孔雀羽毛做坎肩,鹿鞭虎罩壮阳,人参当归保寿,熊掌燕窝果腹,巧取豪夺,把自己养得白白胖胖。

那孩子不胖,也不瘦,只有十八岁,肉很嫩,骨头质地细密坚实,骨髓满满的。那孩子敲骨吸髓,吸得吱吱响,显得又贪心又吝啬,连骨渣也尽量捡起来吃掉了。

腿骨吃净后已经天亮了。大峡谷的生物活跃起来。苍蝇像集团军似的飞临那孩子的上空,黑压压地扑下来,去叮食血腥,可有来无去,黑豆一样撒下一片蝇尸。天空上降下一只巨大的秃鹫,这有名的食腐动物双翅拖在地上,虎跳着逼近那孩子,以为是一具腐尸。秃鹫尖利的钩嘴猛地啄向孩子腹部,勾出一截雪白的肠子,还不曾吞咽下去,已抽搐着倒下,扑腾着双翅死了。

那孩子将肠子塞回肚子,用一把刀割自己身上的肉,血淋淋地吞吃。他用了一整天的时间吃掉了臀部、腹部、胸部的血肉,只剩下半截象牙镂空般雪白的肋骨架子,透过肋骨的镂空处,鲜润朱红的肺部在呼吸,肝脏红里透白,吊着鸡蛋大的绿色胆囊。硕大的胃在蠕动,消化,形状像一只巨大的歪梨。

一头牛犊大的豹子身上洒满白斑,懒洋洋地从树丛钻出来,奇怪地看那孩子。那孩子也睁大眼睛看那豹子。那孩子要求豹子来帮助他完成最后的使命,豹子不肯,摇摇头走了。

天再次黑下来,蚊子成群结队地攻击那孩子残余的躯干,成群结队的死去,落了厚厚一层。月亮在云缝探头探脑,洒下斑斑点点的白光。为那孩子照亮。

那孩子把肋骨一根根拆下来,吃糖棍似的咬碎、吞下去。内脏悬垂在草地上,像花花绿绿的棉絮。孩子满意地用两只手臂捧起,整个吞进胃里。

星星恐怖的在天空中眨眼,月亮躲入了云彩后边。大峡谷在颤抖,风呜咽着,远远围观的万物全部屏住了呼吸。只有从峡谷另一端传来人们夜战的喧嚣声,电锯声、马达声,开山取石的炮声,筑堤垒石声,打夯的夯声。不时有汽车雪亮的车灯刺穿夜空;有如闪电一样。

人们在战天斗地,在创造人类的繁荣,大峡谷在人类的威力下发抖和毁灭,拱手臣服,被剥去衣衫并将割穿腹部,献出自己的内脏去喂养人类,造福人类。人类将感激大峡谷,并将在大峡谷上建立自己的文明和城市。未来的文献上将由人类骄傲地写下一笔:十几年前,这儿是一片野草丛生,乱树遍地,灌木横生,走兽出没的荒谷,是我们战天斗地创造了这座新型的工业城市云云。

不会有人想到,在当时有个毒孩子吃掉了自己的血肉和内脏。要奋斗就会有牺牲,死人的事是经常发生的。但是我们想到人民的痛苦,想到全世界人民的幸福,我们为人民而死,就是死得其所。那孩子是为人民而死的,他不肯毒化环境,毒死人畜,宁肯自己去死,就是死得其所。

那孩子没有毁了大峡谷。

人类毁了大峡谷。那孩子死了,人类还活着。

何伟和董大爹、林囡在上午的谷地上看见那孩子时,情形十分恐怖。方圆十几米的草木全部枯黄变黑,一株百年老榆树横陈于地,像被雷火烧焦一般。血肉模糊的卵石和青石四周布满了密密麻麻的死苍蝇和蚊子。一只耷拉着翅膀倒毙地上的秃鹫旁边是几十只牙齿尖利的鼠尸,显然是贪吃鹫尸被毒死的。

阳光朗照下,潮湿的地面蒸腾起透明的湿气,湿气在树梢、叶隙流动,

276

离地几尺高的空中,悬浮着一只鼓胀雪白的近乎透明的圆球,圆球胃一样蠕动,鲜红的食道和蛇皮管一样的气管连带并托起一个乱发蓬松的脑袋;脸孔生动而安详,苍白而清秀,眼睛睁得很开,黑亮如珠,睫毛茂密而长,微微颤动,虹膜上闪着彩色的光斑,忧郁地凝视着董大爹,林囡和何伟。

林囡曾经形容说:像一个人头拖着一个地球,也像一只地球系着一个人头。

那孩子用脑袋拖着吞没了全部身躯的硕大饱满形如地球的胃囊,悬浮在干枯的草地上空,嘴角扯动着,冲董大爹笑了一下。当时董大爹就僵在那里,不会动了。何伟和林囡都没有看到那孩子笑,也许是董大爹的错觉。何伟只看见那孩子毛发蓬松的头颅,在巨大的地球般的胃囊上轻轻扭动,似乎在依恋的告别什么,寻找什么,诉说什么,暗示什么。何伟还注意到膨胀的近乎透明的像地球般饱满的浑圆的胃囊里有鲜红的运动,似乎肺仍在呼吸,肝仍在工作,肠仍在蠕动,似乎暗示从今以后人类的一切运动必须全部在地球般的胃囊中进行——地球像一只巨大的胃,包裹着人类并慢慢消化着人类,这情形十分可怖。何伟还发现,那孩子的神智十分清醒,大脑思想的十分深邃,生命意识和预感机能十分发达。这仅仅是何伟的感觉。

那孩子似乎扯动着嘴角想说点什么又懒得去说或者以为说了也没有用处,便抿紧了嘴巴,用双眼忧郁地凝视着什么,审视着什么。然后象征性地慢慢地随风飘起,越飘越高,一个人类的大脑拖着一个巨大地球般的胃囊,消失在广漠的、深邃的、神秘的、布满云彩的天空,一如小小的蔚蓝邑的脆弱的地球消失在浩瀚无垠的宇宙间……

"三晋百部长篇小说文库"书目

经典作品:

·李家庄的变迁·三里湾	赵树理
·太行风云	刘 江
·汾水长流	胡 正
·草岚风雨	冈 夫
·新星	柯云路
·游戏	成 一
·黑雪	哲 夫
·世界正年轻	高 岸
·玉龙村记事	马 烽
·草青	吕 新
·吕梁英雄传	马 烽 西 戎
·跋涉者	焦祖尧
·神主牌楼	张石山
·咸阳宫(上、下卷)	林 鹏
·生死门	晋原平
·送葬	王西兰
·白银谷(上、中、下卷)	成 一
·北腔	毛守仁
·巅峰对决	钟道新 钟小骏
·母系氏家	李骏虎

原创作品：